crazeland

rosa liksom

(*kreisland*)
Helsinki: WSOY
1996

Aus dem Finnischen von Stefan Moster

Der Text wurde vom Übersetzer
in Abstimmung mit der Autorin
für die deutsche Fassung eingerichtet.

Die Übersetzung wurde vom Institut für finnische Literatur (Helsinki) gefördert.

Die Deutsche Bibliothek – CIP-Einheitsaufnahme

Liksom, Rosa:
Crazeland / Rosa Liksom. [Aus dem Finn. von Stefan Moster]. –
Frankfurt am Main : Eichborn, 1999
Einheitssacht.: Kreisland <dt.>
ISBN 3-8218-0571-4

Umschlaggestaltung: Moni Port in Anlehnung an die finnische Originalausgabe von Martti Ruokonen
Umschlagfoto (Pekka Mustonen) zeigt die Autorin
Lektorat: Doris Engelke
Satz: Fuldaer Verlagsanstalt GmbH, Fulda
Druck und Bindung: Wiener Verlag, Himberg
ISBN 3-8218-0571-4

Verlagsverzeichnis schickt gern:
Eichborn Verlag, Kaiserstraße 66, 60329 Frankfurt am Main
http://www.eichborn.de

(Am Anfang war ein See mit klarem Wasser, und über dem Wasser schwebte die düstere Nacht. Am ersten Tag erhob sich der Sternenhimmel aus dem Wasser und endloses Moorland rund um die bewaldeten Hügel. Am zweiten Tag stieg aus dem Wasser ein helles Licht auf, das die Wolken grün anmalte, den Kiefernwald rot und den Schnee blau. Am dritten Tag sprang aus dem See ein ausgemergeltes Rentier, am vierten ein Mückenschwarm, der gleich einer Gewitterwolke die Sonne verdeckte. Am fünften Tag gebar das Wasser die Schneefelder, das dicke Eis und die nachtlose Sommernacht, und die Nacht schmolz das Eis auf dem See. Am sechsten Tag erschien am Ufer des Sees, dort, wo die Erde wüst und leer war, eine fensterlose Hütte und ein Trampelpfad, und am siebten Tag war auf dem Pfad ein Mensch zu sehen, ein grobschlächtiger Mann, in dessen Arm eine gewaltige Kraft pulsierte und dessen Ruf den Horizont erfüllte. Inmitten einer riesigen Unendlichkeit war Crazeland entstanden.)

1. buch

In der großen Wildnis wechseln die Jahreszeiten abrupt, innerhalb eines Augenblicks wandelt sich das Klima von kalt zu heiß, und im Winter ist das Himmelszelt voll von den Flammen des Nordlichts. Sie erleuchten die ansonsten kohlschwarze Nacht. – Juho Gabriel wird geboren. – Mikri Vuoma, ein von Gott gesalbter Mann, der keinen Schnaps trinkt, sieht an einem strohtrockenen Tag einen Specht mit einem Kreuz auf dem Kopf, und Impi Agafiina, ein Frischling mit brennenden Augen, wird in eine hungrige Familie hineingeboren. – Juho Gabriel bekommt ein Zuhause. – Auch Impi Agafiina wird geholt.

Ristiina und Ransu

Die Hütte aus ergrauten Balken hockte ein wenig schief auf dem großen Felsen. Sie bestand aus einem kleinen Raum, dessen einziges Fenster an der Hausfichte vorbei auf den See blickte. Auf der Fensterbank lagen ein Kerzenstummel, vier fabrikgefertigte Angelhaken und das Bild eines Flugzeugs, das aus einer Zigarettenschachtel ausgeschnitten worden war. Vor der Haustür begannen zwei Trampelpfade; der eine führte zu der mickrigen Sauna am Ufer, der andere in den dichten Mischwald. Der Wald fing gleich hinter dem Haus an und erstreckte sich bis an den Rand des Dorfes, das hinter den Hügeln in einer Senke lag.

Neben der windschiefen Hütte und der kerzengeraden Sauna befanden sich auf dem Grundstück ein Kuhstall und darüber ein Heuboden. Niemand hat in dem Stall je eine Kuh gesehen. Am Rand des Moores war damit begonnen worden, Boden für einen Acker urbar zu machen, doch niemand hatte die Arbeit zu Ende geführt.

Was die Natur an Wohlbehagen bot, wurde durch einen unerträglichen Gestank verdorben. Auf dem abgewetzten, graslosen Grundstück lagen alte Fischabfälle und Rentierinnereien herum, und unmittelbar vor den Eingangsstufen zuckte ein durch und durch verfaulter Pansen.

Inmitten all dessen lebte das mit Arbeit und Gleichgültigkeit geschlagene Wolfspaar Ristiina und Ransu. Ristiina war verkrüppelt und hatte einen großen Kopf, Ransu war unentschlossen, faul und abgestumpft. Sein Herz war schwarz, und wenn er schwitzte, hinterließ er einen derart stechenden Geruch, daß sich nicht einmal die Mückenschwärme über ihn hermachten.

Schwarzherz-Ransu, in dessen langem Bart im Sommer drei Zitronenfalter nisteten, jagte und fischte. An die langwierigen Mühen, wie sie die eigentliche Landwirtschaft erforderte, verschwendete er erst gar keinen Gedanken.

Schon in seinem Elternhaus hatte niemand einen Finger krumm gemacht. Gut gelebt hatten sie dennoch. War der Abend angebrochen, wurde Trockenfleischsuppe gekocht und getrockneter Fisch und Rentierfett hineingegeben. Während der Topf noch auf dem offenen Feuer stand, nahmen alle um ihn herum Platz und fingen an, sich die Suppe ins Gesicht zu schaufeln. Danach legten sie sich hin, und wenn sie aufwachten, aßen sie weiter. War der Magen voll, hauten sie sich wieder aufs Ohr, zum Essen standen sie wieder auf, rauchten eine Pfeife und sanken erneut in tiefen Schlaf. Wenn man nicht gerade beim Essen oder Schlafen war oder an der Pfeife zog, furzte man matten Sinnes ums Zelt herum.

Damals wie heute verlangte das Fischen keine besonderen Jagdkünste, denn in den Seen und Flüssen wimmelte es vor Lachsen, Forellen, Maränen und Hechten. Man konnte sie mit den Händen aus den seichten Stellen des Flusses pflücken, oder man ließ direkt am Ufer die Netze und Reusen ins Wasser. Schwarzherzens Netze waren immer im Wasser, und sie waren so zerschlissen, daß die Fische sorglos hindurchschwimmen konnten. Aber die Natur war großzügig, und die fettesten Fische blieben auch in einem schlechten Netz hängen, aus dem Schwarzherz sie herausriß, dann mit einem scharfen Messer in zwei Hälften schnitt, mit Hilfe zweier Holzspäne aufspreizte und an einen Nagel in der Wand hängte.

Wann in den Wald gegangen wurde, bestimmten der Lauf der Jahreszeiten und der Lebensrhythmus der Beute. Im Frühjahr, wenn die Luft anfing nach etwas zu schmecken, lag Schwarzherz morgens hinter einem Busch, beobachtete das Spiel der Auerhähne und trug die toten Vögel später zu Ristiina. Im Herbst schoß er Laufvögel und Gänse, weil man sie zusammen mit getrocknetem Fisch gegen Gerste, Hafermehl, Salz und Tabak tauschen konnte. Im Winter schoß Schwarzherz schon mal einen Hirsch, ein oder zwei Eichhörnchen oder einen ganzen Schwarm bereifter Auerhähne, einen Teil brachte er dem Gutsverwalter Kaaprili. Als Gegenleistung erhielt er ein paar Schachteln Munition von jenseits der Grenze, Schwedenhölzer und eine Dose Schnupftabak. In den Monaten des tiefen Winters braute Schwarzherz brodelnd Schnaps, der besser war als der vollkommen untrinkbare Kaffee, rauchte seine Pfeife und stocherte, auf dem Bett liegend, mit einem Angelhaken in seinen Zähnen.

Alles ist gut, wenn man die Hände des Schöpfers verläßt

Es war der Sylvestermorgen, vorbei war die Weihnachtszeit mit den fetten Milchsuppen; die Winterruhe und die Zeit des Brennholzhackens stand bevor. Im Haus vom Vahtevaara Jalvi, sechs Kilometer näher zum Dorf als Ristiinas und Ransus Hütte, weckte der Gutsverwalter die Mägde, Knechte und Grünschnäbel.

Regriina stand auf, hielt sich den Bauch und zog sich an. In der Nacht hatte es geschneit, vor der Stalltür war eine Schneewehe von einem Meter gewachsen. Regriina holte die Schneeschaufel aus dem Abort, spürte, wie der Bauch drückte, und schaufelte sich in den Kuhstall hinein. Hinter ihr her stapfte der Knecht Paulus. Er zündete unter dem Waschkessel Feuer an, blickte finster in Regriinas Richtung, ging hinaus und schöpfte den Kessel voll Wasser.

Der Verwalter kam, holte den Teereimer hinter dem Verschlag für die Kälber hervor, warf Regriina einen bösen Blick zu und zischte, er jedenfalls habe das Kind nicht gezeugt.

»Ich glaub auch nicht, daß es von mir ist. Behalt deinen Scheiß«, sagte der Knecht Paulus und ging die Sauna einheizen.

Regriina blieb allein im Stall zurück. Die Schmerzen waren stark, der Schweiß lief ihr in Tropfen über das Gesicht. Im Kopf spürte sie einen schneidenden Schmerz, sie sah zwei Lichtkeile in schwarzer Finsternis versinken, einen blauroten und einen rotgelben, und stürzte zwischen Kälberverschlag und Wasserkessel zu Boden. Dort fand sie der Verwalter, der zuvor mit Teer Kreuzzeichen auf die Türen zum Stall, zum Wohnhaus und zum Speichergebäude gemalt hatte. Paulus wurde befohlen, das Pferd anzuschirren und die Hebamme zu holen. Ohne wieder zu sich zu kommen, starb Regriina im selben Augenblick, als eine Krähe krächzte, aber der Hebamme gelang es, den Bankert lebend aus Regriinas bereits steif werdendem Leib zu graben.

Der Bastard war ein Junge von sechs Kilo, der Hörnerstummel auf der Stirn hatte und am Kinn einen langen weißen Bart.

Am Neujahrstag sprach niemand, nur das ständige Räuspern des Bauern war zu vernehmen.

Am ersten Werktag, noch vor Sonnenaufgang, näherte sich ein Pferd mit einem schwarzen Schlitten dem Vahtevaara-Haus. Im Schlitten saß ein schlanker, aber muskulöser Mann, nicht jung, aber auch noch nicht am Ende seiner Jahre. Der alte Knecht sah es durch das kleine Stallfenster, mit offenem Mund schaute er, wer da so früh unterwegs war, und machte ein langsames Kreuzzeichen.

Der Ankömmling trieb sein Pferd vor den Stall, gab ihm Heu aus dem Schlitten, legte eine dicke Pferdedecke auf den dampfenden Rücken des Tieres und ging ins Haus.

Anderthalb Stunden später sahen die Dorfbewohner, wie sich ein Pferd mit einem schwarzen Schlitten in gleichmäßigem Galopp nach Osten entfernte. Auf dem Schlitten saß ein Mann, der unter einem Rentierfell ein merkwürdiges Bündel in den Armen hielt. Manche vermuteten, das Bündel enthielte einen ganzen Rentierbraten, andere sprachen von einem Schweinskopf. Nur wenn es bergauf oder bergab ging, wurde der Galopp des Pferdes langsamer, und binnen kurzer Zeit verschwand es mitsamt dem Schlitten und dem seltsamen Fahrer in einer Schneewolke, die ein plötzlicher Windstoß aufgewirbelt hatte.

Gegen Mittag dachte niemand mehr an das Pferd, den schwarzen Schlitten und das Bündel, das der Fahrer liebevoll in den Armen gehalten hatte.

knecht paulus: Is mein letzter Winter gewesen in dem Dorf, und ich war im Stall beim Misten, wie der Hörnerkopf auf die Welt gekommen is, aber ich sag gleich dazu, ich schwör Stein und Bein, daß der nicht von mir war. Ich streit gar nicht ab, daß ich öfters schon mal im Bett von der Regriina war, so wie andere Männer auch. Is halt so eine gewesen. Naja, sie is ja krepiert, bevor der Teufel auf die Welt gekommen is, bloß die Hebamme war so blöd, daß sie den Balg lebendig rausgebuddelt hat. Hätt ihn verrecken lassen sollen, wär besser gewesen. Aber was solls, sie hat ihn halt rausgezogen, und da wars der Satan selber und hat auch noch eine Teufelsfratz gehabt. Die Regriina is gestorben, weil sie hat sterben sollen, und sie wär gesund worden, wenn sie hätt gesund werden sollen. In den Vorratsspeicher haben wir sie gebracht, die streunenden Katzen haben sie angefressen bevor der

Boden wieder getaut is, um den Rest unter die Erd zu kriegen, hat ein kleines Loch gereicht. So wie ichs im Kopf hab, war der Teufelsbankert über Neujahr im Haus, und zwar in der Kammer von der Bäuerin, und dann is er verschwunden gewesen. Keiner hat ihm hinterhergefragt. Klar, jetzt kann ich ruhig sagen, daß er den Zinken und die Händ von mir gehabt hat, dem Verwalter war er überhaupt nicht ähnlich. Später hab ich den Teufelsbankert nicht mehr gesehn, und ich hab auch nicht gehört, daß irgendeiner was über ihn gesagt hätt. Bestimmt is er weggestorben, und ich bin ja auch am nächsten Michaeli aus dem Haus, und wie die Allerseelenwoch rum war, bin ich von dem Dorf fort und seitdem mehr in den Dörfern an der Küste gewesen.

verwalter: Gut, es war von mir, aber ich werd mich hüten, das vor allen zuzugeben. Der hat auch derart wie der Teufel ausgesehn, daß es mir richtig schlecht geworden ist. Die Regriina hat der Tod geholt, aber da bin ich auch nicht traurig drum. Ich bin halt ein hartherziger Mensch. Der Bauer hat befohlen, ich soll zum Onkel fahrn und ihm sagen, daß er den Balg holen soll. Ich versteh nicht, was der Onkel mit der Angelegenheit zu tun hatte, aber soll er ihn nur holen, hab ich mir gedacht, besser, wenn man so einen Bockkäfer nicht dauernd angucken muß. Ich muß aber trotzdem sagen, daß aus dem Bankert ein ordentlicher Mann geworden ist. Da bin ich schon stolz drauf, schließlich hab ich ihn ja gezeugt. Später haben alle gesehn, wie er zugepackt hat und wie schlau er war. Das hat er von unsereinem gehabt. Ich bin nicht extra hin, um ihn mir anzugucken, aber ich hab sozusagen von der Seite aus ein bißchen zugesehn, wie er gewachsen ist. Ist ein Mordskerl, der Juho Gabriel, beinah wie sein Vater. Hat schon mit drei Jahrn bei der

Waldarbeit dem Pferd die Peitsche gegeben und am Samstagabend ein Fläschchen schwedischen Edelbrand getrunken. Und kaum hat er ein Messer in die Finger gekriegt, hat er im Handumdrehn einen Holzknüppel in ein Jungbockgeweih mit vielen Enden verwandelt, egal wie stumpf das Messer war. So geschickt war er im Schnitzen. Mit fünf hat er drei Gehölze mit Gräben durchzogen und ist sommers wie winters mit Stiefelhosen rumgelaufen, und mit acht hat er im Winter Kiefern gefällt und daraus einen neuen Kuhstall gebaut, und außerdem hat er sechs Rentiere am Tag kalt gemacht. Mit zehn hat er auf dem Brunnendeckel Mandoline gespielt und auf der Schulter ein Faß mit Moltebeeren vom Moor hinterm Hügel bis zum Hof geschleppt. Mit dreizehn war er schon ein ausgewachsener Mann, mit Schultern so breit, wie mans noch nie gesehn hat.

Impi Agafiina wird in eine hungrige Familie hineingeboren

Die von schwerer Arbeit und unruhigen Gedanken zerfurchte, aufgeregte Ristiina preßte inmitten der großen Wildnis auf der Saunapritsche ein Kind in die Welt. Schwitzend und fiebrig. Sechzehn Tage lang. Schwarzherz-Ransu, der das Kind gezeugt hatte, schob kreidebleich Holz in den Ofen. Ristiina drückte und drückte.

Nach sechzehn Tagen holte Ransu aus dem Dorf die fürs Bälger-auf-die-Welt-Bringen zuständige Proto-Kaisa. Die drückte auf Ristiinas Bauch, spreizte ihr die Beine und sagte, der Balg muß wieder in Ristiina zurück, weil er mit dem Rücken zuerst raus will. Sonst sterben beide, Ristiina und das Kind.

Am selben Tag sah Mikri Vuoma, ein von Gott gesalbter Mann, der keinen Schnaps trank, über dem Wasser einen Specht mit einem Kreuz auf dem Kopf.

mikri vuoma: Das war so ein Tag im Frühherbst, als ich Gast wurmiger Erde, verräucherter Stuben und rußiger Saunas, staubiger Darren und muffiger Speicher mit einem Rentierpelz am Leib losging in Richtung Fluß. Ich hatte mir vorgenommen, in den Windungen Goldklümpchen zu sammeln, weil mir in dieser Zeit der Herbstunruhe und des Sonnenspuks nichts anderes eingefallen war.

Am Kursu-Moor mußte ich auf einmal furchtbar gähnen. Ich legte mich auf der trockenen Heide hin, und wie ich so schnarchte, hatte ich einen Traum, wo mir Gott selbst sagte, daß irgendein Weib bald ein abscheuliches Mädchen auf die Welt bringt, das einmal ganz Lappland in Angst und Schrecken halten wird. Blut wird in Strömen fließen, die Köpfe der Stinkreichen werden rollen und die Dörfer von Flammen versengt. Wie ich aufwachte, war mir mulmig. Ich humpelte weiter und sah die Hütte von Ristiina und Ransu und dachte, mal gucken, ob der Ransu noch was von dem hausgemachten Schwedischen hat. Kurz vor der Hütte sah ich eine Schlange im Gras. Die war länger als ein Ruder und dicker als der Heugalgen, den der Kainonen Samppa gehobelt hatte. Augen hatte sie wie ein Ochse und war so ein Brocken, daß sie mich bestimmt getötet hätte, aber ich hatte zufällig eine Flasche Schnaps in der Tasche, und in der Flasche war ein großes Stück Bärenherz. Mit dem in der Hand fuhr ich die Schlange an, daß sie in die dritte Hölle verschwinden soll, und die Schlange ergriff die Flucht, und ich war gerettet.

Ich humpelte weiter und hörte schon seltsame

Geräusche von der Sauna her. Ich lugte durchs Fenster und sah, zum Teufel, wie die Ristiina da drinnen in unwahrscheinlichem Hurengeschrei winselte und einen Frischling auf die Welt drückte. Nebendran hantierte die Proto-Kaisa schon mit dem Rentiermesser, als sich der Balg mit dem Rücken zuerst in die Welt strampelte.

Eine seltsames Geschäft war das. Wie der Balg geboren wurde, spritzte kein Blut, nirgendwo kam auch nur ein Tröpfchen raus, und ich mußte mir die Augen reiben, ob mein Blick mich nicht trog. Ich dachte schon, ich hätte mir die Augen an den Kleidern eines Frischgestorbenen abgewischt und sehe Phantasiegebilde. Aber ich sah doch recht. Der Frischling war stumm und in so einen dicken Pansen eingepackt. Mit langen Krallen kratzte er sich an die Luft und war ein schauerlicher Anblick. Auf seinem Kopf saßen eine Mütze und eine goldene Krone, und seine Haut war blau wie das Himmelszelt, die Hände waren dreckig, als wäre er ein Lappe, und aus seinen Ohren sickerte der Eiter.

Und wie ich zum Himmel sah, flogen dort die Schwäne in dichtem Schwarm. Da begriff ich, daß das ein außergewöhnlicher Frischling war, und wie ich ihm zwei Tage lang zuguckte, erwies sich das als richtig. In jenen Tagen wurde das Gras in der ganzen Tundra sauer, die Birkenrinde auf den Dächern wurde sauer und Hinke-Allis Zehen auch, und nicht lange, da schaffte es der grade erst geborene Frischling schon, dem Kapriili das Vieh zu stehlen, eine Wurmmaschine und eine Sonnenwaage zu erfinden, dem Baumgott zu opfern, wegen dem Viehdiebstahl Ransu, Raimari und Gott selbst anzulügen, und bekam noch dazu all seine Kunststücke verziehen.

Ich habe schon immer gedacht, in dem Mädchen steckt die bucklige Schlauheit und die Kraft von einer Lokomotive, und sie hält auch dem Elend genauso stand wie das Rentier, das doch von allen Geschöpfen die größte Qual und Pein zu tragen hat.

Ristiina raucht Pfeife

Nach der Geburt, nach sechzehn verschwitzten und fiebrigen Tagen, die es gebraucht hatte, das Kind in die Welt zu katapultieren, lag Ristiina sauber und gleichmütig auf den Brettern, die Haare struppig und die Haut nach Kiefernharz duftend. Sie atmete ruhig und hielt die Augen geschlossen, denn sie hatte der Welt kein Kind geben wollen, dessen einzige Aufgabe auf Erden das Sterben war.

Sie schlief ein und sie träumte, daß sie Schwarzherz anflehte, das Neugeborene wegzubringen.

Als die vom Frost entzündete Sonne jäh, stolz und erhaben den Hügel erklommen hatte und von dort in den Wipfel der Hausfichte gesprungen war, wachte Ristiina auf. Lautlos lag der Frischling zwischen ihren Beinen und starrte mit schwarzen, eiterglänzenden, haßfunkelnden Augen die hell werdende Saunadecke an. Ohne Mitleid, ohne Anhänglichkeit, ohne irgendein Gefühl biß Ristiina die Nabelschnur durch, aß den Mutterkuchen auf und wusch das Kind mit Kernseife und einer Wurzelbürste, nahm es auf den Arm und steckte ihm ein Rübenstückchen in den Mund.

Nachdem sie das Kind gewickelt und auf die obersten Saunabretter gelegt hatte, ging Ristiina hinaus, zog sich im Vorraum der Sauna an, stopfte sich eine Pfeife, betrat mit erhobenem Kopf den Pfad und ging in Richtung Rübenacker davon.

ristiina: Pfeife hab ich geraucht, so lang wie ich denken kann, weil ich den guten Tabakgeschmack so gern hab. Wenn ich morgens Feuer in die Pfeife tu und ordentlich zieh, dann gehn mir überhaupt erst die Atemlöcher auf. Und wenn mal ein stärkerer Husten kommt, dann hilft nichts außer einer großen Ladung Starker Matti. Pfeifen hab ich zwei verschiedene. Die eine is so eine schlauchartig krumme und die andere eine Stummelpfeife, für die der Fleisch-Niilo aus Maserholz einen richtig großen Kopf gemacht hat. Dann gibts noch den Faulbaumstiel, den der Suppen-Klemetti gezimmert hat. Morgens nehm ich meistens die Flößer-Mischung, weil die so süß ist, und tagsüber Starker Matti, weil das ein ordentlicher Tabak ist, und abends alle beide. Ich leg mich sogar mit der Pfeife ins Bett. Wenn der Tabak mal ausgeht, wie er auch zwangsläufig ausgehen muß, dann rauch ich Wurmkraut.

Kaum hat das Kind den Schoß der Mutter verlassen und kann frei seine Glieder bewegen, da wird es erneut festgebunden

Das erste halbe Jahr verbrachte Impi Agafiina in einer straffen Windel, im warmen Umschlag ihrer Ausscheidungen. Als sie die ersten Krabbelversuche unternahm, band ihr Ristiina eine Schnur um den Hals und befestigte das andere Ende an Schwarzherzens Bett. Angepflockt an diesem einen Meter messenden Seil, erlebte Impi Agafiina die bedrückendste Zeit ihres Lebens. Als sie laufen lernte, wurde das Seil gegen einen längeren Lederriemen ausgetauscht, und als sie zwei Jahre alt war, ließ Ristiina sie frei.

Als erstes stieß Impi Agafiina dem Schwein die

Mistgabel in den Rüssel, sengte dem Huhn die Halsfedern an und steckte dem Hund Ristiinas Stummelpfeife tief in den Hintern. Feste Muskeln spannten sich um ihre Knochen, und ihr Körper war straff wie eine Peitsche. Das Haar war kurz, struppig und schwarz und wimmelte vor Läusen. Ihr Blick brannte wie Eis, so voller Haß und Wut war dieses Mädchen.

Impi Agafiina lernte, ihre Notdurft in einer Ecke der Wohnstube zu verrichten und ihre Ausscheidung mit Mulm zu bedecken. Ihr Essen verschlang sie, ohne zu kauen, mit den Fingern stopfte sie es sich in den Mund.

Ein Monat folgte auf den anderen. Im Sommer waren die Gräser grün und im Herbst die Preiselbeeren rot, im Winter die Schneewälle hoch, und im Frühling wuchsen die Eiszapfen von der Traufe bis zum Boden. Im Sommer rannte Impi Agafiina mit Ristiina über die abgelegeneren Felder des Dorfes, um den Mist von Kühen, Stieren, Schafen und Ziegen aufzusammeln. Die trockenen, prächtigen Mistlaibe brachten sie in einem aus Birkenrinde geflochtenen Rucksack heim und stapelten sie sauber im Vorbau auf. Im Winter schob Ristiina die Laibe in den Herd und kochte Milchsuppe mit Trockenfleisch.

In der mittwinterlichen Mordskälte kamen die Rentierzüge der Lappen. Mit wackelnden Heuärschen durchquerten sie den Hof und zogen über den zugefrorenen See. Impi Agafiina rannte ans Fenster, als sie hörte, wie die Ochsen galoppierten, was die Hufe hergaben, wie die Schlitten rumpelten, die Messingringe klimperten und die Kufen Funken schlugen. Für das Bimmeln der Rentierglocken hatte sie was übrig, und sie wäre gern einer von diesen schwarzen, kleinen Menschen in Rentierfellen gewesen. Ein Lappe trieb sein Zugtier mit dem Riemen an, der Schlitten schwankte, und Rentier samt Mann flogen außer Sichtweite. Ein zweites und ein drittes Rentier, als letzter erschien Romu Lippe, dann folgte nur noch lautes Gepolter. Die Rentierbeine liefen immer schneller, sie zogen den leichten Schlitten und den leichten Lappen wie eine Feder, und die Lappen liebten die schnelle Fahrt, denn sie nahm den Schlittenlenker auf eine Reise mit, die nicht nur das Überwinden einer Strecke bedeutete, den Wechsel von Wald zu Moor, sondern eine Geschwindigkeit, bei der die Welt neu Gestalt annimmt, alles jagt dahin, die Wolken wälzen sich nach Osten, nur der Mond und die Sonne und die Sterne bleiben unbeweglich, bis der Schlittenlenker schließlich in Bewußtlosigkeit versinkt und die Rentiere ihren Lauf verlangsamen.

Das Schwimmhautmädchen

mikri vuoma: Gut ein Jahr ging drauf, und die Ristiina brachte noch einen Frischling auf die Welt, bei einwandfreiem Wetter am Rand vom Rübenacker. Ihm ist kein besonderer Name gegeben worden wie der Impi Agafiina. Es mußte ohne das Taufkleid Christi auskommen und war wie ein Rentierkalb. Wenn es gestorben wär, dann wärs direkt in die Hölle geflogen, wahrscheinlich als Schneehuhn, aber es blieb ja am Leben. So eine Art Krüppel war das.

Sie habens keinem gezeigt, aber ich hab es ein paarmal gesehn, und außer mir noch der Nauvo Peettu. Der, der in seiner Kammer Füchse hält und immer vom Johannes erzählt, der angeblich der Bruder des himmlischen Bräutigams war und ihm den Weg bereitete.

Sie haben es in der Sauna hinter Schloß und Riegel gehalten, und das wundert mich gar nicht. Es war in jeder Hinsicht so ein in der Sterbewoche Christi gebackenes Ding. Hände hatte es wie Flügel und war halb ein Tier. Wie es geborn wurde, war es klein wie ein Quirl, aber das Halbkilogewicht bekam trotzdem einen Husten wie ein ausgewachsener Mann, sowas hält kein Frischling aus. In allem, was mit Wachsen zu tun hat, war es bös zurück. Ich sah zu, wie der Ransu es dort in der Saunadiele fütterte, aber die Ristiina tat so, als gäbe es das Wesen gar nicht.

Einmal, wie ich bei halbklarem Sommerwetter in der Hütte von Ristiina und Ransu war, um einen gegen den Sommerdurst zu trinken, da hörte ich es aus der Saunadiele krähen wie ein Hahn. Ransu tat, als hätte er nichts gehört, und ich sagte auch nichts. Beim nächsten Mal sah ich, wie die Impi Agafiina das Wesen eine Zeitlang mit der Angelrute piesackte und ihm dann einen halben Schoppen Rentiermilch gab. Irgendein Gequake meinte ich von der Kleinen gehört zu haben, und da wollte ich schon was zur Ristiina über die Kreatur sagen, aber wie der passende Augenblick da war, ist es mir einfach aus dem Sinn entschwunden, und ich hab nix gesagt.

Soweit ich weiß, ist die Kreatur gestorben, ein gutes Jahr nachdem ich mit der Drachen-Feeta gesprochen hatte, die an der Poststation von Putas den Gott Rußlands gesehen hatte. Der hatte mit offenem Maul in einem richtig feinen Karriol geschlafen, und die Leute durften ihm danken für all die guten Taten, die er getan hatte.

Ein Kind ist nicht Gottes Ebenbild, bevor es getauft wird

Am Tag der Heiligen Dreifaltigkeit, an einem hohen und großen Frühsommertag, versetzte Ristiina im Morgengrauen Impi Agafiina in ihrer Heringskiste einen Tritt, damit sie aufwachte.

Impi Agafiina zog Ransus verschwitztes und abgewetztes weißes Hemd an und setzte sich eine Weile auf die Eingangstreppe. Ristiina trank eine Kelle Selbstgebrautes für den Leib und eine weitere, um das Gemüt aufzuheitern, und vor fünf waren sie bereits unterwegs. Ristiina trug auf dem Rücken einen Korb aus Birkenrinde, darin ein Stück Käse, einen Hasenlauf, eine Haselhuhnbrust, den getrockneten Kopf eines Flußfisches, einen Bissen Hirschbraten, ein Stückchen Rentierzunge, einen Beutel Daunen und ein ganzes Schafsfell. All das wollte sie dem Pfarrer als Taufgabe bringen.

Zu Fuß brauchte man den ganzen Vormittag, um durch die Einöde ins Dorf zu kommen. Der Pfad schlängelte und wand sich, stieg an der einen Flanke des Hügels an, führte auf der anderen hinunter und dann eine felsige Anhöhe entlang.

Kurz nach Mittag erreichten Ristiina und Impi Agafiina bei schönstem Dachswetter den Raimari-Hof. Dort standen ein Dutzend Pferde, zwei schwarze Fahrräder und freireligiöse Sünder. Männer waren keine zu sehen, nur schwarzgekleidete Frauen tuschelten gebeugt und mit Kopftüchern aufgeregt unter dem Fenster zum Vorraum. Raimaris bucklige Frau stand auf der Treppe. Mit dünner Stimme sagte sie: »Jetzt haben wir eine ganze Woche lang geschuftet. Die Sonne des Herrn hat geschienen, der Teufel hat geplagt als Windstoß der Sünde, Last hat auf dem Gewissen gelegen, mancher ist schweren Gemüts, und daher sag ich euch, Mitsünder: Liebe Geschöpfe Gottes, kommt in die Stube und nehmt, setzt euch dazu und tauft!« Ristiina nahm den Korb vom Rücken, kramte ihre Pfeife heraus und zündete sie an. Langsam ging sie, an der Pfeife ziehend, auf die Haustür zu, aber Impi Agafiina war bereits hinter der Sauna verschwunden, wo sie mit dem Knecht schäkerte, der dort im karierten Hemd Selbstgebrautes trinkend seinen freien Tag verbrachte. Als Ristiina die Predigtstube betrat, war das Getöse schon in vollem Gange. Der Pfarrer, der Augen hatte wie zwei Beeren, stand hinter einem Klappult auf dem Podest, auf dessen rechter Seite die Sprecher und Vorsänger saßen, und schmetterte seine Predigt: »Als ein Rentiermann bei Sarah und Abraham im Eichenhain Mamre zu Besuch war, kam die Frage auf, ob Gott den Menschen denn geschaffen hat bloß zum Essen und Scheißen, zum Trinken und Raufen, zum Huren und Stehlen. Wozu, wo sich doch die Herrschaften die Kehle mit ihrem Scheißspiritus schmieren und die Bauern es ihnen nachmachen? So leben sie und glauben Gott wohlgefällig zu sein. Aber sie sehen nichts als die Würste, die sie sich mit Feuer aus der Hölle braten. Aus so einem Leben wird eine einzige Mastdarmplage, weil diese Menschen nur dem Gott der Verdauung huldigen.«

Ristiina lutschte an ihrer Stummelpfeife und blickte mit brennenden Augen verstohlen in Richtung Sauna. Das grausame Gotteswort schlüpfte an ihrem Verstand vorbei, aber der Laitila Jooseppi, den das Wort getroffen hatte, sprang auf und rief, so heftig wie es der Mund eines Bauern aus kleinem, sündigem Haus zuläßt, daß er durch Gottes Liebe von aller Plage losgekommen sei. Der Pfarrer hörte sich Jooseppis Bekenntnis mit süßlichem Blick an und segnete ihn mit einer raschen Handbewegung, damit er sich wieder hinsetzte. Impi Agafiina rannte über den Hof und quer durch die Stube, prallte gegen den Pfarrer, der stämmig war und so groß, daß er, hätte sein Verstand in irgendeinem Verhältnis zu seinem Körper gestanden, der größte Gottesfürchtige seines Zeitalters gewesen wäre. Der Pfarrer trat Impi Agafiina wie einen räudigen Hund, und sie flog dem Jaatti Oukka, der in der ersten Bank saß, vor die Füße. Dabei wackelte der Tisch an der Hinterwand, und Jaatti Oukka sprang auf die Bank, brüllte ein Klagelied und stürzte im selben

Moment zu Boden. Der Laitila Jooseppi und Reeta folgten Oukkas Beispiel. Weinend und jammernd stiegen sie auf die Bank und fingen an zu trampeln, wobei sie um Vergebung für ihre schwarzen Sünden baten. Der Katiska Juuso rief von der Ofenbank: »Der Ohtana Iisakki ist ein billigerer Prediger als der da, der Iisakki frißt bloß Heringe und Brot, aber der da verlangt alle Sorten Kuchen auf den Tisch.« Marjettas Lempi, der einen gebrechlichen, aber von Sünden befreiten Körper besaß, schoß vom Wandbett hoch, stürzte zwischen den Bänken hindurch zum Ofen, nahm einen Brotranken und schlug damit auf den Spötter ein. Impi Agafiina hatte ihr Taufkleid ausgezogen und lag zu Mikri Vuomas Füßen unter der Bank. Von dort aus erblickte sie die Kuckucksuhr an der Wand. Einen Augenblick betrachtete sie die Uhr, dann krabbelte sie entschlossen darauf zu. Der Pfarrer hob den Blick zur Decke, schloß die Augen und hob an:

»Ein Kind ist nicht Gottes Ebenbild, bevor es nicht getauft wird. Es ist nicht besser als ein Frischling oder ein Rentierkalb, aber wenn ich es taufe, wird es zum Kind Gottes und zum Bild Gottes. Wenn das Balg keine richtige Taufe von einem Pfarrer kriegt, kommt der Teufel, der drei Namen trägt – Legion, Apollyon und Beelzebub –, und versenkt es im nächsten Moor.«

Impi Agafiina, die auf einen Tisch gestiegen war, spähte nach der Kuckucksuhr, aber die hing zu hoch. Die Mägde von Raimari, allesamt ernsthafte Christen, servierten den Gläubigen in der Kammer Kaffee, und der Bauer murmelte auf einem Kastensitz Gebete vor sich hin. Ein Teil der Versammlung war auf die Bänke gestiegen und trampelte wie Laitila Jooseppi mit den Füßen. Die Frauen hoben die Hände zum Himmel und stießen helle Schreie aus. Der Pfarrer schmetterte weiter, daß diejenigen, die sich von ihren Leidenschaften leiten ließen, das Schicksal des Judas erleiden würden, und drohte, sämtliche Teufel des Friedhofs zum

Suppen-Klemetti, diesem Gnadendieb, zu schicken, wenn er nicht zum Glauben komme und zum Zeichen dieses Glaubens ihm, dem Pfarrer, eine Testaments-Kuh bringe. Die Menschen krochen auf den Pfarrer zu, wie auf dem Weg zum heiligen Berg, zum Gnadenstuhl. Ristiina richtete den Blick auf die offene Tür und trabte alsbald hinter die Sauna, wo sie mit dem Knecht Selbstgebrautes trank. Impi Agafiina entdeckte das große Buch auf dem Tisch, stellte es aufrecht hin und kletterte hinauf. Sie streckte sich nach der Kuckucksuhr und schnappte sie von der Wand, im selben Augenblick schepperte der Kuckuck aus seinem Nest und geradewegs in Impi Agafiinas Auge. Mitsamt der Uhr stürzte das Mädchen zu Boden, und das Gemeindevolk stimmte einen schallenden Choral an. Von diesem begleitet, stand Impi Agafiina mit blutendem Gesicht auf, nahm die Uhr und taumelte hinaus zu Ristiina und dem Knecht. In der Stube holte der Pfarrer Luft und fuhr fort: »Wenn du Gerste säst, so wird Gerste aufkeimen, aber wenn du Gottes Wort säst, so wie hier Stroh gestreut wird, so wird der Keim des rechten Gottes aufgehen. Der Katiska Iisko trompetet wie der Papst, aber in seiner Stube herrscht die fleischliche Unzucht, und es wird dort der Schlick und die Lehre eines toten Glaubens ausgestreut. Möge der Satan Scheiße über Iisko kommen lassen, damit der elende Hund blind werde. Amen.« Bevor der Pfarrer sich in der Kammer an dem Tisch mit den Leckereien niederließ, ermunterte er Reimari, der eine Sau mit der Schorfkrankheit im Stall stehen hatte, sein Leid wie ein Soldat Christi zu erdulden, und versprach ihm die Glückseligkeit.

Als der Abend in die klare Sommernacht überging, spazierten die ein wenig betrunkene Ristiina und Impi Agafiina, die die Kuckucksuhr im Arm hielt, guter Dinge nach Hause zurück.

Das Haus des Onkels, Juho Gabriel und die Hunde-Kaisa

juho gabriel: Das Haus vom Onkel ist nicht üppig, obwohl es auf einem alten Lappenzeltplatz steht, am Fuß von einem Hügel, am Ostufer von einem schmalen Fluß. Im Haus gibts eine große Stube und zwei Bettenkammern, in der Stube einen polierten Backofen und auf dem Fußboden schöne Flickenteppiche, alle gestreift. Außer dem Haus gibts noch einen Holzschuppen, ein Magazin, einen Stall, eine Sauna und drei Vorratsspeicher, am Flußufer einen Bootsplatz und einen Koben fürs Sommerschwein. Im Stall sind das Pferd Seepi, die Kuh Lauko, zwei Schwäne, eine zahme Krähe und eine fette Katze.

In diesen Haushalt hat mich der Onkel damals am zweiten Tag des Jahres gebracht. Den Schlitten hat das Pferd Seepi gezogen.

Der Mikri Vuoma hat gesagt, daß genau da, als das Pferd Seepi dampfend auf den Hof galoppiert gekommen ist, der alte Mann im Mond mit einem Käse in der Hand hinter dem Hügel hervorgeschlüpft ist, und zwar nicht, um dem Neuankömmling was zum Probiern zu geben. Und auch die Nordlichter haben schon zu lodern angefangen und allen Weibern die Haare vom Kopf gebrannt, aber die Männer sind nicht angerührt worden. So hart war die Frostnacht, daß der Stute vom Ranperi Isko das Fohlen am Boden festgefroren ist, und dem steifgefrorenen Weib vom Akmeeli Kerto die Hände am Teig hängengeblieben sind.

Der Mikri Vuoma hat gemeint, daß ich mit dem Onkel richtig gesprochen hätt, wie der mich auf dem Eßtisch aus der Decke gewickelt hat. Ich hätt gesagt, daß sogar im Kopf von einem Barsch mehr Fett ist wie im Speicher vom Ransu. Der Onkel ist auf die Knie gefallen und hat dem Himmlischen Vater dafür gedankt, daß er ihm einen Sohn gegeben hat, ihm, einem alten, unbeweibten Mann. Der Onkel hat damals nicht gewußt und weiß es heut noch nicht, daß mich Gott bloß auf die Erde geschickt hat als Köder für den Satan, weil er dem eine Falle stellen wollte. Ich hab davon keine Ahnung gehabt, aber nach all der Qual und Last von meinem Leben ist mir das gedämmert.

Der Mikri hat dann aus dem Dorf hinterm Sajvasee eine taube Amme geholt. Die hat vor dem Onkel Angst wie verrückt und zieht mich im Gebetsgemurmel groß. Wenn sie mir die Titte gibt, macht sie die Augen zu und schaukelt von einer Seite auf die andere wie Milchsuppe vom Schmied. Der Onkel ist ein mäkliger Mann, der erträgt das Gegacker von den Weibern ganz und gar nicht. Sie hat keine Ohrn, die Hunde-Kaisa, aber sie hat eine gute Natur. Springt dem Onkel nicht ins Auge und kriegt dafür einen dürren Lohn. Sie stillt brav zwei Jahre lang, und ich kann kein einziges Tadelwort über die Zeit sagen. Die Milch von der Hunde-Kaisa ist fett, und ich bin unwahrscheinlich schnell gewachsen. Sie lehrt mich, daß man die Finger nicht bis zum Ellbogen in den Schnabel stecken darf und auch nicht über den Teller drüber auf den Boden schneuzen.

Mit zwei Jahren bin ich groß wie ein Mann, hat der Mikri Vuoma gesagt, und ich hab Kraft wie mehrere Zigeunerschurken zusammen. Die Hunde-Kaisa geht fort, ohne ein Wort zu sagen, und kommt nie mehr nach mir gucken, und sowie wir unter uns sind, fängt der Onkel an, einen Mann aus mir zu backen. Um vier in der Früh stehn wir immer auf und gehn im Fluß schwimmen. Obs regnet oder ob die Sonne scheint, nix wie ins Wasser, das voller Viecher ist. Nach dem Schwimmen essen wir Kartoffeln und Brei aus Gerstenmehl, und dann fangen wir mit der Arbeit an. Der ganze Tag bis in die Nacht ist Arbeit und was ich sonst noch lernen muß. Ich lern alles, was es auf einem Hof zu machen gibt, und lern dabei auch noch die Welt verstehn. Wenn ich nicht lern oder stur bin, dann nimmt der Onkel den Riemen und schlägt mich, daß ich die Leiden Christi spür.

hunde-kaisa: Ich sag grad raus, daß sie mich in dem Haushalt nicht besser gehalten haben als wie einen Hund. Da hat kein Aufmucken geholfen, obwohl der Onkel mich geschimpft und wie einen Braten an den Spieß gewünscht hat. Ich hab alle Arbeiten gemacht in dem Haus, obwohl ich bloß fürs Säugen bezahlt worden bin.

In aller Herrgottsfrüh bin ich aufgestanden, lang bevor der Hahn sich auch nur auf die andere Seit gedreht hat. Ich hab die Küh gefüttert und gemolken, ich hab gemistet, ich hab Wasser geschöpft und ich hab die Zimmer in Ordnung gebracht, weils doch der Onkel so genau genommen hat mit der Reinlichkeit. Ich hab Gerstenfladen gebacken, ich hab das Butterfaß geschlagen, ich hab die Bütten eingeweicht, ich hab Wolle kardätscht, weil da warn ja fünf pechschwarze Schafe und nur zwei mit grauer Wolle, und ich hab die Fäden gesponnen, ich hab gewebt und ich hab gestrickt. Ich hab mich bei allem immer beeilt. Der Mikri Vuoma, der is mir bei allem immer am Rockzipfel gehangen. Für den Onkel war so eine wie ich nur eine Last, nicht mal anständiges Essen hat es immer gegeben, aber unsereiner ist so ein zähes Weib, daß mich der Hunger nicht umgebracht und der Frost nicht kaltgemacht hat. In der Frühjahrszeit hab ich auf dem Feld Steine gewälzt und den Hof gekehrt, die Sommertage war ich für Futterlaub weit im Wald, hab Korn gerüttelt und Kartoffeln gelesen. Der Onkel hat bloß den

Himmelsrand ausgemessen und das Wetter für die nächste Woche geraten. Ich war da Besen und Stiel.

Morgens wenn ich aufs Feld bin, hab ich gedacht, das is wie David gegen Goliath, und so wars dann auch immer, daß ich mit der Kraft von dem Herr Zebaot alle Arbeit vor der Nacht erledigt gekriegt hab.

Ich hab dem Onkel lang gedient und fromm, aber wie ich von dem Haus einmal fort war, hab ich mich auch nicht mehr dahin zurückgesehnt.

Wie Juho Gabriels Stottern aufhörte

mikri vuoma: Als Balg war er schlecht im Sprechen. Du hast ihm die Wörter in den Mund gesteckt, und er hat sie nicht wieder rausgackern können. Ich sagte zum Onkel, laß mich den Kerl gesund machen. Darauf der Onkel, mach ruhig. Ich nehm den Juho Gabriel unter den Arm und bring ihn zum Herbstgatter von Konttavaara. Dort hatte ich einen alten Rentierbock, der ins Reich der Toten mußte. Ich fang ihn ein und stoß den Dolch gerade durch sein Herz. Ich leg die Innereien ins Heidekraut und ruf dem Balg zu, komm da vom Feuer weg. Wie er kommt, schnapp ich ihn und tunk ihn in den blutigen Magen von dem Rentierbock und zieh ihn schnell wieder raus. Damit hat Juho Gabriels Stottern aufgehört, und er ist ein Kerl geworden.

Die Abholer kommen

Zwei Männer gingen dort entlang, wo so etwas ähnliches wie ein Pfad war. Der jüngere trug Reithosen, glänzende Lederstiefel und eine Bootsmütze. Sein

Auftreten war betont forsch, die Haare gelockt, die Haut gesund gerötet. Das graue Gesicht des älteren Mannes sah müde aus. Er trug eine graue Uniform, zu der eine graue Mütze gehörte.

sarmo: Es ist schwer, sich an das Vergangene zu erinnern, aber an jenen Morgen erinnere ich mich noch wie heute. Auf den Feldern reiften die Kartoffeln, die Gemüsebeete rochen nach Dill und Ringelblumen, die an den Häuserwänden aufgeschichteten Holzscheite dufteten nach Harz.

Wir fuhren geradewegs auf den Kaaprili-Hof und fragten nach dem Bauern. Er kam und führte uns hinein, in einen kühlen Saal, wo bereits Tassen gedeckt und Gebäck aufgetragen worden war. Nachdem wir Kaffee getrunken hatten, wies uns der Grundbesitzer den Weg zum Elternhaus von Impi Agafiina.

Von Mücken bedrängt, stiefelten wir stundenlang durch schwieriges Gelände, bis wir mitten in der Einöde auf eine kleine Kate stießen. Sie war grau und morsch, wie im Kampf gegen die Wildnis ermattet. Die Mittagssonne stach, obwohl die Mückenschwärme schwarze Wolken zwischen uns und der Sonne bildeten. Eine Weile standen wir am Waldrand und betrachteten die Landschaft. Die üppige Schönheit der Natur ließ uns verstummen. Allein der Gestank, der über dem Haus und dem Grundstück schwebte, störte unseren Genuß.

Entschlossen marschierten wir zur Kate und bahnten uns einen Weg durch die getrockneten Miststapel im Vorraum. Ich klopfte an die Tür, keine Antwort. Die Fliegen summten um uns herum wie um einen Misthaufen, und wir stampften in die Stube. Der kleine, offenbar als Wohnstube dienende Raum war voller Rauch. Der brenzlige Geruch kam von einem Fetttopf, der auf dem Herd vergessen worden war. Die Hausbewohner lagen in festem Schlaf. Durch Räuspern und andere zivilisierte Methoden versuchten wir sie aufzuwecken, aber sie schliefen tief und fest. Ich nahm auf einem Schemel Platz, mein Kollege lehnte am Türpfosten. Die Hütte war sieben Meter lang und fünf Meter breit. An einer Wand war ein Fenster, so groß wie eine Zeitung. Dort versuchte sich das Licht hineinzuzwängen. Mitten im Raum stand ein aus rohen Brettern zusammengeschusterter Tisch, darauf ein primitiver, aus einer Rübe geschälter Becher mit Talg. Aus dem Talg ragte ein Holzspan heraus, an dessen Kopf man Watte befestigt hatte, um ihn anzünden zu können. Der Hausherr schlief schwer schnarchend an der südlichen Hauswand, die Frau an der Tür und das Mädchen in einer Holzkiste neben dem Herd. Die Luft war schwer von Fett, Verstopfung und Schweiß.

Zwei Stunden lang warteten wir schließlich vor dem Haus, weil man drinnen schlicht und einfach nicht atmen konnte.

Es ging bereits auf drei Uhr zu, als die Hausleute endlich geruhten aufzuwachen.

Unsere Anwesenheit schien sie nicht zu verwundern. Sie fragten nicht nach dem Grund unseres Besuchs, sie benahmen sich so, als würden wir gar nicht existieren. Sie baten uns nicht hinein und hatten selbst keine Eile herauszukommen. Als wir ungebeten in die Stube traten, forderte man uns nicht auf, Platz zu nehmen. Die Frau schürte das Feuer im Herd, der Hausherr zog sich an. Dann trottete er hinaus, reckte sich nach zwei getrockneten Fischen an der Astgabel einer Eberesche, setzte sich auf die Treppe und begann an dem Fisch, so wie er war, zu kauen.

Das Mädchen wachte als letzte auf. Es rannte geschwind nach draußen, kam mit einem aus Birkenrinde gefertigten Wassergefäß zurück, spritzte absichtlich Wasser auf unser Schuhwerk, lachte hell auf und lief wieder nach draußen.

Nachdem sie abgestandenes Wasser zum Kochen gebracht und sich eine Stummelpfeife aus Maserbirke angesteckt hatte, setzte sich die Hausfrau auf die Holzkiste, öffnete eine Fischdose, nahm einen großen, glitschigen Fisch und fraß ihn auf, als hätte sie noch nie zuvor etwas zu essen bekommen. Das Fett, das von dem Fisch tropfte, rann ihr über den Arm und auf das Kleid, das überall spannte.

Da sie keinerlei Anstalten machte, den seltenen Gästen Kaffee anzubieten, schlug mein Kollege vor, den Hausleuten einen Schluck Rum zu geben, um ihnen den Mund zu öffnen. Wir gingen hinaus. Der Hausherr schnappte sich die Flasche und fing an zu saufen wie ein durstiges Zugtier, aber nicht einmal der Alkohol machte den verschlossenen Mann gesprächig.

Wir gaben auf, gingen in die Hütte zurück, wo die Hausfrau Kaffee schlürfte, und trugen unser Anliegen vor. Wir sagten, daß wir gekommen waren, das Mädchen zu holen, um es in die Stadt, in ein neues Zuhause zu bringen, wo es gehalten würde wie ein herrschaftlicher Sproß, aber die Frau schien uns nicht zu hören. Der Hausherr trampelte in die Stube und verlangte mit lauter Stimme mehr Schnaps. Mein Kollege zog die Flasche aus seinem Hosensack und gab sie ihm.

Nachdem wir unser Anliegen zum drittenmal erläutert hatten, reichten wir der Frau das Übergabepapier zur Unterschrift. Sie spuckte auf das Papier, furzte und verdrückte sich.

Wir verließen die Stube. Die Sonne senkte sich bereits hinter den Hügel. Der Hausherr lag im Ufergras, die Frau hängte Fische zum Trocknen auf eine Astgabel. Das Mädchen war nirgends zu sehen.

Erst gegen Abend, als uns Schwärme von Kriebelmücken umkreisten, fanden wir sie am Rand eines Teichs.

Ich packte sie, zog sie vom Rücken eines großen Rentierbocks herunter und erklärte, daß mit diesem Leben hier nun Schluß war.

Sie sah mir in die Augen und lächelte. Ich hatte keine Ahnung, was in ihrem Kopf vorging. Ohne Widerstand zu leisten und ohne Abschied zu nehmen, kam sie mit uns.

2. buch

Blickte Impi Agafiina zurück, sähe sie den Weg und die Staubwolke, hinter der das Dorf allmählich verschwindet. – Vorwärts! Vorwärts! Nichts als Vorwärts! – All das, was wir als Erwachsene brauchen, das gibt uns die Erziehung. – Bei den reichen Leuten sind Impi Agafiinas Augen wie die Teiche von Heschbon, wenn sie die weiten Säle und die polierten Edelholzmöbel bestaunen. – Mehr über Sarmo. – Juho Gabriel deklamiert Psalmen, wächst zu einem Mann heran, bekommt Stiefel aus wohlriechendem Leder. – Der finnische Vaterlandsgeist erwacht, ein Krieg steht bevor, und auf Impi Agafiina warten große Aufgaben. – Der Baumeister. – Eine Brücke wird gebaut, das Eis kommt, und Juho Gabriel wird in Eisen gelegt. – 1939. Der Winterkrieg gegen den großen Nachbarn beginnt.

Vorwärts, vorwärts, nichts als vorwärts

mikri vuoma: Damals, wie der Kurtén Jalmari und der verfluchte Sarmo mit dieser Blechkröte Richtung Norden fuhren, sagten alle, die zwei fahren bloß, wie soll man das jetzt freundlich sagen, zum Vergnügen in die Fjälls, aber ich wußte von Anfang an, worums ging, wie ich die ernsten Gesichter von den Bauersleuten sah, die Unruh von den Knechten und den Mägden und dann hinter dem Holzschuppen die leeren Pappkisten, mit denen die Kinderkleider vom Raja-Kind ins Haus gebracht worden waren. Ich roch den Familienzuwachs, obwohl die Taille von der Frau so schmal war.

Die zwei fuhren also in die hintersten Wälder dort oben und holten die Impi Agafiina. Das Mädchen wieselte vor den Abholern mit ihren dumpfen Stimmen her zum Hof vom Kaaprili, umkreiste den Blechbock und war bereit, aufzuspringen. Sarmo, der Fahrer, öffnete dann die Tür, wies bei den feinen Herrschaften im Stadtleben Brauch ist, und schon fläzte sich das Mädchen angeberisch auf die mit rotem Plüsch bezogene Rückbank, die kleine Laus. Kurtén, der ein adliger Mann war, mit einer großen Nase und energisch, setzte sich hinters Lenkrad und der Jüngere daneben, und alle beide winkten den Dörflern zu, bevor das Auto loszuckelte. Keiner hat zurückgewinkt, weil man in dieser Gegend sowas nicht macht.

Schon waren die Torfschuppen mit den alten Kühen verschwunden und auch der Hof vom Kaaprili und das Land vom Raimari, die mit Roterde gestrichenen Holzhäuser und die dampfenden Kuhställe, wo die Färsen vor sich hin muhten. Der in der Abendsonne glänzende See, der schaumig blubbernde Fluß und als letztes schließlich das ganze Dorf rutschten aus dem Seitenfenster des Blech-Rens.

Vorwärts, vorwärts und immer weiter raste das rentiergraue Auto weit aus der unberührten Einöde, aus der endlosen Wildnis hinaus auf dicht besiedelte Gegenden zu.

Der Sommernachtsonne entgegen, fuhren sie im Polarwind auf ihr Ziel, die Provinzstadt, zu, die in uralten, finsteren Zeiten errichtet worden war in Tuchfühlung mit dem schwedischen Königreich. Als erstes tauchte der Brennholzhandel vom Schnapsbruder Länsmann auf, nach der wichtigsten Kurve die Nobel-Standard-A-B-Brennöl-Verteilerstelle, über der der Rauch schwebte, dann der Marktplatz mit seinen Zeltständen, wo es Kaffee gab und die für gewöhnlich schon zum Morgenmelken aufmachten. Dort log mir der Quacksalber und Kurpfuscher Anders Koppana einst vor, er hätte mit eigenen Augen auf dem Markt von Jyykkä eine einäugige schwarze Meerjungfrau gesehn, der die Arschhaare lang gewachsen wären wie ein Teufelsschwanz. Ach, Scheißdreck, sagte ich zu ihm.

Gegenüber vom Markt war auf so einem kleinen Hügel der Platz, wo sich die Gesellschaft der Stadt traf, wo man sich jeden Donnerstag zankte, und dann fing schon die abschüssige Straße an, die von Chinesen gebaut worden war. Auf beiden Seiten waren Häuser errichtet wie Pfarrhäuser für die Propheten vom Beelzebub, mit Brennholzschuppen und allem Drum und Dran. Rechter Hand stand der Milch- und Gemischtwarenladen vom Kosinski, linker Hand das Kontor von Volk & Leben und direkt gradeaus hinter der Kirche von den Päpstlern das Hutgeschäft von Silverberg & Veksell. Der Autofahrer Sarmo erzählte was von wegen er hat seinen Zylinder genau dort, in einem von den feinsten und besteingerichteten Läden der Stadt gekauft. Ist ja klar, die Städter sind vom kleinsten Steineklopfer aufwärts solche Menschenwesen, daß sie am Hut sehen, ob sein Träger reich oder arm ist, groß oder winzig, eine rote Sau oder ein weißer Jäger.

Gleichmäßig schaukelte das Auto übers Kopfsteinpflaster. Gleich nach Gustaffssons Lederwerkstatt klappte die Kleine die Lider zu, weil sie sich bestimmt wer weiß wie schlecht fühlte in ihrer Haut. Bei der Dampfbäckerei von Frau Karkiainen spuckte sie Trockenfleischsuppe und Rentierhaare.

Dem Sarmo stiegen die Tränen in die Augen, weil er wohl tiefe Trauer für sein Auto empfand. Kurtén, der ein standhafter Mann war, machte die Scheibe auf und drückte Impi Agafiina den Kopf nach draußen. Das Mädchen hing da wie auf dem Schafott, blieb aber stumm. Die beiden Herren sahen ziemlich düster aus.

Beim Elektrogeschäft Strömberg bog das Auto nach links ab und fuhr die von Buden gesäumte Parkstraße entlang zum Gut vom Herrn Schiffsreeder Wallenius. Am Ende von der Parkstraße kreuzten sich zwei kleine Straßen, und mitten an der Kreuzung stand das flache Holzhaus von der Witwe Jumisko. Das nannten alle Klein-Frankreich, ich weiß nicht warum. Im Winter brannten auf dem Hof immer Windlichter als Wegweiser für vor Weibermangel schnurrende alte Kerle, die besoffen angetorkelt kamen. Die verwitwete Frau Jumisko hielt sich selber so hoch in Ehren, daß sie werktags wie feiertags im grünen, silberverzierten Kleid rumstolzierte, Kopf, Hals und Titten unanständig vorgestreckt.

Vor Mitternacht kam der graue Rentierbock vom Reeder Wallenius genau zu dieser im ganzen Norden bekannten Kreuzung. Vor Klein-Frankreich trieb sich eine Herde besoffener Flößer herum. Da standen die Automobile von allen möglichen Herrschaften, Pferdekarren und Fahrräder. Immer mehr kamen vom Marktplatz her und krakeelten schlimmer wie Russen im Krieg.

Kurtén fuhr das Auto mit so einer Geschwindigkeit durch den schnapsgetränkten Haufen, daß es war wie im Jordanland, wo sich die Berge versetzten. Kann sein, daß sogar ein paar Brünstige unter die Räder kamen.

Nichts wie vorwärts, und bald bog das Auto auch schon links ab, auf einen Weg, wo rechts und links Flieder stand, und fuhr an die Waldseite von einem Gutshaus mit vier Stockwerken.

Der Gutshof vom Wallenius hatte vier Glasveranden, einen Winter- und einen Sommergarten, ein paar Gartenhäuser und zwei verzierte Saunas am Flußufer. Die eine war eine ordentliche Rauchsauna und die andere die moderne Sauna für die Herrschaften, mit einem Holzsteg weit in den Fluß hinein. Auch das Haupthaus war sechzehnmal mit Gelb gepinselt worden, wie mir der Pertti erzählt hat, als wir mal auf den Ufersteinen vom Kukkolankoski saßen.

Kurtén stoppte das Auto. Dann riß er die Hintertür mit einem richtig düsteren Zorn so auf, daß die Impi Agafiina wie ein Kadaver ins Gras knallte. Schreiend befahl Kurtén dem Sarmo, sofort und zackzack das Auto sauber zu machen.

Das Mädchen lag eine Zeitlang mit geschlossenen Augen im Gras, bevor die Küchentür aufging und das Prachtweib Signe Säppi herausgestürzt kam. Sie hatte einen weißen Unterrock aus Leinen an und darunter Hosen aus Biberstoff. Wie sie den von Ungeziefer und Rentierhaarsuppe verdreckten Mädchenfrischling sah, rief sie heulend, das ist ja ein Bankert vom Prophet des Beelzebub und machte schnell dreizehn Kreuzzeichen wie der beste Engel von Sinai, obwohl die ganze Welt weiß, daß die Signe Säppi schon immer durch und durch gottlos gewesen ist.

Aus dem Lumpenkerl wird der Mensch herausgescheuert

signe säppi: Seit meiner Geburt bin ich ein Weib gewesen, das hart arbeiten kann, auch Männerarbeit. Ich hab nie an mich gedacht, sondern immer nur geguckt, was für die Herrschaften am besten ist, so wie sichs für eine ordentliche Bedienstete gehört, und so hab ichs auch gehalten, wie die Frau immer wieder damit angefangen hat, daß sie ein Kind haben muß. So sind die Herrschaften eben. In ihrm Kopf ist nicht ein vernünftiger Gedanke, da gehts immer nach Lust und Laune, und wenn sie was wollen, dann kriegen sies auch mit ihrem Geld.

Wie das Gör dann auf den Hof gebracht worden ist, hab ich meinen Augen nicht getraut. Das war ja so verschissen und stinkig, daß ich gemeint hab, mir wird schwindelig. Hat geflucht wie ein Soldat, hat geschielt und nach ganz was anderm als nach Spucke gestunken. Das hat ja nicht mal wie von Menschen gezeugt ausgesehn, eher hat man an irgend so einen Bastard aus dem Heiligen Buch denken müssen. Und ich war natürlich diejenige, die das Gör in aller Pracht hat entgegennehmen müssen. Ich habs gewaschen, und es hat dermaßen vor Läusen gewimmelt, daß mir ganz schwarz vor den Augen geworden ist. Ich hab mir gedacht, aus dem wird nie ein Mensch, das kann ja nicht mal sprechen, hat gespuckt und gekratzt, das war alles.

Und ich hatt recht. Auch wenn man mit dem ganzen Geld was kriegt, was wie ein Mensch aussieht, und wenns dann auch die Schliche von den Herrschaften lernt, eine Herrschaft wirds trotzdem nie werden. Ein Waldbewohner bleibts, und wenns alle Bücher auf der Welt durchliest und zehn Sprachen sprechen kann.

Ich hab nur auf den Tag gewartet, wo es seine wahre Natur zeigt, und der Tag ist ja auch gekommen, obwohl bis dahin weit über zehn Jahr vergangen sind. Ich hab in ihr den Lügner und den Dieb schon erkannt, wie ich sie zum ersten Mal heimlich nach dem Essen ins Quartier vom Autochauffeur Sarmo hab schleichen sehn. Ich hab mit eigenen Ohrn gehört, wie sie zum Herrn und zur Frau gesagt hat, sie geht in den Garten, Verse lesen und Tigerlilien und Rittersporn schnuppern. Ist durch den Garten zum Sarmo gepirscht, und was die dort getrieben haben, kann sich schließlich jeder vorstellen. Und da war sie, pfui Teufel, nicht mal zehn Jahr alt!

Klar hab ich versucht, sie zu erziehen und zu trietzen wie ich konnte, aber der Frau hat das nicht gefallen. Hat geschimpft, daß es der Fehler von mir und den anderen Dienstleuten ist, wenn das Mädchen redet wie ein ordinärer Kerl, aber ich bin von allen Sünden rein. Mikri Vuoma und die anderen haben sie angestiftet, Wörter in den Mund zu nehmen wie ein Bastard vom Beelzebub.

Von mir aus hätt sie in ihrem Wald bleiben sollen und im Rentiermist wühlen, so wies die Wäldler machen. Und außerdem muß ich hier noch sagen, daß ich von Anfang an gegen die ganze Sach mit dem Kind war, aber unsereins wird bei so was ja nicht gefragt.

mikri vuoma: Signe Säppi machte Feuer im Herd und schöpfte einen großen Topf mit klarem Wasser voll; das Mädchen, das von Läusen zerbissen war, stellte sie auf eine Holzkiste und schnitt ihm mit der Schere die vemoderte Montur herunter. Die Signe Säppi fluchte und jammerte. Sie steckte die wurmige Kluft des Mädchens auf einen Küchenspieß und schob sie mit einem Stiel ins Feuer.

Die Impi Agafiina, die betrachtete immer nur die

Geranien, die Pelargonien und die Fuchsien unterm Küchenfenster, als wären sie was ganz und gar Fremdes.

Die Küche von dem Herrn Reeder war die vornehmste in der ganzen Stadt. Da gab es Milch wie Wasser. In der Ecke stand ein Kohlenherd, auf dem die Signe Säppi die Bügeleisenbolzen heiß machte, und eine Brennschere, mit der die Dienstmädchen die Volangs von den Halbgardinen der Frau fältelten. Mein lieber Freund, die Küche war dermaßen fein, daß sogar die Fransen von den Küchenvorhängen gekräuselt warn.

Da hatten sie mindestens fünf Schränke voll mit tiefen Tellern von Rörstrand – wie die Signe Säppi immer gesagt hat –, französische Fajans-Schalen und einen mehr als einen Meter hohen Stapel mit verschieden großen Servierplatten. Die Signe Säppi hatte Kristallsachen aus Orrefors, mehr als am Königshof im Lande Judäa, der Größe nach in einer bald fünf Meter hohen Vitrine aufgestellt.

Über dem Herd hingen zig kupferne Töpfe, die in Persien geschmiedet worden waren, zwei goldene Bratpfannen aus Ovamboland und verschieden große Fischbräter. In der ganzen Küche wehte so ein süßer Essensgeruch, daß im Kopf von der Impi Agafiina immer die Glocken klingelten. Als einer, der schon alles gesehn hat, sag ich, zuoberst in der verräterischen Duftmischung dort war der brenzlige Geruch von Sirupkuchen, die in der gußeisernen Pfanne gebraten wurden, vermischt mit dem Leinengeruch von feuchten und sauberen Kleidern.

Bald brodelte das Wasser im Kupferkessel so, daß die Signe Säppi einen stählernen Bottich aus der Kammer holte und das versaute Mädchen zwang, sich reinzusetzen. Dann schüttete sie mit der großen weißen Kanne dem Gör so viel warmes Wasser ins Genick, daß die Wanne randvoll wurde. Der Frischling wurde über eine Stunde eingeweicht, bevor Signe Säppi das Schafeisen nahm und der Impi Agafiina den ganzen Kopf scherte. Dann machte sie sich dran, sie mit einem rauhen Waschlappen abzuschrubben, den sie vorher tüchtig mit Lysol getränkt hatte. Das Mädchen genoß den Lysolgeruch, strampelte aber im Wasser. Über den Waschlappen beschwerte es sich nicht, bestimmt hielt sie es für die Zunge von einem Rentier.

Die Signe Säppi wechselte das Waschwasser viele Male und fing immer wieder von vorne an. Dann stellte sie den Frischling mitten auf den Spültisch und scheuerte ihn mit einem Leinentuch trocken. Ich hab das geschorene, nackte Gör da stehen sehen, und ich muß sagen, daß es tatsächlich häßlich war wie der Mist von einer jungen Kuh in der Sommerhitze. Bald schnarchte es dann im Holzbett in der Küche wie ein ausgewachsener Mann.

Am nächsten Morgen wachte das Gör um acht auf. Die Dienstmädchen standen wie Kühe am Futtertrog an seinem Bett und hatten es jetzt furchtbar eilig, weil noch so viel zu machen war, bevor das Kind dem Herrn und der Frau gezeigt werden konnte. Außer den Dienstmädchen hatten sich um das Gör noch ein Knäuel Osterhexen versammelt, die gekommen warn, um noch an Johanni die Herrschaften mit Palmsonntagzweigen zu grüßen, darunter die katzenfellige Albin Löfqvist, die ich vorher noch nie gesehen hatte.

Der Signe Säppi war in der Küche die Taimi Lohi unterstellt. Das arme, vollkommen ungeschickte Mensch hatte auf dem Nachttisch die Bibel der Anstandsregeln, ein Gebetbuch, das evangelische Testament, einen alten Bauernkalender, das Buch der Höflichkeiten und den Katechismus liegen. Diese Schriftgelehrte glotzte die Impi Agafiina mit geschürzten Lippen an und verzog das Gesicht, als hätte er grad mit dem Pferd einen Hausierer über den Haufen gerannt.

Margitti, deren Oma einen Haufen Schafe irgendwo hinter Repovuoma hatte, und deren linkes Ohr taub war, und die deshalb in Sommernächten in den besseren Häusern rumscharwenzelte, betrachtete mit ihrem Geklimper am Kropf die Impi Agafiina aus gut einem Meter Entfernung, spuckte dann fünfmal in eine Ecke und machte sich mit einem Grablied auf den Lippen davon. Fanni Nortin, die unruhige Elster, die von der Eisenbahn aus dem Süden hierhergebracht worden war, lief mit dem Tablett in der Hand, einer weißen Spitzenmütze auf dem Kopf und die weißen Rüschen am Ärmel schwenkend herum, gackerte eine Zeitlang am Fußende von dem Kinderbett rum, strich ihre ebenso mit Spitzen verzierte Schürze glatt und ging ein bißchen mit den Kaffeetassen klappern, weil ihr in ihrer Not nichts besseres einfiel.

Jau, und dann war da noch die eine Küchenmagd, die so unsichtbar war, daß sie nicht mal einen Namen hatte. Ich mein diese klumpfüßige, die später auf Nimmerwiedersehn verschwand. Also genau die mit der langen Nase. Die hat vor sich hin gebrabbelt, daß man keinen Ton verstanden hat, während sie Fischaufläufe mit Sahne in den Ofen schob.

Die Signe Säppi schrubbte hin und her und rauf und runter, zog dem Mädchen eine rosenrote, stramme Untergarnitur und ein himmelblaues Kleid an und stopfte seine Hufe in viel zu kleine schwarze Schuhe mit hohem Schaft; die sahen aus wie zwei getrocknete Krähenkadaver. Der Frischling wehrte sich nicht, hatte den Kopf dermaßen verrenkt, daß er gar nicht wußte, wo hinten und vorne ist.

Nach dem Frühstück war alles in bester Ordnung. Signe Säppi zerrte die Impi Agafiina durchs ganze Haus, in einen Saal nach dem andern, bis sie an die vier Klafter hohe Mahagonitür vor dem Otter-Saal kamen. Die Signe Säppi sah die Impi Agafiina mit richtig bösen Augen an, und in diesem von Gott gesegneten

Augenblick öffneten sich die Türflügel wie die Pforten des Himmels. Drinnen standen Blumengestelle, und auf ihnen standen Myrte und Palmen und südliche Bäume aus aller Welt, und dahinter thronten zwei schwarze menschliche Gestalten. Die sahen aus wie Meerotter, wie sie da beide in ihren ledernen Großvatersesseln saßen.

Signe Säppi schubste die Impi Agafiina in den Saal hinein und versteckte sich hinter dem dicken roten Plüschvorhang. Der Herr Wallenius, der für alle möglichen Gesellschaftsspiele mit Pfändern und Strafen was übrig hatte, stand langsam auf und hielt der Impi Agafiina die Hand hin. Das Mädchen machte nicht die geringste Bewegung auf den Herrn zu, sondern stierte mit ihren schwarzen Knopfaugen auf die Uhr am Kaminsims.

Der Herr Wallenius räusperte einen trockenen Husten los und ging dann mit gequältem Gesicht zurück zu seinem Lehnstuhl. Bestimmt ärgerte er sich, weil dieser Frischling nicht ihn wollte, sondern die Frau. Und außerdem hatte es der Herr eilig. Er mußte zur Morgenvisite beim Konsul Bladén, der hinter der morschen Holzkirche wohnte. Der Bruder vom Konsul, der eine große Beule auf der Stirn trug, hatte über zwanzig Jahre in Kaavuono im Leuchtturm verbracht und war ein weltberühmter Mann. Den kannte man bis an den Berg Sinai. Die Frau vom Konsul war, wenns stimmt, was man so hört, laut, gefräßig, lüstern und eine richtig Putzmuntere. Wegen dem Besuch hatte sich der Herr Wallenius einen eisengrauen Anzug angezogen, schwarze Schnürschuhe und ein weißes Hemd, an dem goldene Manschettenknöpfe warn.

Obendrein war der Herr fett bis zur Unbeweglichkeit, und sein speckiger Bauch wölbte sich schauerlich vor den Augen seiner Frau. Was auffiel, war das Doppelkinn des Herrn, das runterhing wie bei einem alten Hahn.

Die Frau, die ihre Seele kultiviert und gestärkt hatte, ließ ihrem kleinen Mund kein einziges Wort entweichen, sondern betrachtete tränenerstickt das Gör, und bevor noch irgend etwas passieren konnte, verließ der Reeder, den für gewöhnlich Unansehnlichkeit oder ein idiotischer Denkspruch zum Lachen brachten, den Saal, nachdem er seiner Frau die Hand geschüttelt hatte.

Diese stammte aus so einer Mongolensippe, war fünfundreißig, kreidebleich und schwach zusammengesetzt. An einem Tag war sie dick und rund wie ein russischer Mehlsack, und am andern Tag knochig wie ein schwedisches Rentier in der schlechten Zeit. Einen Hals hatte die wie in der Hungersnot und die Augen tief im Kopf. Gute und teure Klamotten hatte sie immer am Leib, die schwedischen Hausierer sind direkt um die Wette gelaufen, um ihr den Kram hinzutragen.

Wie ich die Frau zum ersten Mal sah, da hatte sie ein grad geschnittenes Kleid an, das mit Gold bestickt war und mit Bändern verziert. Das lange Haar der Frau war damals zu einem Dutt hochgesteckt, und am Hals trug sie einen Rubinanhänger.

Elefine Jumisko, eine Oberstwitwe in Pension, tadelte mir gegenüber mal die Frau als dumm und stolz, weil sie sogar für die Schlafkammer ein eigenes Dienstmädchen hatte. So wie ich die Frau gesehen hab, war sie ein schwer gelehrtes Weibsbild, aber die Nervenanspannung war bei ihr schon groß. Sie wurde von der bei herrschaftlichen Frauen üblichen, durch Untätigkeit und Müßigkeit verursachten Piß- und Verstopfungskrankheit geplagt, die auch vom Gefühl der Überflüssigkeit herrührt. Um dieses Gefühl zu überdecken, nahm die Frau die Impi Agafiina zu sich.

Wenn ichs gradraus sagen soll, war die Frau nicht schön und sie war auch nicht häßlich. Sie war nicht besonders dünn, aber auch nicht fett wie der Herr. Sie sah gewöhnlich aus und wars auch. Drum ist es ausgesprochen schwer, überhaupt irgendwas über sie zu sagen.

Da warn sie also allein, und keins von beiden hat was geredet. Die Impi Agafiina wendete die Augen von der Kaminuhr zur Kirchturmuhr und machte krumme Füße, weil ihr die Schnürschuhe bestimmt die kurzen, dicken Zehen zusammenquetschten.

Die Frau ging zu dem Mädchen, die Hände voller Mutterliebe. Das richtete bösartig die schwarzen Augen auf die komisch schwankende Alte und zischte wie eine Katze. Für das Gör sah die Frau bestimmt aus wie ein aus der Zauberkiste aufgestiegenes Gottesbildnis.

Die Frau fiel vor dem häßlichen und seifenreinen Frischling nieder, wobei sie sich krümmte wie die Schlange vorm Tor zum Paradies. Da trat ihr das Mädchen ins Gesicht, so daß ihr Auge zuschwoll und aus der Nase Blut floß.

Da lag sie, und man weiß ja, was für ein Schwall da rauskommt. Die Signe Säppi sprang im Nu hervor, zerrte den gaffenden Frischling mit Gepolter auf den Flur und machte sich gleich daran, die in der Blutlache vor sich hin wimmernde Frau zu verarzten.

Ich ging in die Küche um den Dienstmädchen Beine zu machen. Im Gänsemarsch liefen sie hinter dem Kurtén Jalmari her in den Saal. Kurtén stieß einen großen Ficus um, packte sich das zischende und spuckende Gör in der Flurecke unter den Arm, klatschte ihm munter ins Gesicht, brachte es in die Holzkammer neben der Küche und hakte die Tür zu.

Die Taimi Lohi kam der Signe Säppi zu Hilfe, in der einen Hand die Linimentflasche, in der anderen die Dose mit den Blutegeln. Signe Säppi schickte Sarmo los, den Doktor Ragnar Suumisko zu holen, damit er der Frau Riechsalz und Kampfer gibt. Fanni Nortin, die nah ans Wasser gebaut hatte, heulte am Küchentisch und war nicht fähig, irgendwas zu tun. Die Küchenmagd war nirgendwo zu sehn. Wie der Doktor ankam, war das ganze Gutshaus wie Jerusalem vor der Zerstörung.

Ich sag gradraus, daß die Impi Agafiina von der Signe Säppi großgezogen worden ist. Schließlich hat die sich von Anfang bis Ende um das Mädchen gekümmert. Hat ihr beigebracht, unsre Sprache zu sprechen und die Welt aus dem Blickwinkel von normalen Menschen anzuschauen. Dafür durfte sie sich weiß Gott wie viele Tadel von der Frau anhören, die am liebsten gehabt hätte, daß aus dem Mädchen ein feines Fräulein wird, die in der schönen Sprache der Herrschaften schwadroniert, aber immer wenn die Frau nicht hingeguckt hat, plapperte das Mädchen wie jedes x-beliebige alte Schandmaul in irgendeinem Dorf im Wald. Und ich hab sie dabei noch angefeuert.

Juho Gabriels Lehrjahre

juho gabriel: Es ist eine gute Woche nach Mittwinter, wie aus dem Dorf jemand erzählt, es ist Zeit, daß die Bälger das ernste Spiel des Lesens anfangen, daß ins Raimari-Haus die Leseprüfung kommt.

Ich bin nicht aufgeregt, weil ich les ja schon lange Bücher, sogar flüssiger wie der Onkel, obwohl der Onkel für sein gute Geratter bekannt ist. Ich mach mit den Psalmen und dem Versbuch rum, daß es in unsrer Stube donnert wie ein Wasserfall. Der Onkel muß lachen, und das heizt mich nur noch mehr an.

Wie die Wolken sich hinter der Sonne versteckt haben, gehn wir zur Leseprüfung. Im Ranzen haben wir die alten Bücher, Butterbrote und den Dickmilchlägel.

Wir kommen zum Hof vom Raimari, und der Onkel sagt, da ist ja schwer geputzt worden. Kein Gräschen ist auf dem Hof, auch die Treppe ist so sauber wie geleckt und der Ofen in der Kammer poliert, die

Suppenglocke ist der Milchkessel aus dem Kuhstall und riecht gut, da krieg ich gleich Hunger. Der Onkel sagt zu mir, Milchsuppe ist für die Sündigen und die feinen Gräten der Pfarrersköchin für die ohne Sünde, also für den Pfarrer und den Kantor. Da sind viele Kinder und eine Alte, die in zerrissener Kluft hin und her schaukelt. Wir setzen uns. Da kommt der Pfarrer und der Kantor aus dem Hinterstübchen vom Essen, und hinter ihnen rennt die Pfarrersköchin Viivi. Ein Choral fängt an zu spielen, und ich sing, daß mir bald die Kinnlade abfällt. Wie der Choral gesungen ist, sagt der Pfarrer ganz laut, daß das Weltende im Kommen ist, wenns in keinem Leseprüfungshaus mehr Ungeziefer gibt, keine Wanzen, die in den Ohren klopfen, keine Läuse, die in den Haaren tanzen. Dann wird aufgerufen, und alle Dorfbewohner sind da außer die Wäldler und der Komödienspieler Tyyre, der im Totenmonat an der Läusekrankheit gestorben ist. Tyyre war klein wie eine Mücke und ein Kasper. Der hat hier so viele Lügen erzählt wies nur geht, und keiner hat viel auf ihn gehalten. Einmal im Jahr ist er zu uns gekommen und hat beim Onkel um Kaffee gebettelt. Der Onkel kocht ihm eine ganze Kanne voll, und der Tyyre schlürft sie leer und macht sich fort. Der Onkel sagt, der Kaaprili hat den Tyyre auf dem Markt von Könkänen gefunden, da hat er auf einem Zigeunerwagen gesessen. Kaaprili hat ihn mitgenommen und ordentlich gelacht, weil der Tyyre so rumgekaspert hat. Der Tyyre hat im Kuhstall vom Kaaprili geschlafen, und da ist ihm die Käferkrankheit über den Kopf gekrabbelt, deshalb ist er beizeiten über den Jordan gegangen.

Wie der Pfarrer jedes Weib und jeden Mann aufgerufen hat, läßt er die Kinder vorlesen. Das wilde Lied aus lauter Heulen und Furcht, das die Kinder loslassen, ist unwahrscheinlich. Den Iisko läßt der Pfarrer einen Psalm lesen, und wie nix draus wird, weder Kind noch Kacke, legt er den Iisko in den Stock und den

Stock unter den Tisch, und da dürfen dann alle, die wollen, hingehn und draufspucken. Ich geh auch. Dann kommt der Isso dran, und weil er nicht mehr weiß, wie das dritte Gebot geht, verpaßt ihm der Pfarrer so eine Kopfnuß, daß ihm der ganze Verstand abhaut. Irgendein Weib bringt ihn zur Erholung auf die Veranda. Dann bin ich dran. Ich ratter alles derart runter, daß der Pfarrer leise wird. Wie ein Schwarzspecht laß ich alle zehn Gebote los, die Psalmen von vorne bis hinten und das Vaterunser von vorne bis hinten und von hinten nach vorne. Der Kantor sagt nichts, weil er immer bloß versucht, seinen in alle Himmelsrichtungen wuchernden Bart im Zaum zu halten, aber die stürmische Magd vom Kaaprili bricht in Tränen aus. Ich geb die Mosesbücher so laut von mir, daß die Scheiben klirren. Der Pfarrer läßt zum Schluß das neue Testament rumgehn, aber keiner liest, weil ich so in Fahrt gekommen bin.

Wie ich mit Moses auf dem Weg bin in die Wüste, sagt der Pfarrer zu mir, setz dich zwischendurch mal hin, mein Sohn, und verteilt das Abendmahl. Nach dem Abendmahl hält der Pfarrer die Leseprüfungspredigt und zwingt die bösen und faulen Kinder, vor ihre Eltern zu kriechen, damit sie um Vergebung bitten für ihren Ungehorsam. Dann gibts noch einen Choral auf die Predigt wie einen Nachtisch, bevor die Sündigen an den Topf mit der Milchsuppe dürfen.

Zum Onkel sagt der Pfarrer, aus dem Knaben wird mal ein neuer Laestadius, und der Meinung bin ich auch. Wir Sündigen schlürfen die Milchsuppe, die im Stallkessel gekocht worden ist, und gehn heim. Der Pfarrer und der Kantor bleiben noch und essen in Butterfett gebratenes Fleisch, geschälte Kartoffeln und Butterkuchen.

Pflanzen kann man mit Hilfe der Gärtnerkunst veredeln und Menschen durch Erziehung

impi agafiina: Die erste Erinnerung, die ich an das Gutshaus von Wallenius habe, ist die, wo ich das Kinn und die Ellbogen gegen den dunkelblauen Samt des Diwans drücke. Mit Lackschuhen an den Füßen lieg ich da und genieße die sanfte Sonne des Nordens.

Ich erinnere mich noch gut, wie ich auf den Fluß geschaut hab und vom Glück geträumt, obwohl mein Leben schon war wie Ruslans Arie in der Oper von Glinka.

Das Haus hatte bestimmt vierzehn Kammern, und auf den Böden lagen Teppiche, die aus dem Osten hergeschafft worden waren. Im ersten Stock war alles außer der Halle und sechs Kammern. Die warn im zweiten Stock. Die Arbeitsräume von Knechten und Mägden lagen im Erdgeschoß, wie auch die Küche, wo Signe Säppi feiertags mit türkischen Gewürzen vermengte Leckereien köchelte. Von der Küche aus kam man in den Speisesaal, der wahnsinnig hübsch war: Vor den Fenstern hingen teure Wollvorhänge, an den Wänden waren Gobelins, und in den Geschirrschränken glänzte das zweihundertteilige ostindische Service, das der Reeder selbst mitgebracht hatte. Im Saal waren dann die Wertgegenstände. In den Glasschränken schimmerte Silber und Gold und das chinesische Reisporzellan der Frau. Wenn die Türen offen standen, konnte man alles sogar vom Salon aus bewundern, zumindest wenn man an dem Bechstein-Flügel saß, wie es die Frau oft tat. An den Wänden des Salons hingen dunkle, schwere Bilder und Fotografien von den dahingegangenen bedeutenden Persönlichkeiten beider Familien, natürlich in ovalen Rahmen, wie sichs gehört. In der Bibliothek stand ein Regal aus Mahagoni mit über tausend Büchern. Die großen Bände standen unten und die kleinen oben. Im Fechtsaal ist nie gefochten worden, obwohl dort die Degensammlung des Reeders war. Irgendwie juckte mich von allen Sälen dieser Saal am meisten, die alten Ehrenzeichen, die verschossenen Ritterbandimitationen, die eisengeflochtenen Visiere, die uralten ledernen Brustharnische und die schweren Marmorskulpturen auf den Barockschränken. Hinter dem Saal lag das Billardzimmer mit Flinten und ausgestopften Vögeln an der Wand, rechts nebenan das mit kleinen Schiffen dekorierte Rundzimmer und links das düstere Kaminzimmer.

Um den Garten des Gutshauses kümmerte sich ein Gärtner, der aus Griechenland geholt worden war und kein Wort in einer anderen Sprache sprach als in seiner eigenen. Zur Sommerzeit schwebte über dem Garten ein starker Geruch von Reseden, Jasmin und Levkojen. Eine Hälfte war im französischen Stil angelegt, die Wege stießen genau im rechten Winkel aufeinander und wurden von uralten Linden gesäumt. Und wie gut die dufteten! Die östliche Hälfte war wild, und dort kreuzten sich geheimnisvolle Pfade.

Um mich herum wirbelte eine Schar eifriger und höflicher Bediensteter. Ich durfte sie treten und schlagen wie ich wollte, aber das tat ich nur ganz selten. Ich bekam eine gute Erziehung, weil man mir viel weggenommen hat. Die Frau stellte die Regeln auf, nach denen die Lehrer und Erzieher meinen Verstand für alle Eindrücke öffnen und meine Seele zur Demut erziehen sollten. Zusätzlich zu den orthodoxen Erziehern leitete mich Signe Säppi, ein altes Weib mit einem Schandmaul, das dafür sorgte, daß ich mit den Füßen auf der Erde blieb, und die mir mit der Rute alle eitlen Flausen austrieb. Ich mochte die Signe Säppi. Bei ihr waren Wort und Tat immer eins, sie war geraderaus und standhaft. Ohne die Signe Säppi wäre aus mir so ein feines Schnöselkind geworden, das nix versteht vom Leben des einfachen Volks. Die Signe

Säppi lehrte mich, halt dein Wort, wenn du was versprochen hast; sprich die Wahrheit, wenn du zweifelst; tu nichts, wenn du Angst hast, aber wenn du beschließt, etwas zu tun, dann sei nicht schüchtern, und wenn du sicher bist, daß du im Recht bist, bleib dabei bis zum Schluß.

In den Rechtschreib- und Literaturstunden lernte ich Baudelaire und die frühen Schauspiele von Maeterlinck kennen. In den Religionsstunden plauderte ich mit einem jungen Pfarrer aus Helsinki über Descartes, den Schöpfer der neuzeitlichen Weisheitslehre, und stritt mich über Georges Rodenbach. Fremde Sprachen wurden mir beigebracht und Glasmalerei, Wappenkunde, Broderie und das Anfertigen von künstlichen Blumen aus Papier, Stoff und Wachstuch. Mit sechs mochte ich Hyazinthbäder sehr gerne und nahm Klavierstunden. Das erste Stück, das ich lernte, war der »Deutsche Tanz« von Beethoven. Mit sieben bekam ich Reitstunden von einem Lehrer aus England. Der war ein grausamer und so egoistischer Mensch, daß ich ihm auf der Stelle eine Rückfahrkarte in sein Heimatland beschaffte. An seine Stelle trat ein deutscher Stallmeister, der früher Lehrer in der Kadettenanstalt war und sich silberne Sporen verdient hatte. Er war blond und dick und im Geist genauso schwerfällig wie mit dem Körper.

Mit acht wurde in mir der Lesehunger wach. Ich fing mit den Romanen von La Calprenède und De Scudéry an, aber beide waren ekelhafte Schwätzer und brachten mich richtiggehend zum Gähnen, wenn ich sie wiederkäute. Kein Wunder. Trotzdem hab ich nicht aufgegeben. Ich nahm P. Basses »Deutsche Geschichte« in die Hand und Bayles vierbändiges Wörterbuch der russischen Sprache und fing an, Lexika zu verschlingen wie eine Verrückte. Das war nicht die Liebe zum gedruckten Wort, sondern mehr die Gier nach Beute. Ich war kein gewöhnlicher Bücherwurm, ich war ein Vielfraß, so eine Art Gierschlund, der liest und liest, aber sich an nichts von dem Gelesenen erinnert.

Wenn ich auf dem Pfad der Erkenntnis nicht mit dem Tempo vorankam, wie die Frau wollte, dann steckte mich der jeweilige Lehrer schon mal in die Kleiderkammer zwischen muffige Kleider oder in die Teppichkammer. Und zwar für mehrere Stunden. Die härteste Natur hatte die Lehrerin Ellen Kunnari, eine alte Jungfer, die sich ohne um Erlaubnis zu fragen ein Brokatkleid der Frau für die eigene Hochzeit borgte. Für diesen Diebstahl bekam sie die Strafe noch am Altar, weil das Kleid so schrecklich schwer war und die Ellen so dürr wie ein Schabeisen. Mitten in der Predigt des Pfarrers wurde ihr schwindelig und sie fiel vor dem Altar hin. Der Bräutigam, ein Junggeselle aus reichem Hause und dazu noch Agronom, glaubte, seine Braut hätte die Fallsucht, und rannte davon.

Jede Woche durfte ich ins einzige Kino der Stadt gehen. Dort liefen Filme mit Douglas Fairbanks, Max Linder, Charlie Chaplin und Rudolf Valentino. Im Theater saß ich mit den Kindern von den anderen Herrschaften zusammen. Ich erinnere mich noch an den Geruch hinter der Bühne, an das Rascheln vom Vorhang, an den dunklen Orchestergraben und an den kristallenen Deckenleuchter. Wir bauten im Salon Kinderkunstausstellungen auf, beerdigten in bunten Zeremonien Frösche und kleine Vögel, die wir selbst getötet hatten, wir veranstalteten Vortragswettbewerbe und gaben uns gegenseitig Preise. Einmal im Jahr stellte ich ein Kostümfest auf die Beine. Da mußten die Jungen Mädchenkleider anziehn und umgekehrt, und wir hatten riesigen Spaß.

Eines Tages wollte ich lernen, feines Essen zu kochen. Augenblicklich bestellte die Frau einen Koch aus Helsinki. Das einzige, was er tun mußte, war, mir beizubringen, wie man leckere Vol-au-vents machte, wie ein Lachs pochiert wird und wie man nach allen Regeln der Kunst eine Consommé köchelt. Im Gutshaus fing mein Tag um neun Uhr an, wenn Signe Säppi in meine Kammer gewalzt kam. Eine Stunde später weckte sie die Frau auf, indem sie die langfellige Katze Honolulu ins Schlafzimmer ließ. Honolulu sprang zur Frau aufs Kopfkissen und fing an zu schnurren. Jeden Morgen spielte die Frau lange im Bett mit ihr und ging dann ins Badezimmer rüber, wo Signe Säppi mit dem Handtuch auf sie wartete. Die Frau spülte sich den Mund mit lauwarmem Wasser aus, pickte ein paar Eisstückchen aus so einer Schüssel und rieb sich damit das Gesicht ab. Mit Falten und Pickeln war sie genau, die durften nicht sein. Dann trocknete sie sich das Gesicht ab und zog einen weit fallenden, seidenen Morgenmantel an. Am Vorfrühstückstisch schlürfte die Frau kalten, starken Kaffee. Dann ging sie zum Spiegel, kämmte ihr Haar, ließ Honolulu in den Garten und empfing den Herrn Wallenius. Die beiden plauderten ein bißchen über das Tagesprogramm, bevor sie zusammen an den Frühstückstisch kamen, wo ich schon auf sie wartete. Gedeckt wurde immer im großen Speisesaal. Das Geschirr war französische Fayence, und auf dem Tisch stand oft ein Nelkengebinde. Wir aßen morgens gefüllte Maräne, Spargel und Butter und gebratene Küken mit Salat, der Nachtisch konnte zum Beispiel aus gefrorenen Erdbeeren mit Rahm bestehen. Genau, und natürlich wurde starker Sahnekaffee getrunken, geröstetes Franzosenbrot zerbröselt und darauf Marmelade verteilt. Beim Frühstück haben wir nichts geredet. Nach dem Frühstück verschwand der Herr in sein Kontor, und die Frau watschelte ins Schlafzimmer zurück, um mit dem eigentlichen Ankleiden zu beginnen.

Einmal, als ich sechs war, saß die Frau neben mir im Salon auf der Chaiselongue und fing an zu erzählen, wie sehr sie englische Gärten liebte, die weichen Linien, die sanften Hänge, die Teiche wie natürliche Seen, und was für eine tiefe Verachtung sie für gerade Linien, parallelle Gänge und Wasser spuckende Figuren empfand. Manchmal ging die Frau mit einem Dienstmädchen auf den Markt, manchmal brachte sie der Chauffeur Sarmo mittags in Brybergs Kaffeehaus, wo sie die Bürgermeistersfrau Evi von Hoffsted traf, die jung Witwe geworden war und das niemals vergessen wollte, deshalb trug sie immer komplett schwarz und benutzte als Schmuck dunkle Onyxe zum Zeichen ewiger Trauer. Die arme Evi hatte ein so spitzes Kinn, daß sie Leuten eine verpassen konnte, wenn sie bloß den Kopf hob. Trotz ihrer Trauer war sie die erste Frau in der Stadt, die werktags Lippenstift benutzte und feiertags Perücken.

Außer der Frau Bürgermeister gehörten die Generalsgattinen zum Kreis der Frau. Die waren simpel, launisch und egoistisch. Außerdem gab es noch eine schöne Operndiva, die ihre Stimme verloren hatte.

Wenn die Frau zu Haus war, legte sie Patiencen oder las sentimentale Romane und spielte Klavier. Über das Leben des Herrn habe ich nie irgendwas Genaues erfahren. Er ging früh am Morgen seiner Wege und kam spät am Abend zurück. Immerhin kam er auch zum Mittagessen, aber da war er so launisch, daß ich mich direkt vor ihm fürchtete. Abends paffte er seine Zigarren und las Zeitung. Mir gegenüber war der Herr immer sachlich, ich kann mich nicht über ihn beklagen. Sonntags spielte er mit seinen Geschäftskumpanen Schach oder Crocket und ließ die Schellackplatten krächzen, die er aus dem Ausland mitgebracht hatte. Er mochte die »Arie des Mephistoteles« und die Balkonszene in »Romeo und Julia«.

Nach dem Mittagessen schlich ich manchmal heimlich in die Kammer vom Chauffeur Sarmo. Die war kalt und niedrig, aber praktisch eingerichtet. Wenn im Winter der harte Frost kam, war die nördliche Wand ganz bereift, und ich spürte, wie es durch die ganze Kammer zog. Der Sarmo hatte die Welt gesehn. Er war ein fleißiger Reisender und ein großer Kosmopolit, der meine Phantasie mit allen möglichen Geschichten zu füttern wußte.

Ich erinnere mich, daß ich nie unter einem Tief, verursacht von Einsamkeit oder Abgeschiedenheit, gelitten habe.

Der Chauffeur Sarmo und seine alltäglichen Pflichten

sarmo: Ich wachte immer exakt um fünf Uhr auf und kontrollierte, ob meine Armbanduhr und meine Taschenzwiebel dieselbe Zeit anzeigten.

Wie eine Gazelle stieg ich aus dem Bett und las auf dem Wandthermometer die Zimmertemperatur ab. War sie über sechzehn Grad, öffnete ich das Fenster, machte einige Tiefatemübungen, sondierte noch eine Weile das Wetter und wählte dementsprechend meine Kleider. Ich wusch mein Gesicht mit Lanvin-Seife, ölte meine Haare, bürstete meine Zähne und zog mich an.

Um fünffünfunddreißig ging ich in die Küche des Gutshauses. Beim Morgenkaffee wechselte ich einige Worte mit Signe Säppi und den Dienstmädchen. Dann begann ich mit der Arbeit. Ich hatte ein weites Aufgabenspektrum. Ich war zuständig für den Zustand der Autos, für ihre Sauberkeit und für das Fahren. Mein Kollege Kurtén war nämlich bereits ein älterer Mann, der Hilfe benötigte.

Abends um neun endete mein Arbeitstag. Ich ging in mein Zimmer, ruhte eine Weile aus und begann meine Stiefel zu polieren. Ich reinigte die Stiefel mit einem weichen Stück Stoff. Dann verteilte ich das Fett und bearbeitete das Leder mit der Bürste. Anschließend rieb ich die Stiefel mit Sämisch so blank, daß ich das unversehrte Spiegelbild meines Gesichts auf der schwarzen Oberfläche erkennen konnte. Ich vollendete mein Werk mit einem Kuhknochen, der übermäßigen Glanz dämpft und verhindert, daß die Farbe verblaßt. Ich stellte die Stiefel ans Bettende, wusch mir die Hände und setzte mich in den Sessel, nahm eine Pfeife zur Hand und zündete sie an. Ich wählte ein Werk, das sich mit Geschichte befaßt, und begann zu lesen. Frühzeitig legte ich mich zur Ruhe.

signe säppi: Ist ein richtig diesiges Wetter gewesen, wie der Herr Sarmo als Autochauffeur ins Haus vom Reeder gekommen ist, und das verheißt ja nix Gutes. War aber falsch. Der Herr Sarmo hat sich als netter Mann entpuppt. Wir haben beide gern Hefekuchen verdrückt, ich viel, er wenig.

Die Taimi Lohi hat für den Sarmo überhaupt nix übrig gehabt, hat ihn hinter seinem Rücken als pockiges, knarzendes Gestell beschimpft. Was mich und den Herrn verbunden hat, war die starke Vaterlandsliebe, die wir beide für die größte Sache im Leben hielten. Wie dann der Krieg gekommen ist und alle Weltbücher über den Haufen geworfen hat, da mußte auch der Sarmo hin. Die ganze Kriegszeit hab ich ihn so vermißt, daß ich ein blutiges Gebrechen im Unterbauch gekriegt hab. Aber nicht umsonst heißt es ja in der Bibel, daß der große Schmerz voller Segen ist.

Impi Agafiinas Kindheit endet

mikri vuoma: Ich hörte, daß im Gutshaus das Geburtstagsfest von dem angenommenen Balg abgehalten werden sollte. Eingeladen warn die Söößbergs, die Löößbergs, die Kröönfalls und alle andern Bürgersleut der Stadt, die sich mit List und Tücke ihr Geld zusammengerafft haben. Da warn alle möglichen Delikatessen aufgetischt, vom wasserfrischen Lachs bis zur Maräne, die bis zu den Augen im Dreck patscht, und die sich ein Mensch, der seinen Verstand zusammen hat, gar nicht in den Mund stecken würde. Aber die Herren und die Damen haben gegessen und getrunken, wies bei den Stinkreichen halt so üblich ist. Das Mädchen kriegte eine unglaubliche Menge geschenkt, und in jedem Paket war natürlich eine Puppe. Lappenpuppen, Schwedenpuppen und Deutschenpuppen. Impi warf die Puppen in den Ofen im zweiten Stock, und wie ich sie fragte, warum, da gab sie zurück, daß sie ab jetzt ein Ungetüm von einem Mann ist und keine Kräutergarten-Eva.

Ein begabtes Kind, auf das eine große Aufgabe wartet

Zu ihrem fünften Geburtstag schenkte Reeder Wallenius Impi Agafiina sein Lieblingsbuch. Es handelte sich um ein dickes Überblickswerk von Samuel Pufendorf, das die Staaten der Erde, kurz ihre Geschichte und topografischen Besonderheiten vorstellte.

Wenige Tage später konnte Impi Agafiina das Buch auswendig.

Das verwunderte den Reeder keineswegs. Er hielt Impi Agafiina für ein begabtes Kind, auf das eine große Aufgabe wartete. Impi Agafiina wußte mit Pferden umzugehen, sie konnte Anstrengungen aushalten, weil sie viel Sport trieb und war von größerer Statur als die anderen höheren Söhne und Töchter, weshalb andere Kinder eine natürliche Unterlegenheit verspürten. Impi Agafiina war ein Mädchen von Stand.

Mit fünf Jahren bewunderte sie Caesar und Peter den Großen über alles. Sie beschloß, diesen beiden Herrschern in allem nachzueifern außer in ihren Fehlern. Sie wollte nicht mehr spielen und sich nicht mehr amüsieren, sie wollte sich in allem mäßigen. Selbst die Mahlzeiten reduzierte sie extrem.

Reeder Wallenius beabsichtigte, seiner Tochter ein solides Unternehmen und fügsame Arbeitskräfte zu hinterlassen.

Juho Gabriel auf dem Markt im Kirchdorf

Der Onkel ging auf den Hof und band den über hundert Jahre alten Karren hinter das Pferd – und dann nichts wie los.

Der Johannisamstag war düster und bewölkt, aber ohne Regen.

Vorwärts, vorwärts, wie Mikri Vuoma sagen würde.

Am Nachmittag, nach sechs Stunden Fahrt, erreichten der Onkel und Juho Gabriel das Kirchdorf, dessen Dorfstraße vom Markttreiben widerhallte. Bauern, Holzfäller, von der Frühjahrstrift zurückgekehrte, kapitalkräftige Flößer, Junge, Alte, Kinder polterten auf der holperigen Straße hin und her. Am Ufer lagen die Boote Seite an Seite, und auf dem Fluß herrschte ein Verkehrsstau, denn die Schweden waren mit ihren Doppelruderern unterwegs zum Markt.

Der Onkel setzte Juho Gabriel am Marktplatz ab,

brachte sein Pferd auf den üppigen Hof vom Sassi Jooseppi und beeilte sich, eine Flasche Zwei-Sterne-Haaparantaer zu kaufen. Juho Gabriel trabte den Flößern hinterher. Die liefen mit ihren zerrissenen Habseligkeiten zwischen den Marktständen herum, Taschen und Körbe auf dem Rücken, und kauften sich saubere Unterwäsche, ein neues Hemd und ein Branntweinfäßchen beim billigen Jakob, der mit lauter Stimme schmetterte wie ein alter Getreiderüttler. Die Holzfäller gingen in das Zelt der Zigeuner, wo der Bart-Ottar die Quetschkommode traktierte, und in die Herbergshütten, wo man in Ruhe saufen, Karten dreschen und rammeln konnte, wenn es sich gerade ergab. Volk war da wie Fliegen im Zuckertopf und Dutzende von Marktbuden beiderseits der Landstraße. Die Buden bogen sich vor Krempel. Lebende Vögel verteilten Glückszettel, und ein rußiger Entfesselungskünstler spottete über Eisenketten wie Drahtseile. Juho Gabriel kroch im Zigeunerzelt den Holzarbeitern eine Zeitlang zwischen den Füßen herum, stand dann auf und trank ein Glas leer. Auf dem Tisch tanzten zwei zerlumpte Zigeunermädchen, unter dem kalten Eisenofen kämpften Hunde miteinander. Juho Gabriel schlief unter dem Tisch ein, während die Geigen unbekümmert ihre Melodien wimmerten. Der Onkel trank die Flasche Schnaps, die er gekauft hatte, wurde zerknirscht und wollte raufen. Er torkelte in die Hütte von Sassi Niilas, daß die Zarge schepperte. In der Hütte saßen Finnlandschweden, die zum Fischen an die Russenküste wollten, und eine Schar stolzer Männer, die gierig Schnaps tranken. Der Onkel zog das Messer und warf als erstes die Finnlandschweden hinaus. Er rief: »Drück so einem die Fresse auf die Erde, und die Erde wird schwarz!« Die Hütte füllte sich mit schrillem, heulendem Gelächter, aus allen Ecken wurde dem Onkel noch mehr Klarer und Wassermischung angeboten, und der Onkel nahm in einem Maße an, daß ihm der Schweiß auf die Stirn trat. Gegen Morgen schlief er in der Ofenecke ein, eine Stunde nachdem Juho Gabriel aufwachte, von Wanzen umzingelt auf einem Zigeunerwagen, hinter dem warmen Hintern eines Zigeunermädchens, das nach Fisch stank und groß war wie ein Heuschober.

Der Morgen war warm, weil die Sonne am nördlichen Himmel die ganze Nacht über wach blieb. An den Buden wurden Geschäfte gemacht, und diejenigen, die am Eröffnungsabend einen Vollrausch hatten, leerten eine Morgenflasche, und andere leerten ihre volle Blase, wobei sie sich zufrieden unterhielten.

Juho Gabriel fühlte sich komplett und schön und hatte es nicht eilig, wegzukommen.

Die Arbeiten im Jahreslauf

juho gabriel: Wie wir die Roggensamen in die Erde gekriegt haben, fangen wir gleich am Feldrand an zu beten und bitten den Himmel um Wetterleuchten, damit die Ernte reif wird.

Nach dem Beten kommt die Zeit, wo das Korn geschnitten wird, und dann zeigt mir der Onkel, wie die Sichel saust und die Sense singt, und dann zeigt er mir noch, wo das ist, wo unsere Sippe in der Schöpfung ihren Platz hat. Wie wir den Laurentiusbrei essen, da meint der Onkel, daß am Anfang von der Welt die Seen voll gewesen sind mit Milch, und das Fleisch ist auf den Bäumen gewachsen, aber dann ist der Mensch in die Welt gekommen und hat angefangen, mehr zu hamstern wie er gebraucht hat, und deswegen ist Gott böse geworden und hat aus dem Paradies die Hölle gemacht. Ich sag dann, war das der Erkenntnisbaum, wo das Fleisch dran gewachsen ist? Der Onkel wischt mir eine mit seinem großen Handrücken und trompetet, der Erkenntnisbaum, verflucht, das ist ganz was anderes, der Erkenntnisbaum ist der, wo Gott Adam und Eva verboten hat davon zu essen, damit sie nicht ihm gleich werden, und natürlich haben die zwei Schafsköpf es doch gemacht, und schon hats wieder mehr Pein auf der Erde gegeben.

Wie wir die Feldarbeit gemacht haben, holt der Onkel aus dem Dorf zwei Vierbeiner und einen Eimer, und ich lern melken und die Alpträume aus dem Stall jagen. Für die Waldvögel stellen wir alte Fallen auf. Der Onkel sagt, daß die Sterne Schneehühner sind, die mit der Sonne vom Himmel runterkommen, und daß die Greifvögel der Teufel schickt und man sich vor denen fürchten muß.

Im September ziehn die Kraniche nach Süden, wo sie umgebracht werden, und die Birkhühner fangen an zu gurren. Der Onkel kann viele Abende auf dem Hof stehn und den Himmel betrachten. Er sagt, wenn der Ostteil von der Milchstraße trüb ist und diesig, dann wird der Winteranfang mild und schneeig, aber wenn er klar ist, dann kommt Sibirienfrost und von Schnee keine Spur. Wir räumen das Pflanzbeet leer und machen den Keller voll. Dann wird die Erde gepflügt, und wenn die rauhen Winde anfangen, stellen wir den Pflug auf den Stallboden und schütten die Gräben von den Frühbeeten zu, daß uns die Schweißtropfen über die Nase rollen. Wenn die Blätter bunt sind, fangen wir kleine Maränen, weil dann steigen sie gleich in ganzen Horden in die Netze. Der Onkel salzt die Maränen in Fässern ein, und ich guck zu, wie sich die Schlangen unter die Steine schlängeln für den Winterschlaf.

Die Herbstarbeiten hörn am Michaelisonntag auf, wenn die Vierbeiner in den Stall gebracht worden sind, wo sie auf den Winter warten. Ich steck die Flackerlampe an und schraub die Flamme hoch, bis es grad richtig ist. Wenn der Abendknopf am Himmel einschnappt, spendiert der Onkel uns eine Flasche Schnaps, die der Mikri Vuoma abgefüllt hat. Wir trinken dann am Stubentisch, und die Augen werden so klar, daß wir die Toten und die Lebenden auf einmal sehen können.

Einmal verrenkt sich der Onkel dermaßen das Genick, daß sein Kopf, die Augen und der Mund ganz schief sind. Er muß Hilfe für seine Qual von der Haapasaajo Tekla holen und läßt mich beim Mikri Vuoma. Mikri geht nach Tukkuvuoma, um Rentierbänder zu ziehn, und heißt mich, die Kotapalo Sofia zu holen als Teufelsköder. Wie ich dann mit ihr den Waldweg entlang zum Hof vom Onkel geh, sagt die Sofia, noch bevor wir drin sind, komm wir machen Pfarrer. Und ich sag, von mir aus. Die Sofia stellt sich hinter einen großen Stein und fängt an, laut zu predigen. Sie schreit, wie ich gegen das und das verstoßen und den Pfarrer und alle zornig gemacht hab. Ich fang an, zu springen und zu juchzen, und beantrag für alle Sünden Vergebung. Sofia will aber nicht Vergebung geben, und da raufen wir dann. Der Hund kommt uns beschnüffeln und rauft mit. Wir raufen bis zum Abend. Wenn der Onkel heimkommt, stellen wir die Fleischsuppe aufs Feuer. Der Onkel belehrt mich immer und sagt, denk dran, Bub, daß du beim Essen an nix denkst. Wenn die Gedanken vom Magen aus nach oben steigen und wenn gleichzeitig Essen in die Röhre kommt, dann gibts nämlich einen Zusammenstoß, und wenn die Gedanken stärker sind wie das Essen, dann zwingen sie den Fleischbrocken in den falschen Hals. Da ist schon manch einer dran gestorben.

Dann werden die Abende düster, die Nächte werden finster, und die Wolken sind schon tagsüber dunkel.

Mir hat immer der Oktober gefallen, weil dann regnets viel, und die ganze Welt schwimmt im Wasser. Das ist so, als würd man den Anfang von der ganzen

Welt erleben, die Zeit, wo überall nur Wasser war. Dann gehn wir von den Feldern ins Haus und in die Stube. Wir spinnen Fäden aus der Schafwolle und am Simonitag sticht der Mikri Vuoma unser Sommerschwein ab.

Im Totenmonat, beim Regenfrost, kommen die Schneeammern in Schwärmen von den Fjälls runter, und wenns dann schon harten Frost gibt, kriegen wir einen milden Winter. Ich mach nix anderes wie Netzfäden spinnen, und der Onkel fängt an, Reusen zu knüpfen, da gehn dann viele Fische rein.

Vor Allerheiligen wasch ich die Kühe mit Sumpfporstwasser, und der Onkel kocht die letzte Milchsuppe im Jahr. Wenn der Winter anfängt, sind die Kühe verstopft, und erst nach der Winterwende kriegt man das nächste Mal frische Milch.

Die erste Kirchfahrt im Herbst ist dann am Allerheiligentag.

Der Onkel ist ein Mann, der in die Kirch geht, obwohl er freigläubig ist. Ich glaub, er will sich von allen Seiten versichern, daß er mal in den Himmel kommt. Wir fahrn mit dem Pferd ins Kirchdorf. Der Himmel ist bewölkt, der Boden matschig vom Schlackerregen, und wo der Boden sumpfig ist, atmet er Nebel aus. Der Karren rollt über schwarze Felder, durch kleine Fichtenwälder und kleine, vom Regen gepeitschte Dörfer. Der Onkel hält die Zügel in der Hand, und ich sitz nebendran. Wir reden nicht unnötig. Der Onkel sagt nur, daß das Lachen vom Satan stammt und deshalb ein Mann nicht umsonst lachen darf, ich weiß nicht, warum er das sagt, weil ich doch schon wie ich klein war so ernst gewesen bin, daß ich bestimmt überhaupt nie gelacht hab. Ich lach auch jetzt nicht, obwohl man den Kirchturm schon hinter dem Fichtenwald sieht und der Onkel das Pferd am Wegrand anhält und vom Karren springt und sich auf den schlammigen Boden kniet zum Beten. Wie wir auf den gesegneten Kirchhof kommen, sind da bestimmt hundert Pferde, die Stroh fressen. Der Gang zwischen den Bänken ist schwarz von Sündigen, die Hühner vom Küster flattern den Leuten um die Beine und machen Spektakel, und der Pfarrer donnert seine Predigt mit so einem Zorn, daß der Altar von Christi Füßen bis an die Tür von der Sakristei hüpft. Für Heringe und Kuchen predigt er, und der Mae Mikko sammelt Hühnereier vom Boden auf, und die Stuben-Feeta stopft sich ein Huhn in den Beutel, und keiner merkt was. Da hüpfen und tanzen die Weiber, und die Kerle paffen ihre Pfeife und schauen die Himmelswunder an. Der Onkel setzt sich ein bißchen auf die Seite und plinkert mir zu. Ich weiß nicht warum. Das Kirchenspektakel dauert bis in die Nacht. Gegen Morgen fahrn wir wieder heim und reden nix besonderes.

An Katharina koch ich dem Onkel den Schweinskopf und die Klauen, die der Mikri Vuoma im Herbst eingepökelt hat. Wir essen gut, und wir sind zufrieden.

Für den Weihnachtsmonat wird sich sorgfältig vorbereitet. Der Onkel braut im Neuschneefrost Bier, und das ist eine genaue Sach, weil es soll nämlich gut schmecken und stark werden. Mit Kohle malt er auf alle Türn ein Kreuz und macht dann auch noch so einen Kreis drumrum. Der Onkel und der Mikri Vuoma saufen das heilige Bier und gucken zu, wie ich im Stroh rumtob. Manchmal spiel ich mit dem Schafbock, manchmal mit dem kleinen Ferkel. Ich raufe, stocher in der Schleie und zupf am Braten. Wenn mal Jungen aus dem Dorf in die Stube kommen, dann spielen wir. Der Onkel und der Mikri Vuoma passen auf, daß es keine Leichen gibt. Am Weihnachtsmorgen sind wir immer sündenlos und preisen die Geburt Christi mit Gebeten und mit langem Lesen im Buch. Wir schmettern auswendig die Psalmen, und der Onkel singt bis in die Nacht Zionslieder.

Am Stefansmorgen reit ich auf dem Pferd in die Stube. Der Onkel gibt ihm Hafer, und der Mikri Vuoma poliert seine Hufe. Der Gaul ist zufrieden, und ich zappel auf seinem Rücken und schrei die Lieder, die mir der Onkel beigebracht hat, daß Lenin der größte Läuterer auf der ganzen Welt ist, der die Sünden wegwischt und der Menschenseele den ewigen Frieden schenkt.

Wenn das Himmelsfeuer die Nacht erleuchtet, halten wir Winterruhe. Die Viecher füttern wir, und die Stube halten wir rein, sonst machen wir nix. Der Onkel erzählt allerhand Unsinn, und ich hör zu, weil ich sonst nix machen kann. Oft kommt der Onkel auf den Brassen-Eeppi zu sprechen, der schon gelebt hat bevor es den Holzplatz von Tulppio mit den Maschinen gegeben hat. Der Eeppi hat Kranke heilen können. Bestimmt hat der ein festeres und dickeres Blut gehabt wie die andern, weil er so ein tüchtiger Mann war. Einmal hat er die Gestalt von einem Hecht angenommen und ist bis nach Stockholm und zurück geschwommen. Auf dem Rückweg ist er aus Versehn ins Schleppnetz von seinem Sohn geschwommen, hat aber trotzdem wieder ins Wasser springen können, wie der Sohn schon angefangen hat, ihn zu schuppen.

In den Mittwinterwochen hieven wir uns aus dem Bett und gehn in den Wald, Bauholz holen. Gott hat diese Welt so eingerichtet, daß alles, was du im Januar fällst oder machst, das wird haltbar, und da gefällt es keinem Holzwurm drin.

Wir gehn in den Wald, wir machen die Arbeit und kommen abends heim.

Mitte Februar hörn wir mit der Waldarbeit auf, und der Onkel fängt wieder an, in der Stube Netze zu knüpfen. Der Februar, das ist so ein Monat, wo der Schnee wie Perlen auf den Ästen glänzt, und die ganze Schöpfung ist ein einziger Diamant und ein Fest.

Wenns in den März geht und dabei ein lauer Südwind bläst, dann gibts ein warmes Frühjahr, und wir kriegen das Vieh frühzeitig raus zum Birkenknospenfressen, und die Melkzeit wird länger. Und außerdem hat das noch mehr gute Seiten. Das Korn kriegt mehr Zeit zum Wachsen, es wird stärker und hält Reif und schlechtes Wetter besser aus.

Die Krähen hüpfen flink auf dem Hof rum, und die Katzen maunzen läufig. Wir halten Fastenzeit und hörn damit erst an Ostern auf. Am Gründonnerstag machen wir das ganze Haus sauber und tragen allen Plunder aus der Dachkammer raus und putzen überall. Wenn dann Ostern ist, gibt der Onkel allen Viechern das Abendmahl. Das wirkt sofort und hält bis ins Leben danach. Der Onkel sagt auch, daß es nach dem Tod keine Hölle gibt, daß die Hölle auf der Erde ist und die Menschen durch sie hindurchgehn, und der Onkel hat recht. In der Karwoche machen wir überhaupt kein Feuer im Herd und essen erst am Abend Sauerkraut und Roggenbrot. Ich les dann einen Psalm vor oder zwei, und der Onkel liest aus dem dicken Buch von Lenin die frohe Botschaft der Arbeiter und Bauern.

Wenn ich im Waldrauschen das Rufen von den Kranichen hör, geh ich in den Wald, balzende Vögel jagen. Mal schieß ich rennende, mal fliegende, und es kann sein, daß ich die ganze Nacht im steinigen Ödwald bleib. Nachts klagt, seufzt, ruft, lacht, heult und krächzt die Wildnis. Die trockenen Fichten schlagen aneinander, und die alten Föhren fallen kreischend um. Da hör ich dann Getapse, Getrippel, lautes Getrampel, aber ich hab keine Angst.

Der Onkel hackt auf dem Hof Holz, und zusammen fahrn wir mit dem Pferd das Frühjahrsheu von der Sumpfwiese in die Scheune. An einem Apriltag knackt der Winter entzwei.

An Walpurgis gehn wir ins Dorf und reihen uns in den Zug von den anderen Armen ein, der um das Haus vom einzigen Bürger im Dorf, dem Kaufmann, rumgeht. Wir haben rote Lappen auf den Kappen, und wir rufen, nieder mit den Handlangern des Kapitalismus! Nieder mit den Zerdrückern des armen Bauern! Nieder mit den Geldfälschern und Götzendienern! Wir rufen, was uns einfällt. Vorwärts auf dem Weg, den Christus gezeigt hat! Vorwärts auf dem vom Aaronstab erleuchteten Pfad zu Stalins herrlichem Reich!

Nach Walpurgis vergessen wir alle Feindschaft wieder, auf beiden Seiten. Wir machen Geschäfte und sind zufrieden.

Im Mai darf das Vieh raus. Wir warten, bis zunehmender Mond, sanfter Südwind und Mittwoch ist, und erst dann lassen wir die Tiere in den Wald rennen.

In der Pfingstsauna schlagen wir uns mit frischen Birkenreisern und essen danach Eier, schlürfen Milch und probiern die Butter und auch die Dickmilch. Manchmal nieselts auch im Juni noch Schnee und Schneeregen, und es kann rauhe Tage geben, aber am Eskilstag hört das Birkhuhn das Piepsen auf, und der Stint fängt an zu laichen.

Der Sommer ist früh dran, und wir haben die Küh in den Wald gelassen und melken sie im Sommerstall. Selber wohnen wir im richtigen Stall. Den haben wir geputzt; die Wände sind mit Kalk geweißelt, und an den Fenstern hängen Vorhänge. Die Zwischenwände und die Futterkästen haben wir gelassen, wo sie warn. Ich schlaf im Gatter von Pulmu und der Onkel in dem von Viikunta.

Was mich plagt, das ist, daß ich gezwungen werd, nachts so böse Träume anzugucken, wo ein Teufel, der die Gestalt von einem Weibsmensch angenommen hat, mit Schaum vorm Mund über mich kommt und nach nackig riecht. Natürlich red ich mit dem Onkel über die Träume, und er sagt, daß er schon Kunststücker weiß, wie das Weib mir nicht mehr vor die Augen schleicht. Aus der Stube holt er das Messer und stößt es aufrecht ins Brett von einem Futterkasten und sagt, jetzt traut sich das Frauenzimmer nicht mehr her. Ein paar Nächte sind auch vergangen, ohne daß das Weib gekommen ist, obwohls unten im Süden immer noch feucht ist, aber dann kommen die bösen Träume wieder, genau wie der Onkel auf der Kochstelle in der Stallmauer Blutkuchen kocht. Er sagt, jetzt brauchen wir ein bißchen kräftigeres Werkzeug, und weils ihn selbst schon aufregt, geht er ins Dorf und bringt mir von dort einen alten Rock mit. Der Onkel rät mir, ihn unter die Decke zu legen, wenn ich mich hinleg. So mach ichs. Danach ist der böse Traum nie mehr zurückgekommen.

Der Onkel, der bringt mir alle möglichen Sachen bei. Ich lern, daß wenn man einer kalbenden Kuh Zwiebeln und eine Flasche Schnaps gibt, dann kommt die Nachgeburt gut raus. Wie unsere Maatikki, die immer im Winter heimlich stiert, einmal anfängt zu schwellen wie ein Mistfladen und man meint, sie stirbt, da holt der Onkel das alte Gesangbuch aus der Stube, reißt ein Blatt raus, wo dreimal der Name Christi gedruckt steht, und hängt es über dem Bauch von der Maatikki an die Stalldecke, und am nächsten Morgen ist die Kuh wieder gesund.

Der Onkel lehrt mich alles, was ein Mann in diesem steinigen Wald wissen muß.

Einmal, wie die Lynkky vom Mikri Vuoma, die schaumlose Milch gibt, die Kopfkrankheit kriegt, holt der Onkel aus dem Hörnerhaufen im Hof eine halbverfaulte Elster und ein Krähenaas und sicherheitshalber noch die alte Waage aus der Viehküche. Er hängt die Vogelkadaver rechts und links von Lynkkys Keulen auf und stemmt die Waage, daß sie über dem Kopf von der Lynkky schaukelt. Die Lynkky wird sofort geheilt und lebt noch über zehn Jahr kerngesund.

Der Petritag ist normalerweise der wärmste im Jahr. Dann kommen einem auf dem Hof oft die ersten Schwalbenschwärme entgegen.

In der Johanniwoche, wenn die Sonne ihr Nest erreicht hat und sich für den Rest vom Jahr auf die Knechtseite dreht, putzen wir das Haus vom Boden bis zum Dach, und am Morgen vor Johanni sammeln wir Blätter von Ebereschen und Espen und streuen sie in der Stube auf dem Fußboden aus. Das macht in der Stube so ein pflanzenvolles Aroma, das sich schön mit dem frischen Atem vermischt, der durchs offene Fenster strömt. An den Wänden machen wir Traubenkirschenzweige fest, die gerade erst aufgeblüht sind, und der Onkel flicht Kränze und tut sie den Kühen auf den Kopf, bevor er sie nach dem Morgenmelken gehen läßt.

Am Morgen vor Johanni schirrt der Onkel das Pferd an und holt von der Waldwiese einen Karren voll Blumen. Wir heizen die Sauna an, und der Onkel breitet die Blumen auf dem Saunaboden aus. Der Abend kommt. Wir essen Wachteleier und betrachten den Vollmond, weil der so schön vom Himmel runterguckt. Wir nehmen Räucherfleisch und Salzfisch, trinken was zum Runterspülen und gehen in die Sauna. Oh, wie riecht die Sauna so gut! Ich spring gleich aufs oberste Brett, und der Onkel setzt sich neben mich. Er nimmt die Kelle und sagt, jetzt, mein Junge, mach ich einen Mann aus dir, und fängt an, Wasser auf die Steine zu werfen. Er wirft und wirft, und ich brenn rot wie der Dornbusch vom Moses. Ich will schon raus, aber der Onkel sagt, immer schön langsam. Wir bleiben in der Sauna, und der Onkel gießt noch mehr auf. Er sagt, daß es auch für mich Zeit ist, mich abzuhärten, und ich sag, nur zu. Ich härte mich auf dem obersten Brett ab, und allmählich tut es mir gut. Der Onkel wirft noch eine Kelle voll feuerheißem Wasser auf den Ofen, und ich genieß es richtig. Ich fühl mich wie ein Mann und nicht wie ein grämliches Kind. Wir gehn zusammen raus und setzen uns hin, trinken nochmal einen und hören zu, wie die Mücken zärtlich singen.

Der Onkel weiß alles und sieht alles. Wenn der

Kuckuck im Juli lange kuckuckt, dann bedeutet das einen warmen und langen Herbst.

Vor dem Tod vom Onkel hab ich immer nur geguckt, was der Onkel macht, aber wie der Onkel fortstirbt, da wird aus mir so einer, der alles kann, daß sie bis zum Flußufer meinen Namen nennen, wenn irgendwo Not am Mann ist.

Wenn die Juliwäsche weiß zum Trocknen auf der Leine hängt, dengelt der Onkel die Sense, und ich spitz die Harke. An Margareta, wenn Mädesüß und Klee in der besten Blüte stehn, dann machen wir uns in die Kirche, um vom Pfarrer das Heubrot zu nehmen. Dem Onkel gefällt der Ohtana Iisakki besser als der Purnu Joonas, obwohl beide gute Prediger sind. Beim Ohtana Iisakki wallt als Kinnfortsatz ein dichter Bart, und das ist dem Onkel nach das Kennzeichen des Mannes. Der Purnu Joonas ist eher so ein Dürrling. Von der Margareta-Kirch kommen wir schleunig heim und fangen eine mords Heuarbeit im Moor und am Wasser an.

In der Weiberwoche ist das Heumachen am regsten, und wir habens eilig, das Heu vor Jakobi unters Dach zu kriegen, weil dann regnets immer.

Wenns nicht regnet, heißt das schwere Brände im ganzen Herbst.

An Jakobi machen wir nie Arbeit, die Krach macht, weil wir wollen kein Gewitter, das uns das Heu auf den Feldern verbrennt.

An den Hundstagen verdirbt alles, oder es ist trocken und glasig, das Wasser ist voller Würmer, und auch die Sauna ist nicht wie sonst. Wasser trinken wir keins, nur Sprit und Dickmilch. Die Nacht fängt an dunkel zu werden, und wir haben schon den August mit seinen Erntearbeiten im Sinn.

Juho Gabriel und die Stiefel aus wohlriechendem Leder

juho gabriel: In der Herbstmarktzeit schaff ich bei Svante in der Viehküche.

Wir sind drei Männer, aber an mich kommt keiner dran. Ich schnitz, was das Zeug hält. Ich denk so gut wie überhaupt nicht an den Onkel und auch nicht daran, was er daheim jetzt treibt, und wenn ich dann am Freitag heimgeh, dann wartet da auf mich ein Anblick, daß sich meine Seele zuerst verwickelt und dann verknotet. Der Onkel sitzt am Tisch und säuft Kaffee, den er mit abgestandenem Wasser gekocht hat, und mitten in der Stube steht ein blitzblankes funkelnagelneues Stiefelpaar. Ich kann nicht mal denken, daß die für mich sein könnten, aber der Onkel sagt, setz dich da in den Schaukelstuhl und probier, ob die passen. Ich bin ganz durcheinander wie eine Katze, der Kohlengas in den Kopf gestiegen ist, und knie mich vor die Stiefel und fang an zu flennen. So schön sind die Stiefel. Der Onkel streicht mir über den Kopf. Ich nehm die Stiefel in den Arm und drück sie ganz fest an mich, daß es in den Augen neblig wird, und dann erst zieh ich sie an. Sie glänzen so, daß sogar die Augen vom Onkel einen Augenblick blind werden, und ich denk mir, der Onkel ist noch mehr als ein Engel, das muß der Gott selber sein, weil er mir solche Stiefel hat machen lassen.

Und wie sich die Herbstdämmerung auf dem Hof niederläßt und die Tiere gefüttert sind, legt sich der Onkel hin.

Der Mondschein blüht auf. Ich steck eine Kerze an und sitz in dem schönen Licht bis zum Morgen und betaste die Stiefel.

Ich schnupper an ihrem wohlriechenden Leder und leck sogar mit der Zunge drüber und dreh sie so hin und her, daß sie am Morgen, wenn der Onkel aufsteht, um Kaffee zu kochen, bevor er in den Stall geht, ganz heiß sind.

Das Schicksal will, daß die Menschen zu allen Zeiten Prüfungen ausgesetzt sind

mikri vuoma: In einer Herbstnacht, gut zwei Jahr vorm Krieg, sah ich, wie die Impi Agafiina aus dem Schlaf aufzuckte und in den Wintergarten trippelte, um rabiate Wörter aus der Sprache der Teutonen runterzuleiern. Mitten in der Nacht. Es war kurz nach zwei. Fings an zu regnen, und Impi wurde naß. Sie rannte rein und legte sich wieder hin.

Am Morgen hatte sie so starke Temperatur, daß der Fieberschweiß sogar das Fenster bis zur Undurchsichtigkeit kreidig machte, und mittags war das Fieber schon so hoch, daß sie ohnmächtig wurde. Frau Wallenius gab die Order, den Arzt der Sippe herbeizuholen. Der kam wie der Blitz auf den Hof, drehte den Frischling eine Weile hin und her und stellte fest, daß ihm die Lunge verstopft ist, und die koreanische Reiskrankheit schwer die Augen zusperrt.

Die Frau Wallenius fürchtete, daß die Tochter jetzt krepiert.

Die Signe Säppi sagte, der Frischling ist nicht die Tränen feiner Herrschaften wert, aber, dem Vater im Himmel sei Dank, die Frau hat darauf gar nicht gehört. Der Herr Wallenius seinerseits konnte nicht mal denken, daß die Tochter jetzt ihr Leben aushauchen sollte, wo er doch so viel kurantes Geld in sie investiert hatte, insbesondere in Form von Privatunterricht.

Die Taimi Lohi singsangte in der Küche laut den Propheten Jesaja, während sie Pellkartoffeln kochte.

Mit der Signe Säppi wiederum gingen derart die Gäule durch, daß sie das Gerücht in die Welt setzte, die Walleniusse wollten ein neues Adoptivkind anstelle des sterbenden holen. Da redete die ganze Mägde- und Knechteherde hin und her, wer wohl die Impi Agafiina ersetzen würde, wenn die gestorben war. Und die Signe Säppi, geschwind wie sie nun mal war, fand noch vorm Sonntag einen neuen Frischling für den Herrn und die Frau. Der hatte noch gar nicht das Licht der Welt erblickt, sondern lag in Form eines unehelichen Kindes im Bauch des gutmütigen Mehlmädchens in der Bäckerei vom Karppinen.

Zur selben Zeit, wo in der Küche ein Mordsgeklingel und -gedröhne herrschte, lag das Mädchen mit klappernden Zähnen in der Kammer, schwitzte mächtig, klagte über Seitenstechen und litt unter dem Geschrei von Frau Wallenius und den Bediensteten.

Es ging auf drei Uhr zu, wie der Doktor Ragnar Suumisko sagte, also er fängt jetzt an, den Frischling zur Ader zu lassen. Altmodisch wie sie war, verbot Frau Wallenius zuerst die Maßnahme, willigte aber schlußendlich beklommen ein. Die Taimi Lohi trippelte von der Küche ins Krankenzimmer, um solang hinter der Tür zu stehen, bis sie den Kräutergarten und die Gnadenfrist runtergemurmelt hatte, dann machte sie sich rasch wieder davon und bräunte in der Küche schwedischen Speck.

Mit der Kraft von fünf Männern wurde in die Ader gestochen, und wie das Blut losbrach, wurde das Gör ohnmächtig, kehrte aber nach einem Weilchen wieder in die Weltbücher zurück. Mühsam gab es Töne von sich und war ohne das volle Bewußtsein und Verständnis eines Menschenwesens.

Irgendwann Anfang der Woche, wie die Frau schon alle Hoffnung aufgegeben hatte und sogar der Mägdeschwarm mit dem Gerede über den Nachfolger aufgehört hatte, kam eine Wendung. Trotz der Medikamente und dem Adernstechen kehrten die Kräfte der Patientin langsam zurück.

Nach drei Wochen und sechs Tagen war das Mädchen ohne Haare, aber gut erholt, voller Schwung und Kraft wieder in der Kampfarena.

Die Frau Wallenius gab der Impi Agafiina eine Dose französisches Wangenrot. Später wollte sie den Frischling noch für seinen Mut und seinen Kampfeswillen belohnen und schenkte ihm schwere Schellen für an die Ohrn, schwere Armreifen und einen alten goldenen Halsschmuck, an dem sechs Safirsteine blitzten.

Der Fortgang des Onkels

juho gabriel: Ich bin siebzehn und ein guter Pferdekenner, da seh ich, wie sich ein Schneehuhn auf den First vom Haus setzt.

Ich bin dabei, das Schindeldach vom Kuhstall zu repariern, wie das geschieht. Mein Herz rast richtig, und ich spring sofort die Stiege runter auf den Hof. Ich weiß nämlich, daß ein Schneehuhn auf dem Dach was Schlechtes heißt. Ich renn in die Stube, bleib aber auf der Schwelle wie vom Blitz getroffen stehn. Alle großen Sachen fliegen durch die Luft, der Eßtisch schwebt unterm Dach, der Stuhl über der Mauer und das Wandbett vor dem Fenster. Die kleineren Sachen, wie das Geschirr, schnurren mit großer Geschwindigkeit in der Stube rum. Da fliegt der Kaffeekessel, eine Gabel und der Dickmilchbecher.

Da versteh ich erst, was für ein Gast zu uns gekommen ist.

Ich weich den fliegenden Sachen aus und seh, daß der Onkel stocksteif im Schaukelstuhl sitzt. Er zieht so eine fuchsartige Grimasse. Ich mach die Augen zu und seh, wie im Dorf die Kirche in Flammen aufgeht, wie die großen Götter auf die Bäume steigen, und die kleinen Götter bleiben den Brandleuten zwischen den Füßen. Dann flutscht die Blumengießkanne, die in der Hand vom Onkel geblieben ist, in die Luft und pfeift dabei wie eine Weidenflöte. Ich mach die Augen auf und trockne mir die Tränen und lach, weil das Lachen, das läßt die Menschen doch die Trauer und die Angst vergessen. Der Onkel, der hat immer gesagt, die Sorge läßt einen wachsen, wenn man ihr nicht unterliegt, und ich will nicht unterliegen. Angesichts des Todes soll man trauern, aber sich nicht grämen.

Ich nehm den versteiften Leib vom Onkel auf den Arm und trag ihn raus. Einen fliegenden Teller krieg ich an den Kopf, aber das macht nix. Ich bring den Onkel ins Kammerwandbett und deck ihn mit einem weißen Laken zu, mach sieben Kreuzzeichen und les ein Vaterunser. Dann geh ich in die Stube zurück und seh alle Sachen auf dem Boden rumliegen. Der Stuhl ist auf der Mauer, die Gabel im Wassertopf, der Tisch an der Tür und alle Tassen in Scherben auf dem Boden. Aus der Zuckerdose ist der Zucker vor den Herd geflossen, aus der Milchkanne die Milch auf den Kastensitz und aus dem Topf die Fleischsuppe hinter die Kommode.

Ich segne die mächtige Kraft vom Geist des Onkels und hol aus dem Kessel im Kuhstall heißes Wasser und putz überall. Wie ich da schrubbe, denk ich, daß man die Trauer mit Freude ausgleichen soll, die Tränen mit Lachen, den Tod mit dem Leben und die Fruchtlosigkeit mit Fruchtbarkeit.

mikri vuoma: Wir warn am Fluß mit den Brassen beschäftigt, wie der Onkel zu mir sagt, daß Christus ein Köder war, den Gott auf die Erde niederließ, um den Satan zu ärgern. Ich verstand nichts, hörte aber genau zu. Dann fing er an zu predigen, daß Gott die Eva nicht vom Lebensbaum essen ließ, weil er neidisch war und Angst hatte, daß der Mensch genauso außerordentlich wird wie er selber.

Da dachte ich, der wird bald sterben, wenn er sich wagt, sowas zu sagen. Und so wars dann auch. Er bekam die Erdinfektion und die Gotteskrankheit, und das hat ihn weggerafft. Dort im Schaukelstuhl hauchte er seinen Geist aus. Ein Himmelsbogen ging von ihm aus und schwebte in der Luft. Ich ging rein, und sogleich glitt der goldene Bogen in den Hausgang und nichts wie durch die Tür nach draußen. Ich betrachtete ihn von der Stubentreppe aus, und der Geist schwebte langsam dem blauweißen Himmel entgegen, bis in goldene Höhen, so wie es sich für eine unsterbliche Seele gehört. Ich winkte hinterher und rief, geh in den Frieden ein, um als Knopf vom Himmel zu blinken.

Die Beerdigung war prächtig. Wir ertränkten die Trauer so gründlich, daß ich meinte, ich sterb am Schnaps. Der Pfarrer predigte artig für ein paar vergammelte Plötzen, und wir machten schön einen drauf. Wie wir vier Tage getrunken hatten, sagte der Pfarrer, daß seine Gesundheit so eine Trauer nicht aushält, und ging.

»Vor mir seh ich mein großes Finnenland«

impi agafiina: Die Sonne schien vom Morgenhimmel, und ich fing an, den Mägden im Haus Befehle zu erteilen.

Der Herr und die Frau hatten versprochen, ihrer Wege zu gehen, so daß ich in Ruhe mit meinen Freunden zusammensein konnte. Für den Abend hatte ich ein Dutzend Leute aus der besseren Gesellschaft zum Tanzen und Essen eingeladen.

Die Veranda wurde mit Windlichtern dekoriert, dort wurde das kalte Buffet gedeckt. In den Salon wurde die Bowlenschale gestellt, in die ich heimlich ein Hütchen Schnaps träufelte, und die Gäste kamen um Punkt fünf Uhr. Ich stellte die Töchter vom Kämmerer mit Topelius' »Vogel blau« vor, und wir brachten die Jungen dazu, daß sie sich amüsierten. Sie stürzten sich auf uns und führten uns auf die Glasterrasse, wo die Signe Säppi Schellackplatten spielte. Im Takt von »La Cumparsita« tanzten und lachten wir, und wie die Signe »Lambeth Walk« auflegte, stieg ich auf den Tisch und brüllte wie der Finnische Löwe: »Bald entflammt der Krieg, und wir, die wir das Vaterland lieben, gehen an die Front und schlachten alle ab, die es nach den Ländereien unserer Vorfahren verlangt!« Die Jungen klatschten begeistert, aber die Töchter vom Kämmerer wollten nichts von Politik hören, sondern nur tanzen.

Nach dem Tanzfest zog ich kein Kleid mehr an. Seit ich fünf war, wurde mir Mäßigung in allem beigebracht, und jetzt schnallte ich den Gürtel enger. Ich zog mich als billiger Soldat an und hing nicht den Jungen an den Lippen. Das kam nicht nur daher, daß ich fürchtete, an ihr Gängelband zu geraten. Das kam auch von meinem Willen, ein Beispiel für die anderen zu sein. Die Entscheidung wurde auch ein klein wenig dadurch beeinflußt, daß ich eitlerweise die einzige sein wollte, die eine so schwer zu beherrschende Neigung im Zaum halten kann.

Außer auf Jungen beschloß ich auf Schnaps und Bier zu verzichten.

Ich wollte mich voll und ganz dem lange und inständig erwarteten Krieg widmen und die finnische Armee zum Sieg führen. Ich schwor mir, keinen einzigen Gedanken an etwas Unwesentliches zu verschwenden, wie zum Beispiel an den Menschen an sich, sondern konzentrierte mich auf die Dinge und auf die großen Ideale und vor allem darauf, sie zu verwirklichen.

Ich sah vor mir mein großes Finnenland, und es erstreckte sich von der Wasserstraße bis zum Ural. Ich sah, wie wir Finnen alle finnischstämmigen Völker aus den Klauen der fremden Macht befreien und das ewige Land der Finnougrier gründen, wo alle Völker in guter Gemeinschaft leben. Ich sah Finnland als den aufstrebenden Staat, von dem der Reeder immer geträumt hat. Ich sah die Blaukreuzflagge Finnlands zwischen den Flaggen Deutschlands, Englands und Amerikas wehen, als Zeichen dafür, daß die ganze Welt gegen die Russen auf unserer Seite ist. Meine große Idee war die Vaterlandsliebe.

Es gibt eine Zeit, die Sense zu schärfen, und eine Zeit, eine Brücke zu bauen

juho gabriel: Seit dem Tod vom Onkel sind ungefähr zwei Monate vergangen, und ich mach mich dran, die Sense zu schärfen. Ich hab das Messer in der Scheide und sitz am Brunnenrand und mach die Augen zu.

Und ich hör aus dem Dorf komische Stimmen. Ich mach die Augen auf und werf die Sense gegen die Scheunenwand und renn los. Wie ich an den Dorfrand komm, seh ich auf beiden Seiten vom Fluß soviel Leut wie Mäus im Roggensack. Da sind Bagger, Traktor, Spaten, Pferdekarren, Landvermesser, eine Herde Weiber und ein paar feinere Herrn. Ich renn hin und hör, daß die Krone bestimmt hat, über den Fluß eine Brücke zu baun. Ich frag, warum. Der Raimari sagt, darum, damit die Lastwagen, die Holz transportieren, frei hin und her fahrn können, ohne sich um die Jahreszeit zu schern. Er erklärt, daß die Brücke für die Leute an beiden Ufern furchtbar nützlich ist, weil man im Sommer nicht mehr mit der langsamen Fähre von einem Ufer zum andern fahrn braucht und in der Schneeschmelze nicht mehr die Besuche bei den Verwandten bleiben lassen muß.

Ich denk mir, da steht ein Mann, der spricht wie der Dichter Runeberg, und ich nehm einen Steinbohrer in die Hand und fang an, damit den Fels zu bearbeiten. Die andern Männer machens mir nach, und schon steht die Baustelle. Einer von den Aufsehern hat eine Ankeruhr, die an einer Silberkette hängt, und das merk ich gleich.

So eine Uhr, die richtig in der Sonne glänzt. Ich denk mir, abwarten und Kaffee trinken.

Ich bleib dort beim Schaffen und geh nur heim, das Vieh versorgen. Die Arbeiten gehn voran, wie sie sollen. Die Vermesser bestimmen den Platz für die Brücke, und so kommt sie an die breiteste und tiefste Stelle vom Fluß. Ich lehn mich dagegen auf, aber sie geben nicht nach. Sagen bloß, wenn eine Brücke gebaut wird, dann soll man sie durch die Scheiben vom Kaaprili seiner und vom Raimari seiner Stube sehn, und sie soll so werden, daß sie der Fluß nicht schlucken und der Wind sie nicht umwerfen kann und daß sie nicht mit der Zeit Zentimeter für Zentimeter einsinkt, auch wenn fünf Holzfuhren gleichzeitig drauf wärn. Die Kronenmänner rechnen aus, daß man dafür eine Hundertsteltonne Eisen braucht und fünfhundert Nieten.

Die Brücke wird den ganzen Sommer eifrig gebaut. Arbeiter sind weit über hundert da. Sie kommen von nah und fern, und sie haben Rucksäcke auf dem Rücken, sie rackern Sechzigstundenwochen ab, kriegen ihren Lohn und ziehen weiter. Einer kann eine Woche da sein, ein anderer zwei und ein dritter einen ganzen Monat. So klingt das Arbeitsgeklimper immer weiter bis zum ersten Schnee und zum ersten ordentlichen Frost. Die Zeit am Ende vom Herbst ist schwer. Die Winde und die eisige Luft lassen die Männer aus dem Süden stocksteif gefriern, aber nur zwei aus Haaparanta sterben. Ende Oktober gehn die Traktormänner fort, der Bagger friert ein, und die Pferdemänner machen sich in den Wald zum Bäumefällen. Anfang November sind wir auf der Brückenbaustelle nur noch sechs Mann. Bloß mit Schaufeln in den Händen ringen wir mit dem gefrorenen Stahl. Wir stehn eine Weile vor dem Unmöglichen, aber dann gehn wir fort, ohne ein Wort zu sagen, und damit hört dann die Geschichte mit der Brücke auf. Im Dezember ist auf der Baustelle keine Menschenseele mehr zu sehn, alle sind weg. Es ist, als ob nie angefangen worden wär, die Brücke zu bauen. Auch ich sitz daheim, zusammen mit dem Silberkettenaufseher.

Ich hab ihm schon im Frühherbst Quartier gegeben, weil er keins gehabt hat. Ich hab geglaubt, das ist ein feiner Herr, aber die Wahrheit ist anders gewesen.

Das Eis kommt

juho gabriel: Ich sitz an der Uferböschung auf einem glatten Stein und taste nach den trockenen Birkenblättern. Die rascheln so angenehm im Ohr. Ich denk an aufsteigende und sinkende Länder, an den Tag, an dem das Land aus dem Meer gekommen und selbst sein Inneres geschmolzen ist, das Herz der Erde, wo alle Stoffe zischeln und summen wie die Kartoffeln im Topf. Manchmal sind die Stoffe ruhig und schnurren zufrieden, manchmal werden sie zornig und fangen an, die Menschen so zu verspotten, daß selbst die Kirchen im Erdinnern versinken wie die Hufzange im Brunnen.

Wie ich da richtig große Sachen überleg, merk ich, daß der Fluß vor meinen Augen gefriert. Jetzt schon. Vom Ufer her breitet sich eine dünne Eisschicht aus, die Löcher werden vor meinen Augen immer kleiner, und noch bevor ich aufgestanden bin, ist der Fluß fest zugefrorn. Ich spazier zum Hof und werf noch einen Blick auf den Fluß.

Im Eis liegt er, obwohl die Strömung noch so schön dampft.

Je weiter man nach Norden kommt, um so niedriger schleppen sich die Wolken über das Land

raimari: Ich hab immer gesagt, der Herr Baumeister ist der feinste Herr, den dieses Dorf je gesehn hat.

Der hat so gute Manieren gehabt, war höflich und immer ordentlich angezogen. Den Bart hat er sich jeden Tag rasiert, und die Backen warn glatt wie ein frischgemangeltes Laken. Zweimal war er bei uns zum Kaffee, und wie er gesprochen hat, ist sogar mein Weib in den siebten Himmel aufgefahrn. Die Wörter sind so weich aus seinem Mund gekommen, und überhaupt war der ganze Mann wie Balsam auf die Wunden der Kranken.

Ich hab mich getraut, ihm Quartier anzubieten, aber er hat es nicht gewollt, weil der angenommene Bankert vom Onkel ihn zu sich in den Wald gelockt hat.

Ist wahrscheinlich ein echter Naturmensch gewesen, einer, der den Frieden der Natur liebt, obwohl er in der Industrieschule war. Er muß so einer gewesen sein, sonst hätt er nicht dorthin gewollt.

mikri vuoma: Ich denk, der Juho Gabriel hat dem Nichtsnutz Quartier gegeben, weil der dieselbe Schnupftabaksdose hatte wie der Onkel, den er so vermißt hat. Außerdem hatte diese diebische Elster aus dem Süden auch noch die Ankeruhr mit der Silberkette. Von der hat der Juho Gabriel oft gesprochen. Auf dem Kartoffelacker vom Saukkoriippi Kalevi hat er richtig zärtlich von dem Zeiteisen geplappert, daß ich mir schon dachte, jetzt ist ihm die Zunge rechts und links aus den Angeln gegangen.

Und der Meister konnte schmeichlerisch sein. Ich hab am Anfang auch nur gut über ihn gedacht. Ich dachte, das ist ein echter Mann, verlockend wie eine frische Rübe. Lang hab ich das nicht gedacht. Ich merkte, daß es einer von denen war, die vor lauter Fressen arm bleiben, ein Säufer und ein Tagedieb.

Es war im Frühherbst, wie der Satansbraten bei dem Juho Gabriel in der Kammer Quartier genommen hat und alle möglichen Büchsen und Buddeln auf den Waschtisch stellte.

In der ersten Woche gings mit ihm so geschmiert, als wär er auf einem Leinwandsack im Spätwinter die Flußböschung runtergerutscht. Er zeigte dem Juho Gabriel, wie man auf der silbernen Ankeruhr nach der Zeit guckt, so daß es alle, die in derselben Stube hockten, merken, und er schwätzte was vom Leben in der Stadt und von Flugblättern, die jemand auf dem ganzen Friedhof hat fallen lassen und wo nackte Zigeunerweiber draufgedruckt waren mitsamt ihrem Pelz.

Der Winter ging, der Sommer kam, und im Herbst schmiß der Himmel den Schnee in den Wald, im Frühjahr brach der Fluß das Eis. Im Sommer störte die Mücke, und im Winter dröhnte der Frost. Es gab Hasenbraten, Pökelfleisch, Sülze und frische kleine Maränen. Der Baumeister ist nicht mehr in seiner Kammer geblieben, sondern fing an sich aufzuspielen, als ob das ganze Haus vom Onkel ihm gehört.

Das hat dem Juho Gabriel nicht gefallen, aber er war viel zu anständig, um irgendwas zu sagen.

An Weihnachten ging der Meister ins Dorf, und wie er zurückkam, war er ausgemergelt wie ein Schnaken-Ren. Von dem Tag an beförderte er sich in einen wahnsinnigen Rausch, zuerst nur an hohen Feiertagen, dann jeden Sonntag. Er verwandelte sich in einen alten Gierschlund und war so scharf aufs Essen, daß er grad alles verschlungen hat. Biß wie närrisch in den Rentierbraten und redete nächtelang lauthals irres Zeug. Früher war das Haus vom Onkel nachts immer still gewesen, nur auf dem Hof haben vielleicht mal die Viecher einen Ton von sich gegeben, aber jetzt wars umgekehrt. In der Stube wurde gebrüllt, und die Natur schwieg. Da hat der Juho Gabriel kein Auge voll Schlaf gekriegt, bevor er morgens für den Stall aufstehn mußte. Er war schlimm dran mit diesem Herrn, und ich hätt ihm auch nicht sagen können, was er tun sollte: ihn mit dem Lappendolch abschlachten oder mit dem Beil.

Wie dem Juho Gabriel damals düstere Gedanken kamen, erzählte er mir, wie der Onkel ihn gelehrt hatte, daß Ungerechtigkeit die Welt beherrscht und daß jedem all das passiern kann, was dem Hiob passiert ist. Bestimmt dachte er, er ist ungefähr in derselben Lage wie der Hiob. Ist doch der Hiob mir nix dir nix zum Wettgegenstand vom Satan und von Gott geworden, und zuerst hat Gott ihm alles gegeben und dann wieder noch mehr abgenommen, aber der Hiob hat sich nicht aufgelehnt, weil er ein großherziger Mann war, und deshalb hat ihn Gott am Ende mit den besten Früchten des Paradieses belohnt.

So hatte der Onkel gedacht und betont, daß man Gott nicht gegen den Strich streicheln darf, sondern immer mit dem Strich, und daß auch der Juho Gabriel, wenns mal hart wird, immer über das eigene Leid hinaussteigen soll.

Schließlich hatte der Onkel noch gesagt, daß der Mensch begrenzt ist und nicht fliegen kann wie die Vögel.

Bevor der Winter anbrach, stahl der Juho Gabriel dem Meister im Schlaf die Silberkette und die Ankeruhr, die dranhing. Das war für mich kein Wunder, wo ich doch gesehn hab, wie der Juho Gabriel die Uhr angebetet hat wie das Goldene Kalb. Ich dachte natürlich, er nimmt sie sich selber, praktisch als Entschädigung für den Ärger und die Qualen, aber falsch. Er schnappte sich die Uhr, rannte auf den zugefrornen See und ließ die ganze Pracht in ein Eisloch fallen.

Verrückt ist der, dachte ich.

Wer Gottes Korn verwirft, der sündigt!

Am Morgen, wie der Elsternkopf aufwacht und merkt, daß die Uhr verschwunden ist, fällt er in sich zusammen wie ein vertrockneter Spekulatius, fängt an zu flennen wie ein Weib, und bis er sich wieder zusammengenommen hat, ist es zu spät. Wie hinter dem See, der in den Klauen des Frühjahrs so dahinsiechte, daß er schon Schmelztümpel hatte, der Wind zu blasen anfängt, da holt der Juho Gabriel aus dem Stall den Lappendolch der Firma Marttiini, geht in die Stube und sticht den Nichtsnutz im Schaukelstuhl ab.

Die Wolken ziehen ihrer Wege,
und der im Totenreich Versunkene
steigt von dort hervor

juho gabriel: Es ist ein klarer, bleicher Morgen im Frühjahr. Ich sitz hinterm Kuhstall auf einem Holzhaufen und eß Dosenfisch. In die Stube wag ich nicht zu gehn, weil er da ist. Unser Quartierhalter ist mir zu störend geworden. Ich schau zum See und seh vor mir die Umrisse der Ewigkeit.

Ich denk an mein Leben und mahl innerlich die vergangenen Zeiten durch. Fast laufen mir die Augen über, aber ich überleg mir, weinen sollen die, die längere Wimpern haben. Ich stopf mir zwei Handvoll Schnee in den Mund und beschließe, das alte Rindviech steck ich in die Kiste, damit er weiß, was unsereiner über frühjahrswahnsinnige Rockzipfelhänger aus dem Süden denkt.

Wie ich von dem Holzhaufen aufsteh, hab ich den Teufel in mir, auch wenn ich zum Herrn Zebaot sing. Ich spür, daß ich so richtig gut geladen bin. Ich geh in den Stall und nehm den Lappendolch vom Onkel und geh in die Stube. Da schnarrt dieser Kolkrabe rum wie der böse Geist. Ich mach ihn kalt, und er sagt kein Sterbenswörtchen mehr, und im selben Moment leuchtet mir die Sonne des Herrn ganz warm. Ich steck den Kakerlak in einen Leinwandsack, versenk ihn im Eisloch und schwör vor Gott, daß unsereins nur noch vorwärts schaut, dem Tal der Fruchtbarkeit entgegen.

Nach dieser Tat drückt mich ein beklemmendes Gefühl in der Brust. So eine trügerische Verzauberung hab ich in mir, dasselbe Gefühl, das den Mann, der an der Stromschnelle steht, in die Finsternis lockt und ihn dazu bringt, sich Tag für Tag ein kleines bißchen tiefer zu der Gischt hinunterzubeugen, die ihn dann eines Tages auch verschlingt. Aber ich laß den Mühlstein der Qual nicht lang seine Lieblingsarbeit verrichten, sondern streck den Rücken grad wie ein Soldat.

Ein paar Tage lang hab ich noch Zeit, die Kakerlaken zu betrachten, die kreuz und quer in der Standuhr hin und her wetzen, bevor dem Amtmann seine Schandarmen mit den Zinnknöpfen kommen und mich in Eisen legen.

Die fragen nicht mal was. Und ich sag nix.

Bringen mich in den Bau, wo ich das einfache und klare Leben fortsetz.

Ich lieg da wie Gott in Frankreich, obwohl das alles andere als ein Haus der fetten Milchsuppen ist.

Kann ein Verstorbener auf die Erde zurückkommen?

raimari: Es war ein düsterer und schrecklicher Tag, wie uns die Kunde gebracht worden ist, daß der Herr Baumeister ohne Lebewohl zu sagen aus unserem Dorf fortgegangen ist.

So schrecklich drückte es mir und meinem Weib auf dem Herzen, daß wir geglaubt haben, wir müssen auf der Stelle sterben. Dann hab ich gedacht, bestimmt ist er in aller Stille fortgegangen, weil das Lebewohlsagen für alle Beteiligten so eine Qual gewesen wär.

Ich hab zu meinem Weib gesagt, der Baumeister, der hat uns so von tiefem Herzen gern gehabt, daß er vor lauter Feinfühligkeit so bescheiden fortgegangen ist.

Und wir warn erleichtert und haben Gott gedankt, daß er wenigstens für eine Weile so einen herzensguten Mann zu uns gesandt hat.

mikri vuoma: Keiner hat hinter dem Elsternkopf hergefragt, aber die Schlafwandler haben im Dorf erzählt, sie hätten ihn gesehn, wie er in ein schwarzes Auto steigt, das vom Himmel auf die Erde heruntergekommen ist, und dann am Flußufer entlang weiterfährt in Richtung Kirchdorf.

Ein Mörder sitzt lebenslänglich

juho gabriel: Ich laß mich von der oberen Pritsche runter, kratz mich unruhig in der Achselhöhle und zieh den staubigen Zellengestank in die Nase. Ich geh aus der Zelle, den Gang entlang und werf durch die Haupttür vom Gefängnis einen Blick nach draußen. Ich zieh mir die staub- und dreckverschmierten Hosen an und kratz mir die juckenden Weichen. Dann trotte ich zum Pissen an die Treppe.

Gleichzeitig gähn ich breit, schnupper die Luft und spuck einen großen Grünen in den Frühjahrsschnee. Die Kälte bringt den Leib zum Zittern, obwohl die Sonne glüht. Brennender Hunger kriecht mir durchs Gedärm, und in den Knochen knackt die Last vom Leben. Innerlich verfluch ich die Gefängniswärter und die zwei fremden Menschen, die mich auf die Welt gebracht haben. Meine Fresse ist ganz blaugrau, und die Backen sind verbeult. Mit Tropfen auf der Zunge erinner ich mich an die fette Renfleischsuppe, die auf dem Tisch stehengeblieben ist, wie die Schandarmen in die Stube gekommen sind und mich in die Eisen geschraubt haben. Ich betrachte das Gefängnisgelände. Da blühen die Veilchen nicht mal im Sommer. Höchstens Wegerich. Ich knirsch mit den Zähnen, und mitten unterm Räsoniern fängt mir die ganze Welt an schwarz zu schimmern, aber ich fall nicht um.

Ich geh quer über den Hof. Auf den Einfassungen vom Hof und am nahen Waldrand gammeln zerlumpte, halbnackte Räuber herum. Die einen liegen der Länge nach in den ersten Löchern, die die Frühjahrssonne in den Schnee geschmolzen hat, die andern schnitzen Steckenpferde und reden leise miteinander. Die einen dreschen Karten, die andern knabbern an schon ganz rundgenagten Stücken Trockenbrot und schlürfen mit Pisse vermischtes Wasser hinterher. Neben einer Fichte läßt der Raineri seinen von Läusen zernagten Körper rösten. Neben ihm sitzt ein Bengel. Den Bengel kennt keiner, aber über den Knien hat er ein dreckiges Hemd, aus dem er die Läus einzeln rausholt. Er legt sie auf einen Baumstumpf und quetscht sie tot. Ich setz mich neben den jungen Kerl und spür, wie in mir drin laut der Frost des Leidens knirscht.

Der Kahelin und der Ramea sind beim täglichen Rundgang am Nordende vom Gefängnisgrundstück gewesen und haben unterwegs den Poropekka getroffen, der an einem Hanfseil am Pfosten vom hinteren Tor gebaumelt hat. Die Raben haben ihm schon die Augen weggepickt gehabt und einen Teil von der rausgestreckten Zunge. Die Männer schleifen den Aufgehängten in die Mitte vom Gefängnis. Der Raineri ruft, hier liegt ein Opfer des Kapitalismus, dessen vom Hunger verunstalteter Kadaver in der Schale des Leids zwischen Himmel und Erde schwappt! Es kommt eine tiefe Stille.

Die wird von einem Ruf zerstört, der vom Waldrand kommt: Nieder mit den vom Kapital bestochenen Handlangern der Kleinbürger!, worauf ein junger Kerl weitermacht: Zur Hölle mit der Russenregierung und ihren Schandarmen! Im Gefängnis entsteht gleich Unruhe, aber ich bin wie ein Stein vor der Leiche, kann mich nicht vorwärts und nicht rückwärts rührn. Ich seh bloß, wie ein Räuber aus Konttavaara das Messer aus dem Stiefelschaft zieht, und da gehts los. In einem Augenblick wird das Gefängnisgelände zum blutigen Schlachtfeld, wo sich die Gefangenen gegenseitig abstechen. Der Kot stinkt und die Ledergerte singt. Sie schlagen sich gegenseitig mit den Holzpferden, und einer schimpft den andern – Arschlecker des Kapitals oder Russe –, und da zerreißt auf einmal ein schrecklicher Knall die Luft.

Er kommt vom Haupttor und nimmt die Köpfe von zwei Gefangenen mit.

Schon fangen die Gefangenen an, ihre Wunden zu

lecken. Das Blut schmeckt natürlich schlecht, und sie verziehn beleidigt die Fratzen wie Weiber. Das Lecken dauert nicht länger als einen Moment, dann zerstreun sich die Übeltäter an der nördlichen Wand vom Gefängnis. Meine Eingeweide flattern wie die Kiemen von einer Brasse. Manche Gefangene lassen sich auf irgendeinem schneefreien Fleck hinfallen, ich bin der einzige, der mit hängendem Kopf in die Zelle zurücktrottet, ich hau mich auf auf die Pritsche hin und versink in einen schweren, schwarzen Schlaf, ohne irgendwas zu kapiern.

Die Kleinlotta lernt, wie man eine Waffe lädt und zusammensetzt

impi agafiina: Ich schloß mich den Kleinlottas an und sammelte tagelang in den Häusern Gummi und Eisenkram. Aus dem Plunder machte ich Haufen, die von der Schrottsammlungsoberlotta zu den Flintenfabriken in den Süden transportiert wurden. Ich war so fix in dem Geschäft, daß ich einen Hufeisenpreis bekam, bevor der Krieg überhaupt angefangen hatte. Ich war zufrieden, dem Vaterland zu Diensten sein zu dürfen.

Der Autochauffeur Sarmo werkelte mit den Rundfunkempfängern, drum wußte er von den Weltangelegenheiten auch viel mehr als die andern. Er kannte die Kriege und was in Deutschland passierte exakt und genau. Mir erzählte er, wie man in der Welt lebt, aber den anderen nicht. Dann, noch vor dem Pfingsttanz, flüsterte der Sarmo, daß jetzt bald die Gewehre anfangen zu singen, und von Pfingsten an warn alle seine Gedanken auf den kommenden Krieg gerichtet. Er hörte sogar auf, seine Stiefel zu poliern und rieb statt dessen Gewehre sauber. Er hatte ja ein ganzes Arsenal auf dem Tisch liegen. Von Sarmo lernte ich im Nu, wie man eine Waffe lädt und zusammensetzt.

Er fing immer wieder davon an, wie nützlich Kriege doch sind. Ohne die Feldzüge von Napoleon hätte niemand die Konservendose erfinden können. Ich hörte mir das an und war natürlich bereit, wie der Wirbelwind in den Krieg zu ziehn.

»Der Krieg ist ausgebrochen, hauen wir ab!«

juho gabriel: Der Knast, in den sie mich dann schleifen, ist unten in einen hohen Turm reingebaut, mitten in der Stadt und auf tiefliegendem Gelände.

Ich werd in eine Zelle gesteckt, wo zwei andere Männer sind. Die sitzen lebenslänglich. Sind bestimmt Mörder, so wie ich.

Der eine ist ein Bauer aus Janakkala, der dem Zuchtbullen von seinem Nachbarn die Beine abgeschlagen hat, und der andere ist ein Schmied aus Muonio, der als Nachtisch eine Kinderjährige verdrückt hat. Wir werden nie Kumpels, aber trotzdem dreschen wir nachts in der dunklen Zelle Karten, und wir teilen das fade Leben in drei Teile.

Doch, mir gefällts da in dem Bau, ich bin so, als gäb es mich gar nicht, und keiner nimmt Notiz von mir. So ist es auch gut. Hunger hab ich, aber ich lieg nicht in schweren Fesseln. Ich steck meine Nase nicht in die Angelegenheiten von andern und trag keine Sorge wegen dem, was morgen ist, ich bin wie ein Vogel am Himmel.

Wir wissen nix davon, daß sich das übrige Volk für den Krieg bereit macht. Mir fällt nur auf, daß die Wärter Armbinden tragen und daß sie immer die Flinten dabei haben. Ich kümmer mich nicht um sie.

Dann geben die Wärter eines Tages kein Essen aus, und wir bleiben hungrig in der Zelle. Nicht mal Wasser kommt.

Es vergehn zwei Tage, bis der aus Janakkala nervös wird. Er kommt gar nicht dazu, lang zu quengeln, wie die Tür von unsrer Zelle aufgeht und jemand ruft, daß Krieg ist und alle an die Front gegangen sind. Also hauen wir ab!

Der aus Janakkala und der andere nehmen die Beine in die Hand, aber ich rühr mich nicht vom Fleck. Ich überleg mir, daß ich nicht in den Krieg geh. Daß ich hierbleib. Die andern gehn. Der eine geht an die Front, der andere in den Wald, aber ungefähr ein Dutzend von uns bleibt im Bau. Ohne Wärter, ohne irgendwas. Wir leben von Wild aus dem Wald. Ich weiß nicht, was den andern so durch den Kopf geht, aber ich überleg mir, wenn ich hierhergebracht worden bin, dann bleib ich auch hier. Ich werd nicht mir nix dir nix ins Blaue losmarschiern.

Dann fängt der Großangriff von den Russen an, und sie bombardiern unser Gefängnis, bis es dem Erdboden gleich ist.

Ich kriech aus dem Steinhaufen raus und geh heim.

3. *buch*

Juho Gabriels Heimkehr. – Impi Agafiina zieht den Rotz hoch und betrachtet dabei ihr Spiegelbild im Silberlöffel. – Die Soldaten ziehen an die Ostfront, Impi Agafiina darf nur zur Frauenorganisation und wird auch noch zweimal wieder heimgeschickt! – Sarmos lieblicher Krieg. – Frühjahr 1940. Die Russen gewinnen den Krieg, die Finnen verlieren ihr geliebtes Karelien. Impi Agafiina ist empört und läßt sich militärisch ausbilden. – Juho Gabriel geht zum Flößen.

Juho Gabriels Heimkehr

juho gabriel: Wie ich zurückkomm, ist schneeiger Frühwinter. Die Lemminge rennen in ozeangroßen Scharen herum, und auf den Bäumen liegt so viel Schnee, daß sich die Wipfel demütig zur Erde neigen. Ich betrete den heimatlichen Grund und Boden, und obwohl der Mond kreisrund hinter dem Hügel rauskommt, bin ich fix und fertig, ich seh elender aus als ein Schnaken-Ren.

Richtig zusammengeschnurrt und eingeschrumpft geh ich in die Stube. Der Mond erleuchtet sie, und Mikri Vuoma plumpst verdattert aus dem Bett und guckt mich an. Ich sag ihm, wie es ist: daß ich ein Jud bin und keine Flinte anrühr, und daß ich nicht Zeuge der Raubzüge und Morde der russischen Feinde sein will. Mikri Vuoma, der meine ganze Knastzeit über das Vieh und das Haus versorgt hat, brummt zornig, zur Hölle mit den Kriegen der Reichen!

Wir sind uns einig, und ich schab mir trockenes Fleisch ab und ess einen Topf Blutsuppe und geb dem Mikri Vuoma von den Fettigsüßen, die ich aus dem Gefängnis mitgenommen hab. Ich leg mich schlafen, und mein Gewissen ist nicht unruhig und ängstlich wie bei einem Übeltäter.

Am Morgen, wie der Mikri Vuoma geht, sagt er zu mir, jetzt jagst du mich aus der Stube wie der Schuster von Jerusalem den Christus, als er auf dem Weg nach Golgatha ist, um am Kreuz zu hängen. Darauf ich, nein, zum Teufel, ich jag dich nicht fort, bleib nur, guter Mann. Er geht trotzdem mit Widerworten aus dem Haus, und unsereiner versenkt beide Hände im Teigbottich.

Ich mach mich dermaßen an die Arbeit, daß mir die

Hände nicht reichen. Ich schufte und denk mir, der Mensch ist doch keine geistlose Kreatur, die sich bloß müd harkt, pflügt und eggt. Er ist auch ein essendes, schlafendes und manchmal sogar denkendes Tier.

Im Sommer mach ich die Sommerarbeiten und denk an nichts, im Herbst überleg ich mir, warum die Schöpfung im Winter praktisch im Winterschlaf versinkt.

Ich beschließe, mir einen Hund zu holen, und nenne ihn Peni, weil das so ein hübscher Name ist.

Im Winter, wie ich bei der Waldarbeit bin, guck ich zum Nordpol. Da hängt der Große Bär am Himmel wie ein Wallachaas. Es gibt am Firmament noch andere Himmelsknöpfe, aber die Namen von denen kennt doch keiner außer den Sternmeistern.

Der lange und inständig erwartete Krieg

impi agafiina: Es war Anfang September, als ich vom Kleinlotta-Abend kam und auf den Herrn stieß.

Er stand mitten im Salon, hatte einen Brief in der Hand, und auf seinem Gesicht lag so eine Gönnermiene. Ich erriet sofort, worum es in dem Brief ging, sagte aber nichts.

Ich machte das Kuvert ganz langsam auf.

Da stand, daß ich bei den Reserveübungen als Handlangerin der Proviantlottas willkommen bin.

Ich machte vor dem Herrn einen Knicks. Er guckte mich stolz an, und ich machte ein paar Tanzschritte als Dank an Gott für den wunderbaren Brief. Noch bevor ich aufgehört hatte mich zu drehen, sagte der Herr, jetzt aber schnell, der Zug fährt pünktlich ab.

Ich war bereit. Signe Säppi holte den Koffer, und

der Jalmari trug ihn zum Auto. Ich glaub, das war der einzige Moment in meinem Leben, wo die Signe Säppi zu mir aufgeschaut hat. Mit meinem knielangen Mädchenkleid stieg ich ins Auto und blickte nicht zurück. Kriegsgedanken tobten schon in meinem Kopf wie Feuersbrünste, und ich dachte, ich bin bereit, für die Rettung meines Vaterlandes alles zu tun und zu geben. Den Körper. Den Geist. Die Seele. Alles.

Langsam zuckelte der Nachtzug aus dem kleinen nördlichen Bahnhof. Er legte Dampf zu und glitt in den Schoß der Nacht. Ich aß das Pferdefleisch, das mir ein Soldat gab, und fragte, ob er mir auch noch ein Stückchen Brot gibt, das ich mit dem bleichen Fleisch zusammen knabbern könnte. Er sah mich an und meinte auf deutsch, *Donnerwetter nochmal*! Ich guckte aus dem Fenster und dachte an all das, was das Leben mir mit ein bißchen Glück bringen wird, jetzt, wo ich die erste Etappe auf dem Weg zum Ziel meiner Träume erreicht hatte.

Am Zielbahnhof holte mich eine junge Lotta ab. Sie zeigte mir die ersten Schritte auf dem Weg, den die dahingegangenen Kämpfer gewiesen haben, aber in der harten Wirklichkeit, zwei Jahre später, ließ uns dieses Flittchen alle im Stich.

Das Vaterland und auch die Fahne!

Mit heiler Haut kam ich vom Bahnhof zum Übungslager, obwohl ich durch Schießübungen mit schwerem Geschütz durchmußte.

Da dämmerte mir die ganze Wahrheit, und diese Wahrheit war klar und deutlich. Der finnische Soldat ist im Gesicht oft weiß wie ein Rübenfurz, aber von seiner Innenausstattung her ist er ein geschickter, furchtloser Landser voller echtfinnischer Zähigkeit. Der kühne Angriffsgeist der Jäger brannte in der Brust des Soldaten wie Zunder.

Meine Arbeit erledigte ich mit einem unbeschlagenen ostfinnischen Pferd. Ich machte uns beiden ein Feuer im Schnee und schaufelte daneben einen Fleck frei, wo wir dann richtig fest schliefen. Wenn das Essen ausging, blieb ich nicht mit steifen Handschuhen stehen und hielt am Firmament Ausschau. Ich nahm eine Handvoll Stroh aus dem Mantelfutter, warf es in kochendes Wasser, und dann aß ich es, und mit vollem Magen wickelte ich mich in den Mantel und fing an zu träumen.

BRIEF VON IMPI AGAFIINA VON IRGENDWO DORT DRAUSSEN AN DIE HEIMATFRONT

Ihr Lieben dort an der Heimatfront!

Ich habe noch nicht die Feuertaufe bekommen, weil der Krieg noch nicht begonnen hat. Ich habe noch kein Blut vergießen dürfen, nicht einmal das von Eva Birgers Katze, obwohl ich ich unsere Anführerin inständig um Erlaubnis gebeten habe. Trotz allem habe ich vom obersten Offizierskorps Anerkennung erhalten!

Schickt mir bitte die von Pio Talmas übersetzten Gesammelten Werke von Ibsen und einen gepökelten Lammbraten.

EURE TREUE IMPI AGAFIINA

Die Kriegsfanfaren klingen

sarmo: Als der Kuchen fertig war, hatten wir alle kräftigen Hunger. Weder ich noch irgendein anderer Freund des Vaterlandes war überrascht vom Kriegsausbruch. Ich und die anderen im Glanz ihrer besten Jahre stehenden Männer, wir hatten den Kriegsbeginn erwartet wie den Anbruch eines Sommermorgens.

Nach Tausenden von Schlachten mit meinen Zinnsoldaten durstete mich nach blutigen Schlachtfeldern. Wie mit dem Sande der Wind, so mit den Menschen das Schicksal!

Ach, so viele Feldgraue

impi agafiina: Ich fand das so ungerecht, als man mich nach der Schießübung in den Zug setzte und mir befahl, wieder heimzufahren.

Der Zug bimmelte über die schönen Buckel, und ich heulte wie ein verrücktes Gör. Die ganze Fahrt über dachte ich an die Ostfront und an den herrlichen Krieg. An das Getrappel der Stiefel und das Geklirr der Büchsen. Ich war fix und fertig, weil ich das Gefühl hatte, daß mich niemand braucht. Die Waffenbrüder nicht und auch nicht das Vaterland! Daß eine echtfinnische Frau so mit Füßen getreten wurde, war ein schreckliches Gefühl.

Wie ich dann ankam an unserem Bahnhof, da erwartete mich ein seltsamer Anblick. Alle Lokomitvführer und das gesamte Bahnhofspersonal waren Frauen.

Eine Weile sah ich mich um, dann kapierte ich, daß die Männer in den Krieg gezogen waren. Ich ging ins Bahnhofsgebäude und sah, wie draußen neben einem mindestens zwei Kilometer langen Zug in Richtung Osten ein kleiner Pfarrer in schwarzer Kutte rumwuselte. Er schwenkte vor den Soldaten ein großes Eisenkreuz. Und die Soldaten hatten die Köpfe entblößt und küßten wie die Russen schwarze Bibelrücken, falteten die Hände und tasteten mit den Augen den grauen Himmel ab. Einer hatte sogar das Haupt gesenkt, und wie ich genau schaute, sah ich bei manchen Tränenperlen in den Augenwinkeln.

Ich krähte vor Schmerz, weil man mich nicht mitnehmen wollte, und die da heulten vor Glück, weil sie wieder in die vorderste Linie kamen, um ihr Bestes zu geben! Und wie ich da am Fenster schluchzte, bemerkte ich plötzlich Sarmo in all seiner Pracht, und aller Schmerz und alles Leid wandelte sich auf der Stelle in ein Glück, das mir richtig den Kopf schwindelig machte. Fast blind stimmte ich innerlich einen Choral an und stürzte auf Sarmo zu. Ich schüttelte ihm die Hand und wünschte ihm eine gottgesegnete Reise in den Krieg. Er schaute mich an, wie man Frauen anschaut, und sagte, daß er nicht wankt und nicht weicht, auch wenn der Iwan mit dem Panzer auf ihn zukommt. Ich sagte noch irgendwas ordentlich Soldatisches, hörte aber selber nicht, was, weil der Zug so laut losdröhnte. Mit traurigen Augen sah ich Sarmo nach, weil ich so gern an seiner Seite gestanden hätte, und wenn nicht dort, dann wenigstens bei den anderen Soldaten.

Wie eine Blindekuh ging ich heim, ich war so schlaff, daß ich es kaum fertigbrachte, die Augen offen zu halten.

Auf dem Hof war niemand. Ich sah drinnen durch die Glastüren des Salons, wie die Frau Tränen auf ein Porzellantablett tropfen ließ, auf das Signe Säppi frisches Gebäck vom Hügel-Antti gelegt hatte.

Da bekam ich meine Kräfte wieder und fragte, warum die hier so flennt, aber bevor die Frau noch irgend etwas sagen konnte, gab sich die Signe Säppi hinter dem Vorhang einen Ruck und zog mich ins Aufwartezimmer. Der Reeder hatte am Morgen schlechtgelaunt aus Bern angerufen, und da hatte die ganze Jammergraupensuppe ihren Anfang genommen.

Ich verzog mich in meine Kammer und dachte, auch wenn ich noch so gründlich enttäuscht werde, ich hör nicht auf, das Große zu erhoffen!

Eine Woche später marschierte ich zum Medizinalmajor Björkenheim. Ziemlich verschnörkelt präsentierte ich ihm, daß ich an die Front zurückwollte. Er hörte zu, dann sagte er, kommt überhaupt nicht in Frage. Das war eine Enttäuschung. Ich hatte immer geglaubt, der Medizinalmajor ist ein finnischer Mann und kein Wicht, und wie ich die Treppe runterging, traute ich mich zu denken, der ist gar kein Vaterlandsfreund, sondern ein Russenknecht.

Und ich war so zornig, daß ich, wie ich heimkam, der Taimi Lohi ein hartes Brot an den Kopf hämmerte.

Ich ließ die Angelegenheit nicht auf sich beruhn, sondern zerbrach mir den Kopf, wie ich aufs Schlachtfeld kommen könnte. Ich wußte, daß der Doktor Bergström dem Reeder nahestand, weil beide mit den Deutschen Handel trieben und wer weiß mit wem sonst noch. Er empfing mich wohlwollend. Ich erklärte ihm meinen Fall. Mit schneeweißer Visage sah er mich an und antwortete: »Nein! Niemals!« Aber ich gab keinen Furz nach, sondern packte mein gesamtes Arsenal aus, und obwohl ich nur ein blasses Bild von all den Leiden und Anstrengungen geben konnte, die ich bereit war zu ertragen, bekam ich doch die vaterländischen Gefühle des Doktors in Gang.

Nicht lange, und ich saß zusammen mit Soldaten stolz im Zug. Ich war so voller Glückseligkeit und Eifer, daß ich an die Jungs sämtliche Preßsackbrote verteilte, die mir die Signe Säppi geschmiert hatte. Mal sang ich, mal las ich was vor, mal plapperte ich wie ein Wasserfall. Bis Muhos war das ein einziger Höhenflug. Dort stürzte ich jedoch ab, als einer von den Burschen zu mir sagte, hier bist du aber nicht auf dem Weg zur Front, liebes Mädel. Ich darauf panisch, was redst du da für dummes Zeug? Da sagte ein anderer pickeliger Soldat, der Zug fährt zu den Schanzarbeiten. Vor Erleichterung brach ich in Tränen aus, weil dahin war ich ja auch unterwegs.

An der Ostgrenze stieg ich aus wie alle andern auch. Keiner wurde abgeholt, nur ich. Unter einer Birke stand der Sohn von dem Freiherrn, der mit dem Reeder bekannt war. Er war groß und stattlich, aber trotzdem ein irgendwie weibischer Mensch. Er kam auf mich zugewackelt, schlug die Hacken so lasch zusammen, als ob er eine Preiselbeere zwischen den Hinterbacken stecken hätte, und forderte mich auf mitzukommen. Ich kam mir richtig erhöht vor, weil ich neben einem blaublütigen Krieger im grauen Lodenanzug hergehen durfte.

Viele unvergeßliche Wochen durfte ich dort verbringen. Ich sah Paraden, Kampfübungen, Exerzitien, Filmarbeiten, den Aufbruch des gesamten Bataillons, und was das Höchste war, ich lernte Essen zu machen, das richtig gut schmeckte. Ich sah dort auch zum ersten Mal ein Eisernes und ein Hölzernes Kreuz. Das Eiserne bekam ein Graf aus Lahti, der in seinem Wahn mit dem Boot über den Grenzfluß gerudert war und als Beute Fotos von echten Russen mitgebracht hatte. Das Holzkreuz wurde einem schwedischen Leutnant verliehn, der bei einer Schießübung mit scharfer Munition an einem Granatsplitter gestorben war.

Wie ich die Kreuze so sah, dachte ich närrisch, wie herrlich wär doch der Krieg, wenn nicht der Heldentod dazugehörn würde.

Natürlich kam es dann so, daß sie mich, als das richtige Schlachten anfing, wieder heimschickten.

Da half kein Knurren und kein Kreischen. Wenn man zufällig ein Mädchen war, mußte man eben in den Zug steigen und dann nix wie weg. Ich wär lieber dageblieben, um zu kämpfen, aber das hat niemanden interessiert. Nur ab in den Zug und das Billett in die Hand.

Da fuhr ich dann wieder, mit dem Blick zurück nach Norden, und neben mir hockte so ein älterer Herr, der mich die ganze Zeit anglotzte wie eine Kuh den neuen Futtertrog. Sagte keinen Ton, aber verzog zuckersüß das Maul.

Wie ich ausstieg, sagte eben dieser Herr in klarem Deutsch: *»Ach, so viel Feldgraue!«*

Wenn ich gewußt hätte, daß das ein echter arischer Mensch war, hätte ich die ganze Fahrt mit ihm geredet, was das Zeug hält.

Und wieder war ich im feinen Gutshaus vom Reeder Wallenius, in meiner Kammer, und hörte die Pfarrerstöchter fabulieren wie verrückte Kälber. Ich gab nichts auf ihr Weibergeschwätz und dachte nur an die Ostgrenze und die schönen Stutzen.

Ich hatte die Nase dermaßen voll vom Faulenzen und sinnlosen Rumhocken an der Heimatfront, daß ich auf der Stelle mit dem Spinettspielen, den Französischstunden und dem Sticken Schluß machte. Statt dessen nahm ich noch mehr Reitstunden, weil ich gehört hatte, das Pferd ist an der Front genauso wichtig wie der Dragoner, der auf seinem Rücken hängt.

In der Heimatstadt war ich jeden Tag bei den Versammlungen und den freiwilligen Gemeinschaftsarbeiten der Kleinlottas. Ich strickte Abzugfingerlinge für die Männer an der Front und schickte unbekannten Soldaten *Liebesgaben* in die feuchten Schützengräben. Außer Bauchspeck packte ich in manche Pakete auch Drehtabak und Marmelade.

Am Tag vor Heiligabend ging ich mit den Kleinlottas zu einer Art Weihnachtsausflug in den Wald. Wir wollten unter winterlichen Feldbedingungen trainieren. Jede von uns sagte daheim, daß wir erst nach den Feiertagen wiederkommen. Wir nahmen Streichhölzer und ein paar trockene Birkenscheite mit, fuhren auf Skiern tief in den Wald und hatten riesigen Spaß. Wir spielten Krieg und Gefangene quälen. Wir hatten genug Atzung, und beim Feuerschein fror uns kein bißchen.

Unser größter Verdruß war, daß wir trotz harter Suche keine Weihnachtsfichte fanden, weil wir mitten in einem jungen Kiefernwald kampierten.

Klingendes Harfenspiel am winterlichen Kriegshimmel

Der erste Kriegswinter war streng. In der klirrenden Kälte fuhr der Feind knirschend durch den düsteren Ödwald und über häuserloses Gelände und spießte jeden auf, der ihm entgegenkam, oder spaltete ihn mit der Axt.

Die Angriffswellen der feindlichen Bomber wiederholten sich fleißig.

Pat! pat! pat! kläfften die Geschütze, und die Maschinengewehre schwätzten versteckt in der Wildnis wie die Drosseln am Weihnachtsmorgen.

Kerttu Polsteri und Maila Paksuniemi, die in der Luftabwehr Wache hatten, entdeckten am Himmel einen russischen Bomber. Er ließ seine Bombenlast auf das Eis des Sees nahe dem Dorf fallen und zog zitternd eine Schleife, geradeso, als suchte er einen passenden Landeplatz. Plötzlich stob aus seinem Innern ein Flugblattregen heraus.

Die Paksuniemi lud, und die Polsteri schoß, die Maschine fiel herunter und explodierte.

Die beiden ließen die Batterie Batterie sein und rannten los, die Zettel einsammeln. Darauf war die folgende Botschaft zu lesen: »Wir hassen die Kommunisten genauso wie Ihr. Wir suchen nicht Gesellschaft für einen Tag, wir sind in ernsten Absichten unterwegs. Wir wollen eine finnische Frau heiraten, eine richtige Familie gründen und ein Zuhause auf dem Boden Eures freien Vaterlandes errichten. – In Treue Eure Iwan und Alekseij.«

sarmo: Klar und schön brach der Weihnachtsmorgen an. Ich kommandierte den Korporal aus Pyhtä dazu ab, den Weihnachtsbaum zu schmücken. Der Feldwebel aus Tuusula durfte die Kerzen anzünden. Alle hatten hübsch zu tun, auch unser französischer Koch, dem ich die Verantwortung für das Mahl gegeben hatte.

Obgleich wir mitten im schauerlichen Kunstwerk des winterlichen Krieges lebten, war unser Tisch reichlich gedeckt. Während des Weihnachtsmahles saß zu meiner Linken der Versuchsmelkkontrolleur des Wohlfahrtsbezirks Carl Lindberg, ein gescheiter und stets zu einem Scherz aufgelegter Schelm. Er hatte in Deutschland mehrere Orden erhalten, von denen er aber nur einen trug.

Ich verliebte mich sofort in ihn. Auf der Stelle.

Dieser Carl nun – oder Calle, denn Calle nannte ich ihn – war mit Mitgliedern des Wohlfahrtsausschusses auf Kontrollreise. Seine Aufgabe bestand darin, zu überwachen, daß die Landleute ihre Ablieferungspflicht erfüllten. Auf das Gramm genau vermochte er Butterstücke und Hackfrüchte abzuwägen, er war ein Kenner des Federviehs und konnte sogar einen Pflug bedienen. Er wußte alles über Dinge, von denen ich nicht die blasseste Ahnung hatte. Und woher hätte ich, ein Stadtkind, auch wissen sollen, auf welchem Feld man Gerste sät, auf welchem Roggen und auf welchem wiederum Hafer?

Aber so kam es dann, daß ich eines Morgens, als ich mit Calle in meinen Armen aufwachte, seinen geringen Enthusiasmus spürte und mir selbst gestand, wie wenig ich im Grunde für ihn empfand.

Ergo sum, sagte ich mir, diese geheimen Schlafzimmererfolge mit einem nach Vieh duftenden Melker aus dem hintersten Kaff reichen nicht aus, meinen Ehrgeiz zu befriedigen.

Ich begleitete Calle zur Tür und bat ihn, nicht mehr zu mir zurückzukehren.

Statt dessen wandte ich mich dem andalusischen Freiwilligen zu, der mir schon beim Weihnachtsmahl gegenübergesessen hatte. Seine Züge waren so fein, daß mir ganz flau wurde. Er war intelligent, besaß Erfahrung und wußte sich zu benehmen, ein echter Kavalier und leidenschaftlicher Philatelist. Unsere erste und einzige gemeinsame Nacht verbrachten wir, indem wir uns über Briefmarken unterhielten.

Am folgenden Tag nahmen wir gemeinsam ein Heringslunch ein. Wir beschlossen, Seit an Seit dem Feind entgegenzutreten und ihn zu schlagen. Doch es kam anders. Mein Andalusier erhielt keine Gelegenheit, das eigentliche Schlachtfeld zu betreten oder auch nur auf einen einzigen Feind zu schießen. Sein Schicksal war es, auf den schlüpfrigen Stufen des Hofgerichtsgebäudes auszurutschen.

Impi Agafiina hat einen Traum

impi agafiina: Bevor ich zu den richtigen Lottas versetzt wurde, hatte ich viele Träume. In einem wies mir der Erzengel Gabriel selbst den kürzesten Weg zum Ural. In dem Traum stand ich auf einem Hügel und schaute zu, wie die Kompanieführer in ihre Trillerpfeifen blasen und vor ihrem Gefolge gestikulieren. Die Truppen bildeten laufend neue Formationen, bis sie plötzlich vor den Kommandanten standen. Und ich genoß diesen Anblick. In einem anderen Traum zischelte mir ein übler Teufel ins Ohr, daß es mit dem Vaterland aus ist und daß der Russe bald Kasatschok auf dem Eis des Päijänne tanzen wird.

Als ich aufwachte fragte ich mich, wer zum Teufel hat mir solche Träume in den Kopf gesetzt. Ich dachte eine Weile nach, dann ließ ich laut einen fahrn auf so einen düsteren Traum und dachte mir, der Tag wird kommen, an dem ich bis hinter den Ural marschier, um nachzugucken, was da für ein Volk lebt, und es wird auch der klare Februartag kommen, an dem ich ein paar tausend Russen absteche, die Flagge mit dem blauen Kreuz am Mast vom Rathaus in Krasnojarsk aufziehe und das Land der Mongolen von Stalin und den anderen Bolschewiken befreie.

Ich faßte den Beschluß, noch vor dem Kriegsende eine Maschine zu bauen, die alle Roten dieser Welt auf ein Mal zu Krümeln mahlt.

Dröhnender Geschützdonner tönt
von der Front, der Horizont
verwandelt sich in ein Flammenmeer,
die Leuchtraketen steigen auf
wie Sternschnuppen

sarmo: Am Dienstag morgen kam der Befehl, ich solle zur Front aufbrechen. Also vergaß ich meine Trauer und bestieg an der Westküste einen Zug, der dem Krieg entgegenkeuchte.

Mein Reisekumpan war ein Offizier aus Turku. Vor dessen Reden verschloß ich indes meine Ohren, denn ich hatte im Ausland so viele kultivierte und geistreiche Wesen getroffen, daß mir nun diejenigen, die am Ufer des Aurajoki aufgewachsen sind, farblos und banal erschienen.

Den letzten Abschnitt der Reise teilte ich mit dem blondhaarigen Ingenieur Erik Wirtanen. Er hatte glattrasierte Wangen, war in eine gute Familie hineingeboren worden und ein Freund der Kunst, der Literatur und der Patience.

Der Zug fuhr über Viipuri nach Markovilla, wo wir

übernachteten. Am Morgen wanderten wir zu einer nahegelegenen Ziegelei, wo wir lange und gründlich Mahlzeit hielten. Als fern am Himmel die Flammen des Ares flackerten, begaben wir uns auf den nächtlichen Marsch dem Konzert des Todes entgegen, und die Zinnknöpfe unserer Mäntel schimmerten zart in der Nacht.

Als wir die vorderste Linie erreicht hatten, bemerkten wir, daß ein heftiges Gefecht im Gange war. Eine Weile verfolgten wir das Geschehen, zogen die notwendigen Schlußfolgerungen und schickten uns an, soldatische Maßnahmen zu ergreifen.

Noch bevor die Sonne aufging, war die Schlacht gewonnen!

Wir verzehrten eine kräftige Mahlzeit und legten uns zur Verdauungsruhe nieder. Die Soldaten Tirri und Kokko wollten hinübergehen, um die Goldzähne und die wertlosen Rubel der gefallenen Feinde einzusammeln. Ich erteilte ihnen die Erlaubnis.

Der Soldat Aarne Kärppäjaakko aus derselben Einheit erinnert sich an den Pionierfähnrich Sarmo

Das war annem Sonntag, wie ich von der Landwirtschaftsausstellung heimgekommen bin. Auffem Tisch is die Einladung fürs Schießmanöver gelegen, also zum Kriegüben. Ich bin hin und in die Einheit vom Fähnrich Sarmo gekommen.

Das war son stiller, grauer Mann, der einem überhaupt nicht ins Aug gestochen is. Son Hüftenschwenker war das, und vor den Weibern hat er den Arsch immer so ekelhaft rausgestreckt wie der Hitler. Die Pistole hat er immer inner Brusttasche im Waffenrock gehabt, so wie früher die Männer mit den Spritkanistern in den Schmuggelkarawanen. Ich mein nicht, daß er ein Spiritusschwarzhändler gewesen is, aber die Pistole hat halt so dringesteckt. Ganz genau so.

Das war einer, wenn der auffem Feuer Kaffee gekocht hat, dann is das die reinste Kranichpisse geworden, aber wenn der auf den Schiern los is, dann is er gerutscht, daß die Schi gepfiffen ham.

Was mir von dem Fähnrich noch im Sinn geblieben is, das is, wie er am zwölften März, wo die entscheidenden Stunden von dem Krieg warn, nicht hat einsehen können, daß der Fähnrich Koivu anstelle von dem verletzten Hauptmann Häyrinen die Befehlsgewalt gekriegt hat. Wär bestimmt selber gern der Anführer geworden.

Jemand hat gesagt, auch wenn die Männer im Krieg sind, ham sie was zwischen den Beinen. Mir ist aber nix Verkehrtes aufgefallen, obwohl da in dem Unterstand, wo ich gewohnt hab, noch zwei sture Landser auf derselben schmalen Pritsche gelegen ham. Der Unterstand von den MG-Männern war noch kleiner wie unsrer. Bei uns warn immerhin zwei kleine Tische und zwei Hocker. Ich hab auf der östlichen Pritsche geschlafen, und wie dann der Sarmo aufgetaucht is, hat er direkt an der Tür geschlafen. Wir ham mit einem Herd geheizt, den wir aus Ziegeln gemauert ham, und am Anfang hatten wir als Licht noch ein Ölflämmchen. Später ham wir dann sogar Strom gekriegt, weil einer einen Dieselgenerator rangeschafft hat.

Das Radio hat geschmettert, bis die Batterien leer warn, und das Telefon hat Tag und Nacht geschellt, seitdem der Chef vom Windrad drei in unserm Unterstand gewohnt hat. Mitsamt seinen Untergebenen hat er nix anderes gemacht wie ins Telefon reingeschrien. Der Sarmo hats, wenn ich mich richtig erinner, nie angefaßt, obwohl der ja auch das Recht gehabt hätt, seine Nutten an der Heimatfront anzurufen.

Ich hab mit dem bestimmt nicht ein Wort gewechselt, aber ich glaub son bißchen, daß sich in seiner Kopfgegend nicht viel mehr bewegt hat wie die Läuse.

Die Truppen kehren betrübt heim

sarmo: Am dreizehnten März 1940 ließen wir die Flagge unseres Vaterlandes auf Halbmast herab — Karelien war von uns gegangen.

Gleich nach dem Begräbnis Kareliens begann die Heimkehr der Truppen.

Zuerst fuhren die Alten und Kranken. Ich blieb da mit einem Oberstleutnant, der das französische Theater und Bacchus liebte, um über Kultur zu streiten. Ich warf mich in die Debatte, weil die französische Bühnenkunst meiner Ansicht nach oberflächlich und überdies langweilig war. Ich habe mein ganzes Leben hindurch die deutsche Oper geliebt. Sie war voller Kraft, schalkhaft rieselnder Musik und dem echten Geschmack der Sekrete des Lebens.

mikri vuoma: Praktisch rein zufällig hab ich gehört, und zwar von ziemlich sicherer Seite, daß die Armee wegen dem Frost und den schweren Schneefällen nicht genug zu essen gekriegt hat. Die armen Schweine von Soldaten fielen, abgehetzt wie sie warn, nur so um, die Gäule sind herdenweise verreckt, und die Russen, die aus dem Schnee aufgetaucht waren, haben alle, die übriggeblieben waren, getötet – gesteinigt oder auch nur erdolcht –, vor allem die Verwundeten und die sonstwie Halbtoten. Im Sturmangriff warn die Rußkis ins Lager der Finnen gekommen und sind ins Rote-Kreuz-Zelt getrampelt. Da warn grad ein paar Doktorchen dabei, einem Verwundeten das

Bein abzuschneiden. Die Rußkis schnappten sich das Messer und schlitzten den Doktors einfach die Gurgeln auf. Grad so wie irgendwelche vefluchten Mohammedaner. Und das war noch nicht alles. Dieselben Russen steckten die Köpfe von den Medizinmännern auf einen Stock und hängten sie rechts und links an Fichtenästen auf. Kein Wunder, daß da die tüchtigen finnischen Soldaten, die dabei warn, scheu wurden. Die sind mit Schaum vorm Mund im Schnee rumgerannt und haben den großen Kriegsmarschall um Hilfe gerufen. Und hatten nicht mal gescheite Lumpen am Leib.

impi agafiina: Wie der Krieg zu Ende war, lag ich rum wie ein ausgespuckter Rotzklumpen.

Wie hatte es kommen können, daß diese Nichtsnutze, die bloß mit Mistgabeln ihre eigenen Zwiebelbeete verteidigt hatten, uns besiegen konnten?

Ich konnte das nicht verstehn.

Ich konnte nicht verstehn, wie es möglich war, daß die Russen uns komplett geschlagen hatten. Das waren doch Landsklaven, die uns Finnen fürchteten wie verrücktgewordene Köter, obwohl wir sie vom Strick befreien wollten. Aber da wär sowieso nix draus geworden, weil diese Schwachsinnigen wahrscheinlich alle Quälereien auch noch genießen. Schließlich ist der Russe durch das ganze Dunkel der Geschichte hindurch eine Kreatur gewesen, die sich lieber unter einem schweren Joch abquält wie ein verantwortungsloses Tier, als sich wie ein Mensch nach seinen Rechten und Pflichten zu strecken.

Wir sind doch immerhin in jeder Hinsicht reinrassig und an das Leben in einem Rechtsstaat und in der Zivilisation gewöhnt.

Ich besuchte einen Offizierskameraden, und wie

wir im Saal Kaffee tranken, da flüstert er mir zu, daß der Kriegsmarschall eine Armeeabteilung an die Ostfront geschickt hatte. Die sollte angeblich alle karelischen Dörfer in Grenznähe vom Russen zurückerobern, mehr wollte er mir nicht erzählen.

Ich wunderte mich, von wegen, was orakelt der hier rum und sagte ihm, jetzt red mal Klartext! Zuerst meinte er, er kann nicht, es handelt sich um Kriegsgeheimnisse, aber ich sagte, komm schon, und zwar ein bißchen plötzlich! Naja, diese Armeeabteilung war unter der Führung vom Hauptmann von Tigerstedt gekommen und hatte sich an ihr Kriegsgeschäft gemacht, aber gleich im ersten Telefongespräch mußte der Kriegsmarschall feststellen, daß die Rückeroberung der Grenzdörfer nur äußerst schwach vorankam. Unsre Artillerie war absolut untauglich, und so schlecht ausgebildet, daß sie ihren Auftrag nicht erledigen konnte. Sie hatte weder genug Pulver noch genug Geschosse, und zu allem Überfluß regnete es auch noch heftig. Die Artilleristen, die ja bekanntermaßen unermüdlich sind, fingen an zu schmiern und zu ölen, und brachten schließlich zwei Kanonen zum Schießen. Und was trafen sie damit? Einen Kartoffelkeller und ein halbmorsches Klohäuschen. Aber der Kriegsmarschall, weil er so ein starker Mann ist, der wollte seinen Ohren nicht traun, sondern hoffte trotz allem Pech, daß sich die umzingelten Russen ergeben und die uns Finnen so lieben Birkenwälder und Gemeinden Kareliens zurückgeben. Diese frommen Wünsche dürften nicht lange gehalten haben, weil der Kriegsmarschall im selben Moment einen zweiten Anruf bekam. Irgendein hochrangiger Kriegsgefangener an der Ostfront war am Hörer, der erschrocken berichtete, daß eine nach dem Genossen Stalin benannte Elite-Abteilung im Sturmschritt auf unser Quartier zukam.

Den Kriegsmarschall hatten die Worte des Russen derart mitgenommen, daß er nicht mal einen Schluck

Marski trinken wollte, obwohl er ihm von fünf verschiedenen Bediensteten knicksend angeboten wurde.

Als dem Hauptmann von Tigerstedt die Absichten der Russen zu Ohren kamen, geriet er außer sich. Als Adliger verstand er, jetzt ist der Teufel in der Reuse. Er sah die Niederlage unserer Armee kommen und beschloß abzuhauen, weil er nicht Kriegsgefangener der Russen werden wollte.

Einen Tag nachdem der Hauptmann hinter den Linien die Wärme des Kaminfeuers und zärtliche weibliche Obhut erreicht hatte, marschierte der Anführer der Partisanenabteilung von Stalins Elitetruppe mit zehn Soldaten in das Quartier unserer Armee und begann die Attacke. Unsere Jungs hätten hart gegen hart gesetzt, aber der Schnee war so hell, daß er unsere Soldaten blind machte.

Wo warn die Sonnengläser? fragte ich bloß.

Getreu ihrer grausamen Gewohnheiten hatten die Russen in einer halben Stunde unsere Armeeabteilung bis auf den letzten Mann vernichtet.

Ich meinte, mir brichts das Herz.

So sehr trauerte ich um diese toten Helden.

Sie hatten alles gegeben, und auch noch ohne den Hauptmann, der ein paar Tage später in aller Stille in die Hauptstadt kam. Dort gab dieser billige Vaterlandsverräter eine Pressekonferenz, wo er den Zeitungen und Radios verbot, von der ganzen Sache zu berichten.

Ich dankte dem Offizierskameraden für die Wahrheit und ging rasch heim.

Zur selben Zeit, als ich den Sokrates zur Hand nahm und anfing, meine eigene Kampfesmoral zu heben, schuftete der Kriegsmarschall wie blöd, um die Soldaten wieder so weit zu kriegen, daß wir einen neuen Krieg anfangen konnten. Und ich sag, auf diesem Acker gabs ordentlich Furchen zu ziehn. Der Kriegsmarschall sah als kluger Mann, daß sowohl mehr Leute als auch mehr Waffen her mußten. Die jungen Soldaten mußten üben, neue Anweisungen über alle möglichen Strafen mußten gegeben und die Waffenröcke umgemodelt werden, weil die alten im Nahkampf zu steif waren.

Außerdem erließ der Kriegsmarschall ein Frisiereisenverbot.

Und ich sag ja auch immer, was für einen Nutzen haben schöne Locken in einer blutigen Schlacht.

Der Pionierfähnrich in einer neuen Uniform

sarmo: Ich und der Oberstleutnant waren in Fragen der Kultur nur äußerst selten einer Meinung, aber einvernehmlich bewunderten wir die Schönheit der finnischen Natur.

Auf unseren langen Ritten fanden wir mitunter eine verlassene Volksschule, ein Gut, eine Gesindestube oder eine Scheune. Wir rannten hinein, suchten ein Harmonium oder ein Klavier und trugen einander Schlager und Romanzen vor. Mitunter entfachten wir ein Feuer und brieten uns Plinsen wie in der guten alten Zeit.

Bis Ende Juli hielt ich mich mit dem charmant ergrauten Oberstleutnant im Sommerlager auf. Danach war ich gezwungen, nach Norden in meine Heimatstadt zurückzukehren.

Denkmäler wurden enthüllt, die Spuren der Bombardements beseitigt, neue Häuser aus Stein errichtet und die Flüchtlinge waggonweise auf ihre geliebten Höfe zurückgebracht.

Ich trat wieder in den Dienst des Reeders, wartete jedoch auf den neuen Krieg wie ein Muttersöhnchen auf den Weihnachtsmann. Im Salon Domina ließ ich mir in Maßarbeit einen neuen Waffenrock anfertigen.

Meine alten Armeehosen saßen überhaupt nicht. Wir Offiziere mußten uns für unser verblichenes Feldgrau geradezu schämen.

Die Revers an meinem neuen Waffenrock jedoch hatten exakt die richtige Breite und Farbe.

Dort, wo Männer gemacht werden

impi agafiina: Ich nahm nun das Ausbildungsprogramm, das Sarmo für mich aufgestellt hatte, in Angriff. Dabei trug ich als Spezialtarnung einen komplett weißen Anzug aus Bettlaken.

Beim Übungsmarsch mußte ich mich vor offenem Gelände in acht nehmen, vor allem weil die Spuren im Schnee die Gefahr noch vergrößerten. Der Erzfeind, der in einem Flugzeug über offenes Gelände fliegt, kann leicht anhand der Skispuren die Infanterieeinheit in den umliegenden Wälder ausfindig machen.

Ich lernte, schwere MGs auf dem Schlitten zu transportieren und eine auf Skiern stehende Kanone hinter mir herzuziehen. Zwischen Dezember und März stieg ich kein einziges Mal in den Sattel, ich ließ mich immer sportlich auf Schiern und mit langem Zügel in der Hand von einem treuen Finnlandpferd mit Platinmähne ziehen.

Außer im Schnee lernte ich auch, mich in der Dunkelheit fortzubewegen. Ich hatte überhaupt keine Angst, ich rutschte einfach weiter wie eine weiße Fledermaus.

Einmal am Tag veranstaltete Sarmo mit mir einen Unbeweglichkeitserträglichkeitstest. Das gehörte zum Exerzieren dazu. Dabei saß ich im langen weißen Mantel, mit den weißen Skiern an den Füßen und der

Pelzmütze auf dem Kopf da, als hätte ich einen Stock verschluckt. Von der Mütze drehte ich die Ohrenklappen hoch, das sah aus, als wollte ich zum Flug abheben. Sarmo sagte mir, Mädchen, wenn du innerhalb der ersten halben Stunde ohnmächtig wirst, dann ist die Schulung auf der Stelle beendet und deine soldatische Laufbahn ebenso. Ich bin nicht ohnmächtig geworden. Auf die Art festigte Sarmo meinen Willen und entwickelte meinen Charakter, den Charakter eines finnischen Soldaten.

Zu dieser Ausbildung gehörte noch viel mehr: Wie schlägt man die Hacken mustergültig zusammen und wie legt man die Mittelfinger korrekt an die Hosennaht. Sarmo rief: »Aaach-tung! Rrreee — chtsssum!« Das war ein scharfes Kommando, und genauso scharf ruckte ich mit dem Kopf.

Zum geistigen Lehrabschnitt gehörten die Grundlagen der Ballistik und die Lektüre der »Annalen« des Tacitus. Mir gefiel das Buch so gut, daß ich dachte, ich hab ein neues Gehirn gekriegt, als ich es ausgelesen hatte. Ich lernte daraus, daß man historische Ereignisse immer kühl analysieren muß und sie nicht mit Gefühlen vermengen darf.

Nach Tacitus konzentrierte ich mich auf Voltaire, von dem ich lernte, wie man die Vernunft gebraucht. Dann verschlang ich Montesquieus »Über den Geist der Gesetze« und fing sofort an zu planen, wie man die Tugend, das Maßhalten und die Vernunft in der finnischen Armee zu Ehren bringen konnte. Wie kindisch ich doch war!

Ich war der einzige Schüler des Pionierfähnrichs Sarmo, aber ich bekam die bestmögliche Ausbildung. Der Oberst Huhtala-Sikelius kam und hielt mir eine Vorlesung. Er war viel väterlicher als der Reeder Wallenius, wohlwollender als die Signe Säppi und wurzelfester als der rechtschaffenheitshungrige Pfarrherr unserer Kleinstadt. Er hatte richtig dicke Finger, und ich erinnere mich noch genau, wie es aussah, wenn er die Hand ans Mützenschild hob und jemanden grüßte. Doch, ich hab ihn gern gehabt, obwohl seine Unterrichtsmethoden einer gründlichen Prüfung nicht standgehalten hätten. Ich muß heut noch lachen, wenn ich mich an seine Strategie erinnere. Angriff hat überhaupt nicht dazugehört, sondern ausschließlich das Auf-der-Stelle-Treten! Nachdem die Ausbildung vorbei war, prüfte derselbe Oberst, was ich gelernt hatte. In jedem Fach bekam ich eine Eins. Wie er mir das Zeugnis gab, betonte er, daß der Kurs ein großer Erfolg war, und lobte auch den Sarmo reichlich.

An der Brunftschlucht vorbei führt der Weg des Mannes

Der Boden ist aufgetaut, das Eis hat sich gelöst, der Schnee fängt an zu schmelzen. Flüssig und munter braust das Blut in Juho Gabriels Adern, als er bei trockener Witterung an der Brunftschlucht vorbei zum Flößen eilt. Seine Schritte werden begleitet vom Flöten der Brachvögel, dem Trompeten der staksenden Kraniche und dem heiseren Schnattern der Gänse. In Gedanken rekapituliert er, was zu tun sein wird: das Aufrollen der Stämme, ein angenehmes Geschäft, das Hacken der Leitholzlöcher, das Zusammenschlagen der Gestöre, das Binden der Tafeln und das Reparieren der Sperren.

Bevor noch die Sonne blutrot hinter dem Fjäll untergeht, springt Juho Gabriel bereits auf einen treibenden Stamm, rauscht durch die Gischt hindurch den Fluß hinunter, springt ans Ufer und geht auf einem steinigen Pfad zum Magazin der Holzfirma.

Windstill kommt die Nacht. Langsam gleitet ein

Zehn-Mann-Floß auf den Seeauslauf zu und zieht ein Gestöre von zehntausend Kiefern hinter sich her. An einigen Stellen des Floßes ist eine Art Altar aufgeschichtet, auf dem ein träges Feuer knistert. Ein Mann räkelt sich daneben, schlürft Kaffee aus einer Emailletasse und schnuppert im selben Takt die herbe Frühjahrsluft wie der Kostmeister neben ihm.

Spiegelblank liegt der Fjällsee da. Hin und wieder springen große Fische an die Wasseroberfläche und schnappen sich Insekten, als wären es Pastillen. Einer der Männer angelt, an einer anderen Stelle ist ein heftiges Gespräch im Gange, und einer singt ein Lied, daß der Wald nur so braust und die Kiefern schwanken.

Als der Morgen anbricht, erreicht das Floß eine Stromschnelle. In wildem Tempo gleiten die Stämme hinein und stürzen mit schwerem Gepolter übereinander. Die jüngeren Flößer schlagen ihre Bootshaken ins Holz, und die älteren setzen ihre Stangen an.

Juho Gabriels schlaftrunkene Lippen glühen wie eine reife Moltebeere, als er auf einen Stamm springt, um zu zeigen, was für ein Kerl er ist. Auf dem rotierenden Stamm muß er mit den Beinen derart geschwind sein, daß die Stange vergessen ist. Das Holz dreht sich, prallt gegen die Ränder der Rinne, kracht auf die eine und dann auf die andere Seite, und das Wasser spritzt weit in die Höhe. Am Ende der Rinne schießt das Holz in einen tosenden Strudel und verschwindet unter Wasser. Bis zu den Lenden gerät Juho Gabriel ins eiskalte Frühjahrswasser, ist aber bald schon wieder über der Wasseroberfläche und auf einem anderen Stamm. Die Jackenschöße flattern, und die lange Mähne weht, während die Hände mit der Stange mal nach rechts und mal nach links wedeln. Mit aller Kraft versucht er Kurs zu halten, aber der Strom reißt das Holz mit sich. Ruhig, ruhig, Kerl, verdammt, ruft der Kostmeister. Mit wilder Anstrengung gelingt es Juho Gabriel, das Holz in ruhigeres Fahrwasser zu stoßen und dann in einer Bucht über das Triftholz ans Ufer zu rennen.

Kräftige, schmutzige Pranken packen ihn am Gürtel und heben ihn hoch. Juho Gabriel wird zu einem lodernden Feuer gebracht und bekommt schwarzen Kaffee und hellen Cognac. Der Kostmeister zieht ihm die nassen Hosen von den Beinen und reibt die von der eisigen Stromschnelle starr gewordenen Beine. Damit beginnt die Waldarbeiterpolka, und die dauert bis weit über Johanni hinaus.

Langsam gleitet das Floß über die Binnengewässer, wo der Wind die Kadaver von Russen, die in dem einhundertundfünf Tage währenden Winterkrieg gefallen sind, in Richtung Süden treibt.

Matt vom Frieden der Natur, treiben die Flößer weiter im böigen Rückenwind. Es kommt der Moment, wo einer der Floßknechte beim langen, eintönigen Drehen der Haspel einnickt, nur das monotone Wimmern der Mückenschwärme im Ohr. Als der Kostmeister dies bemerkt, ruft er dem Kantor zu, sich an die Arbeit zu machen, und so erschallt ein fröhliches Lied, in dem die Ausbeuter ihre Peitsche auf dem rußigen Rücken der Arbeiter tanzen lassen. Danach schmeckt die Arbeit wieder, ruckartig erwachen alle aus ihrer schweren Erschlaffung und stimmen ein: He, Kerl, schwinge den Stab und schlag seine Spitze in die schwimmende Kiefer! Am Bug des Floßes schlägt der Kantor den Takt und erhebt seine Stimme derart, daß das Lied bis in die hintersten Dörfer zu hören ist.

Am dritten Juni legt das Floß kurz an, zwei jammernde Grünschnäbel von siebzehn Lenzen am Ufer abzuholen. Die beiden Knaben sind Finnlandschweden und zum ersten Mal bei der Trift dabei. Sie schlottern vor Angst, denn sie haben nur eine geringe Ahnung von dem, was ihnen die warme Nacht des Nordens bringen wird.

Der Tag neigt sich dem Abend zu, der Wind ist den

Männern gewogen, das Floß passiert einen Berg, eine Talschlucht und eine kleine Insel, und als der rechte Augenblick da ist, schlagen die ältesten Männer der Trift, Schnaken-Eelis und Schluchten-Pekka, von hinten zu und werfen die Schwedenknaben auf den Bauch. Die kreischen und versuchen sich umzudrehen, aber andere Männer kommen zu Hilfe und packen sie und drücken ihnen die Gesichter auf das Holz. Der Kostmeister und Juho Gabriel halten sie an den Handgelenken fest, und Schnaken-Eelis, dem ein Kolkrabe einst ein Auge ausgepickt hat, fängt an, auf den Hinterbacken des einen Burschen die Staukeule zu drehen, wie der Fischer seinen Bohrer auf dem Eis des Sees.

Die Flößer brechen in einen gellenden Gesang aus, und der bleichgesichtige Schnaken-Eelis stößt die Keule tief in die Mulde des Burschen. Der Knabe winselt und heult, brüllt und ächzt, Schnaken-Eelis zieht die Keule aus dessen Darm, kniet sich hin, sammelt Spucke in seinem Mund und schießt sie durch das aufgerissene Loch in der Hose auf das wunde Arschloch des Burschen ab. Der Grünschnabel ist zum Flößer getauft, er wird losgelassen und bekommt klaren Schnaps. Dann ist der andere Schwedenknabe an der Reihe. Der ist zäher, er wehrt sich mit aller Gewalt, tritt, faucht, wimmert, furzt, stöhnt und keucht.

Als die Taufe zu Ende ist, schnappt sich der Kantor die Quetschkommode, Juho Gabriel greift zur Mandoline, und der Kostmeister stimmt ein Lied an. Die Männer tanzen, und das Wasser spritzt, und die Hemdschöße flattern in der Sommernacht.

Am Ende des Sommers erreicht das Floß die südlichen Gewässer, und die Stämme verschwinden in den heulenden Schlünden der Sägewerke. Im Hinterzimmer eines Sägewerks zählen der Schreiber und seine rechte Hand die Arbeitsstunden der Flößer und sortieren Geldscheine auf verschieden große Stapel. Juho

Gabriel streicht seinen Verdienst ein und ist bereit, in den Duft des Wiesengrases hinauszutreten, auf den Kirchhof der irdischen Freuden.

Die Hände verlangt es nach Karten, und die Kehle ist merkwürdig trocken, als Juho Gabriel, der Kostmeister, Schluchten-Pekka und Schnaken-Eelis mit dem Flachmann in der Hand die Straße entlanggehen. Die Röcke des Dorfs rennen ihnen kreischend entgegen, bereit, in freie Arme zu schlüpfen. Der Weg führt weiter zu Scheunen auf der Heide, Schobern in Hinterhöfen und Bootshäusern, wo die Flößer ihr Geld an Berufsspieler verlieren, die Frauen und Töchter der Bauern betatschen, Drohungen, Beulen und Messerschnitte einstecken und allen Schnaps der Wanderhändler trinken.

An die zwei Wochen dauert das gottlose Treiben. Kranke werden gesund und Gesunde krank, aus Bauern werden Landsklaven, aus Bäuerinnen Hurenmägde und aus Hurenmägden breitärschige Bäuerinnen großer Höfe, Krüppel werden aus ihren Schweinekoben herausgelassen und dürfen arbeiten, uneheliche Kinder werden gezeugt, und bunte Seidenschals wechseln die Besitzer. Am Ende der zweiten Woche ist auf den Straßen des Dorfes allmählich Zähneknirschen zu hören. Die betrunkenen Landleute kommen, angeführt vom bekränzten Gemeindestier, um die Flößer zu töten, die ihnen die Frauen und Bräute geraubt haben. Gallige Mienen tragen die Landleute, und in der Hand eines jeden blitzt ein Messer, einige kommen mit der Sense. In geschlossener Formation gehen sie zum Angriff über, gerade als Juho Gabriel und Schnaken-Eelis sich den Hosenstall zuknöpfen. Der Kostmeister, der reicher an Kräften ist als ein gewöhnlicher Bauerntrottel und geschmeidig wie ein Peitschenriemen, ballt die knochige Faust. Kommt nur her, ihr Ascheneier! brüllt er und geht auf die Bauernschädel los. Es kommt zu einer blutigen Schlacht. Messer werden geschwungen, Gewehre knallen, Stöcke schlagen dumpf gegeneinander, und Flößerstangen klirren. Wild wütend, blutrünstig und mit zerissenen Kleidern hauen die Flößer die Bauern in Grund und Boden, und nach drei Stunden voller Brutalität weichen die Landleute wild um sich schießend hinter die Scheunen zurück. Die geraubten Bräute bleiben in den Wohnstuben, pflegen zärtlich die Verwundeten und lassen den Zorn ihrer Räuber wachsen, spornen sie an, ihre langweiligen Ehemänner umzubringen.

Am nächsten Morgen gibt der Anführer der Landleute dem Bugmann der Flößer die Hand. Die Feindschaft ist beendet, und es wird getanzt.

Juho Gabriel, der im Kampfgetümmel zwei Kratzer zwischen den Schulterblättern, und der Kostmeister, der eine Kugel abbekommen hat, schwingen das Tanzbein, daß die Bodendielen krachen und die Fenster klirren.

Als der Schnaps, den die Bauern gebrannt haben, und der, den die fliegenden Händler aus Schweden geschmuggelt haben, getrunken und das Geld der Flößer im Himmelswind verflogen ist, kehrt das Dorf wieder in seinen verschlafenen Alltag zurück. Die zerlumpte Schar der Flößer bricht auf, um mit schwerem Kater, hungrig, ohne einen Pfennig, aber erhobenen Hauptes dem endlosen, steinigen Ödwald entgegenzuziehen, dem sie ruhigen Sinnes ihr Leben und Sterben überlassen.

Die finnische Frau – heute Nährerin, morgen Soldat

impi agafiina: Noch vor dem Rübenwinter erhielt ich die Beförderung zu den Lottas. Es war am selben Tag, als Liz Waldmüller beim Waffenbruder-

Abend in der Messehalle von Helsinki »Bella Vie« auf deutsch sang. Bei den Feierlichkeiten, die bescheiden, aber hoch von Geist waren, schwor ich die Liebe zu meinem Vaterland, bestätigte die Bindung an die Heimatkirche und gelobte Achtung vor den Traditionen der finnischen Armee und natürlich Gehorsam gegenüber der obersten Heeresleitung. Die Goldenen Worte wußte ich auswendig. In ihnen verdichtet sich so hübsch das Wesen des Lottageistes.

Eine Lottakollegin erzählt von Impi Agafiina

Impi Agafiina hatte eine hohe Stirn, runde und dicke Backen, die Augen waren klein und saßen tief in den Höhlen, die Nase war platt und der Mund groß. Ich selbst bin immer anmutig und hoch gebildet gewesen. Wir paßten gut zusammen, denn meine Schönheit wurde durch ihre Häßlichkeit ergänzt. Ich war groß, und sie war kleingewachsen, ich hatte blondes, volles und langes Haar, das ihre war dunkel, dünn und zottelig, ich hatte eine vorzeigbare Taille, sie hatte fast überhaupt keine, ich war graziös, sie nicht. Sie war immer so voll von allem möglichen, daß sie nicht wußte, wo sie anfangen sollte, und daher eilte sie unermüdlich und ruhelosen Herzens mal hierhin und mal dorthin. Als ich sie zum ersten Mal gesehen hatte, vermutete ich sogleich, daß diese Närrin nur eine Stippvisite in den Reihen unserer Organisation machen würde, und so kam es dann ja auch.

4. buch

Vorwärts! vorwärts! nichts als voran! – Impi Agafiinas Pferd schnaubt stolz in der Ebene, scharrt und läuft freudig wiehernd dem Feind entgegen, es lacht über Stalins Orgel und donnert prahlerisch furzend voran.– 1941. Finnland ist die Nabe der Achse geworden. An der Seite der Deutschen soll jetzt die Sowjetunion geschlagen und aufgefressen werden. – Ubi bene ibi patria oder Die Goldgrube hinter Juho Gabriels Kuhstall. – Der Stellungskrieg ist ruhig, im Unterstand des Pionierfähnrichs prasselt ein fröhliches Feuer im Kamin. – Der Strom der Geschichte rast weiter: Finnische Truppen dringen in die Sowjetunion ein. Schon zeichnen sich am Horizont die Tore St. Petersburgs ab und bald das sich bis zum Ural erstreckende, zuvor nur in Träumen schimmernde Groß-Finnland. – Plötzlich geht alles wieder in die entgegengesetzte Richtung. – Verwirrung und Zwietracht in Regierungskreisen. – Niemand ist glücklich, wenn er dem Tod begegnet, auch nicht der Kriegsmarschall.

Impi Agafiina eilt in den halbfertigen Kulissen eines ungeschickt inszenierten Trauerspiels hin und her

impi agafiina: Der Rachekrieg gab uns die famose Chance, all den Grund und Boden zurückzuerobern, den wir in dem dreimonatigen Winterkrieg an die Russen verloren hatten. Und das war noch nicht alles. Ich dachte nämlich, bei der Gelegenheit könnten wir gleich die Ostgrenze bis hinter den Ural verlegen. Dort warteten die mit uns verwandten Völker und außerdem unwahrscheinliche Schätze der Natur: unser Gold, unsere Diamanten und unsere Myrrhe, die uns der Wanja am Anbeginn der Welt mit List und Tücke abgenommen hatte. Wieder her damit, und zwar sofort!

Es war nicht mehr als eine Woche vergangen, da donnerte am Marktplatz schon ein Geschütz. Ich zog mir die Jacke über und galoppierte zu einem Busenfreund von Sarmo. Von ihm ließ ich mir eine Liste aller bedeutenden Personen geben, die mir irgendwie helfen konnten an die Front zu kommen. Schließlich war ich offiziell ein echtes Lotta-Schwert und ein Mensch, der sämtliche Offiziersschulen durchlaufen hatte. Dieser grindfratzige Schriftgelehrte, der alles mögliche zwischen Himmel und Erde studierte, weil er nach Turku wollte, sein Kontorbeamtenexamen ablegen, kritzelte drei Namen aufs Papier. Die waren mir alle völlig fremd, aber ich bedankte mich.

Als erstes stand da die Adresse von Major Hallman. Ich rannte nach Haus zurück, nahm den Jalmar als Chauffeur und ließ mich hinbringen. Ich flehte den Major um eine Empfehlung an, damit ich wenigstens in irgendein Feldlazarett käme. Aber er hat gar nicht erst angefangen, eine Empfehlung zu schreiben, weil er meinte, ich bin zu jung für Blut und Kälte und Hunger. Er lud mich zum Mittagessen ein, und nach dem Essen war er lüstern der Meinung, daß ich alt genug bin zum Knutschen und was weiß ich noch.

Ich schrie und rannte zum Auto zurück.

Am nächsten Tag fuhr mich Jalmari zur Frau Doktor Kallela. Die hörte sich mit gespitzten Ohrn alles an und war begeistert. Sie zeigte so großes Verständnis für meine Sache, daß ich schon ein paar Tage später in der Poliklinik der Stadt arbeitete. Dort lernte ich an Krüppeln, die aus den Feldlazaretten geschickt worden waren, neue Arme, Beine und Nasen festzumachen. Ich fing an, den Chef der Klinik, Doktor Warainmaa zu beknien, daß er mich in das Etappenkrankenhaus nahe der Front läßt.

Als ich endlich den Erlaubnisschein bekam, holte ich mir in der Lottagemeinschaft ein Billett und machte mich auf die Reise. Im Zug waren alle Fenster verdunkelt, aus Furcht vor den Bombardierungen. Mordsmäßig stolz saß ich auf der harten Bank und dachte, jetzt bin ich näher als je zuvor an dem Ziel, das ich mir selber an dem Tag gesteckt hatte, als ich zum ersten Mal die Geschichte von Karl dem Zwölften gehört hatte.

In dem Moment nämlich, als dieser schwedische König in mein Leben gekommen war, war es aus gewesen mit meinem Interesse für die Familie und den ruhigen Alltag. Allein die Welt mit ihren Stürmen zog mich an!

Ich zuckelte meinem Schicksal entgegen. Der Zug pflückte an jeder Milchabholstelle Soldaten, und bald mußte ich stehn. Vor Koiju waren die Gänge schon so voll mit den Feldtruhen der Offiziere, daß man nicht mal mehr aufs Häuschen konnte. Vierundzwanzig Stunden lang hab ich mich wegen dem Krempel nicht von der Stelle bewegt, und auch deshalb nicht, weil der Rock, den ich anhatte, so eng war, daß ich mich nicht mehr als zehn Zentimeter in jede Richtung biegen konnte. Die ganze Fahrt über beneidete ich die Offiziere, die lockere Hosen anhatten, und deshalb in allen möglichen Haltungen schlafen konnten.

Ich stieg an einem Bahnhof aus, wo die Kirchenglocken so richtig dröhnten. Auf dem Bahnsteig wimmelte es vor feldgrauen Kriegsknaben. Ich fragte nach dem Etappenkrankenhaus, aber die wußten nichts. Waren bestimmt stumm oder sonstwie zurückgeblieben. Ich stand in meiner weißen Jacke da und überlegte. Die Uhr zeigte sechs, es war schon dunkel wie in der hintersten Saunaecke, und bestimmt hat mich Gott unter seine Fittiche genommen, weil ich am nächsten Morgen doch am Ziel war.

Karg, aber freundlich wurde ich empfangen. Ich bekam hundert Gramm Seife in die Hand gedrückt und einen Schlafplatz in einem Zwanzigmannzelt.

Müd war ich schon, aber so glücklich, daß ich glaubte, ich verbrenn zu Asche wie der Weise aus dem Morgenland beim Anblick des Engels.

Juho Gabriel kocht einen ordentlichen Kriegskaffee

juho gabriel: Es ist Sonntag. Ich sitz im Schaukelstuhl und pul mit einem Streichholz zwischen den Zehen rum, wie mir der Kaffeedurst kommt. Ich überleg ein bißchen, ob ich mir Satz, Ersatz oder echten Schwedischen kochen soll. Ich steh auf und stell den Kessel auf den Herd. Da koch ich mir dann den ersten richtigen Kriegskaffee seit Johanni. Auf einen Sitz schlürf ich die Kanne leer, und schon ist mir so ruhig zumute, daß ich mich aufs Bett hau und das Pulen zwischen den Zehen auf später verschieb.

impi agafiina: Am ersten Morgen im Etappenkrankenhaus sah ich, wie die Blutströme flossen, und zwar bis ins Unterholz der umliegenden Wälder. Die abgetrennten Glieder der verwundeten Soldaten lagen auf großen Haufen, und ganz nah bei dem Krankenhaus verschlangen die Flammen des Krieges private und staatliche Waldstreifen.

Ich lernte gleich Fräulein Hausmann, Fräulein von Ollesund und Elli Laitinen kennen, deren Füße niemals ruhten. Die waren immer am Tippeln. Elli war vor allen andern auf den Beinen und legte sich als letzte ins Bett. Und wenn es mal so aussah, als wollte Ellis Hurtigkeit erschlaffen, dann nahm sie Kraftpulver, und schon drehte sie sich wieder wie ein Windrädchen.

Als ich am zweiten Tag auf Station kam, wurde mir ganz eisig. Dort lagen alle möglichen Bekannten aus der Stadt, aber die warn jetzt alle ganz und gar unkenntlich geworden. Heikki Sundström, der größte Stenz, hatte überhaupt keine Beine mehr, dem Charmeur Bergholm fehlte der halbe Kopf, und der milchschorfige Sohn vom Lyzeumsrektor, der sich vor dem Krieg mit Seelenkunde beschäftigt hatte, war jetzt an der Front zu einem starken Mann geworden. Im Nahkampf hatte er mit bloßen Händen mehr als zehn Russen umgebracht, bis er die Hände verlor.

Zwei Wochen war ich dort. Viel hab ich erlebt, vor allem im Operationszelt, dem schlimmsten Ort natürlich, und es gefiel mir gut. Ich wär dort geblieben, aber es kam ein Befehl vom Major Länsman, daß ich mich mit dem Mädchenbataillon auf den Weg nach Murmansk machen soll, wo es üblich war, die Kriegsgefangenen lebendig an räudige Köter zu verfüttern. Ich fragte nicht weiter, packte meinen Seesack und stellte mich im Gutshaus auf.

Bald war die ganze Schar auf dem nördlichsten Bahnhof der Welt bereit, die Wege unserer Väter zu betreten. Wenn man von dem Bahnhof aus nach Norden guckt, kanns sein, daß man überall scharfkantige Fjälls aus dem Schneematsch rausstechen sieht. Den Anblick mochte ich, weil das Karge doch so schön ist. Ich hatte Skischuhe an, aber die Mädchen aus dem Süden hatten Stöckelabsätze, und man weiß ja, wo das hinführt. In Zweierformation zogen wir in die Innenstadt, und unterwegs kamen uns mehrere Dutzend waschechte und blauäugige deutsche Waffenbrüder entgegen, die uns zulächelten, wie es sich geliebten Schwestern gegenüber nun mal gehört.

Eine Woche lang warn wir im Hotel Pohjanhovi, weil wir noch mehr Flinten, Futter und Klamotten sammeln mußten. An einem Montag kommandierte uns eine Lottageneralin, in deren Auge die reine Güte leuchtete, auf offene Lastwagen. Mit erhobenem Kopf schritt sie von einem Auto zum andern, und wie sie an unseren Wagen kam, bemerkte sie, daß ich eine kleine Schildkröte auf dem Arm hielt. Die hatte ich aus dem Terrarium in der Hotelhalle mitgenommen, weil ich dachte, es gibt im Krieg immer alle möglichen niedlichen Tierchen, zur Unterhaltung und zum Trost inmitten von Pulvergeruch und schweren Kämpfen. Die Lottageneralin wurde zornig und befahl mir, die Schildkröte in den Schnee zu werfen. Ich sah die andern Mädchen an. Sie warn entsetzt. Ich wollte mich schon fügen, wie ich merkte, daß der Generalin die Tränen in die Augen stiegen. Sie bat uns alle für ihre Hartherzigkeit um Verzeihung, ich brachte die Schildkröte unter meinem dicken Mantel in Sicherheit, und die Kolonne setzte sich ruckend in Bewegung. Sie war über einen Kilometer lang.

Wir wußten, daß die Reise dauern würde. Mal hielt die Kolonne wegen Treibstoffmangel an, mal weil eine Schneewehe den Weg blockierte. Als wir zweihundert

Kilometer nördlich vom Polarkreis waren, fiel die Temperatur auf unter vierzig Grad, und die Autos wollten nicht mehr anspringen. Aber eine finnische Lotta glotzt auch hier nicht mit dem Finger im Mund ins Leere. Die Lottageneralin kaufte den Lappen dreihundert Zugrentiere ab. Wir ließen den Lappen dafür die Laster da und zogen mit den Rentieren weiter. Hungrig nach Romantik, zogen wir durch die grenzenlose Wildnis den blutigen Schlachtfeldern von Murmansk entgegen. Während dieses langen Marschs mit den Rentieren wollte meine Schildkröte sterben, weil es die ganze Zeit so kalt war, daß sogar die Pisse im Bogen gefror. Aber sie ist nicht gestorben, weil sie ein genauso zähes Kaliber war wie ihre Herrin.

Ein Monat ging für die Reise drauf, wenn nicht zwei, und als wir dann an jenem allerletzten Ufer ankamen, war dort der Sommer voll im Gange. Die Vögel sangen, und die Berghänge leuchteten im nördlichen Blumenglanz.

Elchfleischrouladen avec Asparagus dans Tomatensauce oder Das Volk lebte auf Karten, aber andere bekamen, was sie wollten

sarmo: Wir waren zum Blitzkrieg aufgebrochen. Ich persönlich hatte jedoch nichts übrig für Sturmangriffe und hektisches Töten und hatte daher mit meinen Truppen in einem kleinen Dorf Stellung bezogen, weitab vom Lärm und dem Wüten der Zivilisation.

Wir hatten die Ehre, am Ufer eines Sees auf dem Gut des Herrn Bergrat Lavonius Quartier nehmen zu dürfen.

Zu meiner Freude bemerkte ich, daß das Gut wie für mich entworfen worden war, ich ließ mich häuslich nieder und reservierte mir die Schlafkammer des Besitzers.

Um mir ein Gefühl für den in der Ferne sich fortsetzenden Krieg zu geben, vervielfachte ich die Anzahl der Salutschüsse. Von morgens bis abends erbebte das ansonsten so friedliche Gut vom Wagner-Donner der Geschütze.

Signe Säppi, das stets lächelnde Mütterchen, sandte aus dem Schoße der Heimatfront Proviantpakete, und ich schickte ihr gefühlvolle Briefe. Die Pakete enthielten häufig aus Deutschland importierte Gänseleber, Erdbeerkonfitüre, Brezeln, Stambul-Zigaretten, aus Schweden bezogenen Spiritus fortus und Einweckgläser mit Hühnereiern. Die Eier wußten unsere Soldaten zu schätzen, wurden sie doch für die Zubereitung von Strömlingsauflauf benötigt. Außerdem konnte man sie für Sorbets, Kuchen und Blinis aufschlagen.

Unsere unvergeßlichen Mahlzeiten boten Fleisch und Fisch. Im Schatten des zum Gute gehörenden Parks floß ein Bach mit klarem Wasser, aus dem man mit bloßen Händen gut gepolsterte Forellen herauspflücken konnte. Das Fleisch besorgten die Meistersoldaten mit der Büchse und dem Elchstutzen. Ich war ja schon immer ein großer Liebhaber von Wild.

Wenn wir nicht aßen, spielten wir Karten oder gingen ins Kino. Ich alberner Schlingel verliebte mich bis über beide Ohren in »Münchhausens Abenteuer«, zweiundsechzigmal sah ich ihn mir an. Manche schrieben Verse und Prosa, wir organisierten Kaffeekonzerte und arrangierten Vortragsabende. Als ich mich an die Brust eines zufälligen Schicksalsgefährten lehnte, hatte ich das Gefühl, mich an der gesamten mannhaften weißen Garde Finnlands anzulehnen.

In der Anfangsphase des Stellungskrieges entstand eine sehr innige Beziehung zu einem in Tampere geborenen Schreiber im Range eines Gefreiten. Auf seinem aparten Gesicht erstreckte sich eine Narbe vom

Mundwinkel bis zum Ohr. Das war die zarte Erinnerung an einen ehemaligen Geliebten.

Mit diesem entzückenden Spaßvogel unternahm ich eine heimliche Reise an die Westküste, in das Bad von Sofia Mandelin. Über eine Woche lang ließen wir uns mit Sofias Birkenblätterumschlägen verwöhnen, und niemand bemerkte unsere Abwesenheit.

Der gesamte Badeaufenthalt war eine einzige endlose Mahlzeit. Nach dem Frühstück ruhten wir uns in unserem Zimmer aus und genossen einen Grog, bevor sich um zwölf Uhr die Türen des Speisesaals erneut öffneten. Die Speisekarte war auf schwedisch geschrieben; wegen des Effektes sowie zur Steigerung des Appetits waren aber reichlich englische, französische und italienische Wörter eingestreut worden. Dem Lunch folgte der Nachmittagskaffee, diesem das Diner, und nach dem Diner waren wir schon bereit, in den Tanzsaal hinüberzugehen. Wir tanzten Cha-Cha-Cha und amüsierten uns auf Kosten der alten Damen. In ihrer hartnäckigen Jugendlichkeit waren es rührende Wesen.

Erneut ins Frontleben zurückgekehrt, begann mich die Situation mit dem Spinett zu belasten. In unmittelbarer Nähe zu dem Musikzimmer des Gutshauses befand sich das Zimmer eines Majors, und der betreffende Herr, in der Wildnis Finnlands geboren, konnte das zarte Klimpern des Spinetts nicht ertragen. Ich aber wußte, mein Herz würde keinen Frieden finden, bevor ich es nicht mit der wunderbaren Kraft der Musik erfüllt hatte.

Als wir gerade das Spinett auf den Dachboden des Hauses geschleppt hatten, kam ein Feldwebel nackt hereingestürzt und gab mir ein Konzert, das ich nie vergessen werde. Kaum hatte er die ersten Takte der von mir so geliebten Oper »Don Pasquale« in das Zwielicht des Dachbodens geschmettert, fiel ich mit einem Canapé in der Hand – es war mit Gänseleber und einem Klacks Kaviar bestrichen – von meinem Stuhl und schlug mit dem Kopf auf. Drei Monate lang lag ich im Bett und halluzinierte vom Hotel D'Angleterre in Kopenhagen, wo die ehemalige Mutter des Landes mit zwei Kalbsschnitzeln auf dem Gesicht dalag, um die Schäden ihres gealterten Teints zu beheben. Die Phantasiegebilde erschienen mir vollkommen real.

Als ich endlich wieder gesund war, befahl ich, die Sauna einzuheizen. Wir wickelten uns in weiße Laken, lagen auf den Pritschen und kühlten uns zwischendurch, nur beim Schein einer einzigen Lampe, auf dem niedrigen Diwan im Ruheraum ab.

An einem Sonntag veranstalteten wir einen Reitwettbewerb. Ich nahm selbst nicht teil, sondern verfolgte die Konkurrenz in Gesellschaft eines schüchternen türkischen Freiwilligen. Anders als die meisten seiner Landsleute war dieser Jüngling ganz und gar kein Barbar. Er besaß feine Manieren, ein liberales Gemüt und großes Gefallen an galanten Privatclubs, wie sie ihm die finnische Wildnis bedauerlicherweise nicht bieten konnte.

Eines regnerischen Abends saß ich in meinem Zimmer und lauschte der auf dem Grammophon schnarrenden leichtfüßigen »Arabella«, als es an meiner Tür klopfte. Hauptmann Thalman trat in mein Zimmer und erklärte, mein Bataillon habe unverzüglich das Gut zu verlassen. Ich sprang auf und schlug die Hacken zusammen, zum Zeichen, daß ich verstanden hatte. Im gleichen Moment wurde mir bewußt, worin der Grund meines Unglücks lag. Mein Herz konnte einfach keine Stunde ohne Liebe sein. Thalman, jener große Bewunderer von Feuersbrünsten, verschwand. Ich sah auf die Uhr: 20.15. Es war September, der zweiundzwanzigste. Ich schaltete das Radio ein und hörte zum ersten Mal »Lili Marleen«.

Die Tränen traten in meine finnischen Augen. Ich

wußte, das sorglose Leben im Gutshaus von Lavonius war gerade zu einem Teil meines persönlichen Curriculums geworden.

Impi Agafiina vor den Toren von Murmansk

die lottakollegin: Kaum war Impi Agafiina an den Toren von Murmansk angelangt, beeilte sie sich, alles so zu tun, wie sie es aus den Büchern gelernt hatte. Sie plante ein Lager am Ufer des Eismeers, befestigte es von allen Seiten, ließ Forts errichten und Laufgräben ausheben. Als alles fertig war, begannen die Frauen mit dem Angriff. Die Russen, die mit ihren Bögen und Keulen aussahen wie aus dem Wald vertriebene Vandalen, gewannen den Kampf. Sie erwiesen sich als stark, unermüdlich und vielleicht sogar ebenso mutig wie die finnischen Frauen. Der Grund für deren Niederlage lag darin, daß sie keine Disziplin kannten; gerade die Disziplin aber ist es, die Soldaten unbesiegbar macht. Das Frauenbataillon war gut bewaffnet, doch keine hatte je zuvor eine regelgerechte Einkesselung erlebt. Sie hatten zehn Geschütze bei sich, aber keine ausgebildete Geschützfrau. Im Nahkampf vernichteten in Raubtierfelle gewickelte Russen ganze Frauenkolonnen in den Laufgräben, die sie selber ausgehoben hatten.

Die große Armee gibt es nicht mehr, aber um die Gesundheit der Lottageneralin steht es besser als je zuvor

impi agafiina: In der Johannesnacht fingen wir mit ernsthaften Kampfmaßnahmen an, aber bis zum nächsten Morgen hatten die Rußkis unser Bataillon bis zur letzten Frau in den eisigen Wellen des Eismeers versenkt.

Die Lottageneralin und ich waren die einzigen, die verschont blieben.

Die Lottageneralin deswegen, weil sie gleich in der Deckung geblieben ist, um Schnapskaffee für einen deutschen Offizier zu kochen, den sie unterwegs aufgegabelt hatte. Ich bin nicht umgekommen, weil die Zeit für meinen Tod noch nicht gekommen war. Allein kehrte ich an den Punkt zurück, wo die Eisenbahn aufhörte, oder andersrum betrachtet, dorthin, wo sie anfängt. Die Lottageneralin blieb natürlich mit dem hinkenden Teutonen an der Eismeerküste, sie wollte da ein Haus bauen.

Unsere jungfräuliche Truppe war im Rachen des Meeres verschwunden, und der Generalmajor Wilhelmsson gab uns nicht die Erlaubnis, eine neue zu gründen. Da half nichts, als wieder bei der ärztlichen Versorgung zu arbeiten, auch wenn das für mich erniedrigend war. Schließlich fing ich mit allem wieder von vorne an, und das ist furchtbar für eine Frau, die schon an vorderster Front dem Krieg gegenübergestanden hatte. Das war, als wär ich in meinem Leben viele Monate rückwärts gefahrn.

An der Ostgrenze war es ruhig, aber trotzdem wurden die Verwundeten allmählich zum Problem. Sie waren überall, in jedem Winkel, und ihre Schmerzensschreie brachten selbst einen Gesunden ganz durcheinander. Manche starben natürlich sofort, andere wieder phantasierten in ihren Morphiumköpfen, weinten und kicherten und versuchten, weiße Mäuse zu verscheuchen. Ununterbrochen wurden Verwundete in das Krankenhaus reingebracht und Tote rausgekarrt. Ich hab überhaupt keine Pause gemacht und legte los, wie es nur eine echte Patriotin kann. Dem einen stopfte ich eine Spritze in den Arm, dem andern mehrere, ich verstärkte Verbände, hob und drehte die von Geschossen zersiebten armen Helden. Die sahen mich mit ergebenen Augen an und verfluchten gleichzeitig die Offiziere, die sie von einer Illusion in die nächste geführt hatten. Ich schimpfte sie aus, denn über Vorgesetzte darf man nicht so herziehn, das verbietet sogar das Gesetz, und ich versuchte nach allen Seiten tröstende Worte zu verteilen, weil das ja schließlich die Aufgabe einer gesunden Angehörigen ist.

Wer kann, ohne zu staunen, die hübschen Kleider der Vögel betrachten

juho gabriel: Jenseits von Johanni fängt Schnee an zu fallen, und zwei Tage ist es so kalt, daß die Traubenkirschenblüten erfriern. Ich sitz am Fenster und träum so vor mich hin. Da fliegt eine Schwalbe aufs Fensterbrett. Sie ist ganz hungrig und verfrorn. Mir tut das arme Vögelchen so leid, daß ich aus dem Speicher ein Stückchen Lammtalg hol und aus dem Stall einen Nagel und den Hammer und den Talgklumpen am Fensterbrett festnagel. Ich lauf zurück in die Stube, schütt mir die Tasse mit kaltem Kaffee voll und guck zu, was mit dem Klumpen passiert. Schon kommt die Schwalbe, schon eine zweite, und bald sind da über hundert Piepmätze und recken die Schnäbel. Ich sag ja immer, die Schwalbe, das ist ein lieber Vogel.

impi agafiina: Im Juli marschierten die Deutschen in ein finnisches Kirchdorf und eroberten es. In eben dem Dorf stand in der Mitte eine alte und prächtige Holzkirche, daneben lag der Friedhof mitsamt den Heldengräbern und einem hohen Glockenturm.

Diese Kirche war nicht irgendein x-beliebiges Bethaus, da wurden Geschenke vom Metropoliten der Russenkirche aufbewahrt. Gleich nach der Revolution hatte der die Schätze heimlich nach Finnland geschmuggelt, weil er Angst hatte, die Lasterhaften könnten sie schänden. Was man so hört, waren da Gott weiß was für Schätze dabei, und die warn im Altarschrank gut eingebunkert. Da gabs einen Jesus, der an einem mit Rubinkartöffelchen verzierten Kreuz hing, ein Stück von dem Saphirkreuz, an dem der Sohn Gottes selbst auf dem Berg Golgatha gebaumelt hat, und zwei russische Bücher. Zwischen deren Deckeln steckten die Beschlüsse vom letzten Moskauer Kirchenkonzil im Jahr 1528.

Das warn also die Geschenke, die der Metropolit unter seinem Rock versteckt hatte.

Ins Etappenkrankenhaus wurde ein verwundeter Offizier ohne Augen gebracht, der mir sagte, daß die Deutschen uns diese mit unserem Blut erkauften ökumenischen Kostbarkeiten stehlen und in ihr Heimatland entführen wollen. Ich war so empört, daß ich auf der Stelle in Richtung Norden aufbrach. Ich sag nicht, daß ich für die Teutonen nix übrig gehabt hätte, aber ich bin immer der Meinung gewesen, daß die Schätze eines Landes genau dorthin gehören, wo sie sind, und daß man sie nicht über die Grenzen verfrachten darf. Ich fuhr mit dem Bus, und als ich ankam, mußte ich feststellen, daß die Russen den Deutschen das Dorf abgenommen hatten. Mit schaukelnden rotbesternten Mützen spazierten die Iwans dort auf den Straßen herum, aßen Knäckebrot und spielten »Die Hügel der Mandschurei«. Ich zog mich zum Nachdenken in ein stilles Kämmerchen zurück. Gut zwei Tage gingen dahin, bis ich meine Taktik fertig hatte und wieder ans Tageslicht kam, um sie in die Tat umzusetzen, aber ich war perplex über das, was ich da sah. Vor mir lagen nur noch rauchende Ruinen und ein paar verkohlte Leichen. Das ganze Dorf war komplett von der Landkarte verschwunden.

Ich wußte nicht und weiß es immer noch nicht, ob die Russen, die Deutschen oder unsre eigene Armee hinter der Vernichtung steckten, oder vielleicht alle zusammen. Ich besah das traurige Panorama, und da half nichts, als vor der niedergebrannten Kirche beim Vater im Himmel um Hilfe und Segen zu beten. Ich kniete vor dem Altar, so wie es Moses vorgemacht hatte, und fing an, das Vaterunser aufzusagen, als sich hinter dem Altar was rührte. Auf allen vieren kroch ich hin und sah dort einen schwer verwundeten finnischen Soldaten liegen. Zärtlich nahm ich seinen Kopf in meinen Schoß, und im selben Moment starb er mir weg. Ich erhob die Augen zum Himmel, und von dort schoß ein derartiger Blitz herunter, daß ein Stück von dem armen Teufel wegflog. Ich hörte die Stimme Gottes. Er forderte mich auf, dem Soldaten den Waffenrock auszuziehen. Ich dachte, du liebe Zeit, sowas mach ich nicht, ich bin doch nicht pervers, aber die Stimme wiederholte nur immer, ausziehn, ausziehn! Also tat ichs, und dann sagte Gott, zieh dir selbst das Feldkleid an. Ich war völlig verblüfft, aber ich mußte tun, was Gott mir sagte. Ich zog die feldgrauen Sachen über, rupfte mir die Haare kurz und benutzte einen Abendmahlskelch als Spiegel. Dann zog ich dem frischgebackenen Heldentoten mein Lottakleid an.

So wurde ich Artillerist und schwor dort vor dem Altar, von diesem Tag an so zu leben, wie es die Manichäer vorgemacht hatten. Wie ich da inmitten der

Reliquien stand, wußte ich, wie ich mein Leben zu leben hatte, damit die Nachwelt meinen Namen in blinkenden Lichtern am Himmel lesen kann.

Das Regiment, in dem ich nach dieser himmlischen Episode mit dem Soldatenpaß des Toten untertauchte, bekam von der Führung der sechsten Division ein Hilfsersuchen. Irgendein Bataillon hatte eigenmächtig angefangen, einen total unbedeutenden Fluß auf der anderen Seite der Grenze zu erobern, und da warn sie in einen Kessel geraten. Trottel warn das. Aber Kameraden läßt man nicht im Stich! Es war unsere Pflicht, sie vor den blutrünstigen Russen zu retten. Wir retteten das Bataillon, schlachteten die Russen ab, und ich stieg direkt vom Artilleristen zum Stabsfeldwebel auf, weil ich im gleichen Tempo Russen umgelegt hatte wie die Scharfschützen in China ein Jahr vor der großen Hungersnot die Spatzen.

Auf dem Rückmarsch in die Stellung vernichtete ich fünf russische Panzerwagen, zwei Laster und einen Unterstand mit sechzig Soldaten. Auf der Stelle wurde ich zum Oberleutnant befördert.

Peni wird ein guter Rentierhund

juho gabriel: Der Peni ist jetzt ein ausgewachsener Vierbeiner, größer als ein Hühnerhund, mit breiter Brust, kräftig, im Charakter bissig und mutig. Er hat einen fast geraden Schwanz und langes schwarzes Fell.

Ich habe ihn vom Ährasaajo Veeliks gekauft. Einen Tag lang hab ich ihn am Strick halten müssen, damit er nicht wieder zum Veeliks zurückläuft. Dann hab ich auch schon Arbeit mit den Rentieren für ihn gehabt und ihn zu einem guten Rentierhund großgefüttert. Ich hab ihn unter den Arm genommen und bin mit dem Ochsen vor der Pulka zu einem Trupp, der ein bißchen abseits war, gefahrn. Ich hab ein Kalb vom letzten Sommer eingefangen und es gut einen halben Kilometer weit weggebracht. Dort hab ich das Kalb freigelassen, und den Peni hinterherkommandiert. Natürlich rennt das Kleine auf seinen Trupp zu und der Hund hinterher, der Trupp wittert den Hund und macht sich zu den anderen Rentieren davon, die weiter weg sind, und der Peni nix wie hinterher. Bald ist ein Riesenhaufen Rentiere zusammen und der Hund ihnen auf den Fersen. Ohne daß es Peni merkt, schleich ich mich hinter einen morschen Stamm, bind dem Ren, das meiner Pulka hinterhertrabt, eine Glocke um und fahr mit vollem Tempo los. Wie die Rentiere die Glocke hörn, da rennen sie ihr nach, und der müde Peni natürlich auch. Ich fahr dorthin zurück, wo ich das Kalb und den Peni losgelassen hab.

So hab ichs über zwanzigmal hintereinander gemacht, und langsam hat er kapiert, was sein Platz ist in der Wirrnis dieser Welt.

Beim Schmettern der Trommel stellt sich manch einer vor, General zu sein

impi agafiina: Im Herbst bekam ich das vollblütige algerische Pferd vom Hauptmann Kaarle Malmi. Ein kleiner Trupp Jäger folgte mir. Sie wußten, wer ich war und was meine Mission. So ritt ich an der Spitze dieser Eskorte, nichts fürchtend außer der Kriegsgöttin persönlich. Die Männer plärrten alte Märsche und juchzten zwischendurch »Impi Agafiina!«. Als ich zum ersten Mal die rauhen Kehlen meinen Taufnahmen schmettern hörte, zitterte ich wie ein Espenblatt, so ein Genuß war das.

Wir kamen zur Etappe, und ich überließ die Jäger

ihrem friedlichen Schlaf. Ich selbst machte mich mit Leutnant Kihlström daran, die Frontsituation unter die Lupe zu nehmen. Wir gingen sämtliche Karten durch und kamen darauf, daß unsere Lage an der Front des im Schnee begrabenenen Leningrad trostlos aussah. Irgendwie war es dazu gekommen, daß unsere ansonsten so spannkräftige und furchtlose Armee dort drüben in den Unterständen feststeckte. Seit Jahren war dort nichts mehr passiert. Ich ließ mir ein Feldgespräch mit Oberst Bremer geben und schlug vor, den Angriff auf der gesamten Frontbreite zu beginnen. Als guter Soldat war der Oberst derselben Meinung und bestimmte mich zum Bataillonskommandanten. Per Feldpost erhielt ich die Beförderung zum Oberstleutnant, weil ich selbst den Kriegsmarschall mit scharfen und treffenden militärischen Erkenntnissen in Erstaunen versetzt hatte. Zuerst war ich natürlich sehr froh, aber diese Freude hielt nicht lange an. Ich kam ins Grübeln, als mir klar wurde, daß es in der Truppe gar kein Feuer gab, nicht die geringste Begeisterung und kein bißchen Geist. Und das schlimmste an der ganzen Sache war, daß die Deutschen ihre Haltung verloren hatten. Es war, als hätten sie ihr Rückgrat hinten rausgeschissen. Als Offizier verstand ich, daß meine Truppen, die Lametta an der Brust, aber kein Hemd am Leib hatten, den Kirgisen nichts entgegensetzen konnten.

Trotzdem rüstete ich mich für einen langen Marsch in Richtung Leningrader Front. Außer dem Pferd hatte ich eine Pistole bei mir, einen Stutzen sowie einen Bogen, einen Krummsäbel, einen Speer und einen Dolch. Einen Troß hatten wir nicht dabei, nur Proviant für eine Woche.

Unter günstigen Voraussetzungen rückte ich mit meinen Leuten nach Osten vor, der Farbenglanz des Spätherbstes spornte die Soldaten an. Als wir die letzte Grenzstadt auf finnischer Seite passiert hatten, kam der Winter, und Schneegestöber hüllte alles ein, aber ich gab nicht auf, sondern peitschte die Leute vorwärts. Wir durchquerten den Einödwald hinter dem Forellenfluß, als ich aus dem Sattel sprang, weil ein heftiger Lärm ausbrach. Der Schnee ging mir bis zu den Achseln. Wie es sich gehörte, folgten die Soldaten meinem Beispiel. Ich hatte noch nie zuvor das Heulen eines Maschinengewehrfeuers aus nächster Nähe gehört, darum fragte ich Idiot die Soldaten neben mir, was ist das da eigentlich für ein Geheul. Ich sah, wie die Landser komisch schauten, aber keiner traute sich zu antworten.

Vorwärts, vorwärts, nichts als vorwärts

mikri vuoma: Die Landschaft war neuschneeweiß, und da war es für die Impi Agafiina nicht leicht, die Richtung zu halten. Sie hatte ein paar Soldaten dabei, die dem Fräulein den Weg freiräumten. Der Kortevuoma Taisto war eine Tagesstrecke weit vorne, und der Juusola Kaino eine halbe Tagesetappe vorneweg. Der Kaino befahl den alten Weibern und den Gören im Nachschub und in der Reserve, entlang den schneebedeckten Straßen Feuer anzumachen, damit die Impi Agafiina auf dem rechten Weg bleibt. Die Feuer brannten Tag und Nacht, und sie durften erst ausgemacht werden, wenn das Fräulein sie passiert hatte.

Die Unterkünfte für Impi Agafiina und ihren Holzfällertrupp waren gut organisiert. Quartier wurde in Bauernhäusern genommen, die auf dem Weg lagen. Der Kortevuoma Taisto ging vorher in die Häuser und gab den Bauersleuten die entsprechenden Befehle, von wegen daß alles blitzblank sein muß, wenn das

Fräulein kommt. Wenn die Häuser geputzt warn, ging der Juusola Kaino hin und trieb die Bauersleut an, Essen und Getreidekaffee für den Überraschungsbesuch zu machen. Die Impi Agafiina und die Kerle aßen lang und mit Genuß. Wenn gegessen war, nahm sich die Impi Agafiina starken Kaffee und was zum Stopfen und verdrückte sich in eine Kammer, die grad erst für sie geheizt worden war. Sie haute sich immer zeitig hin – wenn sie sich nicht hinreißen ließ, Karten zu spielen oder mit den Kerlen zu würfeln –, stand morgens vor fünf auf und quatschte mit ihren Männern bis um acht über die Kriegsführung. Dann wars Zeit für die Morgengrütze. Als Tischgesellschaft taugte dem Fräulein nur der Bauer und der schönste Knecht. Da löffelten sie dann ihren Brei und sprachen die Sachen aus der näheren Umgebung durch: wer gestorben war, wer verwundet, wer fahnenflüchtig war und wer ein Roter.

Um neun setzte sich der Konvoi wieder in Bewegung, und marschierte mindestens bis um zwei durch die verschneite Unendlichkeit. Dann hielten sie an und machten Verschnaufpause. Tranken vielleicht hier und da mal einen Kaffee, machten Feuer und legten sich in ruckzuck hingestellten Reisighütten auf Rentierfellen lang.

Weiter wurde erst gegangen, wenn das Fräulein den Befehl gab, und dann trabten sie schon mal bis abends um sechs weiter. Dann wars Zeit, anzuhalten. Die Soldaten kochten Kaffeesatz auf, holten Zucker und trugen Lachs und Roggenbrot her. Da wurde nicht viel geredet, da wurden keine Rätselaufgaben gestellt und gereimt wurde auch nicht, da wurde nur bis zur Bewußtlosigkeit getrunken und gegessen. Wenn grad gutes Wetter war, ging die Reise bis in die Nacht weiter, aber bei Schneegestöber blieben sie da.

impi agafiina: Als der Morgen anbrach, war das Bataillon schon wieder auf dem Weg in Richtung Leningrad. Wie ich es gewöhnt war, ritt ich dreihundert Schritte vor dem Bataillon, und plötzlich verloren mich die Soldaten aus den Augen.

Ein paar von meinen vertrautesten Offizieren ritten in vollem Galopp los, um zu erkunden, wo ich steckte. Ein Offizier hatte das Bataillon angehalten, das dritte Armeekorps alarmiert und mit den Generälen gleich eine Krisensitzung abgehalten. Das Durcheinander war unwahrscheinlich, bis ein nordkarelischer Waldarbeiter vorbeikam und erzählte, daß er mich im Braunmoor um die Ecke beim Moltebeerenpflücken gesehen hatte. Beim Pflücken traf ich übrigens ein paar russische Deserteure, die schreckliche Foltern erlitten hatten: einer war im Feuer gebrannt worden, anderen warn Hautstücke aus dem Rücken geschnitten worden, einem Teil hatten sie die Hände und die Füße abgehackt.

Als der Feind östlich vom Braunmoor die erste Salve abfeuerte, bekam ich eine Kugel an den Hals. Sie blieb in den Falten meines Samtschals stecken und richtete keinen Schaden an. Dann wurde unter mir das Pferd weggeschossen, aber ich machte bloß einen Satz auf den Rücken von einem andern Pferd, summte »Die Morgenkerze« und kämpfte so gelassen weiter wie vorher.

Wie wenig menschliche Weisheit die Ereignisse lenken kann

impi agafiina: Mitten in der hübschesten Landschaft der Karelischen Landenge griff uns der Feind an. Ein paar Soldaten fielen. Ich befahl, in geschlossener Formation vorwärts zu marschieren. So trieben wir die Wanjas wieder ins Birkengestrüpp. Der Vizechef des Oberkommandos der Russenarmee, der ehemalige Hauptmann der Leibgarde des Zaren, Genosse Worosilow, zog als geschickter Feldherr seine Truppen auf trockenes Gelände zurück.

Das machte den Russen wieder Mut.

Zuerst versuchten sie, Erkundungszüge in unsere Stellung zu unternehmen, aber da wurde nix draus, weil die russischen Unteroffiziere, die den Spähtrupp anführten, nicht mal die Karte ihrer eigenen Heimat lesen konnten. Außerdem bekamen es die abergläubischen Roten im finsteren Wald mit der Angst und kamen im Schneefeld ins Stocken. Die von mir organisierte Gegenpatrouille erklärte, die Russen täten nur so, als wären sie auf Spähtour. In Wirklichkeit kauerten sie drei Stunden lang im Schnee, kehrten dann zu ihrer Einheit zurück und berichteten, was ihnen gerade so einfiel. Aufgrund dieses Rapports setzten die roten Offiziere dann Panzerbataillone in Bewegung, bei denen man nicht wußte, wo hinten und vorne war. Trotz allem trotteligen Hin und Her griffen die Russen mit der Kraft von zehntausend Mann zweitausend Finnen an. Das wurde ein heftiger und blutiger Nahkampf, weil keine Seite funktionierende Geschütze besaß. Der Kommandant der Russen stürzte dreimal vom Pferd, rappelte sich aber wie durch ein Wunder immer wieder auf. Schließlich kam ich so nahe an diesen Iwan mit seinem langen Schnurrbart dran, daß ich ihn mit dem Kolben von meinem Ukko-Pekka zu Boden schlagen konnte.

Als die Roten ihren Anführer blutend auf der Erde liegen sahen, gerieten sie in Panik und ergaben sich.

Eine Woche später kehrte der Verstand in Worosilows Kopf zurück, und das erste, was er sah, war ich. Ich stand neben seinem Bett, stützte mich auf mein Gewehr und lächelte.

IMPI AGAFIINAS PULVERGERÄUCHERTER BRIEF AN DIE HEIMATFRONT

Lieber Herr Reeder!

Gestern ging meine geliebte Mauser kaputt, in einem Nahgefecht, das in die Annalen der Kriegsgeschichte eingehen wird. Ich brauche eine neue. Ich würde mir sehr einen Colt wünschen, wie ihn die Männer im Westen benutzen, aber wenn Ihr so einen nicht kriegt, tut es auch eine Nagan. Daß Groß-Finnland und mein Leben und das meines Bataillons bloß an einem Dolch hinge, wäre nämlich ein ziemlich trauriger Gedanke.

MIT GRÜSSEN IM GEISTE GROSS-FINNLANDS
EURE IMPI AGAFIINA

Soldaten! Rennt nicht rückwärts!

impi agafiina: Trotz des Sieges über Worosilow war die Stimmung in meiner Truppe ein bißchen steif. Ich weiß immer noch nicht, was der eigentliche Grund dafür war, und damals hatte ich keine Zeit, mir darüber den Kopf zu zerbrechen. Wir setzten uns in Marsch, schließlich lag bis Leningrad noch ein weiter Weg vor uns. Wir überquerten viele zornig schäumende junge Bäche und einen Fluß, der voller steifgefrorener Russenkadaver war. So viele Leichen lagen dort, daß sie die Eisschollen aufhielten und der Fluß gestaut war. Wir passierten Dörfer, und ich sah mit eigenen Augen, wie das Laster der irdischen Freuden, vor denen Russenkirche und Stalin immer warnten, den Baueifer der Russen erstickt hatte. Denn dort war alles kurz vorm Verfallen, da hätte man bloß eine Ecke anstubsen müssen, und schon wäre das ganze Haus zu Schnupftabak zerbröselt.

Wir erreichten den letzten finnischen Stützpunkt, irgendwo auf halbem Weg zwischen der Karelischen Landenge und Leningrad, und ach du lieber Gott! Ich hatte gedacht, da seh ich den echtfinnischen Soldaten voller Kriegsbegeisterung, aber von wegen! Da lagen die von finnischen Frauen geborenen Kerle in ihren Unterständen rum! Sorglos warn sie wie die Vögel am Himmel. Droschen Karten, kauten auf Grasstengeln und zogen alle möglichen Bänkellieder aus dem Akkordeon.

Ich stellte mich auf das Dach eines bemoosten Sturmpanzers und wurde laut. Die Artilleristen und Obergefreiten würdigten mich keines Blickes, und selbst der Hauptmann grinste bloß matt.

Ich donnerte, jetzt ziehn wir in die Schlacht, wer sich weigert, den richt ich selber hin, und zwar auf der Stelle! Keiner rührte sich oder legte wenigstens die Ohren an. Die untere Führung saß bloß rum und grillte einen Barsch, und die Jazz-Combo klimperte Negermusik.

Ich ging in mein Zelt und sagte meinen nächsten Vertrauten, ich wolle die Nacht über nicht gestört werden.

Kein Auge machte ich zu, weil es in mir brannte, so sehr brannte. Diese Nacht des Schmerzes und der Qual machte aus mir einen neuen Menschen. Die Zeit der Unschuld war vorbei. Ich wurde hart, entschlossen und mißtrauisch, und ich ging von nun an mit geradem Rücken und wachsamen Augen. Ich legte mir so ein leicht spöttisches Lächeln zu und fing an, scharfe Bemerkungen loszulassen. In dieser Nacht beschloß ich, außer den Soldaten meines eigenen treuen Bataillons noch andere für mich zu gewinnen.

Der unbekannte Soldat über Impi Agafiina

Die hat einen Entenarsch gehabt und in den Augen einen Schimmer wie Glas und so eine hohe Stirn, da hätte man gut und gern die ganze Geschichte von morgen in Versen draufschreiben können. Ich weiß noch, daß sie nur ein einziges Mal in meine Richtung geguckt hat, und da sind mir die kalten Schauer nur so über den Rücken gelaufen. Ich hab den Rückwärtsgang eingelegt und bin fortgerannt. Richtig Angst hab ich vor ihr gehabt, weil sie so finster ausgesehn hat und so hitzköpfig war. Hinter ihrem breiten Arsch hat sie einen Haufen weichlicher Kriegsverrückter hergezogen, die sie leicht schikaniern konnte. Einer von diesen schwachsinnigen Granatwerfern hat gemeint, die Alte hört, sieht und versteht alles. Keine Ahnung, ob das so eine war, aber eins kann ich sagen, daß sie bei allem selber entschieden hat, und kein echter Soldat ist ihr dafür dankbar gewesen.

Juho Gabriel beim Mistfahren

juho gabriel: Das kann gut und gern der achtzehnte April sein, wie ich so gegen halb vier vom Wandbett aufsteh und aus dem Fenster guck. Dunkel ist es da wie im Arsch von einer Zigeunerin, aber ich zieh mich an und geh an den Herd.

Wie die Uhr sechs schlägt, kau ich einen Ranken Brot und trink einen Krug Buttermilch. Ich nehm die Sachen untern Arm und geh in den Stall, überred das Pferd, Heu zu fressen und Brühhäcksel, und geh wieder in die Stube zurück. Ich nehm die Kaffeekanne, schütt Wasser rein und mach es warm. Ich trink die Kanne leer und laß einen langen Rülpser los. Dabei denk ich, wieso die Sonne im Winter seltener scheinen muß als im Sommer. Dann hab ich es auch schon eilig, wieder in den Stall zu kommen. Ich laß das Pferd ein bißchen im Hof rumlaufen, weil es das so gern hat, und geh selber mit der Stange in der Hand hinter den Kuhstall zum Misthaufen. Die Zeit zum Mistfahrn ist angebrochen.

Eine Zeitlang betracht ich den schönen Misthaufen. Von allen Seiten. Der ist hart wie Stein. Ich such mir eine passende Stelle am Rand und fang an, draufloszuhacken. Wie ich so eine Zeitlang an dem Rand rumgekratzt hab, guckt im Osten auch schon die Sonne raus und verspricht mir gutes trockenes Wetter. Schnell renn ich wieder in die Stube, nehm das warme Pferdegebiß über dem Ofen und vom Türrahmen das Zaumzeug und hol das Pferd.

Ich schirr es an und quatsch ihm dabei die ganze Zeit Blödsinn ins Ohr. Es guckt mich an, das Vieh, mit seinen klugen Augen und versteht jedes Wort. Dann gehn wir zusammen hinter den Kuhstall, der Schlitten und alles natürlich an seinem Platz.

Ich schwing eine Zeitlang den Spaten, und schon ist die erste Fuhre fertig. Dem Gaul sag ich, jetzt gehn wir. Bis aufs Gerstenfeld sind es gut zweihundert Meter, von der Sauna aus gesehn. Ich kipp die Fuhre aufs Feld, und dann gehts zurück zum Haufen. Und der Mist dampft heiß und fett, und wieder schaufel ich eine Fuhre voll, und dann nix wie zurück aufs Feld.

So machen wirs immer wieder von vorne. Ich krieg ein Loch im Bauch, und da muß ich ins Haus.

Den Gaul führ ich auf den Hof und werf ihm eine dicke Pferdedecke über, die alte vom Onkel selig, und halt ihm einen Heubüschel vor die Nase. In der Stube verspachtel ich ein halbes Brot, einen Klumpen Butter und einen Teller Salzheringe.

Und das schmeckt. Aber es hilft nix, dem Magen zu

huldigen, sondern den Mann ziehts wieder an die Arbeit.

Ich hol den Gaul, und wir machen weiter, wo wir aufgehört haben. Da schaufel ich dann so lange Mist, bis die Sonne so steht, daß ich weiß, jetzt wird gegessen, und zwar schnell.

Ich geh in die Stube und stopf mir so viel Salzbrachsen und Dickmilch ins Gesicht, wie ich kann. Dem Gaul geb ich was zum Knabbern und tätschel ihm den Hintern. Wie sich die Abenddämmerung über den Hof senkt, führ ich den Gaul in den Stall zurück und mach mich dran, das andere Tagwerk zu erledigen, und das ist viel.

Wenn die Arbeit gemacht ist, eß ich Milchsuppe und Salzfisch und schmatz so richtig schön vor mich hin. Wie ich so eß, wandern die Gedanken langsam zum Bett rüber, und schon ist es Zeit, daß ich unter die Decke krieche. Kurz bevor ich in tiefen Schlaf versink, denk ich noch, was für ein wichtiger Teil der Welt der Mist ist. Es ist nämlich genau so, wie der Onkel gesagt hat, wird der Mist gut ausgebracht, gleichmäßig auf dem Boden verteilt und danach der Boden gut umgepflügt, entsteht ein Feld, wies das A und O im Leben eines Bauern ist. Genau gesagt, ist es das unerschütterliche Fundament des Bauernlebens. Und ich sag noch dazu, daß es schon vom Abort an kostbar ist. Die Scheiße des Menschen ist das Gold des Landmanns.

Wer Wind sät, wird Sturm ernten

impi agafiina: Als die neue Impi Agafiina geboren wurde, begann der Feind den Großangriff. Ich schnappte mir die Schildkröte und warf mich mit meinen treuen Soldaten in den Weg. Wir kämpften wie die Wahnsinnigen, obwohl sich die anderen Truppen ohne jedes Schamgefühl ergaben.

Ich schluckte die bittere Niederlage, wie es eine finnische Frau zu tun gewöhnt ist, aber das dauerte seine Zeit, und wie ich mich von der schrecklichen Lage einigermaßen erholt hatte, machte ich mich daran, ein geheimes Armeekorps zusammenzustellen. Als dessen Aufgabe erklärte ich, den Feind zu vernichten, Grund und Boden zurückzuerobern und die Grenze nach jenseits vom Ural zu verlegen, möglichst weit, was ja schon von Anfang an meine Absicht gewesen war.

Bis zum Herbst holte ich mir in Felshöhlen, unter Fichten, in Morastlöchern und unter Heuhaufen eine seltsame Armee zusammen. Sie setzte sich aus guten, an Schlachten gewohnte Soldaten zusammen, aus Fahnenflüchtigen, roten Kleinbauern, weißen Großbauern, die nur einigermaßen Finnisch konnten, aus abergläubischen Fabrikarbeitern, rebellischen Studentenmützen und gewöhnlichen Verbrechern.

Ich zog ein schwarzes Kleid an, schwang mich auf den Schimmel und galoppierte mit meiner kleinen Armee über die Karelische Landenge. Am Sattel hatte ich einen langen Besen und einen ausgestopften Hundekopf, als Zeichen dafür, daß ich, wies die Hunde machen, Russe für Russe zerreiße, und gleichzeitig feg ich mit dem Besen die Verräter von der Erde.

Wie wir uns den karelischen Dörfern näherten, erschreckten sich die Menschen halb zu Tode und flüchteten sich in die Misthaufen. Die Frauen wurden vergewaltigt und umgebracht, die Bälger erschossen und die alten Weiber geschlagen, verstümmelt, in Stücke gerissen und verbrannt. Wir eroberten sämtliche Dörfer, und ich beschloß, zur Ehre unserer ersten Siege ein Fest zu organisieren.

Ich heftete mir sämtliche schweren und leichteren Orden an die Brust, von denen ich eine ganze Schmuckschatulle voll hatte, betrachtete mich im

Feldspiegel und stellte zufrieden fest, daß ich schöner war als das lebendigste Sternbild am Himmelszelt. Nie war meine Haut durchsichtiger als an dem Abend, die Haare glänzten schwarz und betonten meine Jugend, und die Jugend fügte meiner herbstfärblichen Pracht helle Anmut hinzu. Ich setzte eine Schirmmütze mit Goldborten auf, die war so schwer, daß ich knackend den Rücken grad machen mußte, um den Kopf oben zu halten.

Da stand ich dann, umgeben von meinen treuen Soldaten. Unbeweglich wie ein Monument im dichten Nebel.

NACHRICHT DES REEDERS AN IMPI AGAFIINA IRGENDWO DORT DRAUSSEN

Meine liebe Tochter!
Uns geht es allen ausgezeichnet, Ingrid spielt Klavier und betet für dich, das Geschäft blüht mehr denn je.
Krieg ist Krieg und Schnaps ist Schnaps!

DEIN VATER

Juho Gabriel trinkt Schnaps

juho gabriel: Mit der Droschke fahr ich nach Schweden rüber. Da sind das Weib vom Raimari und die beiden Töchter vom Kaaprili und natürlich die Bauersleut selbst. Ich hab nix anderes im Kopf, wie unbedingt Kaffee und Schnaps zu kriegen. Ich kauf mir drei Klare und eine Dose Kaffee. Ich komm nach Haus zurück und denk, ich trink den Schnaps am Wochenende, aber mir steigt so das Wasser auf die Zunge, daß ich eine Flasche aufmachen muß. Ich nehm einen Schluck und kümmer mich ums Vieh, ich nehm noch einen und noch einen. Und ich torkel in den Pferdestall und fang an, mit dem Gaul zu schwätzen. Der hört mit aufgestellten Ohren zu und schnappt mit seinen weichen Lippen nach der Schnapsflasche. Ich geb ihm einen Schluck, und schon haben wirs gemütlich. Bis in den frühen Morgen palavern wir, und dann sink ich neben dem Roß in einen tiefen Schlaf. Wir schlafen ganz dicht beieinander. Vor dem Morgenmelken schnurfelt es mich wach, und ich geh mit so leichtem Mut an die Arbeit, daß ich lachen muß.

Jeder Vaterlandsfreund ist streng gegenüber Ausländern

impi agafiina: Nach dem Fest brach der Alltag an. Ich lenkte meine Armee in Richtung Süden, wo wir einen Sieg nach dem andern errangen. Wir stabilisierten die Frontlinie, bauten einen neuen Stützpunkt, und schließlich war ich bereit, meinen beherzt kämpfenden Männern eine Pause zu gönnen.

Ich ließ die Schildkröte in meinen Mantel schlüpfen, schwang mich auf den Rücken des Weißen und ritt durch Frost und Schneegestöber der Etappe entgegen, wo Sarmo Quartier hielt. Wie ich da ankam, wurde mir erklärt, daß Sarmo zur Nervenberuhigung nach Lappland aufgebrochen war. Ich dachte, einen, der mich auf diese Art im Stich läßt, fang ich erst gar nicht an zu vermissen. Nie im Leben! Ich, die ich doch alles am Altar des Krieges geopfert hatte, die Zivilisation und die Kultur, sogar die persönliche Hygiene. Und das war dann der Lohn von meinem Lehrer und Vorbild! Ich war eine verbitterte Frau. Da half nix, als die große Enttäuschung im Schlachtengetümmel zu ertränken.

Mit Tränen in der Kehle ritt ich an die vorderste Front und zerstörte in der ersten Not zwei Panzerwagen. Einen weiteren Monat gingen die Kämpfe heftig weiter. Die Russen griffen an, wir griffen an und dann wieder sie. Keinen Moment lang gab ich die Fahne aus der Hand. Hoch ließ ich sie vor dem blauweißen Himmel flattern, obwohl meine Hände bis zu den Ellbogen voller Blut von eigenen und feindlichen Soldaten waren.

Mitte Oktober errangen wir an unserem Abschnitt den endgültigen Sieg und schlugen die Russen bis auf den letzten Mann.

Schon warteten neue Herausforderungen. Ich kehrte zu meiner Armee zurück und gab Befehle aus. Wieder machten wir uns auf den Weg, und ich flehte den Himmel an, daß er meinen Kopf klar hielt! Wir waren schon ein paar Nächte lang unterwegs, als ich hörte, wie ein Geschütz donnerte, und sah, wie die Fahnen wehten und Männer starben, die Kugeln flogen, alles mögliche Zeug schwebte durch die Luft, von Birkenrindenschuhen bis zu karelischen Klageliedern. Wir eroberten die Schanzen und die Dörfer Haus um Haus. Überall lagen Leichen ohne Kopf herum, und niemand kam auf die Idee, sie zu beerdigen, obwohl sie stanken wie die Pest.

Juho Gabriel beim Waschen der Herbstwäsche

juho gabriel: Um acht Uhr morgens kipp ich mit abgestandenem Wasser gekochten Kaffee in die Tasse, laß ihn mit einem Schluck in die Kehle laufen. Dann geh ich zum Ufer und mach den Kessel mit klarem Seewasser voll. Das Eis hat sich noch nicht auf dem See breitgemacht, aber das Wasser ist so bitter kalt, daß es in die Zähne schneidet.

Ich schöpf den Kessel voll und reiß ein Feuer für drunter an.

Dann hol ich den Seifenkanister und schütt Schmierseife in den Kessel. Auf den Kopf leg ich mir ein weißes Taschentuch, weil der Schädel heiß wird wie nur was. Die Spätsommersonne ist nämlich so freigebig. Ich sitz auf einem Uferstein und guck zu, wie die eisigen kleinen Wellen so schön plätschern und denk an den armen Adam vom Alten Testament, den guten Mann, der ganz ohne eigene Schuld in den Streit zwischen dem Satan und Eva geraten ist und deswegen in den Augen des ganzen Volk Judäas in eine lächerliche Lage. Ich denk, eigentlich haben die Weiber kein anderes Amt, als Bubenkinder auf die Welt zu bringen. Schon sprudelt das feuerheiße Wasser, ich wärm mir die Hände im Dampf, tu ein paar weiße Laken in den Kessel und das Rotztuch und setz mich wieder auf den Stein. Ich rupf einen Grashalm aus, spiel ein Weilchen mit der Katze und geh pissen. Die Weißwäsche, die sprudelt da so gemütlich vor sich hin. Mit einem langen, dicken, blankgeschnitzten Holzstecken rühr ich sie um und denk drüber nach, wer von den Leuten in der Bibel ich eigentlich am liebsten sein würde. Der Josef jedenfalls nicht. Der ist ja auch von den Weibern betrogen worden, und außerdem war er ein bißchen zurückgeblieben. Aber die Hirten auf dem Feld, von denen könnt ich gut und gern einer sein. So einer, der nix weiß von der Schlechtigkeit der Welt, der ißt und trinkt und Absalom verspottet und den blinden Zachäus. Ich muß lachen. Der Hund kommt und legt sich zu mir ins Gras. Das Pferd trappelt zur Hütte und fängt an, sich dran zu reiben.

Ich nehm das Waschbrett und klatsch die Laken

drauf. Der Schweiß rollt mir in Perlen übers Gesicht, und so weiß wie die Laken sind, blenden sie den Blick, so daß mir nix anderes übrigbleibt, als mir die eine Hand vor die Augen zu halten. Der Hund schnarcht, die Katze schnurrt und das Pferd kaut knisternd vor sich hin. Ich guck auf den Ufersand und denk an den Moses und seine lange Wüstenwanderung.

Genau in dem Moment greift das Feuer nach dem Ufergebüsch, und das schlägt in hohe Flammen aus. Das Pferd wiehert, die Katze miaut, und der Hund bellt, der Busch brennt im Nu zu Asche zusammen.

Langsam dreh ich den Kopf zum Himmel und seh, daß da so ein schwarzer Schatten hinter den dunklen Wolken schwebt.

Die Geschichte rast mit größerem Tempo weiter als jeder epische Strom

impi agafiina: Das plötzliche Tauwetter hatte meine feinen Pläne im Schlamm begraben, aber ich guckte nicht einfach tatenlos zu.

Ich sagte meiner geheimen Armee, macht solange Urlaub, bis ich zurückkomme. Ich brech jetzt nämlich zu einer Fernpatrouillentour nach Osten auf.

Ich hatte ja auch vor dem Krieg schon viel an den Ural gedacht und war zu dem Ergebnis gekommen, daß ich und der Ural eins sind. In den Büchern heißt es, dort im Ural leben unsere Verwandten, die unter dem Kommunismus in schreckliche Unterdrückung geraten sind. Wenn sie in ihrer eigenen Sprache reden, werden sie auf der Stelle umgebracht. Mit großer Trauer hatte ich an das Schicksal meiner Vetter und Kusinen dort gedacht und an all die Schätze der Natur. Die gehörten ja eigentlich uns, wo wir doch einmal vom selben Blut sind. Ich spürte, ich muß losziehn, die Lage an Ort und Stelle zu prüfen. Ich blätterte alle Notizen durch, die der Kriegsmarschall als junger Mann auf seinen Ostreisen gemacht hatte. Da holte ich mir Hinweise, wie man dort sein und leben muß, und dann nix wie los.

Zwanzig Meilen östlich von Moskau wurde ich von einem kurzen Schwächeanfall verhext und war schon drauf und dran, wieder umzukehren. Über eine Woche hatte es geregnet wie aus Kübeln, der Nordwind hatte mir das Gesicht blutig gepeitscht und dem Pferd die Augen blind. Ich hatte starke Temperatur und einen furchtbaren Husten. Trotzdem bekam ich meinen Mut wieder zusammen. Auch der Regen ließ locker. Ich setzte den Weg durch die Steppe fort, wo der Abendwind mit den Ebereschenwipfeln spielte.

Das erste Dorf, auf das ich nach der Stadt Gorki stieß, bestand aus einem Dutzend morscher Koben im russischen Stil. Mitten in der Nacht kam ich dorthin, aber alle waren noch wach. Ich dachte, da wird in der Umklammerung des Krieges gelebt, so wie in Finnland auch, aber von wegen. Alle Männer des Dorfes waren daheim und prügelten ihre Weiber. Mir haben sie ein Nachtlager besorgt, ohne zu fragen, wer ich bin und woher ich komm. Über den Krieg hat keiner ein Wort verlorn, bestimmt hatten sie davon nicht mal was gehört. Alle redeten immer nur von einem seltsamen Baum, der auf einem kleinen Kolchosenacker wächst, direkt neben der Landstraße. Einer erklärte mir, daß sich schon viele Gelehrte diesen Baum angeguckt hätten, aber keiner war imstande gewesen, ihn zu bestimmen. In der Nacht schlief ich schlecht, weil ich überlegte, was für ein sonderbarer Baum das sein konnte. Gleichzeitig mit der Sonne stand ich auf und ließ die furzenden Russen schlafen, nahm das halbblinde Roß und verzog mich zu der besagten Stelle. Es war nichts anderes als eine gewöhnliche Fjällbirke.

Da verstand ich erst, daß die Zivilisation nicht über

Viipuri hinaus vorgedrungen war. Auf der Stelle setzte ich meine Reise fort und beschloß, nicht vor dem erträumten Ural anzuhalten.

Im Vorfrühling war ich schließlich bei meinesgleichen angekommen. In den Becken des Uralgebirges fand ich all die verwandten Völker: die Blutsbrüder, wegen deren unermeßlicher Leiden ich schlaflose Nächte verbracht hatte. Überall wurde ich unwahrscheinlich höflich empfangen, und die Dorfbewohner stritten sich richtig darum, wer mir in seinem Haus die Kur machen durfte. Ich wurde von Vätern, Müttern und Töchtern um die Wette bedient. So eine Behandlung habe ich, ungelogen, nirgendwo sonst bekommen. Alle katzbuckelten sie. Da wurden die Füße und die Hände gewaschen und in den Mund gefüttert wie bei einem schwächlichen Vogeljungen. Nach der anfänglichen Verzückung gewöhnten sich meine Augen an diese Gastblenderei, und ich bemerkte, daß diese mit uns verwandten Völker von Grund auf raubsüchtig und vor allem dreckig waren wie die Schweine. Die Männer in den Dörfern gaben vor mir sogar damit an, wie sie Hundegespannen nachsetzten, die zufällig in der Steppe unterwegs waren, und es war ihnen auch nicht fremd, mit gezogenen Messern aufeinander loszugehen. Für einen echten Krieg waren sie trotzdem nicht zu gebrauchen. Das durfte ich mit eigenen Augen ansehn, als ich ihre Angriffsfähigkeit auf die Probe stellte. Ich hatte gedacht, diese verwandten Völker müßte man dazu kriegen, auf unserer Seite gegen die Russen zu kämpfen, aber da wurde schlicht und einfach nichts draus. Ich war tief enttäuscht und dachte, für was brauchen wir Finnen solche Hinterwäldler, die nicht mal eine Flinte festhalten, geschweige denn damit schießen können.

In meinem Groll ließ ich mich dazu hinreißen zu fragen, was diese ganze verdammte Bedienerei eigentlich soll, und sie sagten, daß ihnen ihre Vorfahren die

Gastfreundschaft als Erbe hinterlassen hätten, und außerdem waren die Nahrungsmittel durch den Kommunismus so billig, daß von allem mehr als genug da war.

Ich hievte mein Sack und Pack aufs Pferd und brach in Richtung Heimat auf. Die Heide war weiß vor Wollgras und Sumpfwiesenheu. Das konnte mich nicht trösten, ich war ganz und gar auf dem Nullpunkt.

Mit heiler Haut erreichte ich mein Heimatland, und als erstes hörte ich, daß Sarmo den Befehl erhalten hatte, den Russen eine Insel abzunehmen. Die Russen hatten die Insel von uns erobert und bei der Besetzung Grobheiten und Gotteslästerungen begangen. Frühmorgens waren sie auf einen nahe gelegenen Hügel gestiegen, hatten die Hosen fallen lassen und den finnischen Soldaten den nackten Hintern gezeigt! So wurde es mir erzählt, und schon machte ich mich wieder auf die Socken.

Am Ziel bemerkte ich, daß die Disziplinlosigkeit und irgendeine unbekannte Epidemie Sarmos Truppen ernsthaft verringert hatte. Ich befahl den Kranken, sofort gesund zu werden, und machte einen Plan. Meine Verbündeten waren die Zeit, der Hunger und die Kälte. Die schneebedeckten Schlachtfelder der Insel färbten sich rot vom dampfenden Blut des Todfeindes. Die übriggebliebenen Iwans flohen aufs Eis, in das wir mit dem Geschütz fix eine Spalte hineinschossen. Die weiße Schale des Eises riß auf, und das Meer schluckte die Zipfelmützen. Sie hätten nach Art der echten Russen lieber daheim auf der Ofenbank bleiben sollen.

Am nächsten Morgen waren ich und Sarmo wieder unterwegs. Den hohen russischen Leichenhaufen und den Blutseen wichen wir aus so gut wir konnten. Pausenlos erzählte ich Sarmo von allem, was ich im Ural gesehen hatte. Er beklagte sich, mein ununterbrochenes Gerede mache ihn müde, und gab irgendein Sprichwort von sich, von wegen wenn die Flammen am Haus lecken, muß man zuerst die Wände retten und dann erst den Garten. Ich ließ einen Furz auf seine pharisäischen Weisheiten, wendete die Pferdeschnauze in Richtung Westen und trabte los

Alles geht heimlich, still und leise

impi agafiina: Ich hab nicht die Angewohnheit, mich an Verluste oder Niederlagen zu erinnern, und ich erinner mich auch jetzt nicht dran, aber zwei Monate nachdem meine Schildkröte plötzlich und unerwartet starb, hatte ich vom Krieg und überhaupt vom ganzen Leben die Nase voll. Ich wurde Eremit, weil ich es nicht ertragen konnte, daß wir in einer furchtbaren Schlacht auf karelischem Gebiet die Früchte von hundert anderen Schlachten verloren hatten.

Hinter Kiirivaara ließ ich mich an einem friedlichen Moor nieder und baute mir dort einen Unterschlupf. Dort wohnten wir zu zweit, das Pferd und ich, und ich versuchte, nicht an den Krieg und auch sonst an nix zu denken. Ich ließ mir einen Bart stehen, weil ich dachte, ein Bart darf, verflucht nochmal, nicht das alleinige Vorrecht der Männer sein. Während die Stoppeln sprießten, mästete ich das Pferd zu Tode und versenkte seinen Leib in einem Sumpfloch. Ich trauerte sehr, aber ich grämte mich nicht.

Nur ein paar Wochen durfte ich da im Frieden der Wildnis für mich sein, als eines Tages ein Postillon kam und mir eine erschütternde Botschaft brachte. Dort stand geschrieben, daß der Kriegsmarschall, der stattlichste Mann seiner Zeit, den Truppen befohlen hatte, sich zurückzuziehen, die Unterstände aufzugeben, die Geschütze einzumauern, die »Erzählungen des Fähnrich Stål« in den Weggraben zu werfen und über den Vuoksi zurück nach Finnland zu schwimmen. Ich fiel aus allen Wolken! In dem Brief stand auch noch, daß sich die Russen über solch ein Ausweichmanöver ärgerten.

Ich riß mich zusammen und schrieb an den Kriegsmarschall. Ich flehte ihn an, den Rückzug sofort zu stoppen und den vom Herrn der Völker unterstützten Kampf gegen die Russen fortzusetzen. Ich schrieb noch, daß ich sofort mit diesem Eremitenleben und Deserteurdasein aufhör und wieder in die Führung eintrete. Bald bekam ich Antwort vom Verteidigungsministerium. Darin war von einer Verschwörung der Offiziere die Rede, um den Kriegsmarschall zu beseitigen. Die Generale hatten den Rückzugsbefehl nicht akzeptiert, sondern wollten die Kämpfe bis zu letzten Atemzug fortsetzen, wie es sich ja auch gehörte.

Kurz danach erklärte mir der Präsident, daß er den Kriegsmarschall abgesetzt und ihm so lange sämtliche Ehrentitel und Orden abgenommen hat, bis das Kriegsgericht seinen Beschluß gefaßt hat. Nie zuvor hatte ich etwas so Erschütterndes gehört.

Dem einfachen Volk ist nie langweilig, weil es immer viel zu tun hat

juho gabriel: Ich hol die Schafe von der Insel. Natürlich sind sie scheu, weil sie seit vielen Monaten keinen Menschen gesehn haben. Ich renn ihnen einzeln hinterher und fang sie ein und werf sie auf den Pferdekarren, dann fahr ich die Fracht zum Hof und kipp sie in den Schafstall.

O was für ein Klagegesang! Die blöken derart, daß mans bestimmt bis zum Laden hört.

Ich nehm das größte Mutterschaf zwischen die Beine und tu ihm ein Zaumzeug über den Kopf, dann bind ich es an der Scheunenwand fest. Die Herbstsonne scheint so prächtig, daß mir der Schweiß auf der Stirn perlt. Ich geb dem Mutterschaf ein Zuckerstückchen, und schon darf ich es scheren. Natürlich tritt es und windet sich die ganze Zeit, aber ich geb nicht nach. Ich schwenk einfach die Schere, und die Wolle fällt in langen Streifen aufs Gras. Ich tu die Wolle in einen Spankorb und denk, im Februar strick ich mir da draus lange Arbeitsstrümpfe.

Im März kann der Schnee noch gut und gern das Pferd und den Schlitten tragen, im April trägt er nur die Stute, weil das Tauwetter aus ihm so eine rissige Kruste macht. Wenn in dem Krustenschnee der Peni meine Rentiere und die vom Jumisko Aaro hütet, dann werden seine Pfoten ganz wund, weil der Schnee dann scharf ist wie die Klinge von einem Rasiermesser.

Ich ruf den Peni in die Stube und schmier seine blutigen Tatzen mit einem Gemisch aus Teer und Fett ein. Ich befehl ihm, sich hinzulegen und ein langes Schläfchen zu machen.

Ein paar Tage liegt er auf der Ofenbank, aber die Pfoten wollen nicht besser werden. Ich denk mir, was mach ich jetzt.

Dann fällt mir ein, was mich der Onkel gelehrt hat, und ich geh schnurstracks in den Schuppen. Ich nehm ein Stück Beinfell von einem Rentierkalb vom Nagel und renn in die Stube zurück. Bis zum Abend hab ich vier schöne Stulpen genäht, die Nähte an der Seite und das Fell innen. Die zieh ich dem Peni an und bind sie mit Sisal fest. Ich mach die Tür auf und laß ihn raus. Und schon läuft er wie der Wind genau dorthin, wo die Rentierherde grast.

Nemesis Divina,
der Tod der Geschichte

mikri vuoma: Den Kriegsmarschall stürzten sie, und Soldaten führten ihn zum Hausarrest in irgendein Dorf. War ganz schön zersaust, der Mann, weil alles so ruckzuck passiert ist. Hat angefangen, an allem zu zweifeln, am Volk, an der Armee und sogar an seinem eigenen Spiegelbild.

Kaum war der Kriegsmarschall in Arrest, schon schwirrte eine dicke Wolke von Schleimern um seinen Vertrauten, einen Generalmajor, der sich fast bis zum Generalleutnant hochgeleckt hatte. Auch der Präsident erklärte diesem Hohlrücken, daß er an die Stelle des Kriegsmarschalls zu treten hatte. Der rannte gleich in alle Richtungen, fiel zwischendurch in Ohnmacht, kam wieder zu sich, trank auf einen Sitz eine Flasche Zelluloseschnaps, tanzte in der Hocke auf dem Tisch und darunter, betete listenweise Leute herunter, die gefangengenommen werden mußten, ließ zwei Erklärungen schreiben, in denen er selber zum Tode verurteilt wurde, riß sie aber in Stücke, bat einen Oberst, für ihn an die Grenze zu gehn und allen dem Kriegsmarschall getreuen Truppen zu befehlen, sich zu unterwerfen, dann wieder verbot er ihm zu gehen, kommandierte zwei Bataillone von der Ostgrenze auf die westlichen Inseln, und wie die Truppen ankamen, schickte er sie auf der Stelle wieder zurück. Dieser unglückliche Mann brüllte im Suff wie ein Verrückter.

Bei den Friedensverhandlungen war der Generalmajor voll wie eine Haubitze. Plusterte sich auf wie ein brünstiger Auerhahn, hielt wirre Reden und benahm sich großspurig wie ein Pfaffe. Er sollte den Frieden besorgen, aber er träumte bloß davon, einen neuen Krieg anzufangen.

Wo sich der Friedensverhandlungseifer des Generalmajors bloß aus Unordnung und plötzlichen Entscheidungen zusammensetzte, die er gleich wieder bereute, beruhte der Verhandlungseifer der Russen auf Kaltblütigkeit, Geheimniskrämerei und Berechnung.

Ein Sonderfrieden kam nicht zustande, und beide Seiten verließen türknallend den Raum.

Im Gefängnis hockte der Kriegsmarschall in einem löchrigen Seidenwams, die Beine unrasiert, die Haare wirr, Pantoffeln an den Füßen, obwohl er noch ein paar Tage vorher ein gut gewichster großer Mann war, vor dem die Regierung und die Armee Bücklinge machte. Beim Essen blickte er böse auf die stotternden Wachsoldaten, die ihm Gesellschaft leisten sollten. Wenn er nicht genug Suppe abbekam, kippte er sich die Ration von dem neben ihm sitzenden Soldaten in den eigenen Teller, und seine Hände zitterten so, daß er Suppe und Wein auf der Wachsdecke verschüttete.

generalmajor: Der Kriegsmarschall erlangte durch seinen jämmerlichen Tod traurige Berühmtheit.

sarmo: Im Radio wurde Trauermusik gespielt, und das, wo ich so sehr den ausgelassenen »Emma«-Walzer hätte hören wollen.

Jede Stunde wurde wiederholt, daß die Friedensunterhändler von ihrer Aufgabe zurückgetreten waren und anstelle der Zurückgetretenen neue ernannt wurden. Ständig wurden die möglichen Friedensbedingungen wiedergekäut. Ich versank in vollkommener Bedrückung, und mein Haß konnte nicht einmal von der Tatsache geweckt werden, daß die Russen unsere gesamte Ostgrenze zerstört hatten. Sie hatten unsere Mütter und Schwestern verbrannt, ermordet, vergewaltigt, sie an Bäume gebunden, ihnen eine Kugel durch den Kopf geschossen und überdies die ewiglichen Grabplätze unserer Vorväter beraubt und geschändet.

Im Reich unseres Unterstandes war keiner mehr bereit, die Sauna anzuheizen, am abendlichen Feuer wurden nicht mehr laut Mörikes Verse vorgelesen. Nach einer Ewigkeit gelang es den Herrschaften, Frieden zu schließen, und wir waren gezwungen, wieder ins zivile Leben zurückzukehren.

Ich verabschiedete mich von meinem Offizierskameraden, nachdem wir die Türschwellen gefegt, das Schießpulver vergraben und die Granaten im Sumpf versenkt hatten.

impi agafiina: Noch bevor ich meinen Unterschlupf dem Erdboden gleich machen konnte, mußte ich vom Ableben des Kriegsmarschalls hören.

Ich nahm einen Strick und wollte mich wegen der großen Scham umbringen, die ich für den Kriegsmarschall fühlte: daß man es gewagt hatte, einen unschuldigen Mann so zu behandeln.

Wie ich mir grad den Strick um den Hals legen will, kommt ein enormer Hagel vom Himmel und haut den Strick kaputt. Da denk ich, sich umbringen ist ja eigentlich eine Sünde, und laß es bleiben. Ich kurbelte ein Telefonat zum Generalstab durch, und wie ich auf die Anwort wartete, dachte ich an den Anführer der Russen, den Generalissimus Stalin, der so einen Stahlschimmer in den Augen hat, wies bei unserem Generalmajor überhaupt nicht der Fall ist. Und der Stalin, der war ja überall daheim, der war in den Kolchosen unterwegs und in den Fabriken, der redete mit den Muschiken, probierte ihre Sensen und Hacken aus, inspizierte die Keller und Speicher in den Kolchosen. Wenns nach ihm ginge, paßt die Freiheit gar nicht zu

Rußland, weil sowas die Seele verweichlicht und aus dem Menschen Ungeziefer macht. Neben dem Stalin war unser Generalmajor ein sehr blasser Mann.

Weil ich den Generalmajor nicht an die Strippe bekam, sagte ich mir, laß gut sein, ich geh heim, aufs Gut vom Reeder Wallenius.

Unterwegs mußte ich hören, daß Finnland und die Russen Frieden geschlossen hatten, aber das ließ mich jetzt kalt. Mit Müh und Not kam ich aufs heimatliche Gut, weil ich so krank war, daß ich auf der Treppe zusammenbrach.

Zwei Monate später wachte ich gereinigt, gesättigt und mit einem weißen Spitzennachthemd am Leib auf. Um mein Bett schwärmten der Gemeindearzt Kulju, drei Krankenschwestern, die Signe Säppi, die Taimi Lohi und die ausgemergelte Frau herum. Die trippelte hin und her, schwätzte wirres Zeug über ihre Ängste und Hoffnungen, stotterte, trank nervös ein Glas Wasser und fing an, wie schwer das Leben an der Heimatfront gewesen war und wie das Menschenblut sogar das Grundwasser in der Stadt verschmutzt hatte.

Wie ich mir das alles so anhörte und anguckte, da fragte ich mich, sterb ich jetzt auf der Stelle oder nicht.

unbekannter offizier: In Kuortane sagte mir ein Offizierskamerad, wir hätten den Krieg gewonnen, wenn wir keine Fehler gemacht hätten.

Ich griff zu meiner Mauser und drückte ab.

Die Kugel durchschlug den Kopf des Vaterlandsverräters.

5. buch

Kaum hat das kleine Finnland mit der großen Sowjetunion Frieden geschlossen, darf Impi Agafiina schon wieder in einen Krieg ziehn. – Die ehemaligen deutschen Waffenbrüder werden aus Lappland vertrieben. Sie brennen nieder, was ihnen in den Weg kommt: Auf Wiedersehen und alles kaputt. – Was dauerhaft ist, löst sich in Luft auf. – Impi Agafiina schaut der Wahrheit ins Gesicht, und ihre Tränen fallen wie Hagelkörner auf die Erde. – Wie rasch doch unser Leben vergeht. – Abschied von Sarmo: Wenn der Tod die Rechnung ausstellt, was bleibt dann von uns übrig?

Am klügsten ist es, zu lavieren

impi agafiina: Der Krieg gegen die deutschen Zug- und Gruppenführer fing mitten im schönsten Herbst 1944 an. Ich war noch Rekonvaleszent und war so am Boden, so am Boden. Der Kopf tat mir weh, und der verlorene Krieg gegen die Russen drückte mir aufs Herz, daß ich meinte, ich krieg keine Luft, aber wie eines Tages der Reeder zu mir kam und sagte, jetzt fängt ein neuer Krieg an, da war ich sofort wieder gesund.

Ich bat den deutschen Doktor, der mich behandelte, um die Erlaubnis, an die vorderste Front zu dürfen. Aber der Kerl bekam nur schwarze Augen vor Zorn. Kaum war er verschwunden, befahl ich der Signe Säppi, mir meine alte, abgenutzte Uniform zu bringen, und bald war ich wieder auf dem Weg an die Front, die Seele voller Eifer und Energie. Unterwegs machte ich mir Gedanken darüber, was Geschichte für einen erstaunlichen Verlauf nehmen kann. Schließlich war ich auf dem Weg in einen kuriosen Krieg, wo die stärksten und treuesten Verbündeten, die ehemaligen Waffenbrüder, jetzt die Feinde waren!

Ich sagte zum lieben Gott, deine Wege sind wirklich sonderbar.

Ich fuhr bis dorthin, wo die Straßen aufhörn, und ging zu Fuß weiter. Durch pechschwarze sumpfige Wälder wanderte ich, über windige Felder, über Gräben mit Weidengestrüpp, bis ich vor mir einen Feuerschein sah. Ich dachte, das kann nur die Front sein! Geschwind lief ich auf das Licht zu, und wie ich schließlich hinkam, nahm mir ein Kellner aus Uusimaa den Rucksack ab, drückte mir eine Büchse in die Hand und wies mir den schnellsten Weg in den Kampf.

Ich kam mir vor wie ein aufgescheuchter Löwe mit blitzenden Pfefferaugen und galligem Herz. Ich zerlegte mit meinem Gewehr eine Bataillonsportion Wehrmachtsvolk in Stücke, und wunderte mich, daß es mir überhaupt nichts ausmachte, Deutsche umzubringen. Es kam mir ganz natürlich vor, obwohl ich von klein auf an Deutsche gewöhnt war, weil immer mal wieder welche beim Reeder im Salon rumsaßen.

Der Generalmajor, vom nördlichen Frost bereift

impi agafiina: Wir schlachteten einfach alle Krautfresser ab, die sich nicht rechtzeitig in den schweißigen Schutz der Röcke ihrer finnischen Nutten flüchten konnten. Wir ertränkten sie in den Sümpfen, in den Seen oder im eisigen Flußwasser.

Gerade als wir den letzten hufschuhigen Alpenjäger zwischen den Schollen im Eismeer versenkt hatten, tauchte der Generalmajor selbst auf. Den ganzen Lappischen Krieg über hatte er an seinen Geschäften mit den Deutschen rumgedoktert und es nicht einmal geschafft, den Truppen guten Tag zu sagen. Seine Geschäfte, das waren Cognac saufen und Nutten kitzeln. Er war ein großer Mann, sogar Goebbels war mal sein Gast. Zwar war er nicht höher als eine Krüppelbirke, aber so mächtig, daß er meinte, er paßt durch keine Tür durch. Dort am Eismeer enthüllte er mir, warum er an die Front gekommen war: Er sollte das dritte Armeekorps zum Sieg zu führen und danach die Deutschen internieren.

Ich sah gleich, daß ihm die Aufgabe zuwider war. Das sagt einem ja schon der Verstand, schließlich hatte der Mann noch Geschäfte mit dem deutschen Oberbefehl laufen, und auch sonst schwirrten Tag und Nacht bloß Deutsche um ihn rum, Soldaten und Diener und was weiß ich was für Volk. Er war alt und müd, ein verbitterter Säufer halt.

Ich dachte, ich muß dem Mann aus der Patsche helfen. Wir beratschlagten unter vier Augen, und ich versprach, die Sache in die Hand zu nehmen. Richtig zufrieden und gut angeheitert verzog er sich hinter die Kulissen zu seinen Wehrmachtsknaben, und ich nahm die neue Aufgabe in Angriff.

Liebe war es nie

mikri vuoma: Ich war grad dabei, die Sau zu schlachten, da wurde mir zugetragen, daß die Deutschen kommen und alle umbringen, daß sie im Norden anfangen und im breiten Strahl nach Süden weitermachen. Dadrauf ich, von wegen wieso fängt der Waffenbruder jetzt sowas an, und bin nicht getürmt. Alle andern hatten ihren Kram in die Boote gepackt und warn mit Kind und Kegel über den Fluß auf die schwedische Seite gerudert.

Ich machte die Sau zu Fleisch, und wie ich sie in der Viehküche abraspelte, da hörte ich, wie draußen einer mit rauher Stimme ruft, von wegen »*Königliche Hoheit!*« Ich dachte mir, von mir aus. Ich bin nicht rausgegangen, guckte aber aus dem Fenster und sah, wie eine Hundertschaft Deutsche mit ganz viel Bagage aus dem Wald kam. Da warn Kanonen, Granaten und noch irgendeine Sorte Kriegsmaschine. Sie hielten an, ein paar gingen in die Stube, blieben lange drin und kamen dann mit leeren Händen raus. Einer war da, der war kräftig mit Granatsplittern gesalzen worden, der nahm sich den Kuhstall vor und kam in die Viehküche. Ich machte mit meinem Geraspel weiter, als wär nix, und dieser Lazarus mit seiner geklitterten

Fratze guckt mich an und sagt bumm! bumm! Ich dachte schon, jetzt will er mich bestimmt erschießen. Hat er aber nicht, sondern ging in den Kuhstall und wühlte in allen Ecken und drehte jeden Heuhaufen um, von wegen ist da irgendwo die Nadel versteckt. Bestimmt suchte er nach verschnittenem Cognac, das ist doch das, was die Herren saufen. Gabs aber keinen. Die Deutschen zogen ins Dorf, und ein paar Stunden später, da sah ich aus dem Fenster von der Viehküche schon, daß es da brannte. Mit kochendem Wasser wusch ich den Schweinerumpf ab und dachte bei mir, ist doch komisch, daß die meine Hütte nicht angesteckt haben.

raimari: Ich war auf einen halben Tag Urlaub von der Front gekommen, um mein Weib zu sehn, wie der Befehl vom Stab gekommen ist, daß alle sofort nach Schweden aufbrechen sollen.

Die Weiber haben gleich angefangen, die Sachen zusammenzupacken, und es hat nicht mehr als eine gute Stunde gedauert, bis alles in Kisten war.

Die Weiber haben die Kisten auf den Hof getragen, und der Haufen war höher als der Turm von Babel. Da warn Kommoden, Schränke, Bettdecken, Silber und Geschirr. Die Weiber haben die Häuser so gründlich geleert, daß nichts übriggeblieben ist wie eine Schaufelradmutter auf dem Kammerboden und im Vorraum die löchrigen Stallstiefel von der Großmutter, und ich hab von Schweden einen Lastwagen bestellt und den Mägden befohlen, das Vieh rauszuholen und in Richtung Matarinki zu laufen. Bis dorthin warn es gut hundert Kilometer, aber niemand hat sich beschwert, und niemand geweint, nicht mal die Großmutter, die sonst bei jeder Unannehmlichkeit so ein Geschrei anstimmt, daß die Ohrn zugehn.

Wie der schwedische Ford auf den Hof gefahren ist, haben wir ihn vollgepackt, und ich hab das Weib auf die Fracht gesetzt, bevor ich zum Generalstab bin, neue Kommandos entgegennehmen.

Später hat das Weib erzählt, daß die Straßen voller lappischer Flüchtlinge mit ihrem dürren Vieh warn. Alle sind stumm auf Schweden zu gewandert, wo sie in die Läusesauna gebracht worden sind, die für zweiundsiebzig Weiber auf einmal Platz hat. Später wurden ihnen eine Tasse Kakao und ein Keks in die Hand gedrückt. Das Weib hat das gegen den schlimmsten Hunger gegessen und ist zum Ufer gegangen, um zu gucken, was im Heimatdorf passiert. Rundherum stand alles voller schadenfroher Schweden, denen haben sie das ganze Kriegstheater beschrieben und erklärt.

Alles war mit deutschem Ordnungssinn vor sich gegangen. Zuerst hat man zwei Deutsche gesehn, die mit einem Motorrad mit Beiwagen die Straße entlanggekommen sind.

Die haben bei den Wohngebäuden angefangen, die Kuhställe und die anderen Viehställe angesteckt und dann mit den Kartoffelmieten und den Heuschobern auf den Hauswiesen weitergemacht.

Das Weib hat zugeguckt, wie unser Haus gebrannt hat, und weil es aus dicken Balken gezimmert war, hat sie gesehn, wie die Flammen aus den Ritzen rausgeschlagen sind wie Schlangenzungen.

Ich bin dann am nächsten Morgen vom Generalstab zurückgekommen und hab nur noch rauchende Ruinen gesehn. Die Deutschen hatten ganze Arbeit geleistet. Außer den Gebäuden hatten sie auch alle Heureuter, Zaunpfähle, Leitungsmasten abgebrannt und sämtliche Straßen und Wege und Wegränder vermint.

Da hab ich gedacht, ich fang an, ein neues Haus zu baun, bevor die Ruinen ausgekühlt sind. Und hab mich ans Werk gemacht. Das Haus sollte fertig sein, befor die neunwöchige Quarantänezeit fürs Vieh in Matarinki rum ist. Schließlich läßt kein Mann sein Weib unterm nackten Himmel stehen, und auch noch in Kriegszeiten.

Am besten nach Petsamo

impi agafiina: Ich erledigte alle Aufgaben, die ich vom Generalmajor gekriegt hatte. Ich internierte die Deutschen und fragte mich dann, was jetzt.

Es gab ein paar Alternativen, aber ich dachte, am besten, ich geh nach Petsamo. Von dort hatte ich nämlich merkwürdige Neuigkeiten gehört. Den ganzen Krieg über war die Nickelstadt Petsamo Schauplatz blutiger Schlachten gewesen, weil alle sie haben wollten, die Deutschen, die Russen und wir auch.

Ich ging los, und mir kamen Truppen aus drei Ländern entgegen: mal russische, mal deutsche, mal finnische. In einer Wirtschaft wurde erzählt, wenn neue Soldaten nach Petsamo gekommen sind, haben die immer erstmal sämtliche Haustürn in Stücke gehaun, die Alten und Bälger umgebracht, die Frauen vergewaltigt, die Truhen durchwühlt, die Fensterscheiben eingeschlagen und die Ikonen zerbrochen, dazu sämtliche Kleindenkmäler, die Papa Stalin darstellten, die Matratzen noch einmal aufgeschlitzt, die Möbel zerschlagen und die Wandbekleidung mit ihren blutigen Fingern fleckig gemacht. Ich merkte selbst, daß im Glockenturm der einzigen Kirche dauernd die Alarmglocke läutete und die Münder der Besoffenen von neuen Hinrichtungen sangen.

In was für eine Stadt der Trauer war ich da geraten!

Ich kann gar nicht sagen, wie niedergeschlagen ich in mein Quartier ging. Ich haute mich aufs Bett, und da sah ich schreckliche Flammen am Himmel. Die ganze Südhälfte der Stadt brannte, und schon wachten alle Einwohner auf, und entsetzliches Geschrei erfüllte die Straßen.

Ich rannte hinaus. Ein gottloser Sturmwind blies vom Eismeer her, die Flammen stürzten sich auf die Holzhäuser, sprangen auf die Steinhäuser über, packten den Kirchturm, leckten über das Altarbild, rösteten Stalins Porträt. Im Tosen der Flammen donnerten Explosionen, Munitionslager flogen in die Luft, das Eisen wurde rot in der Glut, und die Hitze schmolz das Kupfer. Die Frauen rannten hinter ihren Kindern her, und die Alten winselten. Verkohlte Gestalten sanken zu Boden, während ihre Leinenkleider noch brannten. Einer sprang ins Meer, und das Meer kochte den Flüchtling bei lebendigem Leib.

Ich flehte den Himmlischen Vater an, daß wenigstens einer außer mir von diesem Brand verschont bleibt, damit ich nicht allein in Richtung Westen losdackeln muß.

Am Ende waren gut zehn Leute am Leben geblieben.

Sie stiegen aus Erdhöhlen und gingen zu den Ruinen ihrer Häuser. Die Gesichter rußig, die Haare verkohlt, und jeder irgendwie verstümmelt. Stumm gruben sie ihre toten Angehörigen und Reste von ihren Sachen aus der Asche.

Ich wußte, der Krieg gegen die Deutschen war zu Ende. Finnland hatte mit den Russen Frieden geschlossen, und auf mich wartete außer entsetzlicher Scham noch ein Kriegsverbrecherprozeß. Schließlich war ich den ganzen Krieg über deutsch gesinnt gewesen. Zwar hatte ich die Finnen im Lappischen Krieg zum Sieg über die Deutschen geführt, wie es die Russen verlangten, aber ich vermutete, das konnte nicht dafür entschädigen, daß ich in der Verrücktheit meiner Jugend von einem Groß-Finnland geträumt hatte, das sich bis zur Halbinsel Kola erstrecken sollte und über den Ladoga- und den Äänissee hinaus bis zum Ural. Ich hatte geglaubt, das große und edle Deutschland ist unser Arm der Vorsehung und hilft uns, unsere Träume wahr zu machen.

Jeder will glücklich sein.
Aber zuerst sollte man wissen,
was Glückseligkeit ist

sarmo: Während des Lappischen Krieges dachte ich darüber nach, wie eng doch Krieg und Liebe miteinander verbunden sind, wie die Nähe des Todes dem Menschen die Scheinmoral austreibt und die edleren Züge der menschlichen Natur zum Vorschein bringt. Im Krieg ist der Mensch rein, in Zivil ist er gezwungen, in Heuchelei und Lüge zu leben.

Grüße von Mikri Vuoma

juho gabriel: Ich nehm den Henkeleimer und den Birkenranzen und geh in die Beeren. Das Wetter ist so schön, daß ich bis nach Vuonorova lauf. Da gibts nämlich jede Menge Moltebeeren. Ich sammel den Ranzen voll und will wieder heimgehn, da seh ich unter einer Kiefer einen Fliegenschwarm und einen deutschen Helm. Ich geh näher dran und tret dagegen. Der ist voller Menschenscheiße. Ich muß lachen, bestimmt hat mir der Mikri Vuoma Grüße dagelassen.

Sonne und Mond werden schwarz, und die Sterne verlieren ihren Glanz

mikri vuoma: Kaum war das tosende Flammenmeer in der offenen Wildnis Lapplands am Erlöschen, kehrte die Impi Agafiina auf das prachtvolle Gut vom Reeder zurück. Die Germanen waren aufgespießt, nur ein paar konnten ins ferne Deutschland entschlüpfen.

Für die Impi Agafiina war das Kriegsende schlimm. Einmal sagte sie zu mir, obwohl sie so verbittert ist, daß ihr das Blut aus den Ohren sprudelt, wühlt sie jetzt nicht in der Asche. Unter vier Augen hat sie erzählt, daß es im Frieden so schwer zu leben war, weil sie das Geratter des Krieges so sehr geliebt hat. Auch als schon die Waffen schwiegen, war sie noch ganz und gar davon gefangen. Der Ekel, den sie früher als Mädchen manchmal vorm Töten gespürt hatte, hatte sich im Verlauf des Krieges in eine hübsche Bewunderung fürs Blutvergießen verwandelt.

Ich hab gemerkt, die hat die Lust am Leben verloren. Wie abgestorben war sie und gab sich völlig sinnlosem Getue hin. Hat nicht viel anderes gemacht als sich im Bett gewälzt und gesagt, schießt doch auf mich, aber natürlich ist keiner auf die Idee gekommen, sie kalt zu machen. Sie hielt die Friedenszeit für so wertlos, daß sie nicht mal in die Sauna gehn wollte.

Wie dann Impis Muskeln schrumpften und der Bartflaum schwand, kriegten ihre Titten wieder die Rundungen, die sie vor dem Krieg hatten, die Beckenknochen kamen wieder zum Vorschein, und die Hüften warn wieder da, wo sie hingehörten. Eines Tages kam der Eifer über sie, und sie schleppte sich in den Salon auf den lederbezogenen Großvaterstuhl. Sie wippte hin und her und dachte bestimmt an einen Strick und eine schwedische Margarinekiste. Da klopft einer an die Tür, das Mädchen dreht den Kopf, und der Herr kommt rein. Er setzt sich neben sie, guckt komisch aus dem Fenster, und das Mädchen auf den Teppich aus Persien. Beide sind sie stumm. Aber dann passierts. Im Reeder wird der Teufel dermaßen groß, daß er aufspringt und anfängt, wütend zu predigen. Impi Agafiina zuckt zusammen und ist bald munter wie ein eierloser Kater, der ins Eismeer getunkt worden ist. Der Herr hat so ein Schurkengesicht auf, wie er mit scheppernder Stimme über das internationale Kapital losdonnert, das jetzt über alle Grenzen aller Länder strömt wie der Lachs den Teno hoch bis Varankivuono, und daß sich morgen die Warenströme überhaupt nicht mehr um das Zollsystem kümmern, und wie die Weltbank dann zur einzigen und alleinigen Regierung der Welt wird.

Ich hörte mir das mit schiefem Kopf an und dachte, das ist sie ja schon. Die Impi Agafiina hat nichts gesagt, aber ich konnte sehn, daß sie weiß wurde wie Dickmilch. Derweil wurde die Predigt nur immer länger und breiter, sprang auf den Negerkontinent, besuchte den Mond und drehte eine Runde über Amerika zurück nach Finnland. An dem Punkt, wo der Herr sich ein Geldnetz ausmalte, das den gesamten Erdkreis umfaßt, da spuckte er mittendrin plötzlich solche Wörter aus, daß die Tochter, die glatt wie ein See war, auf der Stelle anschwoll wie der Berg Sinai. Der Herr donnerte nämlich los, du bist ein Schmarotzer, den wir umsonst in die Welt gesetzt und in die Zivilisation erhoben haben. Und daß er schon lang auf den passenden Moment gewartet hat, das mal aufs Tapet zu bringen. Wie er alles rausgelassen hatte, plumpste er auf den Stuhl und japste nach Luft wie eine wasserfrische Brachse auf den Bootsplanken.

Dann entstand eine Pause wie eine Luftblase, aber nicht lang, da spürte die Impi Agafiina an ihrem Herzen einen Griff, daß sie glaubte, jetzt gehn die Lichter im Salon aus. Sind sie nicht, aber die Seele des

Mädchens wurde vom Grauen des räudigen Hundes gepackt. Sie schoß hoch, sah nach, ob beim Herrn der Atem geht und das Herz noch tickt, überließ ihn dann sich selbst und machte sich davon. Sie spürte einen derartigen Lebenswillen in sich, so viel Kraft und Schwung, als ob die Predigt einen neuen Menschen aus ihr gemacht hätte. Sie eilte zur Kammer vom Kurtén Jalmari, der grad von den Fußeisen losgekommen war, aber sicherheitshalber noch die Hände zusammengebunden hatte.

Der Jalmari erschrak dermaßen, daß ihm das Herz stehenblieb, aber die Impi Agafiina kümmerte sich nicht drum, schnappte sich aus dem offenen Waffenschrank ein kleines Schießeisen und richtete den Lauf auf den Kopf des alten Chauffeurs. Mit der Waffe drohend, zwang sie ihn in die Garage und befahl ihm, sich auf den Beifahrersitz zu setzen. Sie selbst setzte sich auf den Chauffeursplatz, weil ein gefesselter Mann hinterm Lenkrad nicht günstig ist.

Der Grund war einfach der, daß die Impi Agafiina den Jalmari brauchte, um das Dorf zu finden, aus dem er sie einst geholt hatte.

Der Jalmari wehrte sich nicht. Spät am Abend kamen sie zum Hof vom Kaaprili, und Jalmari schlug vor, beim Bauern zu übernachten, aber die Impi Agafiina hielt den Vorschlag für ein Hirngespinst, und so schlug sich das in jeder Hinsicht ungleiche Paar durch die düstere und bombastische Wildnis und kam im Morgengrauen an einen sumpfigen Feldrand, von wo aus sie eine bemooste, abgewetzte Hütte sehen konnten.

impi agafiina: Wir standen vor der zusammengefallenen Hütte, und Kurtén senkte den Blick.

Ich kann nicht sagen, ob ich erschüttert war oder

froh, als ich die Behausung am elendsten Ort der Welt sah. Ich betrat den fensterlosen Stall, und da lagen ein Mann und eine Frau in der stinkenden Hitze. Ich sah ein, daß ich am letzten unzivilisierten Herd Europas angelangt war. Mein Kopf war voller widersprüchlicher Gedanken. Ich schluckste und mein Herz klopfte wie am jüngsten Tag.

Wie ich so ging, dachte ich, wenn ich beim Kriegsverbrecherprozeß nicht zum Tod verurteilt werde, dann zieh ich in die Welt.

Ich wollte alles Wissen ausfindig machen, mit dem ich meine Vorfahren aus dem unzivilisierten Dreck auf das Niveau der rechten Geistesbildung heben könnte.

Zur selben Zeit, aber anderswo

Im selben Augenblick, als Impi Agafiina und Jalmar Kurtén der bemoosten Hütte den Rücken kehrten, wurde der von der Front zurückkehrende Pionierfähnrich Sarmo von einem Bus mit Holzvergaser, der eine Gruppe Unterhaltungskünstler beförderte, überfahren. Er war sofort tot.

Der Inhalt von Sarmos Tornister

1 neusilberne Tabaksdose mit der Gravur C-I L-g.
2 mit getrockneten Rosenblättern parfümierte Herren(sommer)garnituren
1 photographisches Werk »Ideale Nacktheit«
4 Zeitschriften »Die Schönheit«
2 Zeitschriften »Die Insel«
1 Zeitschrift »Vivre«; auf dem Titelblatt eine nackte

Frau (mit der Bildunterschrift »Mlle Geneviève IONE, de l'Opéra, est une fervente naturiste«), der ein männliches Geschlechtsorgan hinzugefügt worden ist

6 Fußlappen
17 Sorsakoski-Besteckteile
1 ärztliches Attest mit der Diagnose »syphilis maligna«
1 Rezept für Salvarsaninjektionen
1 Dose Vaselin
3 Flaschen Eau de Cologne
2 Dosen Haarpomade
1 Paar goldene Manschettenknöpfe mit der Gravur E.W.
5 Ringe aus Birkenrinde
1 Gedichtband mit dem Titel »Späne im Schnee« von V.A. Koskenniemi
1 Brief, adressiert an eine Person namens Signe Säppi

SARMOS NACHGELASSENER BRIEF AN SIGNE SÄPPI

Meine liebe Signe

Wenn ich einmal sterbe, habe ich nichts auf dem Herzen. Ich lasse diese herrliche, ruhelose Welt ausgesprochen gesättigt hinter mir und wende meine geringen Gedanken Petrus zu, der mich bereits an der Himmelspforte erwartet.

EWIG DEIN
SARMO

Die Leute vom Aapamoor kehren
von der Front zurück

juho gabriel: Ich nehm den Wagen und fahr zum Laden, Salz kaufen. Dort auf der Treppe sitzen ein paar Männer mit Soldatenkleidern an. Der Eino hat einen blutigen Kopf, der Tuomas nur ein Bein, und der Rauno hustet wie krank. Keiner sagt was. Ich auch nicht. Ich geh in den Laden, schluck den Kloß im Hals runter und hau das Geld auf den Tisch. Ich spring auf den Karren und fahr wieder heim. Zwischendurch sing ich, »die Nacht ist dunkel, heulend fliegen die Kugeln«.

Leben um Leben, Auge um Auge,
Zahn um Zahn, Hand um Hand, Bein
um Bein, Verbrennung um Verbrennung,
Wunde um Wunde, blauer Fleck
um blauer Fleck

mikri vuoma: Wie der Prozeß anfing, war die Impi Agafiina voll von sich selbst wie eine frischgedeckte junge Kuh. Irgendwas hatte sie sich vorgenommen, aber sie hat niemand was davon gesagt.

Der Gerichtsraum war kalt wie ein Stall für Postpferde, und da brannten dermaßen blanke Lichter, daß einer, der verqualmte Verschläge gewohnt war, glaubte, er tritt unter die Himmelspforte. Ein Dienstbote hatte zwei Stapel Papier auf einem Tisch aufgeschichtet. Das warn also die Kriegsverbrecherakten über die Impi Agafiina. Auf dem einen Stapel warn Briefe von ihr, Erklärungen von Herrschaften und irgendwelche vergilbten Papiere, von irgendwelchen Artilleristen unterschrieben, wo drinstand, daß das Mädchen schwer am Metzeln gewesen war. Auf dem anderen Stapel warn Tonbänder, die von der Gegenspionage an der Front aufgenommen worden warn, und wo die Impi Agafiina genauso donnernd zum Krieg aufrief wie der Russe Tiltu. Außerdem lagen da Zeitungsartikel, die die Impi Agafiina zusammengeschmiert hatte, und wo die Russen ins tausendjährige Höllenfeuer verdammt und die Deutschen hoch in den Himmel gehoben wurden.

In dem weiten Saal warn außer dem Richter, den Herrschaften, der Anklägerin, der Angeklagten und dem Advokat der Angeklagten die zänkischen Gebrüder Klaapu, der harte Bärenjäger Jussa Holma, die häßliche Hexe Kusto Päski, der vollblütige Klotz Matti Könä das kleine dicke Trampeltier Aagot Könä, das erste Weib, das aus dem Süden hier in die Gegend gekommen war, die Juusefiina Perttula, der ungetaufte haarige Heide Anttuuna Akankivi, der Kokko Jaakko aus Kokkola, die Signe Säppi sowie die große Lottageneralin, so ein rundliches Weib mit Hängefleisch, deren Name mir nicht in den Sinn kommt.

Und dann läuteten auch schon die Kirchenglocken, und die Anklägerin donnerte los.

Die kläffte mit ihrem Schwedenmaul rum wie Barabbas am Berg Golgatha. Auch unsereiner bekam allmählich das Gefühl, die singt die arme Impi noch ins nächste Sumpfloch, und mir ist richtig das Wasser in die Augen gestiegen. Die Gesetzesgelehrte ruderte und fuchtelte, zischte und fauchte. Niemand sonst kam zu Wort, und selbst die Herrschaften haben sich mit der Zeit flachgelegt.

Ich biß in ein Butterbrot und schnitt mir ein paar Scheiben Trockenfleisch ab. Und dann hab ich wohl ein kleines Nickerchen gemacht. Wie ich wieder hochgeschreckt bin, sah ich, daß die Impi Agafiina nicht mehr von sich eingenommen dasaß, sondern stotterte und brabbelte, mit der rechten Hand wedelte und mit der linken Hand, das Mädchen war ein einziger Trauerkloß.

»Wenn schon Michaeli auf einen Werktag fällt«, brummte ich, aber niemand hat mich gehört.

Da jammerte unsere Kriegsheldin vor den Füßen der Anklägerin. Zwischendurch bereute sie alles, was sie in ihrem Leben getan hatte, verspottete alles, was sie gesagt hatte, machte jeden ihrer Gedanken schlecht und schwor schließlich Stein und Bein, daß die Russen gut sind, zumindest in Butter gebraten, und die Deutschen schlecht, falls man sie im Teerkessel ertränkt. Die Anklägerin, die schon seit Jahrn halb vertrocknet war, guckte mit Stielaugen auf die vollen Knie und die breiten Hüften von der Impi Agafiina. Und das war noch nicht alles. Das Mädchen war außer sich und stürzte vor diesem Anklägerweib auf die Knie in eine verrückte Gebetshaltung und wisperte der so leise ins Ohr, daß nicht mal der Richter was gehört hat.

Wie ich sie anschließend fragte, was sie dem alten Weib eigentlich ins Ohr geplappert hat, da sagte sie, sie hat sich von all ihrem Schmerz erleichtert.

Diese außergewöhnliche Messe erreichte ihren Gipfel, als Impi Agafiina den finnischen Staat um das härtest mögliche Urteil anflehte und dann auch noch so laut wies ging rief, daß sie nur durch den Tod ihren Landesverrat sühnen kann. »Schlachtet mich!« juchzte sie, wie ich gerade dabei war, die Rosenstöcke an der Ostseite vom Gerichtshaus zu bewässern.

Wie ich mit den letzten Tropfen auf dem Hosenbein in den Saal zurückkam, hörte ich, wie die knochige Anklägerin der Impi Agafiina befahl, vom kalten Boden aufzustehn.

Das Mädchen weigerte sich. Mit zitternder Stimme beantragte sie die öffentliche Hinrichtung. Die Anklägerin dachte ein Weilchen nach, streckte dann gerührt die Hand aus, half der Angeklagten hoch und küßte sie lang und demütig auf die Stirn. Dann drehte sie sich um und meinte mit Geräusper, sie, die sie die Wahrheit und die Gerechtigkeit über alles liebt, kann dem finnischen Volk und der Aufsichtskommission versichern, daß diese Frau, Impi Agafiina, in ihrem Leben genug hat leiden müssen und deshalb im Namen des Volkes, der Regierung und des Präsidenten von allen Anklagen Abstand genommen wird, Amen.

6. *buch*

Vorwärts! Vorwärts! denn ans Vergangene wird nicht mehr gedacht. – Peni stirbt. – Geh nach Westen, junger Mann. – Homo sovieticus. – Genossen! Der Stahl wird hart werden, und die karge Steppe wird sich in goldgelbe, genossenschaftliche Ährenfelder verwandeln. – Impi Agafiina wird Heldin der sozialistischen Arbeit. – Juho Gabriel sieht ein nächtliches Gespenst, das mehr an die Meerkatze Diana erinnert als an einen Menschen.

Das Dreschen des Wintergetreides

juho gabriel: Im August, September schneid ich das Getreide, bind es und hock es auf und brings vorm Regen in Sicherheit.

Dann im Spätherbst steh ich viele Stunden vorm Sonnenaufgang auf und geh zum Feldrand gucken, ob das Getreide getrocknet ist.

Es ist dick und bröselig, und ich sag zu mir selbst, jetzt aber nix wie ans Dreschen.

Eines Morgens kommen Leute auf den Hof, und die Gummistiefel poltern auf der Treppe. Die Ankömmlinge sind keine lahmarschigen Dürrlinge aus dem Süden, sondern flinke Zweibeiner aus dem hohen Norden. Die Männer aus dem Aapamoor, die Drecknasen, kommen mit Pferden und Pferdekarren, und die Männer aus dem Dorf singen schon, bevor sie auf dem Hof sind. Durchs Fenster seh ich, wie die Männer richtig bereit zum Schaffen sind. Da denkt man nicht ans Teerfeuer und nicht ans Bett aus Fichtenreiser.

Ich mach mich schnell auf den Hof, die Ankömmlinge zu begrüßen, und lad sie in die Stube, damit sie Kaffee trinken und die Hausgaben essen. Alle möglichen Männer sind dabei. Der Hunde-Jaska, der baut sein Leben nur auf Träume und schwadroniert, daß ihm der weiße Schaum aus den Mundwinkeln kommt, wir sind Männer und keine Schlappschwänze wie die Herrn aus dem Süden. Ich kümmer mich nicht um sein Gequatsche, weil ich an so viele andere Sachen denken muß. Ich muß in der Darre Holz nachlegen und noch mehr Hausbier aus dem Keller holen.

Die aus dem Moor gehörn zu den Roten, die am Anfang vom Krieg fahnenflüchtig warn, aber erwischt, ausgepeitscht und gewaltsam an die Front geschickt worden sind. Ich sag zu den Männern, jetzt fängt der Drescher an zu brummen. Die Männer springen vom Tisch auf, daß die Salzheringe auf den Boden fliegen. Im Sturmschritt machen sie sich aufs Feld.

Die aus dem Moor springen auf den Pferdekarren und sprengen davon, die Getreidefracht zu holen. Die aus dem Dorf stellen sich auf ihren Platz vor dem Drescher. Einer am Einfüllbrett, einer, der die Säcke vors richtige Rohr stellt, einer, der die vollen Säcke auf den Pferdekarren hebt, und so weiter. Da werden Männer gebraucht, und keiner ist unwichtig. Da sausen die geäderten Hände, und der salzige Schweiß glänzt.

Zuerst wird gedroschen, und dann wird das gedroschene Getreide zum Trocknen in die Darre gebracht.

Bald nach dem Mittag liegen die ersten Körner hübsch in Haufen auf dem blanken Boden. Da warten sie drauf, eingesackt und in den Speicher getragen zu werden. Wie wir die letzten Körner gedarrt haben, setzen wir die Darrenpolka drauf. Wie da die Schuhe zu hörn sind, wo der Boden doch aus Lehm gemacht ist!

Ich hol einen Armvoll Schnapsflaschen, wir genehmigen uns einen. Die Moormänner sind noch drin, weil sie sicherheitshalber nochmal gucken wollen, ob die Arbeit auch fertig ist. Die Dorfmänner gluckern den Schnaps auf der Treppe und sind müßig, als die Moormänner plötzlich schnaubend herausgestürzt kommen. Die Dorfmänner werfen die Fuselflaschen im hohen Bogen ins Kraut und rennen den Moormänner hinterher, und ich natürlich auch.

Auf dem Feld kommts zu einer furchtbaren Rauferei. Ich bin allen zwischen den Füßen, weil ich eigentlich zu keiner Bande dazugehör. Mal ziehen mich die Moormänner am Hosenbein, mal packen mich die Dorfmänner am Hemd. Das ist ein Gewimmel und Gezänk und Geschrei, daß selbst die Pferde lachen müssen.

Nackt ringen wir da auf dem Hof, mit blutigen Köpfen, zwischen den Hunden, einem mausetoten Auerhuhn, Hühnern, Pferden und Katzen und kitzeln uns gegenseitig.

Da raschelts und zischelts im Wald, und wie. Die nackigen Moormänner versuchen, vor den Dorfmännern in die Darrensauna zu kommen, aber die Dorfmänner lassen sie nicht. Da kommts zu einem neuen Tumult, weil sie die Moormänner zwischen den Beinen packen, und die Moormänner fangen dermaßen an zu lachen, daß der Lärm bis ans andere Ufer vom See fliegt, von wo ihn das Echo zurück auf den Hof poltern läßt.

Das Grapschen und Kichern unter den rauschenden Föhren dauert so lang, bis alle, einer nach dem andern, hinter der Sauna verschwinden. Nach einer Weile kommen die Moormänner mit leuchtenden Augen und das Mundwerk verzogen zurück und marschiern mit breiter Brust in die Sauna. Die Dorfmänner kommen nach den Moormännern aus dem Versteck und sehen richtig schlaff aus. Wir trinken auf den Pritschen den Schnaps und machen kräftige Aufgüsse. Da geht ein schweres Prusten und Ächzen durch die Sauna.

Wie wir uns zwischendurch draußen abkühlen, seh ich, wie die Hunde mit Schaum vorm Maul die zerrissenen Klamotten von den Männern rumschleifen. Die ganze Nacht sitzen wir in der Sauna und trinken Schnaps. Zwischendurch gehn wir in die Stube und essen die Darrengrütze und Rentierfleisch und unterhalten uns gemütlich. In der erstbesten Ecke machen wir ein Schläfchen und saufen gleich weiter, wenn wir wieder wach werden.

Wenn wir mit dem Saufen fertig sind, sacken wir das Getreide ein. Wir machen einen Sackträgerwettbewerb. Das geht so, daß die Bande gewinnt, die mehr und schneller Säcke von der Darre in den Speicher trägt.

Anfang Oktober ist dann das ganze Getreide im Speicher in Sicherheit vor dem Winter, und die Männer gehn heim. Ich bedank mich bei ihnen und sie sich bei mir, und alle sind richtig zufrieden. Sie versprechen, nächstes Jahr wiederzukommen.

Impi Agafiina riecht, woher an der geistigen Front der Wind weht

impi agafiina: Ich ließ mich nach dem Krieg nicht vom Alltagsleben abstumpfen. Ich stand auf, verschlang ein Frühstück und machte mir Gedanken über die Weltangelegenheiten. Ich trennte die Spreu vom Weizen und erkannte, daß mich auch nach Kriegsende immer noch das Leben reizte, das Handeln, die Welt der Dinge.

Ich packte die Reise-Apotheke mit Impfstoffen gegen Cholera und Ungeziefer in den Koffer, denn ich wollte mit eigenen Augen sehn, was für ein Staat und für ein Volk uns Finnen da geschlagen hatte. Schon während des Kriegs hatte ich gesehn, wie interessiert die Bolschewiken an großen Maschinen und allen möglichen Apparaturen warn, die Tag und Nacht das unendliche Förderband der sozialistischen Produktion in Betrieb hielten. Ich ging nach Moskau, um zu lernen. Ich wollte das Erfolgsgeheimnis haben, all das Wissen und die Kunst, die das finnische Volk und vor allem meine nördliche Heimat gebrauchen konnte, um sich zu den Kulturvölkern aufzuschwingen.

Gestern weiße Schlächterin, heute eine Rote

mikri vuoma: Ich konnte nicht begreifen, wieso eine, die den ganzen Krieg als weiße Schlächterin durchlebt hat, zu den Roten nach Rußland wollte.

Grad war der Krieg vorbei, und der russische Räubergestank lag noch über Finnland, aber die hatte nichts im Kopf, wie eine Herde von Rotznasen aus aller Welt um sich zu versammeln, die bereit warn, die Grenze zum roten Paradies zu überschreiten. Da war die Bäckerin Pirkitta Kyyriläinen. Die hatte ihren Alten im Krieg verlorn und wollte jetzt rauskriegen, wer ihn umgebracht hat, und sich bedanken. Da war der Goldschmied Eemi Paatunu. Der hatte im Krieg den Kopf verlorn und wollte ihn von der Karelischen Landenge zurückholen. Da war der Rote Vilppu Käpy. Der hatte vom Krieg die Schnauze voll und wollte ins Reich der Werktätigen, wo Kriege unbekannt sind. Da war der Stallbursche Lennartti Rinta-Opas, aus dem im Krieg ein Roter geworden war. Da war die Köchin Saima Kotasenpalo. Die hatte in irgendeiner Illustrierten einen borstigen Schnurrbart gesehn und wollte ihn mit eigenen Händen anfassen. Da war die in Zungen sprechende Varvara Aleksandrowna, die im Krieg zum Spioniern nach Finnland gekommen und geschnappt worden war. Grade noch rechtzeitig vor dem Hungertod hatte sie aus einem KZ, das von Leuten aus Savo betrieben wurde, türmen können. Während des lappischen Krieges hatte sie sich im Heuschober vom roten Svante versteckt und streckte nach dem Krieg gleich wieder den Schnabel raus, so wie es die Sieger immer machen. Als letzter kam der Ammos Väkärä mit seiner runzelgesichtigen Alten hinter dem Ofen raus. Das war ein nichtsnutziger Säufer, der schon mehr als einmal im Bau gesessen hatte und jetzt in Stalins Land wollte, weil er gehört hatte, dort ist alles umsonst, und wer nicht will, braucht nicht zu arbeiten. Außer denen nahm das Mädchen ein paar fette Mägde mit, einen Deutschen, der sich als Alpenjäger durchgeschlagen hatte, weil er ins Horn blasen konnte, einen französischen Augenarzt und fünf Knechte aus Ostbottnien, denen das Hüfteisen an der Seite baumelte.

Die aus dreiundzwanzig Menschenkindern zusammengewürfelte Horde brach dann ein paar Tage vor Weihnachten in Richtung russische Grenze auf. Die halbe Stadt versammelte sich am Gut des Reeders, um zuzuschaun. Mit einer Kaninchenfellmütze auf dem Kopf hielt der Herr Reeder mitten im Schnee eine Rede. Er sagte, jetzt, Kind, hast du dir was in den Kopf gesetzt, daß du in dieses Haus nicht mehr zurückzukommen brauchst, und die Frau schluchzte wie ein Viech, weil sie sich so dafür schämte, eine schmutzige Rote großgezogen zu haben, ohne es zu wissen.

Nach den Reden stieg die Rotte auf die Schlitten. In dem Moment, wo sich die Pferde in Bewegung setzten, fing es heftig an zu schnein, und die ganze Stadt verschwand im Schneegestöber.

Der eiserne Vorhang öffnet sich

impi agafiina: Wir kamen an ein kleines Haus, und ich sagte meinen Leuten, wartet hier, ich geh die Lage peilen. Im Haus saß ein Vater mit seiner schönen Tochter. Ich sagte, ich bin auf dem Weg in die Union der Sozialistischen Sowjetstaaten und will die Grenze im Wald überquern, sozusagen in aller Heimlichkeit vor den Grenzwächtern beider Gesellschaftssysteme.

Der Hausherr sagte, ich soll mich setzen. Er schwieg, rauchte ein Pfeifchen und sagte dann, am besten, ich geh im Dunkeln über die Grenze.

Mitten in der Nacht kamen wir ins Grenzgebiet, und merkten, daß vor uns ein fünfzehn Meter hoher Stacheldrahtzaun war.

Die Knechte aus Kauhava sind nicht einfach tatenlos stehengeblieben, sondern schnitten eine Öffnung in den Zaun, durch die ein Pferd durchpaßte. Wir kamen auf ein gut drei Kilometer breites, dichtbewaldetes Gebiet, das niemandem gehörte. Geschickt durchquerten wir den düsteren Streckenabschnitt, es war still, und die Mitternacht deckte alles zu.

Dann erreichten wir die Grenze der großen und mächtigen Sowjetunion, und was wir da sahen, war enorm. Statt hellem russischem Birkenwald war da aus dickem gehärtetem Stahl eine Mauer zusammengeschweißt worden, acht Meter hoch. Ich schickte Kundschafter nach Norden und nach Süden, um zu prüfen, wie lang die Mauer war. Die Kundschafter machten sich auf die Socken, und wir anderen zündeten Feuer an. Wir erzählten uns alle möglichen Geschichten. Keiner hat sie aufgeschrieben, obwohl sich das bestimmt rentiert hätte. Nach ein paar Stunden kamen die Kundschafter zurück und sagten, die Mauer erstreckt sich vom Eismeer bis zum Finnischen Meerbusen. Ich nahm den Russen ihren plumpen Trick ziemlich krumm und dachte mir, ich hab mich auch vorher nicht von Eisen aufhalten lassen, und befahl den Knechten, mit der Eisensäge ein Loch hineinzusägen.

Eine Kleinigkeit war das nicht, die Erfindung der Russen war knapp dreißig Zentimeter dick. Zwei ganze Tage gingen für das Sägen drauf.

In dieser Zeit genoß ich das Lagerleben: Ich schlief in einem Unterstand, las Valentin Ovetskis Roman »Grüße von der Front«, spielte mit dem Goldschmied Domino und angelte Forellen aus einem Waldbach, die ich dann über dem Feuer röstete.

Wie das Loch fertig war, schoben wir uns durch

und warn auf der Seite des Sozialismus. Wir rückten ein paar Kilometer vor, bis zur ersten Grenzstation. Die war moosgrün, und auf dem Dach blinkte ein roter Stern. Aus dem Schornstein schmauchte friedlich der Rauch. Ein Teil von meiner Bande geriet bei diesem Anblick in heftige Verzückung. Der Ammos mit seinem Weib und Varvara Aleksandrowna, die in Petroskoi ausgebildetete russische Spionin, die uns als Dolmetscherin dienen sollte, rannten wie die Bekloppten auf die Hütte zu. Danach hab ich sie nicht mehr gesehn.

Wir andern zogen weiter, um nicht wegen unerlaubten Eindringens ins Land geschnappt zu werden. Ich wollte an meinem Inkognito festhalten, weil das die einzige Strategie ist, wenn man alles über ein neues Land und eine fremde Kultur lernen will.

Unterwegs hielten wir zigmal an, erkundeten die Landschaft, vermaßen Brücken, machten Notizen über den Zustand der Straßen, über die Flora sowie über die Stromleitungen, wir redeten jeden an, der uns über den Weg lief, und fragten die Leute über alles mögliche aus. Immer wenn wir in ein kleines Dorf kamen, wurden die Bewohner schweigsam, ungefähr so wie bei unsicheren Kantonisten, und grad deshalb brauchten wir sie bloß mit unseren Flinten zu bedrohen, und schon bekamen wir aus ihnen raus, was wir wollten.

In Viipuri wurden wir mit Ehrensalut empfangen. Danach gehörten nur noch die träge Magd aus Häme und ein strammer Knecht aus Kauhava zu meiner Truppe.

Wir gingen direkt zum Markt. Ich versuchte, mit den Leuten zu sprechen, aber leider waren Unterhaltungen dort nicht mehr im Angebot. Die Markttische waren prall voll mit Wassermelonen, Kohlköpfen, Käselaiben, Fleisch, Äpfel, Kaviar und großen Speckklumpen. Ich verkaufte die Pferde, und wir spazierten zum Bahnhof. Nach den Bombardierungen sah das Bahnhofsgebäude ziemlich trostlos aus. Ich suchte nach dem Speisesaal für die erste Klasse, aber sowas gab es nicht. An der einzigen heilen Wand der Bahnhofshalle baumelte schief ein stümperhaftes Bild von Lenin, um das jemand einen roten Stoffetzen gewickelt hatte. Ich bemerkte, daß ziemlich viele heruntergekommene Gestalten mit zerrissenen Bastschuhen an den Füßen und großen Rucksäcken auf dem Buckel und auf der Brust vor dem Bild das Kreuzzeichen machten.

Wir stiegen in den Zug nach Leningrad. Durch das Zugfenster sah ich, daß beim Lokschuppen über hundert alte Omas dabei warn, aus Geröll einen neuen Rangierbahnhof zu bauen. Der Zug röchelte los. Ein ziemlich revolutionäres Reisen war das, eine Stunde wurde gefahrn und zwei gestanden. Die Waggons warn sauber, und im Restaurant gab es alles, was ein Mensch im Zug essen will. Wie ich da so saß und an einem süßen Sowjetochsenfilet kaute, da dachte ich mir, bestimmt bin ich in eine Potemkinsche Kulisse reingeraten.

So reizend zauste der Polarkreiswind die Birkenwälder, und der Zug sauste auf die Stadt Lenins zu. Wir kamen heil ans Ziel, aber die Stadt war ein einziger Trümmerhaufen, die Frauen hatten sich viel zu dick angemalt, und ich sehnte mich schon am ersten Tag in die nördliche Reinheit zurück. Auf dem Nevski Prospekt herrschte dieselbe Atmosphäre wie im Wartesaal der dritten Klasse. Herdenweise liefen die Nutten rum, auf der Suche nach soldatischer Kundschaft. Ein Strolch, dem ein kaum dreizehnjähriges Flittchen am Arm hing, hatte sich mit einem Kopierstift Leutnantssterne auf die Schulterklappen gemalt. Das Holzpflaster war voller Löcher, die Häuserwände schwarz vor Geschoßspuren, die Fenster waren mit Brettern vernagelt. Sämtliche Häuser sahen schief aus, die ganze Zeit durchkämmten Scheinwerfer den Himmel, und mir war ganz beklommen zumute.

Eines Nachmittags, wie es in der Brust so richtig drückte, da dachte ich, ich geh ins Restaurant vom Astoria-Hotel und trink hundert Gramm Wodka, wenns bloß hilft. Unterwegs kam ich an einer verrußten Fabrik vorbei, um die herum ein ganzer Haufen Kneipen entstanden war: die Piwnaja Strigulin, das Restaurant Smirnow, der Klub Rasputin und eine Menge staatlicher Schnapsläden. Südöstlich vom Hotel Europeijskaja, an der Ecke vom Akvarium, zwischen zwei Brotläden eingequetscht, stieß ich auf einen ingermanländischen Soldaten der Roten Armee. Ich quatschte mit ihm und vergaß komplett, daß ich auf dem Weg ins Hotel Astoria war. Er erklärte mir, wie Stalins Männer das Volk in Ordnung brachten, die Menschen zwangen, die scharfen Ausnahmezustandsbestimmungen zu befolgen und strenge Arbeitsdisziplin zu halten. Daß jeder Funke von Opposition und Irrgläubigkeit sofort erstickt wurde. Dieser Ingermanländer sagte, Stalin hätte die Industrialisierung der östlichsten Gebiete vorangetrieben. Die Länder hinter Wolga und Ural – jene, wo sich nach den deutschen Angriffen die Arsenale der Roten Armee befanden – warn zum Rückhalt für den Wiederaufbau der sowjetischen Volkswirtschaft geworden.

Ich dankte dem Mann, gab ihm eine Handvoll Zucker und eine finnische Illustrierte, wo die Wahrheit über den Krieg drinstand.

Zwei Tage später kam die Magd aus der Provinz Häme in Schwierigkeiten und später nach Sibirien.

Der Knecht aus Kauhava folgte mir treu bis vor die Tore Moskaus, kam aber nie ans Ziel. Er wurde an einem Ecktisch im Café Oktjapri als Spion festgenommen, und zwar gerade als er sich das erste und letzte, wenn auch trockene, Brot mit schwarzem Kaviar in den Mund schieben wollte.

Am Bahnhof von Moskau war es stockfinster, und es goß in Strömen. In exotischer Gesellschaft drängte ich mich zum Ausgang. Da waren Krimtataren, Chinesen, Kirgisen, Zigeuner und Russen. Ich holte die Ungezieferpulverdose aus meiner Handtasche und stäubte mich ordentlich ein. Von allen Seiten bedrängten einen die Bettler. Milizionäre mit Revolvern liefen zwischen barfüßigen, Schafe hinter sich her zerrenden Bauern herum. Ehrlich gesagt, mich schauderte. Ich blieb genau so lange am Bahnhof, wie man braucht, um die Vetsernaja Moskwa, die Prawda, die Vjestnik Petrosowjeta und die Ekonomitjetskaja Gazeta sowie einen Stadtplan zu kaufen. In der Vjestnik Petrosowjetskaja las ich einen Artikel über ein Zugunglück. Der Zug war von den Schienen gekippt, und tausend Menschen waren gestorben, die Schienen wurden untersucht, und man stellte fest, daß die Muttern losgedreht waren. Die Angelegenheit wurde aufgeklärt und der Schuldige gefunden. Man hat den Grund für seine Tat aus ihm herausgequetscht: Er hatte neue Gewichte für seine Fischnetze gebraucht, weil der Nachbar die alten geklaut hatte.

Ich warf die Zeitung weg. Um mir in aller Ruhe den Stadtplan anzugucken, versteckte ich mich hinter einem Kamel, das aus dem Zirkus abgehauen war. Mir fiel auf, daß die Straßen sternförmig angeordnet warn. Das war gut, weil es dann unmöglich ist, sich zu verlaufen. Sollte ich zufällig meinetwegen den Nordosten verlieren, dann würde ich einfach einen Ameisenhaufen suchen und gucken, auf welche Seite vom Baum er gebaut ist oder in welche Richtung die Bartflechte am Baumstamm wächst. Sollte das nicht funktioniern, würde ich trotzdem die Ruhe der lappischen Wälder wahren.

Auf dem Plan fand ich die Gorkistraße, die ehemalige Tverskaja, und das Hotel Lux, das ehemalige Filippow.

Ich besorgte mir ein Taxi, eins, das vertrauenerweckend aussah. Groß und breit setzte ich mich auf den Rücksitz und dachte, es geht gleich los. Aber nein. Der Fahrer machte sich an seinem Schrottauto zu schaffen und erklärte, er muß neue Schrauben für die gestohlenen hinmachen und außerdem ein paar Benzinschieber bestechen, damit er genügend Sprit kriegt.

Ich nickte bloß, weil ich es nicht eilig hatte, und sah gleichzeitig den kleinen barfüßigen Jungen zu, die den vollgepropften Straßenbahnwagen und Trolleybussen auswichen. Ich betrachtete den Himmel voller vergoldeter Kirchenkuppeln, zankende Dohlen und einen Schweinekoben, der auf einen Balkon im fünften Stock gehievt worden war. An der Ecke von Sadowo-Triumfalnaja und Katsalowstraße hing ein großformatiges Plakat, auf dem allen Angehörigen des Volkes befohlen wurde, auf dem Roten Platz zusammenzukommen, um der Rede zu lauschen, die der Große Vorsitzende, der Marschall der Sowjetunion, Genosse Josef Stalin am Jahrestag der Großen Sozialistischen Oktoberrevolution halten würde.

Gegen Abend zwängte sich der Fahrer hinters Steuer, und schon gings los. Durch das beschlagene Fenster sah ich mir das neue Moskau an, das mit hohem Tempo rund um die zerstörte Industrie am Entstehen war. Auf den Straßen liefen dürre Kühe rum, Pferde trabten über die Plätze und durch die Anlagen, und überall sah ich lange Reihen von Gefangenen in Leinensäcken. Die wankten auf den Bahnhof des Ostens zu, den Gefangenenlagern und Stalins toter Eisenbahn entgegen.

Auf dem Nikitski Boulevard bemerkte ich, daß die Straßen in fürchterlichem Zustand warn. Das Holzpflaster war aufgerissen worden, um Brennholz zu kriegen. Auf der Fahrbahn wanderten buckelige Bauern herum, rausgeputzte Frauen mit viel zu kurzen Röcken, hinterasiatische Parteifunktionäre in Lederzeug, die Sonnenblumenkerne ausspuckten, Soldaten und Herren, die auch schon mal bessere Tage gesehen hatten, Professoren und abgehalfterte Lehrer.

Heftig hüpfte der graue Popeda von einem Schlagloch ins nächste, und seine Holzteile knarzten wie ausgetrocknete Lederschuhe. Am Rand der verwüsteten Straßen schwankten von Kugeln gespickte Häuserkadaver, und einige waren gerade dabei zusammenzufallen. Aus dem besonders häßlichen Marski-Feld hatte die Revolution einen schönen kleinen Park gemacht. In der Straße dahinter kauerten Omas im Dunkeln und klopften Steine, genau wie in Leningrad. Auf den Baustellen sah ich Arbeitsbataillone, nur aus Frauen. Ich roch, hier war die Diziplin straff, und mein Fahrer bestätigte die Vermutung. Hier konnte ein Arbeiter bloß wegen Brotkrümelklauen »nach links« geschickt werden.

Ich sagte zu diesem Pawel Kortsagin – so hieß der Fahrer – , fahr mich ins Hotel Lux, und zwar sofort, ich halts nicht mehr aus, mir so viel russische Verrücktheit anzugucken. Er sagte *zaftra* und brachte mich in irgendeine Volkskneipe, wo er mir seine Lebensgeschichte erzählte. Sein Vater war seinerzeit Pawlowscher Offizier gewesen, und er dadurch der letzte noch lebende Sproß eines verarmten Nowgoroder Adelsgeschlechts. Von seiner Ausbildung her war er Straßenbauingenieur, und vor den Säuberungen von 1934 Dekan an der Universität von Lomonosov gewesen. Bei der Säuberung wurde er wegen seiner Abstammung aus dem Amt entfernt und zur Arbeit am Taxistand abkommandiert.

Ich hab den Mann weder getröstet noch bedauert. Schließlich stand er gut im Futter und war gesund.

Ich quartierte mich im Hotel Lux ein, weil ich schon so viel davon gehört hatte. Im Krieg wurde immer sein Glanz gelobt. Alles hatte sich geändert, nichts hat geglänzt. Ich durfte von Tischdecken essen, in die

die kaiserlichen Initialen gestickt waren, und durfte mir den Mund mit Servietten abwischen, wo die Monogramme N. II oder A. II mit ihren Adlern und Kronen eingenäht waren. Ich fragte den Oberkellner, wie denn das Zeug ins Hotel gekommen ist. Er antwortete mit einem Lächeln, das alles mögliche bedeuten konnte. Wie später derselbe Oberkellner eine Stippvisite in meinem Zimmer machte, unter dem Vorwand, mir ein paar hundert Gramm Wodka vorbeizubringen, da gab er mir einen Rat: die beste Methode, etwas Liebes zu beschützen, ist, ihm überhaupt keine Aufmerksamkeit zu schenken.

Ich fing an, in den Sowjetalltag einzudringen. Ich las Lenins Büchlein »Was tun«, das »Kommunistische Manifest« und Stalins gesammelte Werke. Es war unmöglich, die Temperatur in meinem Zimmer auf mehr als drei Grad über Null zu bringen. Ich fror wie im Wechselfieber, obwohl ich alle meine Kleider anhatte. Der Etagendiener gab mir eine alte Pferdedecke, und erst dann wurde es ein bißchen angenehmer. Jeden Abend mußte ich einen Samowar voll heißem Wasser schlürfen, um einschlafen zu können. Das Trinken verursachte dann, daß ich einen Topf im Zimmer brauchte. Ich fragte denselben Etagendiener, einen ehemaligen Zoologieprofessor der Universität Moskau, nach sowas, aber der deutete bloß in Richtung Fenster. Ansonsten war alles hervorragend.

Ein Wintertag in Moskau

Der gesegnete russische Schnee überdeckte den Schmutz der Jahrhunderte auf den schnurgeraden Straßen Moskaus.

Leuchtend ruhte die große Stadt in ihrem unschuldigen Hochzeitskleid wie eine Schwanenprinzessin inmitten stiebenden Schnees; der zuckerweiße Kreml und die riesenhaften Fabrikgelände badeten in rosenrotem Glanz, Rauch stieg aus den Fabrikschornsteinen, Millionen von eisüberzogenen Fenstern flammten auf wie geschmolzenes Blei, und die Schneewehen erhoben sich bis zu den Dachfirsten, die Tore und Türen knarrten, der Schnee funkelte und knirschte unter den Kufen der Schlitten und den Schritten der ersten Fußgänger. Die schläfrigen Nachtwächter, die während der Nacht ihre Eisenglocken klingen ließen, um Räuber und Diebe zu ängstigen, kontrollierten die Personalpapiere der Passanten und öffneten hier und da Straßensperren, immer wieder huschten verwundete Soldaten, Dirnen, Kriegswaisen und halbnackte Bettler aus finsteren Löchern.

Die Kreuze und Zwiebeltürme der Kirchen glühten im Dunst, und die Eiszapfen blitzten wie Diamanten.

IMPI AGAFIINAS UNABGESCHICKTER BRIEF AN DEN REEDER WALLENIUS

Guter Vater,

ich bitte um Verzeihung für den Verdruß, den ich Euch bereitet habe. Ich hoffe, Ihr werdet mir glauben, daß es nicht meine Absicht war, Euch zu beleidigen, habe ich Euch doch immer geliebt und verehrt.

Ich bin hierhergegangen, weil (so habt Ihr es mir selbst immer gesagt) ich für große Aufgaben geschaffen bin. Guter Vater, verzeiht mir meinen Ungehorsam, und ich verspreche dafür, Euch Grund zum Stolz zu bereiten.

Nachdem ich nahezu drei Monate in Moskau bin, möchte ich Euch meine ersten Eindrücke schildern, damit Ihr wißt, in welchen Verhältnissen ich hier hinter dem eisernen Vorhang lebe.

In Moskau herrscht Kontinentalklima. Der Winter dauert von Mitte November bis Ende März. Typisch für den Moskauer Winter sind nach meinen ersten Eindrücken Bewölkung, klirrender Frost und dichte Schneegestöber. Die Durchschnittstemperatur im Januar beträgt unglaubliche -11° C. Einem Trolleybusfahrer zufolge gibt es 150 Frosttage, Schnee bedeckt die Stadt an 142 Tagen. In diesem Frühjahr ist die Moskwa am 10. April ihr Eis losgeworden.
In den Kolonialwarenläden kann man durchaus auch deutsche Lebensmittel und englische Oberbekleidung finden. Mit anderen Worten: das Umland leidet, weil alle Lebensmittel nach Moskau gehen.
Moskau ist eine schöne, üppige und fruchtbare Stadt. Im Zentrum scheint kein Mangel an Fisch, Vieh und Getreide zu herrschen. Trotzdem wirken die Russen dermaßen roh und grob, daß ich mich für sie schäme. Gäste besoffen zu machen wird hier für eine große Ehre gehalten. Ein Fremder, der Wodka ablehnt, wird nicht respektiert. Ich habe gehört, daß sich gewöhnliche, nicht der Partei angehörende Arbeiter nur an bestimmten Tagen und auch dann nur in Kneipen, die in staatlichem Besitz sind und von der Miliz kontrolliert werden, betrinken dürfen.
Der Ausländerhaß der Moskowiter ist nach wie vor kolossal. Überall konnte ich beobachten, wie mißtrauisch die Russen allem Westlichen gegenüber sind. Ich wurde täglich angespuckt und mir wurden Schamlosigkeiten hinterhergerufen, weil ich noch nicht bereit war, auf meinen westlichen Dutt zu verzichten.
Die abgelegeneren Straßen von Moskau sind schlammig und dreckig. Die Fliegen summen, Misthaufen wachsen an den Wänden von Kirchen und prächtigen Amtsgebäuden. Schmutz, Armut, vom Krieg verursachtes Elend und die allgemeine Unwissenheit des Volkes schaffen einen günstigen Nährboden für Epidemien; Pocken, Hungertyphus, Cholera und Beulenpest pflanzen sich nach wie vor in den feuchten Straßen fort.
Gestern schlenderte ich über den Markt neben der

Mjasnitskija Vorota und sah mit eigenen Augen, wie die Moskowiter ihre Schmutzkübel in den Teichen hinter dem Nglinnajafluß entleeren. Letzte Woche fuhr ich mit der Metro nach Medwedkowo und ging von dort zu Fuß zum Varsavskoje Sosse. Mitten im Milch- und Brotladenviertel befand sich eine flache Kate mit sechs Fenstern. Das Hoftor stand offen, aus Neugierde trat ich ein. Die Schneehaufen im Hof waren gelb vor Urin, und obenauf lagen drei betrunkene Schornsteinfeger. Der eine blutete im Gesicht, der zweite hatte keine Stiefel mehr, und der dritte war ohne Hemd. Ich schlüpfte durch die Tür, über der ein hölzerner Hammelkopf hing. Über dem unsauberen Tresen voller Essensreste und umgekippter Schnapsflaschen hingen Arbeiter im Vollrausch. Die Regale hinter dem Tresen gafften einen mit ihrer Leere an, und in einer Ecke, wo offensichtlich einmal ein ikonengeschmückter Altar gestanden hatte, hing ein Bild von Stalin. Davor flackerte eine kleine Öllampe. Auf den Bänken lagen oder saßen dösende, ungewaschene Männer. Einer sang mit krächzender Stimme den Schwarzmeerwalzer, und ein anderer begleitete ihn mit einer Ziehharmonika, die pfiff wie ein Asthmatiker. Die Wirtin, eine einhändige Frau, spuckte in die Ecke, als ich sie um etwas zu trinken bat. »Diese Kneipe ist nicht für die höheren Stände und auch nicht für Schreiberlinge! Zuerst fällt der Bart und dann der Kopf!« rief sie.

Wie Ihr wißt, liebe ich die Sauna. Gestern warf ich einen Blick in die Frauensauna an der Ecke von Sadowo-Triumfalnaja und Katsalowinstraße, ganz in der Nähe des Vosstanije-Platzes. Dort waren über hundert Frauen auf einmal. Was für ein Leben und Treiben das war!

Die Saunameister, die aussahen wie Meister von Peitsche und Richtblock, brüllten Grobheiten, um unter den zankenden Frauen für Disziplin zu sorgen. Ich war gut zwei Stunden im Aufgußraum. Sofort ging ich auf die oberste Pritsche und lag dort fast leblos neben meinen Mitschwestern. Ich ließ die Augen zufallen, meine Arme entspannt

herabhängen und stellte mir vor, im Vorhof der Inquisition zu sein.
Trotz allem habe ich den Eindruck, daß Rußland nie untergehen wird. Selbst wenn von diesem Reich nichts übrigbliebe als ein einziges Gouvernement, würden die Russen stur alles daransetzen, es wieder zur Großmacht zu machen.

EURE IMPI AGAFIINA

P.S. Die Mücke des Kommunismus hat es noch nicht geschafft, mich zu stechen. Ungeachtet dessen, daß meine Adresse Sowjetland heißt, brennen Finnentum und Vaterlandsliebe vielleicht feuriger als je zuvor in meiner Brust.

Geh nach Westen, junger Mann!

juho gabriel: Am fünfzehnten Juli, grad wie die Hundstage anfangen, wirft sich der Peni auf den Rücken und bleibt liegen. Das ist ein schlechtes Zeichen, und ein paar Wochen später, wie ich vom Marderausräuchern heimkomm, merk ich, daß der Peni ganz schlapp im Hof liegt.

Zwei Tage lang ißt und trinkt er nix, und es geht ihm richtig schlecht.

Am Donnerstag will er spielen und kippt dann mit offenem Maul in den Sand. Aus dem Kuhstall hol ich selbstgeklärten Schnaps und flöß ihm eine gute halbe Flasche ein. Da wird er wieder gesund. Ich bin schon zufrieden, daß der Tod den Peni nicht fortgenommen hat. Wenn man nämlich einen Hund dem Tod an die Hand gibt, dann beklagt er sich als erstes bei Gott, daß man sich nicht um ihn gekümmert hat, sondern ihn hat sterben lassen.

Bis zum Herbst leben wir richtig gut, aber dann hörts auf. Der Peni jagt grad einem Hasen hinterher, da tappt er in ein Fuchseisen vom Suopunperä Kalla. Es tut ihm so weh, daß er winselt. Ich denk, jetzt ist so eine Notlage da, daß dem Peni ein Ende gemacht werden muß. Da hilft nix, wie den Mikri Vuoma holen. Ich kann den Hund nicht töten. Ich bleib nicht mal nebendran stehn, wenns jemand anders macht.

Ich geh in die Stube und seh durchs Fenster, wie der Mikri Vuoma aus dem Kartoffelkeller einen Strick holt und eine Laufschlinge dranknotet. Dann nimmt er den Schlitten ans Seil und bindet ihn an einer Stange fest. Danach holt er den Peni aus seiner Hütte und legt ihm die Laufschlinge um den Hals. Der Peni läßt sich nix anmerken, obwohl er bestimmt schon erraten hat, daß ihn gleich der Sensenmann holen kommt. Der Mikri krault ihn eine Zeitlang und wirft ihm dann ein süßes Stück Rentierlunge ein paar Schritte weit weg. Der Peni humpelt auf die Lunge zu, und im selben Moment zieht der Mikri den Strick, der über das Gestell läuft, so fest an, daß dem Peni seine Pfoten grade so den Boden berührn.

Da bleibt er hängen, und ich fang an zu flennen.

Mikri kommt in die Stube Kaffee trinken.

Wir reden nichts.

Vorm Abendmelken laß ich den Peni runter und schnupper an seinem schwarzen Pelz. Dann trag ich ihn in das Erdloch, das ich gestern gegraben hab. Da unten liegt er dann wie Absalom.

Mit dem Mikri Vuoma zusammen geh ich in den Wald. Wir haben da nix besonderes zu tun, außer daß wir denken, wir gucken ein bißchen nach den Sternen. Wir gehn zum Vuottohügel, wo das Lappenzelt ist, das sich der Mikri gebaut hat, und machens uns gemütlich. Wir haben den Rucksack dabei, und der ist voller schöner saftiger Rüben. Wir machen einen Topf voll Wasser und stellen ihn aufs Feuer. Dann setzen wir uns rechts und links vom Topf hin und fangen an, gleichzeitig Rüben übers Feuer zu werfen. Schon stoßen die Rüben zusammen und fallen in den Topf. Wir lachen. Wir werfen weiter, warten, bis sie gut sind, und der Mikri Vuoma nimmt die gare Rübe aus dem Topf und schmeißt sie hoch in die Luft. Die landet in meiner Faust, und ich fang an zu essen. Wenn sie im Schoß vom Mikri gelandet wär, dann hätte er gegessen und ich hätt warten müssen.

So spielen wir bis nach Mitternacht und legen uns dann hin.

Ich kann nicht schlafen. Es ist, als ob ich was vermisse, ich weiß nicht was.

Der Mikri meint, geh nach Westen. Er sagt, da ist alles groß und wunderbar. Da sind die größten Häuser der Welt und die größten Schlachthäuser. Da gibts angeblich den reichsten Mann der Welt und die wirksamste Bombe der Welt. Da ist alles okeh und ohlreit, und da gibts die pelzigsten Muschis.

Ich werf dem Mikri eine rohe Rübe auf die Eier, weil ich mir nix aus Weibern mach, und schlaf zufrieden ein.

Was möglich ist, geschieht

impi agafiina: Ich besorgte mir schwarzglänzende Gummistiefel, solche mit rotem Futter, und ein buntes Crêpe-de-Chine Kleid und eine Reyonjacke, und während ich damit beschäftigt war, all das zu besorgen, machte ich mich mit den vier Wundern von Moskau bekannt: mit einer Glocke, die nicht läutet, mit einer Kanone, die nicht schießt, mit einem Herrscher, der nicht spricht, und mit Geld, das nicht stinkt.

Ich baute mir eine neue Persönlichkeit auf, lernte die Sprache ordentlich und organisierte mir einen Sowjetpaß. Von allem, was ich sah, war ich unwahrscheinlich aufgeregt. Meine Wangen brannten knallrot. Ich wollte alles lernen und jede Errungenschaft der gewaltigen Sowjetunion sehen.

Samstag abends ging ich oft ins Kino. Im knallvollen Kino Oktober sah ich Mosselproms »Zigarettenschachtel«, im Weißen Band »NEPs Ekstase« und im Barrikade »Ihre Hoheit, der Solist«, der vom stillen und gemäßigt wertvollen Leben der Matilda Ksesinskaja handelte, von einem Charakter, den Bitterkeit nicht verbiegen konnte. Ein guter Charakter von der Art, wie ihn sich ein Mensch nach einem langen und glücklichen, mit passend dosierten Sorgen gefüllten Leben aneignen kann.

Ich ging zu den Freiluftversammlungen und den Märkten auf dem Sucharevskaja-Platz. Die wurden jeden Tag abgehalten. Große Märkte waren das, wo zigtausend Menschen drängelten, brüllten, riefen und feilschten. Da konnte man alte Klamotten kaufen, Vogelbeerwein, kaukasische Stühle, ukrainische Tische, Pfefferwodka, goldene Brustschnallen, Pötte, Waschkannen, lettische Handnähmaschinen und lebende Würmer. Und obs nieselte oder ob die Sonne brannte, zwischen all den Tausenden Händlern verkaufte die syphilitische, einohrige Fürstin Irina Vasiljewna die letzten Schätze ihrer Sippschaft: aus Sèvres-Porzellan gefertigte Teetassen mit Goldrand, vergoldete Teelöffel, mit der fürstlichen Krone verzierte Regenschirme und leere Himbeerlikörflaschen.

Von eben dem Sucharevskaja ging jedes Frühjahr die Erste-Mai-Prozession los. Den ersten Umzug, den ich in Moskau zu Gesicht kriegte, werde ich nie vergessen. Die Marschierer trugen Schirmmützen mit Knöpfen und kurze Jacken und hohe Lederstiefel. Auf den Schultern hatten sie Hacken, Spaten und Philodendrone mit löchrigen Blättern, rote Fahnen und Hämmer, Sicheln und Weizengarben, und mit ihren altmodischen Steinschloßflinten und Pistolen schossen sie in die Luft. Auf Pferdewagen löteten Schmiede

Teekannen, zinnerne Samoware und Töpfe. Ein Schlosser im schwarzen Mantel feilte auf den Rädern Schlüssel. Die Pferde zerrten Modelle von den ersten Moskauer Hochöfen hinter sich her. Hinter ihnen kamen Aggregate, Webmaschinen und die Autos, Marke Emka. In dem einem saß die Familie des verdienten Drehers Iwan, im zweiten die Großfamilie des Blechschmieds Aleksej und im dritten die erweiterte Familie des Zimmermanns Igor. Den Umzug führte eine Kolonne von Lastwagen an. Einer hatte auf der Ladefläche das Modell eines Passagier-Frachtschiffs, ein anderer Eisenerz und ein dritter dreihunderttausend weiße linke Frauenschuhe mit hohem Absatz und in Größe 38. Wie ich mir diese Prozession so eine Weile angeguckt hatte, da fiel mir auf, daß Moskau unter Bevölkerungsschwund litt, und das, obwohl die Frauen fruchtbar aussahen und die Männer trotz des Hungers stark waren wie die Stiere.

Mit der Zeit wurde es eintönig und teuer, im Hotel zu wohnen. Ich zog die Gummistiefel an und das Blumenkleid und ging los, ein festes Quartier ausfindig machen. Ich fand ein Sechsquadratmeterzimmer in einer kommunalen Wohnung am Dieneznyi Pereulok, nahe beim ehemaligen Hauptquartier der Komintern, gleich neben einer großen Baustelle. In dem Fünfzigquadratmeterkommunalbau wohnten außer mir mehr als ein Dutzend Erwachsene, und Kinder noch dazu. Tag und Nacht zischelten in der Küche mindestens zehn Samoware. Der Dampf war so dicht, daß die türkischstämmigen Bewohner die Küche auch als Sauna benutzten.

Ich hatte jetzt Kleider am Leib, eine Wohnung zum Schlafen und brauchte nur noch eine Arbeit, um an Geld zu kommen und mir das Sowjetleben von innen ansehen zu können.

Am Montag morgen trank ich gegen meinen Hunger eine Literkanne Tee, in die ich vorher die Hälfte eines backsteingroßen Zuckerstücks gelegt hatte, und ging dann zu der Baustelle nebenan. Ich dachte, ich fang unten an, als Hilfsarbeiter und Bierholer und durchlaufe alle Stufen bis zum Ingenieur.

War aber gar nicht einfach, ans Ziel zu kommen, denn vor der Baustelle lag die Ruine einer koksbetriebenen Chemiefabrik. Überall nur Beton, Backsteinbruch und Schotter. Dazwischen wimmelten Tausende Bauarbeiter, Lumpenproletarier und Frauen und Kinder, die die Ruine mit den Händen abrissen. Ich beschloß, auch mit Abrißarbeit anzufangen, weil das der erste Schritt ist beim Aufbau des Kommunismus. Ich meldete mich als Freiwillige zur Arbeit und machte mich an den Wiederaufbau der im Krieg zerstörten Industrie. So bekam ich meinen ersten Sowjetberuf, ich lernte die komplizierte sozialistische Lebenskunst und sah, daß sich in einem guten Arbeiter körperliche Kraft und geistige Schönheit vereinen.

Drei Monate lang riß ich die Ruine ab und stieg zur Leiterin der gesamten Abrißarbeiten auf.

Eines Tages spürte ich gleich nach dem Aufwachen, daß mich etwas in den Kopf gestochen hatte. Das war garantiert die Mücke des Kommunismus: Ich kapierte, daß ich an die Arbeiterklasse und die Ideale des Marxismus-Leninismus glaubte.

Man erzählte mir, die Deutschen hätten im Krieg rund um Moskau hundertzwölf Fabriken in die Luft gesprengt. Zur gleichen Zeit mit den Fabriken wurde das Eisenbahnnetz aufgebaut, die Wasserversorgung und ein Hochspannungsnetz. Überall fehlte es an Arbeitskräften und natürlich auch an Werkzeug. Aus Gorki kamen Lastwagen, Archangelsk schickte Bahnschwellen, Jaroslawl Elektromotoren, Baku und Grosny Bitumen und andere Ölprodukte. Holzteile wurde aus Weißrußland und Metallstreben aus der Gegend von Dnjepropetrowsk gebracht.

Von der Ruine wechselte ich zu der Baustelle nebenan, wo die Moskauer Metallplattenfabrik wieder aufgebaut wurde.

Alles zum Wohle des Menschen, alles für den Menschen

impi agafiina: Als ich auf der Baustelle anfing, war dort schon seit über einem Jahr herumgefuhrwerkt worden, aber es war nicht mehr zustandegekommen als ein kleiner Teil des Fundaments.

Ein paar Tage lang sah ich mir dieses materiell-technische Fundamentlegen des Kommunismus an und dachte, da kommt weder Kind noch Kacke raus. Die Bauarbeiter durften machen, was sie wollten, und meistens wollten sie gar nichts machen und interessierten sich für überhaupt nichts. Jeder Vorarbeiter und jeder Hilfsarbeiter hatte sich Drückebergerei, Trödelei und Rohstoffverschwendung zuschulden kommen lassen. Ich kapierte, daß eine Baustelle ein Schlachtfeld mit mehreren Gegnern ist: Die Baumeister, die Arbeiter, das Lumpenproletariat, die Leiter der Partei-Organe, die Gewerkschaftsvertreter und Dutzende von verschiedenen Sekretären kämpften miteinander. Es entstanden alle möglichen Cliquen: Otschowisten, Bauleute Gottes, Empirionomisten und andere. Inmitten all dieser Richtungsstreitigkeiten und Kinderkrankheiten blühte zusätzlich ein gnadenloser Vandalismus.

Ich rief Genosse Glazunow an, den ersten Sekretär des Moskauer Bezirkskomitees, und erklärte ihm die unglückliche Situation auf der Baustelle. Glazunow erwies sich als der richtige Mann, denn er war schon eine Woche später vor Ort und krempelte die Ärmel hoch. Er bestellte eine Gruppe wissenschaftstechnischer Intellektueller zur Baustelle. Deren Arbeit bestand darin, das Ausmaß der Schäden, das Niveau der

Ausrüstung, die Energiegewinnung, die Anzahl der Kräne, die Qualität der Arbeitskraft, den Patriotismusgrad der Arbeiter, das Niveau des Klassenbewußtseins und das Organisationstalent der Partei zu untersuchen. Das Expertenkomitee schnüffelte eine Zeitlang herum und erstellte dann ein Gutachten, wo es hieß, bei diesem Tempo würde es fünfundzwanzig Jahre dauern, bis wir ein Bauwerk zustande bringen. Genosse Glazunow schickte die Führungsriege vom Fleck weg in die sibirische Tundra, um an Stalins Eisenbahn zu bauen, die nirgendwo anfing und nirgendwo hinführte. Mir sagte er, die Kraftressourcen des sozialistischen Wirtschaftslebens seien so unerschöpflich, die Möglichkeiten der Planwirtschaft so grenzenlos und die Macht der Sowjetunion so groß, daß die Fabrik in zwei Monaten fertig ist. Ich sagte ihm, guter Mann, red kein Blech, aber wir werden alles tun, daß die Fabrik so schnell wie möglich kaltgewalzte Stahlplatten für die Bedürfnisse des Sozialismus ausspuckt. Ich leitete die Arbeiten so, wie es eine echte Finnin tut, und schon kam die Angelegenheit mit irrsinnigem Tempo voran, und gleichzeitig verfestigte sich mein Glaube an den Sozialismus. Täglich kamen Dutzende neuer Leute auf die Baustelle: heimgekehrte Soldaten, Monteure aus anderen Verwaltungsbezirken, Schweißer und Blechschmiede, die aus Sibirien zurückkehrten, echte Profis mit Ehrgefühl im Leib.

Ich ging den ganzen Tag von einer Arbeitseinheit zur anderen, sprach mit Fahrern, Gießern und Walzern. Ich fragte sie nach den Neuigkeiten, Problemen und Mängeln auf ihrem Arbeitssektor. Ich hörte mir ihre unerfreulichen Schilderungen an und verteilte Rüffel, Demütigungen und genaue Anweisungen.

Wenn wir hinter dem Zeitplan zurückblieben, wies ich die Kader an, in der Fabrik zu übernachten, bis das Plansoll wieder erreicht war. Für mich selbst und für die Leute vom Hochofen, von der Stahlschmelze und von der Walzerei organisierte ich einen alten Schober, in dem wir uns einquartierten. So gelang es mir, allgemeine Begeisterung, Zielbewußtsein und wachsendes Vertrauen in die eigenen Kräfte entstehen zu lassen. Ich war richtig in meinem Element. Überall hängte ich Agitationszettel auf und pries die sozialistische Planwirtschaft. Zwischendurch fragte ich mich, wie es hatte kommen können, daß aus einer urfinnischen Kommunistenfresserin eine Sowjetkommunistin der ganz harten Sorte geworden war. Aber ich lachte nur und gab noch mehr Gas. Die Fabrik sollte ruckzuck fertig werden. Das erforderte die Nutzung sämtlicher Möglichkeiten, die Entwicklung neuer Arbeitsmethoden, progressive technische Lösungen, Mut, Verstand und vor allem Schlauheit. Am wichtigsten war mir, daß das Tempo nicht abnahm. Auf der Baustelle erhielt ich die gleiche Stimmung aufrecht, die ich von der Front gewohnt war.

Zusammen mit dem in Jaroslawl geborenen Installateur Jura Prawda erstellte ich einen Maschinisierungsplan. Sein Diplom hatte Prawda über ein Projekt elektrostatischer Purifikation von Erdgas im Stahlwerk von Demidow gemacht. Er besaß umfassende Kenntnisse, er war fleißig und stur und legte stets leninsche Unbeugsamkeit an den Tag. In seiner Freizeit entwarf er Blitzenergietechnologien und Zitteraalkraftwerke.

Wir steckten unsere schlauen Köpfe zusammen und lösten alle Probleme.

Zu Beginn der Bauphase hatte wir alle möglichen Schwierigkeiten. Rohre verlegen fiel den Russen unglaublich schwer. Eck- und andere Verbindungsstücke leckten regelmäßig. Gegenüber einem einbeinigen wogulischen Schweißer wunderte ich mich darüber, und er erzählte mir was von einer Großblockmethode. Ich war mächtig begeistert. Wir verbanden die Rohre auf der Erde zu Einheiten, und die fertigen Einheiten wurden mit dem Kran oder mit dem Flaschenzug in die

Höhe gehoben, wo sie dann verbunden wurden. Das beschleunigte die Geschichte, und die Arbeit lief wie geschmiert. Andere Baustellen machten uns das nach, und die Methode verbreitete sich in ganz Moskau.

Außerdem machte ich noch eine geniale Erfindung beim Elektrifizieren. Ich baute unter der Fabrik Tunnels, durch die man überallhin Kabel ziehen konnte. Sauber und hübsch.

Die Fabrik von Moskovitsal war zwar nicht in zwei Monaten fertig, kam aber wenigstens überhaupt zustande.

Auf dem Weg dorthin hatten wir mit vielen Widerständen zu kämpfen. Wir mußten alle Turbinen und Generatoren selber bauen, weil die Amerikaner uns keine liefern wollten. Ebenso bauten wir den größten Teil der Eisenwalzen selber. Wenn es dunkel wurde, verschwanden von der Baustelle Werkzeuge, Arbeitsmaterial, ein Teil der Maschinen, Ersatzteile und sogar Kerzenstummel. Es konnte vorkommen, daß ein Randalierer einen guten Maschinisten wegen einer Tasse heißem Wasser umbrachte. Keine Woche verging ohne Ausnahmezustand, ohne Schießerei oder Gewalt. Die Wohnhäuser waren Ruinen, und die Arbeiter mußten in Baracken oder in großen, löchrigen Zelten der Roten Armee neben der Baustelle schlafen. Sie lebten von dunklem Brot und schwarzem Tee. Moskau hatte keinerlei Dienstleistung zu bieten: die Post verkehrte nicht, Krankenhäuser gab es nicht und Medikamente auch nicht. Überall herrschte immer noch Kriegs-Moral.

Auf der Baustelle ertönte jeden Morgen um halb sechs die Trillerpfeife. Das war die Vorwarnung. Der eigentliche Pfiff kam um sechs, wenn die Arbeit anfing. Arbeiterscharen verließen in der Morgenfinsternis die Zelthöhlen, ihren Unterschlupf in den Trümmerhaufen und die hohen Steinhäuser der Umgebung. Speckige und abgenutzte Stoffhosen glänzten im Mondlicht, Satinhemden mit schiefen Krägen blitzten und Pelzmützen schaukelten, wenn diese unordentliche und stinkende Schar zur Baustelle eilte.

Die Fabrikhalle wurde innerhalb von acht Monaten fertig, obwohl ich auf der Baustelle nicht dieselbe Zähigkeit und dasselbe selbständige Denken beobachten konnte wie bei den Abrißarbeiten. Zwischenzeitlich wollte ich schon meinen Glauben an die Allmacht des Arbeiters, ja sogar an die Ideale des Sozialismus verlieren, aber ich kletterte immer wieder aus dem Tal der sorgenvollen Gedanken heraus, hob den Kopf zum Himmel und rackerte weiter. Das Moskovitsal-Werk wurde nicht das effektivste und vollkommenste von Moskau, aber aus irgendeinem Grund stellte es für die Moskowiter den Stolz und das Symbol der industriellen Macht der Union der Sozialistischen Sowjetstaaten dar und war für die Moskowiter das, was Gorki in der Literatur und Schostakowitsch in der Musik waren. Unsere Fabrik wurde zum besten Stahlwerk des Jahres 1949 ernannt, und vom Volkskomitee der Eisen- und Stahlindustrie sowie von der Gewerkschaft der Metallarbeiter wurde uns der rote Wimpel verliehen. Ich erinnere mich noch genau an den Moment, als die erste Erzladung in Moskovitsal ankam und ich den Gasmännern den Befehl gab: »Hochofen Nummer eins befeuern!« Damals drängten alle unsere Arbeiter auf die Straßen, umarmten sich und tanzten. Inmitten der Arbeiterkader tanzten zwei Untersekretäre der Rüstungsindustrie, ein führender Metallurge der staatlichen Kommission und einige Funktionsträger des Ministeriums für Flugmaschinenindustrie Walzer, während ich bereits den Beginn der Gußeisen- und Walzeisenproduktion in Fabrikhalle drei plante.

Oh, diese Frühlingstage des Lebens! Jeder glaubte an die reine Lehre des Marxismus-Leninismus und an die Güte und die Überlegenheit der Sowjetmacht.

Ich genoß den Lärm und das Getöse der Abteilungen und den Geruch von heißem Metall. Öfters betrachtete ich von der Plattform, die neben dem Hochofen hingebaut worden war, die feuerrote Nachmittagssonne. Sie versank und bemalte den Rauch, der aus den Fabrikschornsteinen stieg, so daß er zu flammenden Feuerwolken wurde. Damals wurde meine Phantasie vom Gedanken an eine automatische Produktionsstraße beherrscht: Auf der einen Seite der Halle würde man die rohen Gußstücke auf ein Band legen und am anderen Ende hätten sich die Gußstücke in gekonnt gemachte feinmechanische Maschinenbauteile verwandelt. Ich beschloß, meine Erfindung nachts weiterzuentwickeln und erst später den Ingenieuren davon etwas zu sagen.

Der Hochofen zermahlte das Eisenerz zu Stahl, und die Maschine spuckte den superlegierten Stahlpanzer des ersten Eisenbarrens und ein bißchen später die erste Platte aus. Den Eisenbarren überreichte ich als ewige Erinnerung dem Genossen Glazunow, der mich in allem so nett und gründlich beraten hatte.

Von der Moskovitsal führte eine Eisenbahnlinie weg, die uns mit den Kohletälern am Don und mit den Eisenerzgruben von Krivoi Rog verband. Das war wie ein Geschenk Gottes: Der Rohstoff kam in die Fabrik rein, und die fertige Stahlplatte kam raus, und alles funktionierte wie geschmiert.

Als ich mich schon längst auf dem Weg zu anderen Aufgaben befand, hörte ich von einem ehemaligen Moskovitsal-Ingenieur, daß ebendiese Eisenbahn ein paar Jahre später zum Untergang der ganzen Fabrik geführt hatte. Stück für Stück waren die Schienen verschwunden, und neue waren nirgends herzukriegen. Die Eisenerzzüge hatte es irgendwohin in die russische Steppe verschlagen, und dort rosteten sie vor sich hin. Auch von anderswo hatte die Fabrik kein Erz bekommen, und weil kein Rohstoff da war, gabs auch keine Waren und für die Arbeiter keinen Lohn. Meine geliebte Moskovitsal war innerhalb von wenigen Monaten still geworden, die Arbeiter waren in die südlichen Stadtteile gezogen, die stolzen Schlote der Fabrik von Krähennestern verstopft, und das Fabrikgelände verschwand allmählich unter Büschen und Gras.

Meine Zeit in der Moskovitsal-Fabrik bestand nicht nur aus Arbeit: das Suchen nach optimalen Lösungen, Dispute, der Griff zum Schießeisen, nächtliche Alarme, viele Katastrophen und ein paar Träume gehörten auch dazu. Fast jeden Tag hielten wir eine Baustellenversammlung ab, wir riefen Klubs ins Leben und eine fabrikeigene Theatergruppe. Nach einem harten Arbeitstag gingen wir in die Klubräume der Fabrikarbeiter, um Massenkampagnen zu organisieren. Mal wollten wir den Analphabetismus beseitigen, mal den Russen Tango beibringen. Wir organisierten rote Samstagstänze und führten das Theaterstück »Wie der Stahl gehärtet wurde« auf. Um Mitternacht trottete ich in mein Quartier und haute mich sofort glücklich, aber erschöpft aufs Ohr.

Es gefiel mir, in Baustellenversammlungen zu sitzen. Da wurde über alles mögliche gequatscht. Das Grußwort des untersten Sekretärs eines Bezirkskomitees konnte gut und gern vier Stunden dauern. So sah das Protokoll einer Versammlung aus:

§ 1.) Bericht des Fabrikkomitees der Kranführer.

§ 2.) Konservierung und Lagerung des Getreides in der Küche der Gemeinschaftskantine.

§ 3.) Vorbereitung für die Feier zum Jahrestag der Befreiung der Fabrik von den faschistischen Eroberern.

§ 4.) Organisation der Beerdigung des in den Hochofen gefallenen Maschinisten Genosse N.Z. Osipenko.

§ 5.) Grußwort der Arbeiter der Elektroapparat-Fabrik.

§ 6.) Mitteilungen: a) die Effektivität der Plattenhalbfabrikatswalzerei ist von 1,2 Millionen Tonnen auf zwei Millionen gestiegen, obwohl die Maschine nicht gewartet wurde *(Beifall)*, b) die Arbeiter der Schokoladenfabrik Lomonosov gratulieren uns zum Turmkran BK-151 *(anhaltender Beifall)*, c) immer mehr Führer von Arbeitsbrigaden können lesen *(stürmischer Beifall)*, d) Fabrik Numero 654 hat erfolgreich die Serienproduktion von S-6-Mähdreschmaschinen aufgenommen sowie die Probleme im Zusammenhang mit den Schnitt- und Bündelmaschinen gelöst *(stürmischer, anhaltender Beifall, »Bravo«- und »Hurra«-Rufe)*, e) Rache und Tod den deutschfaschistischen Usurpatoren *(spöttisches Gelächter und lautstarker Beifall)*, f) das von Genosse Relevitsch entwickelte Wantmastkransystem wird in der kommenden Woche erprobt *(tosender Beifall und »Es lebe unsere Kommunistische Partei der Sowjetunion!«-Rufe)*.

Juho Gabriel sucht seine Fausthandschuhe

juho gabriel: Mitten beim Kartoffellesen sind meine Handschuh verschwunden. Sonst brauch ich sie ja nicht, aber wenn ich mit den bloßen Händen Kartoffeln les, krieg ich Splitter in die Finger. Ich renn auf dem Kartoffelacker rum wie verrückt, und find sie nirgendswo. Ich will schon den Mikri Vuoma fragen, wo er meine Handschuh hinhat, wie ich, verflixt aber auch, was seh. Bei der Spreuscheune fliegen zwei Krähen und jede hat einen Handschuh im Schnabel. Ich ruf dem Mikri Vuoma zu, guck dir das an, verflucht. Dadrauf der Mikri, das sind schlimmere Räuber als die Zigeuner.

impi agafiina: In der Kommunalka wohnte viel buntes Volk, aber da hab ich mich nicht besonders drum gekümmert. Die meisten Menschen sind so gewöhnlich, daß es schwer ist, überhaupt etwas über sie zu sagen. Dort warn es Säufer oder Gelegenheitsarbeiter, und ich glaube, es war sogar ein rausgeschmissener Kollegassessor aus der Zarenzeit dabei.

Ich hab gar nicht erst angefangen, mich mit ihnen abzugeben, nur Raissa Smith mochte ich. Sie wurde in Pittsburgh geboren, hatte eine lettische Mutter und einen amerikanischen Vater, war in Roosevelts Schulen gewesen und nach dem Krieg mit einer amerikanischen Hilfsexpedition nach Moskau gekommen. Zuerst hatte sie als Dolmetscherin gearbeitet, dann hatte sie sich einen russischen Husaren genommen, einen Sohn gekriegt und später noch drei Bälger. Raissa war erst knapp über Dreißig und schon Mutter von vier verrückten Gören. Ich mochte sie, weil sie fast so eine war wie ich – wenn sie einmal einen Plan gefaßt hatte, widmete sie sich dem ausschließlich. Ich widmete mich auch mit allem jeder Aufgabe und jedem Ideal, aber der Unterschied zwischen uns war der, daß bei Raissa die Idee immer dieselbe blieb und ich dagegen die Ideale in Windeseile wechselte. Bei Raissa war dieser einzige Gedanke der Widerstand gegen die Ehe. Sie bedauerte alle Frauen in Ost und West, die sich in die Sklaverei der Ehe begaben. Ich war so von Raissa verzaubert, daß ich ihr versprach, wenn sie früher als ich stirbt, bringe ich ihre Asche nach Amerika, zum Baptistenfriedhof von Pittsburgh, und werfe sie ins Familiengrab.

Raissa wohnte neben mir in einem kleinen Zimmer mit ihren Bälgern, ihrem Mann und ihren Schwiegereltern. Über ihr eigenes Schicksal hat sie nie gejammert, sie hat immer nur gelacht. Raissa hat mir sogar eine Art Amerikainjektion verpaßt, als sie mir von der neuen Zeit erzählte, in der alles möglich und alles aus Plastik ist: Häuser, Möbel, Kleider, Zähne, Geschirr und sogar Industriemaschinen.

Raissas ältester Sohn Ariel war eigenartig. Seine größte Freude war das Glockenläuten. Weil es in Moskau überhaupt keine Glocken gab, die man läuten konnte, gab er sich damit zufrieden, in einer kleinen Kammer zu hocken, die er Mönchszelle nannte. Mit noch nicht mal zehn war er so auf russische Wecker fixiert, daß er sie sammelte, bis die ganze Kammer voll war.

Raissas mittlerer Sohn Kelka beklagte immer sein eintöniges und trauriges Leben. Eines Tages kam er aus der Schule heim und erzählte, er habe die Lehrerin seiner Grundschule zuerst geschlagen und dann mit der Axt umgebracht und anschließend die Schule in Brand gesetzt. Die Polizei holte Kelka ab, rasierte ihm die Haare, steckte ihn in eine Besserungsanstalt und trieb ihm die Flausen aus.

Raissas Schwiegermutter Dasha war so eine georgische Matriarchin, die schon mehr als hundert Jahre alt war. Schwimmen, Reiten und Schießen konnte sie immer noch. Sie redete gerne und schlief fest. Sie aß wie eine trächtige Kuh, und nach dem Essen machte sie drei Kreuzzeichen über ihrem sündigen Mund, rülpste lautstark und sagte, jetzt hält ihre Seele grade mit dem lieben Gott ein feines Schwätzchen. Einmal die Woche erzählte mir Dasha von der Moskauer Siegerparade, weil die sie so schwer beeindruckt hatte. Der Marschall der Roten Armee war durch sieben Triumphbögen in die Stadt gezogen, die Straßen warn voller roter Fahnen, Nelken und Sterne, alle Glocken des Kremls hatten geläutet, die Trommeln gedröhnt, die Hörner geschallt, und zweitausend Kanonen hatten geknallt. Den Siegesmarsch hatte ein weißrussisches Bataillon angeführt, ihm warn von den Deutschen und den Finnen erbeutete Geschütze gefolgt, die von Traktoren gezogen und mit roten Fahnen behängt waren. Hinter ihnen warn Offiziere gekommen, die Fahnen, Standarten und Trommeln trugen, die sie mit eigenen Händen dem Feind entrissen hatten. Dann folgten die Truppenverbände der Roten Armee, und hinter denen fuhren besonders konstruierte Wagen, auf denen die blutige Uniform und sämtliche Orden des finnischen Kriegsmarschalls lagen; die hatten sich später allerdings als Fälschungen erwiesen. Hinter den Kleidern des Kriegsmarschalls hatte sich die düstere Armee der Kriegsgefangenen hergeschleppt.

Dasha erzählte mir alles aus ihrer Vergangenheit: wie sie als Fünfzehnjährige mit einem dreißig Jahre älteren Mann zusammenging, weil in Georgien die Frauen schneller reifen als anderswo, genauso wie die Weintrauben unter der tropischen Sonne, wie sie in die Ukraine zogen, ein gutes und genügsames Leben führten, wie der Alte jeden Tag einen ganzen Samowar kochendes Wasser trank und ihm die ganze Zeit aus dem bärtigen Gesicht der Schweiß tropfte. Sie hatten die Leibeigenschaft erlebt, den Verkauf der Seelen und das Wunder des Umsturzes: den Wandel von der Sklaverei der Leibeigenschaft zur Lohnsklaverei.

Objekt Nummer 641

impi agafiina: Ich schlich mich in ein Kombinat, das Hochseeschiffe herstellte. Lange vor Sonnenaufgang eilte ich mit dem Mönch Sorokin in die Werft. Er machte Konstrukteursarbeiten und war ein angenehmer Geistesmann. Er hatte sein Fleisch durch Fasten, Gebete und die Suche nach dem Unsichtbaren hinter dem Sichtbaren geschult. Wir paßten also gut zusammen, denn ich hatte dasselbe getan, indem ich mich der Neugier überließ und der Welt der Dinge und des Handelns hingab. Nach der Art des Geistesmannes lebte Mönch Sorokin bescheiden, obwohl er Schätze in seinem Rucksack hatte: einen kalmückischen Buddha aus Bronze, eine Nagaika und einen kleinen Matrosenanzug, der übrigens ursprünglich einem toten Romanow gehört hatte.

Wir warn vor Ort, bevor die Innenmonteure, die Schweißer und die Nieter kamen. Genosse Zhurbin brachte mir das Schweißen bei, zeigte mir, wie man die Schweißstange mit einer speziellen Schlackenmischung einschmiert, damit der Bogen gleichmäßig brennt, und betonte, wie schwer es ist, eine saubere Naht hinzukriegen. Sie muß genauso stabil werden wie ungeschnittenes Metall, und eine solche Naht bekam man nur hin, wenn man keine Luft an die Nahtstelle ließ. Ich hielt den Stab dicht an die Naht. Es entstand ein starker Lichtbogen, das Metall tropfte auf die Naht, das Flußmittel schmolz und bildete in der starken Hitze so viel Gas und Schlacke, daß die Luft keine Gelegenheit bekam, irgend etwas durcheinanderzubringen.

So wurde ich zu einer ziemlich guten Schweißerin und ich dachte mir, wenn ich nach Finnland zurückkehre, bringe ich unsere Schiffsindustrie wieder neu zum Blühen und überrasche damit den Reeder Wallenius, der auf seinem Gebiet vielleicht der beste der Welt ist. In den Pausen zwischen dem Schweißen kopierte ich sämtliche Formeln der Schiffskonstruktion, vor allem die Montagepläne von Dieselmotoren und Navigationsvorrichtungen. Mit dem Genossen Zhurbin unterhielt ich mich über Gleitlinien und Bringungsschlepper, über die Rationalisierungsvorschläge der Werftarbeiter, die Konkurrenz zwischen den Arbeitsbrigaden, über Kohleelektroden und die Errungenschaften der sozialistischen Autoindustrie.

Am lustigsten bei den ganzen Werftsachen fand ich, daß die Russen ihre Schiffe normalerweise ohne Pläne, technische Dokumente oder genaue Modelle bauten. Sie legten einfach los, ohne sich um die Papiere der Ingenieure zu kümmern, und bekamen dann schon irgendein schiffähnliches Vehikel zustande. Wenn das Schiff nicht gleich unterging, traten alle möglichen anderen Probleme auf: der eingebaute Motor war zu klein oder zu groß, es fuhr entweder unglaublich langsam oder kippte wegen zu großer Geschwindigkeit um.

Wir bekamen den Schlepper Roter Oktober fertig. Es wurde ein entsetzlicher Klapperkasten, und ich hielt es für das beste, abzuhauen, bevor das Schiff ins Wasser gelassen wurde. Schließlich rät schon die Dienstvorschrift der Infanterie, wenn du in Trommelfeuer gerätst, verschwinde, indem du weiterstürmst, und zwar so schnell wie möglich.

Mein Leben war voller Bewegung, Energie, Sparsamkeit und parteigetreuer Selbsdiziplin. Bei allem war ich gewissenhaft und fleißig, und darum erhielt ich als mustergültige Parteiarbeiterin, Organisatorin und Werksleiterin vom Stellvertretenden Leiter des Exekutivkomitees des Bezirksrates der Gewerkschaft einen Urlaubskupon. Der Urlaubsort sollte am Schwarzen Meer sein, im betriebseigenen Sanatorium der Metallarbeiter von Sots, aber statt daß ich selber hingefahrn wäre, um in irgendeinem Schlammbad zu faulenzen, gab ich den Propuska einem der größten Faulenzer unserer Arbeitsbrigade. Ich wollte den schlappen Sack durch Aufmunterung auf den Weg des Sozialismus lenken.

Mir selbst besorgte ich für die Urlaubszeit Arbeit in einer Waffenfabrik, denn ich wollte lernen, Knarren herzustellen, mit denen die imperialistischen Kriege und die antikommunistischen Umtriebe besiegt werden konnten. Der Sommer verging im Nu, weil ich lernte, wie man Geschütze und mittelschwere Panzer baut. Ich prägte mir alle Zahlen, Modelle und Skizzen ein und lernte, mit Sprengstoff umzugehen. In dieser Kanonenfabrik hörte ich, daß während des Krieges sämtliche Fabriken, die Dinge für den zivilen Gebrauch hergestellt hatten, in Kriegsmittelindustrie umfunktioniert wurden. Das Artem-Werk fertigte Teile für Kampfflugzeuge, das Komintern-Werk Granatenwerfer und die Dnjepr-Metallfabrik Munition für schwere Geschütze.

In der Kanonenfabrik fiel mir auf, daß die Reden von der Gleichstellung der Frauen in die Tat umgesetzt worden waren. Nach der stalinistischen Theorie hatten die Frauen das Recht auf und die Pflicht zu allen schweren Arbeiten an der Seite der Männer. Und warum auch nicht, dachte ich mir.

Im Betrieb der Waffenfabrik fielen mir keine besonderen Mängel auf, und dadurch kehrte mein Glaube an den sozialistischen Arbeiter und an den sozialistischen Menschen allmählich zurück. Nach dem Sommerurlaub ging ich nicht wieder zur Werft, denn ich wußte nun alles über Schwerindustrie und Eisen.

Juho Gabriel trägt Kohle in den Keller

juho gabriel: Ich lad das Ofenloch voll mit Scheiten, weil so ein unwahrscheinlicher Frost ist. Ich guck ihnen zu, wie sie wegbrennen. Die Feuersglut gefällt mir. Wenn mans mit weit aufgerissenen Augen anguckt, dann ist es, als sieht man in den Himmel. Es wird dunkel und wieder hell. Als obs die ganze Zeit in Bewegung ist. Ich nehm den Schürhaken und hack ordentlich in die Kohlenglut, dann hol ich den Kohleeimer von der Treppe und kratz die Kohle rein. Ich zieh die Handschuh an und trag den Eimer in den Kartoffelkeller. Da ist es so kalt, daß die Kartoffeln schon am

Erfriern sind. Ich setz mich auf den Preiselbeerbottich und steck mir eine an. Ich denk heimlich, still und leise an den Sommer und die Fliegen, daß ich vielleicht das Boot vom Onkel teer und die Zügel vom Gaul reparier.

Neue Herausforderungen

impi agafiina: Der Fünfte Sekretär des Zentralkomitees der Produktionsabteilung der Schwerindustrie Moskaus, der Produktionskontrolleur Genosse Iwan Lapsin lud mich zu einem Besuch in sein Amt.

Mit einem Trolleybus, der keine Tür hatte, fuhr ich in die Karl-Marx-Straße 96 und saß anschließend ein paar Stunden in der Vorhalle des Amtes, bevor ich hineingerufen wurde.

Die Halle erinnerte eher an eine Milizstation als an eine staatliche Dienststelle. Jede Menge Leute warn dort, die Basiskader der Bezirkszentrale, verbitterte Gesichter, eingefallene Wangen, abgewetzte Kleider und schlechte Schuhe. Bei allen brannte die Machorka im Mundwinkel.

Hinter einem Pult saß eine jüngere Frau und tat so, als würd sie was tun. Auf ihrem Gesicht war eine derart dicke Farbschicht, daß es mich direkt blendete. Sie qualmte Kette und ließ die Zigarette wie ein Mann von einem Mundwinkel zum andern wandern.

Als ich hereinkam, stand der Produktionskontrolleur am Fenster. Er klagte darüber, daß das Telefon nicht funktionierte. Wir setzten uns, und er öffnete eine Flasche Wodka des Hauses. Wir tranken sie leer, aßen Salzgurken unterhielten uns. Er sprach zwar sehr gut über die Parteiorganisation, die Parteiarbeit und über die grenzenlosen Möglichkeiten der Mähdrescher, trat aber auf der Stelle, als wir auf den Wiederaufbau und auf die Schwerindustrie kamen. Er stellte fest, in Stahlfabriken und Werften würden für gewöhnlich die hervorragenden Führungspersonen des Partei- und Wirtschaftslebens rekrutiert und fügte hinzu, daß ich vielleicht einmal eine von ihnen sein könnte.

Ich dachte, nur zu, aber mit sowas geb ich mich nicht zufrieden. Weil ich doch in allem so gut war, überlegte er, wo er mich hinschicken sollte: zum Aufbau des supereffektiven Hochofens von Krivoi Rog, zur Autofabrik Kama oder auf die Ölfelder von Tjumen. Ich war bereit, überallhin zu gehen, denn ich hatte richtig Durst auf Herausforderungen. Schließlich bestimmte er mich für die Neulandgewinnung, und ich war begeistert. Wenn ich ehrlich bin, war ich von Grund auf enttäuscht von den Errungenschaften der Industrie, vom Sowjetarbeiter allgemein und vor allem von den Einblicken in die Schiffbauindustrie. Ich dachte, die Neulandrodung würde mir vielleicht in Form des Kolchosesystems eine ordentlich funktionierende sozialistische Wirtschaft zeigen, eine Gesellschaft auf höherem Niveau und das rechte Zeitalter der wissenschaftlich-technischen Errungenschaften. Ich dachte, der Bauer könnte das Zeug zum sogenannten sozialistischen Helden haben.

Die erste Etappe inmitten der wilden Steppe

impi agafiina: An einem nebligen Sonntagmorgen bestieg ich auf dem Zeremetjav-Flughafen eine AN-2-Propellermaschine. Außer mir und dem Piloten waren noch zwei Forscher der Wissenschaftsakademie, die auf Brachacker spezialisiert waren, drei Bodenexperten, ein Pflanzenspezialist, ein Hydrotechniker und fünf Agronomen, die ihr Diplom in Lyssenkole gemacht hatten, mit an Bord.

Wir nahmen Kurs auf die ungerodeten Steppengebiete bei Jelets und Kaluga. gerieten aber bald mitten in einen schweren Sandsturm. Ihm folgte ein Sturzregen, und noch bevor wir ankamen, waren wir komplett erschöpft.

Der wilde Duft der Steppe nahm mich in Empfang, eine Mischung aus dem vertrauten Gestank der Russischen Großindustrie und dem zarten Geruch der Beifußfelder. Ich hatte nur einen Stempel in der Tasche, aber ich war bereit, sofort mit der Arbeit anzufangen, denn ich wußte, das Roden einer Steppe ist nicht an einem Tag erledigt.

Weil die andern zu nichts imstande waren, baute ich uns ein Zelt auf.

Wir fingen an, den staubigen Boden zu untersuchen, und stellten fest, daß das Land zum Getreideanbau taugt.

Eine Woche später kam eine neuntausendköpfige Freiwilligenschar, die das sowjetische Landwirtschaftsministerium geschickt hatte: Invaliden, Ausgezehrte, Kriminelle, ehemalige Lektoren der Universitäten, Mörder, Schreiber, Assessoren und andere Schriftgelehrte. Alle warn Männer, und keiner hatte die mindeste Erfahrung mit Land oder damit, wie man es umgräbt. Manch einer trug ein Huhn unterm Arm, ein anderer einen Hahn und ein dritter einen einäugigen Hund. Alle jammerten wie aus einem Mund, und zwar Tag und Nacht.

Ich trennte sofort die Spreu vom Weizen. Echte Kriminelle sind, unabhängig vom Land ihrer Herkunft, derart faul, daß sie nicht bereit sind, irgendeine Arbeit zu machen. Wir hoben eine Grube aus und beseitigten sie. Sie wärn sowieso nur im Weg gewesen. Die Schriftgelehrten, die Kommunisten und die restliche Bande teilte ich in Brigaden ein. Morgens gab ich ihnen ihre Aufträge und abends kontrollierte ich, ob alles ordentlich ausgeführt worden war. Wenn einer faul war, nahm ich ihn in meine eigene Brigade und trieb ihm seine Flausen aus. Dank meiner Klugheit kamen wir Tag für Tag voran, und die karge Steppe wandelte sich allmählich zum fruchtbaren Garten. Die Sowjeterde blühte so reichlich, daß mir direkt die Tränen kamen, als ich im milden Wind die goldene Schönheit der wogenden Ährenfelder betrachtete.

Impi Agafiina hat mitten in der weiten Steppe einen Traum

impi agafiina: Es war ein regnerischer Abend, und ich bin klatschnaß ins Zelt gekommen. Den ganzen Tag hatte ich wie verrückt auf dem Feld mit den Wechselwirtschaftsmethoden rumgewütet. Ich war fix und fertig, schlief auf der Stelle ein und hatte einen Traum.

Ich war in Moskau und auf dem Weg zu der Brücke beim Spasski-Tor. Just bevor ich die Brücke betrat, ging sie hoch, und ich blieb am Ufer stehn. Sozusagen am falschen Ufer. Da warn gähnende Rote-Armee-Soldaten ohne Gewehre. Die wärmten sich die Hände am Feuer der Nachtwache. Ich warf zuerst einen Blick auf sie und dann auf den Roten Platz. Dort ritten zwei Männer mit hohen Mützen aus Zobelfell in gemächlichem Trab. Die hatten hellrote Flügel und trugen bis zu den Knien reichende pelzgefütterte Samtjacken. Die Jacken hatten prächtige, perlenverzierte Krägen und weite, mit Biberpelz besetzte Ärmel. Einer von den Reitern trug außerdem einen verzierten Handschuh aus Saffianleder und darauf einen Jagdfalken. Der Reiter war eindeutig ein Bojarensohn und ritt plötzlich in hohem Tempo auf mich zu, und bevor ich mich versah, rollte mein winziger Kopf, der solche Schwänzchen hatte, die abstanden wie Hörner, in die eiskalten Herbstwellen der Moskwa.

Da wachte ich auf und bemerkte, daß meine Kleider, während ich träumte, am Leib trocken geworden waren, und ich war wieder frisch wie ein Rosenknöspchen.

Impi Agafiina gründet die Licht-der-Wahrheit-Kommune

impi agafiina: Ich und der Brachlandagronom Genosse Tschadiontschenko wurden Freunde. Zu Ehren der Kameradschaft beschlossen wir, in der Gegend von Kursk an einem hübschen kleinen Bach eine Kommune zu gründen. Wir gaben ihr den Namen »Licht der Wahrheit«. Vom Wolgaufer besorgte ich drei Stiere, fünf Mantschiken, eine Dreschmaschine und einen Traktor mit drei Rädern. Wir stellten drei rotnasige weißrussische kommunistische Muschiken ein, weil wir dachten, Kommunisten können in kurzer Zeit große Aufgaben erfüllen.

Wir gruben das Land um, bis es im richtigen Zustand für die Saat war. Das ist leicht gesagt, war aber ein hartes Stück Arbeit. Wir pflügten los, aber die Rahmen verzogen sich und die Pflugscharen brachen. Wir gaben nicht auf, sondern gruben die Erde mit Spaten um. Das umgegrabene Land mußten wir mehrere Male gründlich eggen und schließlich mit einer schweren Walze ebnen. Dann fuhren wir mit der Sämaschine auf das Feld. Zwischen Pflügen und Säen durften nicht mehr als vier Tage liegen. Wahnsinnige Hetzerei. In zehn Zentimeter Tiefe säten wir Mais und Weizen und anschließend Schutzpflanzen daneben.

Trotz aller Sandstürme glänzten im Herbst schulterhoch die Garben des selbstgesäten Weizens goldgelb wie der Leninpreis.

Dieser Glanz bedeutete mir und dem Brachlandagronomen so viel! Er erinnerte mich an die ersten gemeinsamen Pläne vom Bau der Kommune, die schlaflosen Nächte, das undichte Zeltdach, die Dispute, die Traktorkolonnen auf der verschneiten, unwegbaren Steppe, die ersten Lichter. Als die Kommune im nächsten Frühling aus Moskau einen Bucker-Pflug bekam, war ich bereit, mich neuen Aufgaben zuzuwenden.

Zwei Jahre später, als ich schon ganz woanders tätig war, bekam ich einen langen Brief vom Genossen Brachlandagronom. Darin berichtete er, wie aus unserer Kommune die bedeutendste Kolchose des Neulands geworden war. Laut meinem lieben Freund gehörten zu ihr einundzwanzigtausend Köpfe, über fünftausend Steinhäuser, zwei Gemischtwarenläden, ein Brotladen, eine Parfümerie und eine Werkstatt, die S-80-Motoren herstellte.

Impi Agafiina wird Heldin der Sozialistischen Arbeit

impi agafiina: Der Gebietssekretär des Bezirkskomitees der Partei, Valeri Iwanowitsch, wollte, daß ich Landorganisatorin werde, weil ich so ein resoluter Mensch mit gutem Charakter war.

Ich besuchte einen entsprechenden Schnellkurs im Landverbesserungstechnikum des Gebiets Stsigrowo und machte mich dort mit Landvermessung, allgemeiner Geologie, Bodenuntersuchung und Landwirtschaftsstatistik vertraut. Der Landorganisator hatte die Grenzen zu beseitigen, die im Zuge der Großkollektivierung versehentlich noch geblieben waren sowie die verstreuten Landflecken einzelner Bauern zu einem gemeinsamen Feld zusammenzuführen.

Mit Eifer ging ich ans Werk. Ich konnte mir nicht vorstellen, daß der Muschike stur ist und bleibt. Ich vertraute auf das Ideal des Kollektivs und auf die Kraft der Motorisierung. Die Bauern begeisterte ich dafür, Landwirtschaftsgenossenschaften zu gründen. Zwar kam es zu Unstimmigkeiten, aber die lösten wir im genossenschaftlichen Geist.

Die mir aufgetragenen Aufgaben führte ich mit einem solchen Ingrimm durch, daß es nur so staubte. Die Klageverse der Kulaken hörte ich mir gar nicht erst an. Ich zwang die Leute, außer ihren Feldern auch das Vieh, die landwirtschaftlichen Gebäude und die Werkzeuge zusammenzulegen. Dafür bekam ich das Held-der-Sozialistischen-Arbeit-Lametta an die Brust geheftet.

Ich ging zum Chefsekretär des Exekutivkomitees des Gebietssowjets und fragte ihn, was ich nun anfangen soll. Er übergab mir einen Briefumschlag. Darin war der von der Abteilung für Neulandgewinnung ausgegebene Tagesbefehl, in dem stand, daß ich die schwierige Aufgabe der Landorganisation verdienstvoll ausgeführt hatte und nun frei war, zu tun, was die Partei befahl.

Ich rief den Protokollprüfer des Bezirkssowjets der Partei an, und er befahl mir, in das unter Brennstoffmangel leidende Moskau zurückzukehren. Ich freute mich so richtig, denn ich vermißte den Roten Platz und die Moskwa. Ich nahm den Rucksack, rollte meine Decke zusammen und stapfte in Richtung Westen los.

Jede Strecke in der Steppe ist schwer, sogar gefährlich

impi agafiina: Ich bekam Durst und beschloß, eine Pause einzulegen. Zufällig lag da grade rechter Hand die Kolchose »Strahl der Revolution«, und ich also nix wie hin.

Ich bekam roten Saft, aber dann wurde ich zum Arbeiten auf den Kohlacker geschickt. Zusammen mit einem Trockenlandanbauprofessor, dem Genossen Kowalenko, mußte ich Krautköpfe entblättern.

Wir waren bald gemeinsam auf dem Weg nach Moskau. Jede Strecke in der Steppe ist schwer, sogar gefährlich. Ich mußte selbst erleben, wie trügerisch die Steppe ist. Über ihr kann ein grenzenloser Frosthimmel ins Bläuliche spielen oder eine helle Sonne scheinen, aber eine halbe Stunde später kann man die Erde nicht mehr vom Himmel unterscheiden, weil ein Sturm tobt und heult.

In der Gegend von Semipalatinsk kamen uns die ersten Menschen entgegen, seit wir die Sowchose »Strahl der Revolution« hinter uns gelassen hatten.

Ich merkte gleich, daß die zwei Jahre zuvor gebauten Häuser das strenge Klima der Steppe nicht ausgehalten hatten. Viele Leute hatten kein Dach über dem Kopf und kochten ihre Kohlsuppe in den dachlosen Gemeinschaftsküchen der experimentellen Plattenbauten. Wir schlugen den Weg zum staatlichen Schnapsladen ein, weil wir riesigen Durst hatten. Dort erzählte ein besoffener Sowchosenangehöriger, daß die in der Winterkälte erfrorenen Menschen an die Schweine verfüttert worden waren und daß die Milchproduktion des »Strahls der Revolution« auf Vorkriegsniveau gesunken war. Ich quetschte den Mann nach den möglichen Gründen dafür aus. Er sagte, in der Sowchose gab es keine einzige Frau, und wenn es keine Frau gibt, gibts auch keine Melkerin, also keine Milch. Für alles machte er die Milchpolitik verantwortlich, aber ich sagte ihm, ohne Zahlen, Gründe und Argumente ist so eine Anschuldigung nichts wie faschistischer Huliganismus. Ich bestellte ein Ferngespräch nach Moskau und bat den Assistenzsekretär des Bezirksministeriums des Zentralkomitees, per Expreß ein paar hunderttausend Frauen im fruchtbaren Alter in die Steppe zu schicken.

Wir machten uns wieder auf den Weg. Schweigsam. Gleich außerhalb des Wohnzentrums stießen wir auf einen trostlosen Anblick. Überall lagen tote Kühe herum, an denen die Raben pickten. Sie waren an Ungemolkenheit gestorben und nicht an einem ordentlichen Mangel. Ich war tief erschüttert, obwohl mich der Professor zu trösten versuchte, indem er mir Moskauer-Abend-Schokoladenkonfekt anbot.

Die nächste Etappe war Atbasar. Dort kamen wir früh am Morgen an. Die Stadt war wie ausgestorben: Es gab kaum Verkehr, wenig Leute, und in den Läden nichts außer einer Kiste vergammeltem Zander.

Wir gingen zum Bahnhof. Auf dem hintersten Gleis standen elf Waggonschlangen ohne Lokomotive und sahen aus wie Würmer ohne Kopf. Ein vollkommenes Durcheinander herrschte dort, weil die Kapazität des Bahnhofs überhaupt nicht der Menge der ankommenden Lasten entsprach. Ich fragte einen Lokomotivführer von ziemlich aufbrausendem Wesen, warum, zum Teufel, sie den Bahnhof nicht erweitert hatten. Der Mann erklärte, daß sämtliche Schienen und Bahnschwellen für den Bau der Eisenbahnverbindung Kustanai-Uritskoje draufgegangen waren, obwohl der Streckenabschnitt niemals irgendeine Bedeutung für die kommunistische Wirtschaft bekommen würde, weil beide Endstationen nichts produzierten, nicht einmal Rohstoffe. Später hörte ich, daß der Bau der Strecke mittendrin hingeschmissen worden war, und der Teil, der mit schrecklicher Arbeit und Mühe fertig geworden war, versank im Innern der Tundra.

Hinter dem Bahnhof stand ein kleiner Getreidesilo. Der war vor lauter Weizen fast am Platzen. Man hatte versucht, notdürftig ein paar offene Scheunen hinzustellen, aber in denen verschimmelte das Getreide. Dutzende von Kerlen im besten Arbeitsalter standen herum und pafften in aller Ruhe ihre Machorka, nur zwei alte Omas schaufelten langsam Körner in Schubkarren. Ich guckte mir das eine Zeitlang an und kreischte dann so laut, wie ich nur konnte: »Genossen, das Getreide des Volkes verdirbt!« Mein ehrlicher Appell verursachte nicht die geringste Bewegung, einige gaben bloß ein dreckiges Lachen von sich. Wenn das kein Zeichen für einen Zustand tiefen moralischen Verfalls war! Ich schaute den Professor Kowalenko an, der seine Tränen herunterschluckte, und fragte ihn, wo ist die sozialistische Planwirtschaft, wo sind die Helden der sozialistischen Arbeit, wo all die durch sozialistisches Geschick entstandenen Maschinen, die in Moskau hergestellt werden, wo die fröhlich singenden Schlagbolzenarbeiter der Partei, wo der Geist von Stachanow, wo die Transportausrüstungen, wo die weltberühmten Lastwagenkolonnen?

Der Karte nach war die Landwirtschaftsgenossenschaft von Marinowski zehn Meilen entfernt. Die Karte log. Mehr als eine Woche liefen wir über Felder voller Mähdrescher, Traktoren, Sämaschinen und reifenloser Lastwagen, die von den Teilhabern der Kollektivländereien verlassen worden waren. Diese verlassenen Kadaver weckten in mir tausend Fragen. Wo waren sie hingekommen, die unermüdlichen Kosaken aus Kuban, wo waren die rauschend wachsenden Getreidefelder und die goldenen Maisäcker, wo die Traktorkolonnen, die ich auf Fotografien gesehen hatte?

Ich bemühte mich, diese traurigen Dinge zu vergessen, und konzentrierte mich auf die Marinowski-Sowchose, die als Musterbetrieb der sozialistischen Landwirtschaft bekannt war. Ich setzte meinen ganzen Glauben darein, obwohl Professor Kowalenko vorsichtig versuchte, mich zu bremsen. Mir war erzählt worden, in Marinowski wachsen Reis, Baumwolle, Zukkerrüben, Gemüse und Weintrauben. Laut den Zeitungen gab es dort die größten Enten der Welt, die saftigsten Tomaten und die süßesten Zitronen. Berühmt war das Gebiet auch für seine komplizierten Maschinen: für Echolote und Präzisionsapparate.

Wir kamen ans Ziel und hatten kaum das Hauptgebäude der Sowchose betreten, als ein Trupp zorniger Männer auf uns losging. Aus allen Richtungen hagelten die Fragen. Warum waren sie ins Nichts gebracht worden? Warum schmeckte das Brot, das in der Sowchosenbäckerei gebacken wurde, nach verkrusteter Hühnerkacke? Ich wurde ganz stumm, aber schon bald raffte ich mich auf, all die Wunderprodukte der wissenschaftlich-technischen Landwirtschaft zu begutachten. Ich fand kein einziges. Ich traf kein einziges Tier, außer Schweinen, die auf wissenschaftlicher Basis intensivgefüttert wurden und übergewichtig und gelähmt mitten in ihrer Scheiße lagen. Sie sahen eher aus wie Zeppeline als wie Schweine. Kein einziges Reisfeld sah ich, keine Karotte, von der Einheitsfront der Mähdrescher ganz zu schweigen. Auf den Feldern blühte das Unkraut, und das Gelände um die Baracken der Arbeiter herum war ungepflegt. Überall standen kaputte Landmaschinen herum, die sich die Sowchose zwar geschnappt hatte, bei denen die Arbeiter aber nicht mal den kleinsten Defekt reparieren konnten. Wie ich hörte, war die staatliche Maschinenreparatur nur eine Meile weg, aber die Leute aus der Sowchose hatten keine Lust, die Maschinen dorthin zu bringen.

Die Arbeiter boten uns nicht mal Tee an, und das, wo der Professor Kowalenko einen derartigen Durst hatte, daß er kein Wort rausbrachte, und mir ein Stück Gurke in der Kehle steckte. Es war umsonst, diesen groben Klötzen zu sagen, wie wichtig bei der Viehwirtschaft die Erweiterung der Futtermittelbasis und das Düngen der Felder ist.

Ich kam mir so betrogen vor, daß sich mein Herz richtig zusammenkrampfte.

Ich faßte den Entschluß, nachdem ich durch die gelbgrünen Inseln der russischen Dörfer und den freigebigen Blütenduft Moldawiens gezogen und in Moskau angekommen wäre, sofort zum Leiter der Lenin gewidmeten allgemeinsowjetischen Landwirtschaftsakademie zu gehen und ihm zu berichten. Aber da wurde dann doch nichts draus, denn das Gedächtnis des Menschen ist kurz und das Vergessen lang.

Am Herbstanfang kam ich nach tausend Umwegen und Mühen zurück nach Moskau. Unmerklich wie immer hatten sich die Blätter in der Stadt verfärbt. Ich war von allem, was ich gesehen und erlebt hatte, so fix und fertig, daß sich sogar das Lied der Nachtigall anhörte wie das Gequietsche einer rostigen Schraube.

Ich ging ins Kino Siebter Oktober, um mir den Film »Die Rückkehr der Kosaken von Kuban« anzusehn. Ich dachte, der Film hebt meine trübe Stimmung, aber ich sank nur noch tiefer als zuvor. Von Anfang bis Ende heulte ich, weil ich das Gefühl hatte, daß alles verloren war. Glaube und Hoffnung.

Nach dem Film ging ich zum Dzerzinski-Monument und wartete auf den Trolleybus. Der Trolley kam und war natürlich gesteckt voll. Trotzdem drängten sich die Menschen hinein, ich mittendrin. Langsam ging es vorwärts, und die Leute schwankten wie ein Getreidefeld im trägen Wind. In dem Moment, wo mir der faulige Gestank eines zahnlosen Alten in die Nase drang, fielen mir sämtliche Probleme des Sozialismus ein: der komplette Verfall der Elektrozavod-Stromfabrik, die abgesprungenen Kacheln und abstehenden Kabel des Kernforschungsinstituts Tsalomeni mitsamt der Belegschaft, die zum Zeitvertreib die Geräte zur Betriebsüberwachung von Generatoren und Reaktoren zerlegte, die Fabrik Onega in der Nähe von Leningrad, die über zweihunderttausend Getriebekästen in der falschen und deshalb unbrauchbaren Größe produziert hatte. Und was waren die Reden der kirgisischen Raumfahrtingenieure über den Bau von Oasen des Lebens im All, über die Eroberung des ganzen Kosmos und Flüge zum Mond – nichts als Geschwätz und leere Fantasien.

Ich lehnte eine Wange an das vor Dampf feuchte Fensterglas. Der Trolley näherte sich der Kamenski-Brücke und dem Dom Prawitelstva, wo die höchsten Bonzen des Staates wohnten. Da spuckte ich ans Fenster, weil ich so einen starken Widerwillen gegen deren Sozialismus und sogar gegen den Kreml spürte, wo die führenden Männer der Revolution auf den Stufen zur Macht hinaufstiegen und wieder runterfielen, um entweder eines natürlichen oder, meistens, eines unnatürlichen Todes zu sterben, in Arbeitslagern, Gefängnissen oder hinter der Sauna. Sie gaben Amt und Wohnung an die neuen Herren der Partei weiter, und alle taten, als wär nix passiert.

Ich dachte an den Muschiken, der in den dreißiger Jahren von der Natur schwärmte und nicht kapierte, daß die Natur ein Mittel und ein Rohstoff ist, der für den Menschen geschaffen ist und den der Mensch sich zu Nutze macht, wie er will. Diese prähistorischen Überbleibsel von Muschiken waren noch nie mit einem Traktor oder irgendeinem anderen technischen Gerät umgegangen. Stalin hatte die schwierige Situation erkannt und in der ganzen gewaltigen Sowjetunion Traktor- und Maschinenstützpunkte gegründet, die zu Schulen moderner Kriegsführung für die Bauern wurden.

In seiner alles überschauenden Weisheit hatte Stalin auch andere zeitgemäße Lösungen gefunden. Er hatte Völker von einem Ort zum andern verlegt, die Landwirtschaft kollektiviert, weil er schon den Krieg und die Lebensmittelknappheit in den Städten vorausgesehen hatte. Er hatte die Rohstoffe und die Lebensmittel in den großen Speichern der Kolchosen zusammentragen lassen, von wo sie im Krieg in die Städte und an die Frontlinie transportiert wurden. So konnte Stalin den ganzen Krieg über Industrie und Landwirtschaft in Betrieb halten.

Ich warf einen Blick aus dem Busfenster und sah die Lichter Moskaus vor mir. Mir kam ein finnischer Sommerabend in den Sinn, eine Sauna, die am Ufer eines ruhigen Sees vor sich hin raucht, das Klatschen der Birkenbüschel, saubere Unterwäsche und Akkordeonspiel, neue Felder und der herrliche Duft von frischem Brot.

Juho Gabriel hat eine seltsame nächtliche Begegnung

juho gabriel: Ich werd mitten in der Nacht wach, weils mich im Buckel so schrecklich sticht. Da hilft kein Hechtzahntrank und kein lebendiger Frosch. Ich muß in die Nacht.

Ich geh auf dem kürzesten Weg zur Metsävainio Hulda, die ein gutes Händchen beim Stechen hat. Ich weck sie auf und fleh sie an, dem Leidenden zu helfen. Die Hulda kocht zuerst eine Kanne Kaffee, und den trinken wir. Dann mach ich den Rücken bloß, und die Hulda fängt an zu zwicken. Bis zum frühen Morgen dauerts, bis sie die Krankheit in ihre Fingerspitzen gezupft und in die Ecke gepustet hat.

Ich bedank mich schön bei der Hulda und geh als gesunder Mann wieder heim. Im Hof muß ich mal und geh hinter die Rosenhecke. Ich laß es plätschern, und von der Pisse steigt der Dampf auf. Ich linse so in Richtung Sauna, da denk ich, ich guck gleich mal, wie hoch der Schindelhaufen an der Saunawand noch ist, und ich glaub, mir fallen die Augen aus dem Kopf. An der Ecke von der Sauna steht ein Weib mit schwarzer Fratze. Ich stopf mir gleich den Schwanz in die Hose und reib mir die Augen. Die Alte kommt auf mich zu. Da hab ichs auf einmal eilig. Ich renn über den Hof zurück in die Stube, leg gleich mehrere Riegel vor die Tür und guck aus dem Fenster.

Ich seh niemand mehr, und ich vermute, das ist bestimmt ein Gespenst. Pfui Teufel, ich spuck dreimal in die Ecke und leg mich wieder hin.

Stalins Tod

impi agafiina: Ich ging die Bolschoja Podgornaja entlang und wunderte mich, daß alle, die mir entgegenkamen, das Gesicht verzogen. Dem einen war der Schrecken in die Visage gestiegen, bei einem andern blitzte ein Lächeln auf, der dritte schrie aus vollem Hals.

Ich fand das natürlich seltsam, dachte mir aber trotzdem nichts dabei. Um was zu erledigen, ging ich aufs Klo vom Sakol-Hotel, das mir von Offizieren empfohlen worden war, und dort, mitten im stechenden Pißgeruch, flüsterte mir die alte Klofrau ins Ohr, daß der Große Führer abgetreten war. Ich machte mich davon, eilte an der ehrenvollen Armee der Berufsbettler, der stummen, fünf Häuserblocks langen Schlange vor einem Lebensmittelladen vorbei, huschte ins Hotel Budapest und bestellt am Buffet hundert Gramm Wodka. Ich gluckerte das Glas leer und fühlte zugleich große Erleichterung und seltsame Angst.

Stalin war tot und Rußland an den Rand eines Tornados geraten. Ich versank in Gedanken an die Vergangenheit.

Abschied von Moskau

impi agafiina: Raissa Smith schlug vor, daß die gesamte Kommunalka geschlossen zum Roten Platz geht, um Stalin zur letzten Ruhe zu geleiten. Als niemand mitwollte, ging Raissa allein.

Die anderen blieben mit schuldbewußtem Gesicht zurück und hörten sich die Trauermusik an, die Tag und Nacht aus dem Radio kam. Ich konzentrierte mich darauf, über Zugfahrkarten nachzudenken. Dann geschah etwas absolut Furchtbares. Während der Begräbniszeremonie zog eine riesige Menschenmenge auf das Leninmausoleum zu, vor dem Stalins Leichnam aufgebahrt war. Die Miliz und die Soldaten verloren die Kontrolle, und die Menschen strömten immer schneller.

Von den Füßen dieser Menschen wurde Raissa totgetrampelt. Auf dieselbe Art und Weise, wie sie es mir selbst vom Begräbnis von Valentino erzählt hatte, den ich aus Filmen kannte.

Ich erinnerte mich an das, was ich Raissa versprochen hatte, und weil ich gewohnt bin, zu meinem Wort zu stehen, fragte ich Dasha, der nichts übrigblieb, als alle Kinder Raissas zu übernehmen, wo ich in Pittsburgh eigentlich hingehen soll. Auf einen Zettel schrieb sie die Adresse von Filppa Jebremoff. Das war eine Jugendfreundin von Dasha. Sie kamen aus verschiedenen Gegenden, aber das Schicksal hatte sie in der Ukraine zusammengeführt. Zusammen hatten sie die Revolution und den Bürgerkrieg durchlebt, dann war Filppa übers Meer, um Gold zu waschen, und Dasha hatte als Lohnsklavin in Moskau angefangen.

Auf dem Schwarzmarkt der Parteifunktionäre tauschte ich die Zugfahrkarten gegen eine Flugkarte und packte meinen Kram zusammen.

Auf dem Weg zum Flughafen, Raissas Asche im Stiefel, warf ich einen letzten Blick auf Moskau. Mein Herz füllte sich mit einer zarten Wehmut. Ich dachte an die Baustellen, an das Moskovitsal Stahlplattenwerk und an die Werft, an das Neuland, an die Teilhaber der Kollektivländereien und an die Arbeiter der Staatsländerein.

Als das Flugzeug abhob, flogen wir zuerst sehr niedrig. Die Luft war grau und neblig. Alles sah entmutigend traurig aus. Aber just als wir über den Kreml flogen, blitzte die Sonne hinter einer Wolke hervor und warf einen goldenen Bogen über den Roten Platz.

Das dauerte nur wenige Sekunden: Die weißen Klöster glitzerten, die Windungen der Moskwa kräuselten sich unter einem Lufthauch, und die goldenen Parks sahen prächtiger aus als der Winterpalast.

7. *buch*

Impi Agafiina läßt sich in Filppa Jebremoffs Fernsehsessel häuslich nieder. – Juho Gabriel erzählt Mikri Vuoma von einer nächtlichen Begegnung. – Die Welt ist ein Schattenspiel. – Der göttliche Dino: That's amore! – Jayne Mansfield bricht in frivoles Gelächter aus, und die Flammen der Hölle verschlingen die Häusler von Marhotski. – Impi Agafiina beschließt, ein neues Leben anzufangen, aber erst morgen. – Das Eis schmilzt. – 4.10.1957. – Impi Agafiina packt ihre Tasche und wendet sich dem kalten Nordland zu.

Wundersames Amerika

impi agafiina: Die Sonne hatte sich verflüchtigt, es war also schon Abend. Ich hatte verrichtet, was mir aufgetragen worden war: ich hatte Raissa Smiths Asche zur letzten Ruhe im Urnenhain vom Baptistenfriedhof begleitet.

Ich war in einem fremden Land, in einer seltsamen Stadt, unter Menschen, die mir unbekannt waren. Ich war allein.

Am Eingang zum Friedhof zerbrach ich mir den Kopf darüber, was ich jetzt anfang.

Wie ich da so stand, sah ich zufällig auf einem Bus eine große Reklame, die Leute zu einer Rundfahrt aufforderte. Ich beschloß mitzufahrn, und schon saß ich auf dem Vordersitz und bestaunte die Panoramen Amerikas.

Vor dem Stadtmuseum stand ein buntes Plakat von der Größe eines mittelgroßen Blumenbeets. Darauf wurde für Lemon Hart-Rum geworben. Das brachte mir das ferne Afrika in den Sinn, und ich fing an, mir Gedanken über die Zivilisierung armer Länder, die Vereinigung der Weltmärkte und die Allmacht der Wissenschaft zu machen. Die Fahrt ging weiter zum Hauptkontor von General Electric. Neben dem Haupteingang hatten sie einen blinkenden Apparat aufgestellt, mit rundem Bildschirm und groß wie ein Rübensilo. Das war Philco, und der war richtig hübsch. Wie ich ihn mir so aus der Nähe betrachtete, konnte ich von Glück sagen, daß ich nicht blind wurde. Der bläuliche Schnee auf dem Bildschirm peitschte mir in die Augen, und zwar so, daß ich, als die Fahrt weiterging, fest überzeugt war, die Wissenschaft bringt der Menschheit Klugheit und die Klugheit ein immer besseres Leben. Während ich mir noch über die Weltwirtschaft den Kopf zerbrach, fiel mir auf, daß ich die Union der Sozialistischen Sowjetrepubliken mit Begriffen in Verbindung brachte wie Hunger und Elend, Krieg, Versteppung, extremer Waldschwund, totale kulturelle Leere und maßlose Einsamkeit der Menschen – genau wie ich es vor dem Krieg getan hatte. Amerika war immerhin frei von solchen traurigen Malheuren, das spürte ich. Der Bus rauschte an einer Lichtreklame an der Ecke von MacDougal- und Bleekerstraße vorbei. Dort prangte das Markenzeichen der Zeitung »Fortuna«. Ich warf den Kopf zurück und ließ meine neugierigen Augen von dem hellen Licht blenden. Insgeheim war ich mir absolut sicher, daß Vernunft, Fortschritt und Entwicklung eins waren mit den Vereinigten Staaten von Amerika. Die Universitätsbibliothek leuchtete im Sonnenlicht wie ein Diamant. Auf ihrem Dach war eine hübsche Reklame für eine Dirne festgeschraubt: Die lag auf der Motorhaube von einem Auto, mit spitzen Titten, fast nackt, nur mit einer weichen Zipfelmütze auf dem Kopf, zwischen zwei gewaltigen Geparden aus Porzellan. Ich schlußfolgerte: will man die Vernunft in die Tat umsetzen, braucht man Fortschritt in der Wissenschaft, die braucht man wieder für die Technik, und wenn es mit der Technik vorwärtsgeht, geht es mit allem voran.

Rechts ließen wir eine schlecht gezeichnete Cornflakes-Werbung liegen, auf der Präsident Truman zur Mickey Maus sagt, guck nur, was ich mir für eine fette Beute unter den Nagel gerissen hab. Linker Hand war ein Bisquitpaket von Huntley & Palmers. Vor uns lag die Drei-Schwestern-Bar sowie die lange und gerade Roosevelt Street. Ich bewunderte den schönen Dschungel der Antennen auf den Dächern der gutgebauten Mietshäuser. Hinter dem Springbrunnen wuchs der Buchstabe V in den Himmel. Natürlich groß, weil in Amerika ja alles riesig ist. Der machte Reklame für einen Gemüsesaft mit noch weniger Kalorien als ein Fruchtsaft. Da mußte ich lachen, weil ich mir in Moskau angewöhnt hatte, im Geschäft immer das Fetteste zu holen, damit ich mit wenig Mahlzeiten auskam. Ich guckte mir die Gemüsedose genau an, weil sie so schön rot war, und in dem Moment fiel mir das Wort Macht ein. Über die hatte ich ja den ganzen Krieg hindurch nachgedacht und war zu dem Ergebnis gekommen, daß der, der die Macht hat, bestimmt, wie die Zukunft des Volkes, sogar der ganzen Menschheit aussieht. Ich spürte, wenn ich auch nur an Macht denke, fängt das Blut in meinen Adern an zu laufen wie verrückt.

An der Nordseite vom Amtsgebäude war ein Schild, auf dem es hieß, Rita Hayworth hätte vierzig Stunden am Stück in Magic-Motion-Nylons getanzt, ohne eine einzige Laufmasche. Ich kapierte, mein Himmel war nicht im Himmel, er war auf der Erde, und zwar hier. Da war die Rundfahrt zu Ende, und ich war angesichts der Wunder Amerikas total hin und weg.

Vom Bus stieg ich in ein Taxi um und gab dem Fahrer den Zettel, auf den Dasha die Adresse gekritzelt hatte. Dort stand: Filppa Jebremoff, ein Straßenname und viele Grüße und Segen. Ich dachte, ich frag die nach Quartier, weil sie über Dasha praktisch eine halbe Bekannte war. In zwei Wochen, überlegte ich mir, könnte ich die neuesten technischen Errungenschaften Amerikas speichern und dann guter Dinge ins heimatliche Finnland zurückkehren.

Das Taxi brachte mich nach McKeesport, in das Wohngebiet der Gastarbeiter hinter der Stahlfabrik. Da war kein einziges blinkendes Schild zu sehn, bloß schwarze Finsternis. Ich hatte das Gefühl, in einen unzivilisierten Winkel der Welt geraten zu sein, wo keiner was von den Lichtern Amerikas weiß. Der Fahrer sagte, er fährt nicht rein in das Gastarbeitergelände. Er hielt an, ich bezahlte und blieb erstmal stehn. Auf einer Hauswand stand: 96th Street. Ich ging weiter, obwohl ich nichts sehen konnte. Zuerst stieß ich gegen ein Knochengestell, das russisch sprach, und kurz darauf trampelte ich einem andern auf die Zehen, und der schrie mir gleich auf polnisch alle möglichen Unflätigkeiten ins Gesicht. Vor einem leeren Grundstück an der Ecke East 96th Street hielt ich an. Ich machte die Augen zu. Kaltes Blut stieg in mir hoch, weil ich irgendwo eine Mandoline und »Die Moskauer Abende« hörte. Au weia! Wie ich dort stand, konnte ich mir gut vorstellen, mitten in der moldawischen Steppe zu sein, und nicht in einer hektischen, vor Industrie strotzenden amerikanischen Stadt.

Vor einer Bar namens Cedar zeigte ich den Adreßzettel einem stinkenden, in Lumpen gewickelten Slowaken mit einer hübsch gefärbten Gulf-Mütze auf dem Kopf. Der buchstabierte ewig lang Filppas Adresse vor sich hin, nickte und wies mich schlußendlich zu einer Fabrik. Ich fragte, warum. Er stotterte, dort findet man alle Russen von McKeesport, das ist die Russenfabrik. Ich glaubte seinen klaren Worten und stapfte durch ein miefendes, von Ratten und Dreck belagertes Elendsdorf. Ich mußte an die Hütte von Ristiina und Ransu denken, war dasselbe Kaliber, aber trotz des Elends roch es überall nach den süßlichen Abfällen, die der amerikanische Wohlstand hervorbrachte. Um Hering und Zwiebel mußte man nicht besorgt sein.

Ich kam zum Fabriktor, und als Weib, das die Welt kennt, fand ich leicht einen Vorwand, hineinzukommen. Eine Zeitlang guckte ich mich um, weil mich das ganze Fabrikzeugs interessierte. Ich kam an der Gießerei vorbei, an den Öfen und an der Presse. Alles sah aus wie in Moskau, sogar primitiver als in der Moskovitsal. Ich wunderte mich, daß die Amerikaner in der technischen Entwicklung nicht weiter waren, und der Gedanken an die Modernität und vor allem an das Funktionieren von Moskovitsal machte mich stolz.

An einer Preßmaschine fand ich einen buckligen Fettkloß, der behauptete, Filppa Jebremoff zu sein. Sie fragte mich, ob ich Geld, ein Zimmer oder Arbeit will. Ich sagte, ich will den ganzen amerikanischen Traum. Sie brach in lautes Gelächter aus, in so ein russisches, und streckte mir eine faltige und rauhe Arbeiterinnenhand hin.

Die ganze Nacht saß ich am Cola-Automaten der Stahlfabrik und wartete, bis Filppas Schicht zu Ende war. Ich konnte nicht schlafen, weil sich in meinem Kopf alles drehte. Da waren Moskau, die sowjetische Neulandgewinnung, der amerikanische Traum und die Zukunft, und ich kriegte aus all dem keinen klaren Gedanken zusammen.

Die Sonne war an den Himmel geklettert, es war also Morgen. Endlich war Filppas überlange Nachtschicht beendet. Wir nahmen einen stromlinienförmigen Bus und fuhren in Filppas Quartier. Die ganze Fahrt über mischte Filppa ukrainische Wörter in ihr gebrochenes Englisch. Die großen roten Hände ruhten wie zwei Lachse aus dem Teno auf den Plastikarmlehnen der blutroten Vinylsitze, die runden, gelben, durchsichtigen Augen schenkten mir keinen einzigen Blick.

Dreist blinzelte die Morgensonne in die Hinterhöfe der 72th Street und entblößte sämtliche Geheimnisse, die die Nacht glücklicherweise versteckt gehalten hatte. Wir beeilten uns, ins Haus zu kommen.

Filppa bewohnte ein Ofenzimmer und eine Küche. Sah nicht besonders edel aus. Im Ofenzimmer schlief sie. Alles war schmutzig und unaufgeräumt, die Wäscheleinen liefen kreuz und quer durch die Küche, und das Bett war nicht gemacht. Wie ich da auf dem Schemel saß und mich umguckte, konnte ich nicht anders, als an Moskau und die Kommunalka denken. Es kam mir vor, als wäre sogar der Geruch genau derselbe, der Geruch von Petroleum, Furz und Muff. Einerseits war ich entsetzt, andererseits fühlte ich mich merkwürdig erleichtert. Es war gemütlich, obwohl ich mir nie vorgestellt hätte, daß Amerika so primitiv sein kann.

Ich zog meine Jacke aus, hängte sie an den Haken und erwog, gleich am nächsten Tag zurück auf den alten Kontinent zu fahren, denn das Amerika der Arbeiter schien geradezu die Brutstätte des Elends zu sein. Filppa behielt die Jacke an und wuselte in der Küche herum, dann kam sie ins Zimmer und summte »Die Eberesche vom Ural«. Sie trippelte auf einen truhenartigen Schrank zu, nahm mit einer leichten Bewegung die Häkeldecke runter und öffnete die Türen. Im Bauch der Kommode kam ein holzverschaltes Guckradio mit runden Ecken und kleinem Bildschirm zum Vorschein.

Da war ich neugierig. Ich hielt direkt den Atem an. Filppa knipste den Apparat an. Ich ging ein paar Schritte auf den flimmernden Schirm zu. Da warn Menschen zu sehn, aber die drehten sich im Kreis, und schon bedeckte wieder Schneegestöber den Bildschirm. Ich blieb stehn. Hinter dem Rauschen hörte ich sowas wie menschliche Stimmen, und ich sah ein Gesicht, das aussah wie ein Wesen aus dem All. Gespannt ließ ich mich auf den abgenutzten Sessel fallen, der so dicht an dem Gerät stand, daß man an den Knöpfen drehn konnte, wenn man sich nur ein bißchen streckte. Filppa brachte die Antenne in Stellung. Allmählich ließ sich das Bild auf seinem Platz nieder, und das Rauschen verwandelte sich in deutliches Amerikaenglisch. Ich holte tief Luft, mein Herz bimmelte wie eine Schlittenglocke, und auf dem Bildschirm explodierte eine Spick & Span-Waschmittelflasche zum Hurrikan, der das ganze Bild davonfegte. Von der starken Druckwelle wurde ich gegen die

Rückenlehne gedrückt, der Sessel kippte, die Fußstütze wippte nach vorne, und so hing ich da wie der ans Kreuz genagelte Nazarener und konnte nicht vor und nicht zurück. Der Mund offen, die Beine ein bißchen auseinander, die Nerven total angespannt.

Filppa machte meinen Seesack auf und wühlte darin herum. »Dieses Amerika ist bestimmt nicht das himmlische goldene Land, und ich habe wohl recht, wenn ich sage, daß ein Kind Gottes hier seine Freude nicht haben kann. Selbst die Schuhe knarzen hier komisch, jammern über das Elend der Menschenkinder. Meistens trägt das Schlechte den Sieg davon, aber manchmal erhebt auch das Gute sein Haupt, so wie damals, als ich Adek fand. Oh, wie ich mich nach Marhotski sehne und nach Dasha und Tekla. Dort zwitschern immer fröhlich die Vögel in den Frühlingsbirken am Straßenrand, und die Anemonen stehen reinlich in ihrem funkelnagelneuen Kleid an den Grabenrändern.« Außer ein paar Eigennamen konnte ich noch die Wörter Revolution, Feuer, Massengrab und immerwährendes Brot heraushören. Ich kümmerte mich nicht um Filppas Gebrabbel, aber ich mochte die Reklame im Guckradio. Ich bekam richtig Lust auf Maxwell House-Kaffeepulver und Lockheed-Koffer.

Juho Gabriel erzählt Mikri Vuoma von seiner nächtlichen Begegnung

juho gabriel: Der Mikri Vuoma kommt zu Besuch und redet den ganzen Tag. Am Abend sag ich dem Mikri, daß ich ein Gespenst gesehn hab. Der Mikri ist lang stumm, dann sagt er, das war eine alte Jungfer. Und ich: was zum Teufel? Der Mikri steckt sich ein Stück Zucker in den Mund, schlürft Kaffee durch und sagt, wenn ein weibliches Gespenst auf den

Hof von einem Junggesellen getrippelt kommt, dann heißt das Hochzeit. Ich will dem Mikri mit der flachen Hand eine verpassen, weil er so ein dummes Zeug schwätzt, aber dann muß ich auch schon herzlich lachen.

Swan Soap bezahlt die Geigen

impi agafiina: Es war ein kalter Winter mit viel Schnee. Am frühen Sonntagmorgen wurde ich in Filppas BarcaLounger ruckartig wach und fragte mich, ob das wahr ist oder ob ich träume. Ich hatte schrecklichen Hunger. Das war auch kein Wunder, weil ich schon seit über einem Monat bloß von den Tabletten lebte, die mir Filppa gab.

Filppa hatte einen Topf Bohnensuppe gekocht. Das gab Blähungen, beseitigte aber den Hunger, ich nahm noch einen dritten Teller und ließ es mir bei der Bob Hope Show schmecken. Außer Bob war auf dem Bildschirm noch der Gewinner des Ike-Eisenhower-Ähnlichkeitswettbewerbs. Ich dachte, die Amerikaner haben kapiert, wie man Propaganda macht. In Moskau glauben sie an das geschriebene Wort, deshalb wird aus der Sowjetunion niemals eine Weltmacht, denn Lesen ist langsam, und man muß dabei zu viel denken. In Amerika dagegen wird an die Kraft des Bildes geglaubt. Das kommt schnell und packt auch den dümmsten Zuschauer.

Bob war glaubwürdig und immer überzeugend. Ich vertraute ihm und der Swan-Seife, die die Geigen bezahlte. Die Bohnensuppe war alle, und mein Magen fing an sich zu melden. Filppa ließ sich in die Sofaecke fallen und tat so, als würde sie fernsehn. *Don't shoot, it's only me!* Den Fernsehsessel hatte sie mir überlassen, weil sie sah, wie sehr ich ihn brauchte. Sie selbst schwelgte lieber in ihrer Vergangenheit in der Ukraine, in dem kleinen armen Dorf Marhotski, wo sie geboren war und von wo aus sie einst zur Fahrt über den Ozean aufgebrochen war. Wenn sie erzählte, kam Amerika überhaupt nie vor.

»Ja ja, auf den goldenen Wiesen von Marhotski wanderten die Viecher glücklich einher. Ich war vielleicht fünf oder sechs, wie der Jarhokki dumpf tönte, jetzt, meine kleine Katinka, bist du schon so ein großes Mädchen, daß du allein die Schafe hüten kannst, und o wie war ich glücklich! Barfuß sprang ich im Schnee den Lämmern hinterher. Dem Herrgott sei Dank! Der Schnee quoll zwischen den Zehen durch, und mein Rücken war voller Schweiß. Sieh nur, wie der Himmel mit weißen Wolken über den blökenden Schafen glänzte, klar wie das Auge eines Waldweihers.«

Im Fernseher schlug Doris Day vor, Handschuhe von van Raalten zu kaufen.

Mir kam in den Sinn, daß ein Russe an dieser Stelle gesagt hätte, er haßt bequeme Sachen, mag aber den Mangel und das Elend. Aus mir war eindeutig eine Amerikanerin geworden, weil mir aller mögliche Krimskrams gefiel, Gelees in grellen Farben und mit ausgefallenem Geschmack.

Filppa legte Koks im rotglühenden Eisenofen nach, der eine dumpfe Hitze verströmte, und rief mich in die Küche. Ich mochte diese Küche überhaupt nicht, sie war ein feuchtes Kakerlakennest, und außerdem konnte ich durch die Wand hindurch nicht den Flimmerkasten sehn. Das stank mir, und zwar gewaltig. Ich rührte mich also nicht vom Fleck, tat so, als hätte ich nichts gehört. Bob bat Jane Russell auf die Bühne. Das war vielleicht ein prächtiges Weibsbild. Ich schrie zur Filppa rüber, komm und guck dir das an, und sie kam. Sie kam mit einer Weinflasche in der Hand und schenkte sich und mir ein Gläschen Muskateller von der Krim ein, den sie zum sechzigsten vom weißrussischen Pförtner der Fabrik geschenkt bekommen hatte. Ich fand, der Muskateller schmeckte ziemlich gut, zumindest besser als der Coronet Brandy, den Bette Davis als den besten pries. Filppa gurgelte den Muskateller, deutete mit ihrem krummen Finger auf den Fernsehschirm und legte los: »Guck mich an, mein Mädchen. Guck nur ganz genau hin. Ja, hierher. Streich mir übers Gesicht und durch mein Haar. Ist das kein prächtiger Glanz? Als ich jung war, war ich noch reizender, so hübsch wie eine Walderdbeere, auch mein seliger Vater pries mich immer. Nannte mich brav und folgsam. Und was wurde daraus? Das hast du bestimmt schon erraten. Die Verehrer hingen mir am Rockzipfel wie die Mücken am Amur. Einer war ein Kämmerer, ein anderer der Sohn des Zweiten Vorsitzenden der Bezirkskommission Tsita, der dritte das uneheliche Kind des diensthabenden Leutnants in der Trans-Baikal-Panzerakademie. Doch meinen Schatz fand ich hinterm eigenen Zaun, beim Hacken auf dem Lehmacker. War kein Kämmerer und kein Zweiter Vorsitzender, ein Leibeigener wars, der Zagurski, und das brachte den seligen Vater Jarhokki zum Weinen. Das Mädchen wurde nicht reich und wandelte nicht auf breiten Wegen. Ach wie trauerte er über das Schicksal seiner Katinka, aber ich lächelte nur, lächelte so sehr, daß die Lippen waren wie bei einem Frühlingspferd. Wo der Zagurski doch ein rechter Pferdemann war. Durfte sonst ja auch nichts sein. Für die Verlobung hatte so einer kein Geld. Immerhing schwenkte dieser Habenichts vorm seligen Vater einen Salzsack als Bezahlung für das schöne und so arbeitsame Fräulein, bloß dem Fräulein war nicht wohl zumut. Tag und Nacht gab ich der Welt meine Tränen. War doch mein Schatz am Ende arg grausam. Schlug, spuckte und drohte mit der Axt. Einmal am frühen Morgen wollte ich zum Melken gehn, und da stand der Zagurski in der Tür. Ist der Lump schon auf dem Weg in den Laden, dachte ich, wo er den Sonntagsrock anhat. Dann war der Mann weg. Ich hatte große Angst, was wohl der Vater sagt, wo der Bräutigam heimlich still und leise verschwunden ist. Mir wollte gar kein Schlaf ins Auge kommen. Aber plötzlich, mitten in der Nacht, hörte ich, wie jemand die Treppe hochsteigt und herein will. Ich fürchtete mich sehr. Wenn jetzt ein Kulak kommt und mich mit der Mistgabel umbringt? Aber es war nur der einarmige Jergo. Gospodi pominai. Was will der denn hier, und auch noch mitten in der Nacht? Kam, um zu berichten, der Zagurski ist über die Meere. Und der Jergo lieferte die Botschaft mit Freuden ab! Fragte noch, dieser Schelm, wie wärs, wenn ich seine Braut würde. Aber ja doch, sagte ich, wo du so schön drum bittest. Schließlich war es der Sohn Gottes, der den seligen Jergo zu mir schickte. Aber Gottes Segen, wie der Morgen dämmert, merke ich, wie gelb das Gesicht von dem Jergo war! Hatte zu viel Karotten gegessen oder eine südliche Krankheit gekriegt. Und, ach, wie dünn und armselig er aussah. Oh, wie bedauerte sich das Fräulein für seinen neuen Bräutigam, oh, was für einen kläglichen Mann hatte sie bekommen. Arbeiten konnte der Jergo schon. Wie schön er den matschigen Hof fegte, den Hof von Simferopol, dem Onkel vom Jergo selig. Verborgen in der Kammer lebten wir dort wie zwei Spatzen in der Hand. Der Simferopol mochte mich so sehr, daß er mir beim russischen Hausierer sogar einen Schal kaufte. Lauter gute Sachen gab er mir. Sauerkrautbier und kleine Brezeln, rückte mir aber so auf die Pelle, daß ich erschrak. Finger weg! Ich verpaßte ihm eins mit dem heißen Schürhaken. Husch, husch, weg da, Kerl! Ein Säufer ist er geworden, auf seine alten Tage fing der Simferopol an zu saufen wie die jungen Männer. Ich hätt es nicht geglaubt, wenn ich es nicht mit eigenen Augen gesehen hätt. Führte auch den Jergo selig auf den Weg der Sünde, und ich hatte meine Trauer, weil der Schnaps mir den braven Mann genommen hat. Den Hof wollte der Jergo nicht mehr kehren, viel lustiger war es, Wodka zu trinken. Aber ich bin deswegen nicht in Tränen ausgebrochen. Wie sichs für ein ordentliches Mädchen gehört, pflegte ich die Blumen, hielt die Stube sauber und war immer geschäftig, befolgte alle Anweisungen und trug den Jergo eigenhändig ins Bett. Wie herrlich war es doch, dem eigenen Mann zu dienen und Schmerz zu empfinden. Das Leid ist ein Geschenk Gottes. Doch wenn der Abend kam, lag ich in meinem Bett und betete, Gott möge den Schnaps aus der Welt fortnehmen, ich bat um Vergebung und legte mein Schuldbekenntnis ab. Wer von uns wäre ohne Fehler.«

Dino, dieses göttliche Pizzaauge, fragt Impi Agafiina, ob sie jemals auf Strümpfen getanzt hat

impi agafiina: Ginger Rogers erzählte gerade Jack Benny, warum sie gebratene Kartoffeln mag, als Filppa reinkam. Wahrscheinlich aus der Fabrik. Ich konnte nicht mal Gingers Erklärung zu Ende hören, weil Filppa rief, sie ist gekündigt worden. Ihr Rumgeplärre machte mich rasend, sie hätte ja schreien können, wenn der Fernseher nicht mehr an war.

Jack Benny wurde gegen Reklame ausgewechselt. Die Amerikaner waren ein einfältiges und ständig lachendes Volk, sie hatten alle gute Zähne und kannten keine Sorgen. Solche Menschen gefielen mir, denn Sorgen und Tränen hatte ich im Krieg und bei den Russen mehr als genug gesehn. Ich mußte lachen in meinem Sessel, weil mich der einfache Verstand von diesem Jack Benny so amüsierte. Filppa verfluchte die hohen Herren und bejammerte die Grausamkeit der Welt. Da kam mir ein schöner Sommerabend auf der Karelischen Landenge in den Sinn. Wir waren in einen Blockadering der Russen geraten, und das Ganze sah äußerst gefährlich aus. Hauptmann Parlander sagte, eher erschießt er sich, als daß er sich von den Russen gefangennehmen läßt, und Leutnant Liljendal war derselben Meinung. Ich glaubte, die sagten das bloß so dahin, ohne es wirklich ernst zu meinen, aber da erschossen sie sich gegenseitig. Ich fluchte, verdammte Bankerte. Wir anderen kriegten einen derartigen Haß, daß wir den Blockadering durchbrachen und mit heiler Haut ins Lager zurückkamen.

Jetzt ließ sich Filppa mitten aufs Sofa sinken, was sie sonst nicht tat, und drohte, sich eine Flinte zu kaufen. Ich sagte, red kein Blech, besorg dir Nagellack, färb dir die Haare und kauf dir ein Fläschchen gutes Parfüm. Ich hatte nämlich vom Fernsehen gelernt, daß ein guter Duft den Gedanken an Feste, Freude und das herrliche Verlangen nach Liebe weckt. Ich mußte lachen, wie kindisch die Amerikaner waren, weil ich es nicht gewöhnt war, daß erwachsene Menschen so rumquasseln, aber die taten überhaupt nichts anderes. Filppa meinte, ich will mich über sie lustig machen, aber als ich ihr versicherte, daß die Amerikaner immer recht haben, war sie einverstanden, sich wenigstens eine Portion billiges mexikanisches Wangenrot zu holen.

Von diesem Tag an waren wir beide daheim. Ich hatte nichts dagegen, weil ich mich schon an Filppas Geschwätz gewöhnt hatte. Ich vertiefte mich in die Wiederholungen von The Martin and Lewis Show. *Okay, hot-shot. Okay! I'm pouring!* Ich vergötterte diesen Dino. Das war ein Mann, der den gleichen Charme und das gleiche Zielbewußtsein hatte wie Sarmo.

Mitten in meinen Erinnerungen fragte mich Mister Martin, ob ich schon einmal auf Strümpfen getanzt hätte. Ich setzte ein rätselhaftes Lächeln auf, dasjenige, das Filppa überhaupt nicht leiden konnte, und wie die Filppa das bemerkte, verpaßte sie mir eins mit dem Staubwedel.

Brunftzeit

juho gabriel: Eine Woche vor Michaeli hör ich im Laden, der Raimari braucht einen guten Mann, um die Herde zusammenzutreiben. Es ist die Brunftzeit von den Rentieren. Ich hab die Lehren vom Onkel noch gut in Erinnerung und spring ein.

Aus dem Rentiereinsammeln wird nix, weil die versoffenen Rentiermänner nix machen wie hinundherstolziern und Blödsinn reden. Den Raimari kümmerts nicht, weil er selber säuft. Ich sauf nicht und ich hab auch keinen Arbeitseifer. Ich find, die Jungrene, die da rumrennen, sehen noch häßlicher aus als die ausgewachsenen Rene, obwohl das gar nicht sein kann. Ich geh ins Fjälltal, weil ich das versoffene Geschwätz nicht aushalt. Dort stoß ich dann auf einen großen und prächtigen Bock. Der hat hundert Kühe um sich versammelt, die er streng bewacht. Er läßt nicht zu, daß sie sich mehr als ein paar Zentimeter bewegen, den Flechten hinterher. Da sieht er mich. Wir gucken uns an, und ich trau mich nicht, mich auch nur zu rührn. Ich denk, wenn ich den Bock erwisch, dann kommen die Kühe schon hinterher. Ich werf das Lasso.

Es fliegt vorbei, und da wird der Bock wütend. Er scharrt, nimmt Anlauf und stürmt mit vorgestrecktem Geweih auf mich los und schmeißt mich hoch in die Luft. Später komm ich hinter einem großen Stein wieder zu mir. Blut fließt aus dem Kopf, und das Bein tut weh. Ich verfluch die Rentiere und die Rentiermänner in die unterste Hölle und humpel über das Schneefeld ins Tal. Da ist natürlich weit und breit kein Rentier mehr zu sehn. Der Bock hat seine Herde bestimmt auf die andere Seite vom Fjäll geführt. Ich nehm die Ski unter den Arm und humpel heim. Das ist das letzte Mal, daß ich irgendwas mit Rentieren anfang.

mikri vuoma: Ich schnallte mir die Ski an und fuhr auf die andere Seite vom Fjäll, weil ich mir dachte, vielleicht seh ich da meinen schlecht kastrierten Bock.

Der Schweiß lief mir nur so über die Stirn.

Ich dachte, wenn der einhodige Bock dort ist, fang ich ihn ein, hack ihm das Geweih ab und kastrier ihn ordentlich. Kaum komm ich aufs Fjäll rauf, da seh ich unten einen Leitbock mit an die fünfzig Kühen. Den greifen der weiße Bock vom Kaaprili und ein paar Jungböcke an. Er hat seine Mühe, und seine Bewegungen sind steif. Da seh ich dann auch meinen Schlechtkastrierten, aber ich fahr lieber nicht den Hang runter, weil der Leitbock da seine Runden dreht. Ich bleib stehn und guck zu. Nicht lang, und aus Nordwest kommt noch eine Herde mit Leitbock. Ich bin direkt erschrocken, von wegen, jetzt gibts Krieg, und so kams auch. Der Leitbock von der größeren Herde, der ein dickes Geweih hatte und einen dicken Hals, ging auf den kleineren Leitbock los. Bei beiden floß das Blut, weil sie sich gegenseitig mit den Geweihen stießen, so viel sie nur konnten. Mitten im schönsten Kampf verfingen sich die Geweihe ineinander, und sie wären an Ort und Stelle krepiert, wenn ich nicht zu Hilfe gekommen wär. Ich zog das Messer aus dem Stiefelschaft und hackte die verhakten Geweihe auseinander. Die Böcke warn mir so dankbar, daß sie zuerst mir schön die Hände ableckten und dann sich gegenseitig das Fell. In aller Ruhe konnte ich meinen

Einhodigen einfangen, ihn fertigkastriern und wieder laufen lassen.

Dosentomaten, Kirschkaramellen und moosgrüne Knöpfe

impi agafiina: Am Heiligabend guckte ich TV Screen Magazine, wo ein weißgesichtiges, pausbäckiges Kerlchen mit Doppelkinn von einem Wauwau am Fenster sang. Filppa ließ sich von dem Lied gleich anstecken, aber mich hat es nicht zum Schunkeln gebracht. Ich hätte lieber das hübsche Gesicht von Cary Grant gesehn oder irgendeinen Negerclown, weil ich sozusagen auf dem Weg ins Weihnachtsdown war.

Filppa klatschte und schaufelte sich abwechselnd Minitomaten und moosgrüne Knöpfe in den Mund. Ich drehte mich zu ihr um, weil sie gar nicht mehr aufhörte, obwohl das Bild schon vor ewigen Zeiten gewechselt hatte. Da saß sie auf dem Küchenschemel, fett, im straffen Korsett, im schäbigen Morgenrock, und mich überkam direkt ein Zärtlichkeitsanfall, wie ich sie da so sitzen sah. Ich wollt schon aus meinem Fernsehsessel aufstehn, da stürmte Filppa in die Küche, holte Kirschkaramellen und einen Fetzen Butterbrotpapier. Sie watschelte zu ihrem Platz in der Sofaecke und krakelte Heiligenbilder aufs Papier, sozusagen zu Ehren von Weihnachten und Christus. »Die Dorfbewohner, die Schuhcreme kochen konnten, glaubten auch an den Patriarchen, die andern schworen ihre nichtigen Eide auf den Namen des Papstes. Die furchtbare Kriegspest, von der ich so viel erzählt habe, steckte zuerst die Päpstlichen an und noch am selben Abend die Patriarchischen, und bald drang das Gezeter einer schweren Schlacht an mein Ohr. Geschwind rannte ich hin. Da klirrten die Äxte, die Gewehre knallten, die Mistgabeln blitzten, die Hämmer schepperten. Ach, was für ein blutiges Schauspiel sich da auftat. Das ganze Dorf Marhotski brannte. Jergos Kopf fand sich hinter der Strohscheune, der Axthieb war schwer gewesen. Grinka, der kaum was anderes war als ein reiner Päpstlicher, pfui, pfui, pfui, verfütterte Onkel Ratmirow an die Schweine. Mir blieb nichts. Aber o Wunder! Da war ja die Tekla mit ihren schnurrbärtigen Schwestern, und ich sprang im Nu auf den Karren und floh vor den Päpstlichen.«

Ich mußte an den Kriegsmarschall denken. Das war ja ein Bankert gewesen, der in eine adlige Familie reingeboren worden war und den das Schicksal schwer geprüft hatte. Von einer Laufbahn als Staatsbeamter hatte er geträumt, war dann aber als Trommler nach Sibirien geraten. Dort hatte er sich vom Soldaten zum Kornett, zum Hauptmann, zum Oberst und schließlich zum Generalleutnant hochgekämpft. Er hatte einen starken Willen und einen scharfen Verstand, und deshalb hatte ich ihn den ganzen Krieg über verehrt. *Vision of loveliness with new Rocket liveliness!* Filppa schaltete zu einer Werbeunterbrechung um. *It's Oldsmobile's Ultra-New Super »88« Holiday Coupe for 1954.* Ford hatte es leicht zu werben, weil sie die gesamte Produktion rationalisiert hatten. Auf meine Art hatte ich sowas ja auch in Moskovitsal probiert, aber die Russen hatten einfach nichts kapiert. Jetzt fing Golgatas Komödienstunde an. Ich mußte mich zum Fernseher strecken und an der Senderschraube drehn, weil Filppa eingeschlafen war. Auf dem Schoß hatte sie ein kartoffelgesichtiges Spielzeug, das sie einem polnischen Schrotthändler abgekauft hatte, und auf dem Gesicht das zufriedene Lächeln der Heiligen Jungfrau selbst.

Eisernte

juho gabriel: Ich geh ans Ufer, messen, wie dick das Eis ist. Es ist einen halben Meter dick, und das ist genau richtig. Ich spann den Gaul an und fahr zum Hof vom Kaaprili. Ich frag, ob er mir einen Knecht leiht. Er gibt mir ein Kerlchen aus dem Süden, aber ich weiß, das ist ein guter Arbeiter. Wir fahrn mit dem Schlitten zurück. Das Wetter ist gut, bißchen Frost und klarer Himmel. Wir ziehn die Gummistiefel an und die Gummihandschuhe, und dann nix wie zum See. Wir setzen uns auf die Heuladung, und die Werkzeuge klappern hübsch. Da ist die Eissäge dabei, der Pickel, das Seilknäuel, der Bohrer, die Schaufel und der Besen. Auf der andern Seite vom Schilf mach ich Brrr, und der Gaul bleibt sofort stehn. Dieser Knecht vom Kaaprili, der Kenttämaa Eino, schnappt sich die Schaufel und schippt den Schnee nur so weg. Ich kehr hinterher. Und schon ist das Eis glatt und sauber. Ich nehm den Bohrer und dreh ein Loch ins Eis. Der Eino vergrößert es, und bald kriegen wir die Eissäge ins Loch gesteckt, und dann nix wie bis unten durch. Das ist eine lange und frischgeschärfte Säge. Ich säg, und der Eino guckt zu. Er steckt sich eine Klub an, und der Rauch steigt kerzengrad zum Himmel auf. Jaja, die Kälte nimmt zu, sag ich zum Eino. Der sagt nix, guckt nur vor sich hin. Ich säg so einen graden Würfel aus. Ein großer Würfel wird das. Können wir den überhaupt heben, sagt der Eino. Klar können wir, wir sind ja schließlich Männer, sag ich. Der Eino stößt eine dicke Planke ins Loch, und dann nix wie unter den Eiswürfel. Ich stoß auch noch eine rein. Dann hüpfen wir beide gleichzeitig aufs Brett, und schon fliegt der Eiswürfel schön in die Luft und plumpst neben das Loch. Mit beiden Händen packen wir den Würfel und heben ihn auf den Schlitten. Der Eino sägt den nächsten, und ich ruh mich aus. Ich denk, wie wärs, wenn ich mit dem Eisernten aufhör und lieber Schnee im Eisraum gefrieren laß, das wär leichter, als auf dem See zu schlottern. Ich würd Schnee in den Eisraum schaufeln, mit der Gießkanne Wasser drüberschütten und gefrieren lassen. Das kommt mir wie eine unwahrscheinlich gute Erfindung vor. Dem Eino erzähl ich nix, als einer aus dem Süden würd er doch nix kapiern.

So machen wir ein paar Stunden weiter. Dann haben wir Hunger und friern, weil alle Klamotten durch und durch naß sind. Ich bind die Fracht mit dem Seil fest, und der Eino stampft immer mit den Füßen. Wir fahrn vor den Eisraum und laden ab, man soll keine Arbeit liegen lassen. Die Eiswürfel schichten wir an der Nordwand auf. Die Kanten sind grad, und die Stücke genau und nicht bloß ungefähr. In der Stube schwätz ich mit dem Eino über die Weihnachtssuppe und überhaupt nicht darüber, daß die Eisernte eine schwere, kalte und nasse Angelegenheit ist. Schon sind wir wieder munter, rauchen zusammen noch eine, und dann geht jeder seiner Wege, ich in den Kuhstall zum Melken und der Eino in den Stierstall zum Abendfüttern. In der Nacht schlafen wir schön fest, und am nächsten Morgen fangen wir gleich wieder von vorne an. Man kriegt das ganze Eis für so ein großes Haus nicht an einem Tag zusammen.

Das schwierigste ist eine flüssige und mühelose Drehung

impi agafiina: Eines Morgens schien die Sonne so grell durch die Jalousie, daß Mr. Television vollständig vom Bildschirm verschwand. Mir war klar, der Frühling ist gekommen.

Bevor Berle seinen ersten Gast vorstellen konnte, nämlich Jayne Mansfield, die aussah wie der neue

Buick, wurde Filppa vom Lachen der Zuschauer wach. Sie reckte sich, stopfte sich einen Marmeladenklumpen in den Mund und fing mit rasselnder Stimme an: »Oh, wie war er doch grausam, der Krieg, wie schrecklich der Brand von Marhotski, mein liebes Mädchen, du weißt gar nichts vom Krieg, aber ich, sieh nur!« Sie stand auf und packte die Tagesdecke. »Stell dir nur vor, wie hier jetzt die Flammen der Hölle die Katen von Marhotski verschlangen. Oh, wie sie schlugen, peitschten, schluckten, ach, wie schrecklich die Macht des Feuers ist!«

Filppa warf die Decke auf den Boden, flezte sich wieder aufs Sofa und sog sich die Lungen mit Luft voll: »Oh, wie in dieser vom Feuer verhexten Nacht die Kuhmägde mit zitternden Hinterbacken, die alten Weiber mit schwabbelnden Eutern, die Dienstmägde mit X-Beinen und die Kinder in alle Richtungen davonstürzten wie kopflose Hühner, und wie die Hühner gackerten mit brennenden Schwanzfedern, und wie die Kälber herumrutschten zwischen den verkohlten Leibern der Kühe, Gott bewahre, dieser grausame Hohn des Lebens! Ach, was für ein Trauerspiel der armen Menschlein!«

Jayne Mansfield steckte in einem grünen Pikeekleid und brach in wildes Gelächter aus, schwenkte ihr rundes Hinterteil und spazierte wackelnd auf die Bühne. Da fiel mir ein, egal ob es sich um Krieg oder Frieden handelt, das schwierigste bei einem Auftritt ist eine flüssige und mühelose Drehung. Sarmo konnte gut auftreten. Sogar bei seiner eigenen Beerdigung hatte er noch Stil. Als wär es gestern gewesen, kam mir der Tag in den Sinn, an dem Sarmos von unmäßigem Lebenswandel ruinierter Leichnam in der nördlichen Stadt zur Ruhe gebettet wurde. Die Hauptverantwortung für das Begräbnis trug der Staat, obwohl Sarmo gar nicht im Krieg den Tod gefunden hatte. Ich führte den stillen Trauerzug in die alte Holzkirche an. Die Träger waren Rekruten. Kein einziger von ihnen hatte den Pionierfähnrich Sarmo gekannt. Sie trugen den Sarg in so ungleichem Takt, daß er von einer Seite auf die andere schwankte wie ein besoffenes Boot bei windigem Wetter. Diese Provinzsoldaten quatschten miteinander, und bei zweien brannte die Selbstgedrehte im Mundwinkel. Hinter dem Sarg schleppten sich der Reeder und die Frau her, ich, die Signe Säppi und ein unbekannter Mann, der eine Pfeife im Mund hatte, aber die war nach unten gedreht. Am Straßenrand stand der Gemeindearzt und betrachtete unsere Prozession und hatte Angst vor seinem eigenen Tod. Hinter ihm reckten sich neugierige Stadtbewohner, die nicht die geringste Ahnung hatten, was für eine bedeutende Persönlichkeit wir da auf ihrer letzten Reise begleiteten.

Filppa fuchtelte mit beiden Händen in der Luft herum, zuckte in ihrem Wahnsinnsanfall und ahmte eine Kuh nach, die in Panik geraten war. »Und wenn die Not am größten ist, ist immer Hilfe nah. Im Nachbardorf, Gott sei Dank. Aber von dort konnte keiner einfach so zu Hilfe kommen. Nein, es gab nämlich keine Brücke. Die war mit der Zeit morsch geworden. So mußten sich die Männer aus dem Nachbardorf auf die Pferde verlassen. Wie auch sonst. Ach, wie traurig das anzuschauen war. Tapfer gingen diese erfahrenen Männer, gleich als sie am anderen Ufer ankamen, mit bloßen Händen auf das Feuer los, bald schon bemerkten sie, daß überhaupt kein Wasser mehr in ihren Eimern war. Das Feuer hatte alle Brunnen ausgetrocknet. Augenblicklich rannten die Männer zum Ufer und wären um ein Haar in Ohnmacht gefallen. Auch der Fluß, der noch am Vormittag mit Schaumkronen dahinfloß, war jetzt restlos trocken.«

Filppa zog unter dem Sofa eine alte Nummer von Household heraus und fing an, sie durchzublättern.

Ich war erleichtert, weil ich glaubte, jetzt ist sie mit ihrer Geschichte fertig. Was sie da vor sich hin brabbelte, war derart langatmiges Geschwätz, fast so unerfreulich wie die Grimassen von Bob Russell. Filppa raschelte mit der Zeitung, fischte Einmachzwiebeln aus dem Glas und stopfte sie sich in den Mund.

Als ich mir das Studiopublikum anguckte, sah ich so was wie einen Schimmer von Sarmo, und von ganz weit her kam mir ein bewölkter Tag in den Sinn, als ich noch ein albernes Mädchen war und in Sarmos Kammer saß, und er mir von seinen Reisen erzählte. Ich konnte mich immer noch darüber amüsieren, wie mir Sarmo Frankreich beschrieb. Er sagte, er war nur ein paar Monate in Paris, weil er an den Franzosen einfach keinen Geschmack finden konnte. Natürlich hatte er seine Freude am Glanz der französischen Unterwäsche, und er wunderte sich auch sehr, wie sich die Franzosen, so leichtsinnig wie sie waren, überhaupt auf der Erde halten konnten. Die Französische Revolution hatte den Sarmo nicht interessiert, und er mochte die französischen Krawatten ebensowenig wie das französische Essen, weder gebratene Schwäne noch Stopfenten.

Filppa warf die Household wieder unters Sofa und räusperte sich.

Ich hatte also falsch gehofft.

Gerade noch konnte ich Lana Turner vorbeihuschen sehn, bevor Filppa loslegte: »Mein Mädelchen, an die Flußüberquerung will ich mich noch entsinnen. Das Wasser war eiskalt. Kein Mann wollte sich die Zehen naß machen, da wurden die Pferde geholt. Ach, wie lange mag wohl dieses Trauerspiel gedauert haben. Denn auch die armen Pferde wollten nicht ins Wasser steigen. Die Männer versuchten sie immer wieder reinzutreiben.« Mit der rechten Hand zeigte Filppa, wie hoch das Wasser stand. »Ach, wie die Männer mit den Bajonetten auf die armen Pferde eingestochen haben! Und auch noch mit der Peitsche geschlagen. Denen ist der Schweiß nur so über die Stirn gelaufen. Man hätte sie umbringen müssen, diese nichtswürdigen Tierquäler. Auf der Stelle. Mindestens zwei Pferde versanken im Wasser. Und der Strom nahm sie mit. Drei bäumten sich auf vor Schreck und wurden von den Zugriemen erwürgt. Der unglückliche Suchow fiel vom Pferd, schlug mit dem Kopf auf einen Stein und kullerte sterbend ins Wasser, der arme Ubo-rewitsch brach sich den linken Oberschenkel, dem Leskow zerbrach die Hüfte.«

»Das ist ein Traum!« – »Warum,
die Wirklichkeit kann schöner sein
als ein Traum!«

impi agafiina: Es kam der Morgen und der sechste Monat des Jahres. Ich träumte von einem ewig langen Förderband, auf dem sich die erstaunlichsten Sachen entschlossen vorwärts bewegten. Das eine Ende vom Band war in Pittsburgh, das andere mitten im nordfinnischen Nadelwald. Am Band hantierten Mikri Vuoma, Sarmo, der Reeder und die Signe Säppi.

Ich mußte lachen. So gut tat es mir, wenigstens im Traum das Land meiner Geburt wiedergesehn zu haben. Den Winter über hatte sich das Leben von Filppa und mir geändert. Filppa ging jeden Morgen zur Arbeit, mal da mal dort: in eine Bettenfabrik saubermachen, in eine Topffabrik kleine Nichtigkeiten verichten, in den Hafen Lastwagen beladen oder zum polnischen Schrotthändler den verölten Boden schrubben.

Sie mußte, sonst hätten wir nicht mal Geld für Dosenfisch gehabt.

Ich widmete mich der Philosophie. In Moskau wurden immer erst zwei ordentliche Schritte zurück gemacht und dann erst ein kurzer nach vorne. Man weiß ja, daß man so nicht mit der Zeit gehn kann. Andererseits, wenn ich mir Kitty Russell in Gunsmoke anguckte, wie sie ein Glas in die Hand nahm, den Hahn aufdrehte und es mit Wasser vollmachte, da dachte ich, in unsrer Küche gibt es nicht mal einen Abfluß; Filppa trug das gebrauchte Wasser raus. In Moskau war Kanalisation immerhin bekannt, und das Wasser lief, von saisonbedingten Unterbrechungen abgesehn, ordentlich; Filppa holte das Trinkwasser aus dem Gemeinschaftsbrunnen im Hof und wärmte es im Topf, bevor sie sich das Gesicht wusch. Ich wusch mich nie. Einmal wusch ich mich, weil die Filppa genauso die Nase rümpfte wie Vivian Lance in I Love Lucy und mich zum Brunnen kommandierte. Es war ein heißer Sommertag, und Filppa gab nicht nach. Sie hatte ja auch recht, ich stank wie ein Fuchsköder. Monatelang war ich nicht aus dem BarcaLounger aufgestanden, außer um auf den Pott zu gehn. Ich sagte zur Filppa, in Ordnung, ich geh. Trotzdem verschob ich die Angelegenheit immer wieder, weil es immer grad irgendeine Sendung gab, die ich sehen wollte. Ende Juli fing die Lawrence Welk Show an. Die verabscheute ich schon wegen der Vorankündigungen, also stand ich vorsichtig vom Fernsehsessel auf. Das hat vielleicht im Rücken und in der Seite gezogen, aber ich gab nicht auf. Ich grapschte mir was aus Filppas Dose, kippte einen Krug Cola, und schon war ich viel munterer, fast genauso frisch wie in den Kämpfen von Murmansk. Ich steckte die Füße in Plastikschuhe, nahm mir ein Handtuch und humpelte hinaus. Ich dachte, was für eine Scheiße, daß ich so runtergekommen bin, als hätte ich überhaupt keine Beine mehr. Bloß noch Kopf, das ganze Weib. Draußen schien die Sonne so schön, daß die Gräser geblüht hätten, wenns welche gegeben hätte. Um den Brunnen herum stand eine Horde Neger. Die warn klein und häßlich, rafften auf der Erde Sand zusammen, rieben sich damit die Gesichter sauber und spülten mit Wasser nach. Ich nahm mir an ihnen ein Beispiel und machte es genauso. Ich schrubbte die Hände und die Achseln, die Schenkel und alles. Ich war aber auch dermaßen zusammengeschrumpelt, daß ich mich direkt wunderte, daß ich noch am Leben war. Nur noch Knochen und flatternde Haut war ich, in viel schlechterem Zustand wie nach dem Krieg, die Titten warn wie die ausgeleierten Pißspalten bei Kühen. Wahrscheinlich hätte ich mehr essen müssen, aber die Tabletten von Filppa vertrieben den Hunger. Da am Brunnen dachte ich mir, doch, ich komm da wieder raus, als erstes fang ich an, mir Karamelpudding reinzustopfen.

Drinnen plumpste ich in den Sessel und wollte gerade zur Filppa sagen, ich fang jetzt an zu essen, und dann wird gearbeitet, aber ich bekam nicht mal den Mund auf, weil Filppa wieder loslegte: »Ach, mein Mädelchen, wie mein Marhotski brannte! Nicht einmal Moses selbst hätte da helfen können, gab es doch im ganzen Dorf gar kein Wasser. Das trockene Flußtal entlang ritten die Ritter des Unglücks nach Hause zurück. Mühsam nur kamen den Männern die Worte über die Lippen, als sie die heimatlichen Stuben betraten. Ich aber, ich stand immer noch allein im Schatten einer Birke und sah zu, wie der Svanidze, dieser päpstliche Hund, mit dem Teelöffel dem von Gott gesegneten Vovsi das Auge ausbohrte. Was mochte der Vovsi-Liebling nur dabei gefühlt haben! Unter entsetzlichem Schmerz drehte ich mich um. Und was sah ich da nicht alles! Die Dorfstraße entlang kam eine Schar Polen oder Russen, oder waren es Tschechen, alles eins, als furchtbar entsetzliche Männer entpuppten sie sich, grausam wie die Geißel Gottes. Sie trieben uns Frauen zusammen, banden uns an Baumstämme, zwangen unsre Männer zum Grubengraben, kommandierten sie dann an den Grubenrand und erschossen sie. – Bald kommt die Wauwau-Reklame. Nein, die ist es noch nicht. – Die

Geißler banden uns los. Und wollten natürlich tanzen. Ach, was sich die Tekla da begeisterte! Ließ sich die Harmonika holen und zog den Balg auseinander. Wie als Geschenk des Himmels tauchte an Ort und Stelle ein Bottich Wodka auf , auf dem getrocknete Apfelsinenschalen schwommen, und den schlürften wir wie durstige Zugtiere. Mitten in all der Schönheit rannte ein Junge mit Goldzahn die Dorfstraße entlang und rief, der Patriarch selber kommt, um die Dorfweiber zu sehn. Du kannst dir kaum vorstellen, kleines Mädchen, wie ich mich da fühlte. Hatte ich doch immer an den Patriarchen geglaubt, genauso fest wie ein frischgeborenes Kätzchen an seine Mutter. Natürlich flohen wir vor dem grausamen Tod in den Wald, weil wir so inbrünstig leben wollten. Bei unsrer Flucht ließen wir ein herrliches Lied los ...« Filppa holte Luft. »Bald beginnt das große Fest, die Himmelssäle glänzen. – Oh! Da ist sie jetzt!«

Das war die Autoreklame, die Filppa so gefiel. Da sitzt eine naseweise Hausfrau in einem rasenden Auto und sagt zu einem Mann, der wie J. Edgar Hoover aussieht: »Das ist ein Traum.« Der Mann guckt die Frau mild an und sagt wie Schopenhauer: »Warum, die Wirklichkeit kann schöner sein als ein Traum!«

Ich mußte lachen, schließlich war ich nicht so dumm wie Filppa, die alles für wahr hielt, was im Fernsehen gezeigt wurde. Trotz allem war ich heikel und zwischendurch sogar äußerst wählerisch.

Meistens glaubte ich nicht, was ich nicht mit eigenen Augen sah.

So wie ich in den Kämpfen von Murmansk unsere Niederlage nicht geglaubt hatte, obwohl alle tot waren außer mir und dem Lottageneral. Schließlich wollte ich doch dauernd die Schlacht sowohl in die Längs- als auch in die Querrichtung ausweiten.

Die Kriegserinnerungen kamen mir so weit weg vor und irgendwie auch viel zu leicht. Milton Berle bot irgendeinem zweitklassigen Filmstar Wasserstoffbombenkuchen an, und ich gähnte. In so einer Situation war Filppas knarrende und jammernde Stimme das beste Schlafmittel. »Außer ein paar Pferden ist uns nichts geblieben als die Karren und Teklas Milchkuh. Im Schutz von Gottes Wald schliefen wir Frauchen wie die Räuber, an die Pferdebäuche geschmiegt. Nur der knurrende Magen rief tagaus tagein, denn zu essen gab es nichts. Ich aß Pferdemist und kleine Zapfen. Gut und gern zwei Wochen mußten wir verborgen im grenzenlosen Wald zubringen. Wir warteten, daß sich der Rauch über den Ruinen legte, wir hofften, daß die Zeit alle Wunden heilt. Bei solchen Gedanken lebten wir einträchtig dahin und waren bereit, ein neues Leben anzufangen, in einem neuen Marhotski, das wir selber aufbauen würden.«

Filppa hat es satt, Impi Agafiina durchzufüttern, und zwingt sie zur Arbeit

impi agafiina: Am dritten Oktober kriegte Filppa eine Art Anfall und schaltete die Flimmerkiste aus. Sowas hatte sie vorher noch nie gemacht. Mitten in der besten Guckzeit am Morgen kam sie auf mich zugewalzt und sagte, sie will mich nicht weiter durchfüttern.

Ich sagte zur Filppa, ich hab selbst schon dran gedacht, ein neues Leben anzufangen, aber nicht vor morgen.

Filppa fing an zu quengeln, von wegen ich sag immer nur morgen, morgen und mach dann trotzdem nie was.

Zum Trost schlug ich ihr ein Geschäft vor, nämlich ich guck All in the Family fertig, Filppa darf noch mehr vom Brand von Marhotski erzählen, und danach reden wir übers Arbeiten. Filppas Augen klarten auf, und sie schaltete den Fernseher ein.

»Ach, was für ein Anblick sich erneut vor mir auftat. Wie lieb mir die qualmenden Ruinen von Marhotski doch waren. Hier war die Dorfstraße.«

Filppa deutete auf die getrocknete Milchspur, die vom Ofen zum Sofa führte.

»Dort stand das Haus vom Onkel.« Filppa wies auf den Stuhl. »Dort war Teklas Hütte und da vor der Küchentür der Hof vom Zetkin, und der war schöner als das Windsor-Schloß. Wir sprangen auf die Pferde, Tekla, die schnurrbärtigen Schwestern und ich. Abgewetzt wie Zweikopekenstücke von Soldaten aus der Zarenarmee. Man weiß ja, was das Waldleben aus einer Frau macht. Anfangs warn wir über zehn. Die Tolstaja Anna, die Drabkina Ira, die Avtorhanowa Natascha, die Botsarnikowa Ludmilla und noch ein paar andere. Und die schöne Dorfstraße des Neuen Marhotski geisterte schon in unseren Köpfen herum. Wir fingen auch gleich an zu bauen, wir bauten, obwohl Trauer und Schmerz die Seele einer jeden von uns zusammenschnürten. Oh, wie sauber wir die Ruinen forträumten. Und gut und gern vierzehn Häuser mit zwei Kammern bauten wir. Die Grenzer, diese nichtsnutzigen Angeber, wärn gern die Hausherren geworden, hätten sich gern ins gemachte Nest gesetzt, aber das kam für uns nicht in Frage. Vielleicht hatten wir vom Töten genug, vielleicht haßten wir den Krieg so sehr, daß wir gerade deshalb mit eigenen Händen sämtliche Jungen umbrachten. Die waren ja sowieso alle von russischen Hausierern gezeugt worden. Durch die Gnade Gottes. Oh, das Neue Marhotski von uns Weibern wurde zu einem rechten Paradiesgarten, so voll war er von der Freude der Weiber, vom offenen und breiten Lachen reifer Frauenzimmer. Dort gab es keine Tränen und keinen Tod. Wir pfiffen auf die Romanows und die EsEsEsEr und die Herrschaften in Sankt Petersburg.«

Nachdem Filppa einen Punkt gemacht hatte, stand ich wieder ziemlich mühsam auf und sagte zu Filppa, ich kann ja nicht mal laufen, und fürs Taxi haben wir kein Geld.

Filppa sah mich nur an.

Ich setzte mich wieder und schlug vor, daß Filppa mir einen Arbeitsplatz verschafft, weil sie das amerikanische Modell besser kennt als ich.

Brav wie sie war, stimmte Filppa zu. Drei Wochen war sie unterwegs und suchte für sich und mich nach Arbeit. Niemand wollte uns haben. Überall mußte die arme Filppa Demütigungen einstecken. Ihr wurde gesagt, wir Osteuropäer taugen bloß für schwere körperliche Arbeit und verdienen dafür nur wenig Lohn, weil wir so faul sind. Ich sagte zur Filppa, was zum Teufel vermengen die mich mit den Russen! Ich bin aus echt finnischem Fleisch und Blut! Ich war ganz zufrieden damit, daß uns keiner haben wollte, sagte aber zu Filppa, ach wie furchtbar, daß wir keine Arbeit finden, da bleibt uns nix anderes übrig, als daheim zu bleiben, als Sklavinnen des Bildschirms. Filppa weinte bitterlich, und ich brummte zufrieden. Sollen sie doch ihren Scheißdreck selber machen. Ich beschloß, an einem 64000-Dollar-Quiz teilzunehmen, um an Geld für Pillen und Essen zu kommen.

An die zweitausend Karten schickte ich an verschiedene Fernsehanstalten, bevor es klappte. Ich gewann den Hauptpreis bei der Free-World-Lotterie von Pan American Air Lines, eine Nähmaschine von Hoover. Ich war gerettet, obwohl ich gar nicht nähen konnte. Filppa sagte, eine ihrer Freundinnen in der West 55th Street nähte daheim Toilettenbeutel und war zufrieden. Ich schob den Couchtisch zwischen den Barca Lounger und die Flimmerkiste, stellte die Hoover drauf und machte mich an die Arbeit. Die Maschine gab ein fürchterliches Geratter von sich. Die Arbeiter aus dem Untergeschoß hämmerten gegen die Wände, klopften an unsere Tür und schickten Morddrohungen, aber mich und meine Hoover konnte nichts und niemand aufhalten. Filppa fütterte mich, bügelte die Täschchen und sortierte die Stoffstücke. Von dem Tag an guckte ich mit einem Auge Fernsehn, mit dem andern auf die Nähmaschine und dachte schielend über mein bisheriges Leben nach.

Ich erinnerte mich an den Präsidenten, wie er gleich nach dem Lappischen Krieg im großen Festsaal der Universität die Festrede hielt. Der arme Kerl hatte einen so kleinen Anzug an, daß ihm die Nähte mitten in der Rede aufplatzten, als er die neue politische Lage mit viel Nachdruck schilderte. Es war ziemlich peinlich, die Minister hüstelten, und die Volksvertreter wurden rot, aber der Präsident machte mit seiner Rede einfach weiter, als wär nix gewesen.

Solche lustigen Sachen fielen mir ein, und ich fühlte, wie ich meinen Lebenswillen wieder zurückbekam und den Glauben an den amerikanischen Traum und Lebensstil.

Wenn es den Himmel gibt, ist er in Shadyside, wenn es die Hölle gibt, ist sie in McKeesport

impi agafiina: Ich spähte durch die Jalousie: Ein schwarzer Himmel hing wie ein Leichentuch über der Stadt. Dunkle Abgaswolken verdeckten die Sonne, es war so finster, daß die Autos mitten am Tag die Lichter anhaben mußten.

Ich hatte das Gefühl, die Welt ist so häßlich, daß ich ihr nicht in die Augen sehn will. Ich war echt erschüttert, als ein von Rod Cameron festgenommener Krimineller in City Detective enthüllte, in Pittsburgh gäbe es einen solchen Reichtum, daß es sich ein normaler Mensch nicht einmal im Traum vorstellen kann, und eine derart höllische Armut, daß sogar die ärmste Wohnstatt in der Wüste Nevada im Vergleich dazu ein Königsschloß ist.

Ich switchte Superman auf den Bildschirm. Filppa identifizierte sich mit der rührenden Geschichte so stark, daß sie mehrmals heulte. Superman war wie Filppa: ein Bewohner eines zerstörten Planeten, der sich ins amerikanische Waisenhaus gerettet hatte. Die Hoover surrte, und Filppa deutete auf die Stadt, die unter Superman flimmerte: »Ach, in Marhotski gab es fast genauso viele Lichter. Die düstere herbstliche Erde war gerade von reinem, weißem Schnee bedeckt, als unser Glück unterging. Trotzki, dieses Schwarzherz, griff den armen Machno an und jagte ihn und die Partisanen grausam über die Grenze auf die rumänische Seite, und dort, in der Tiefe des fremden Landes, verschwanden auch die unschuldige Marfa Peskowa und die Schubladenschriftstellerin Ariadna Tyrkowa, Nachbarn von Tekla und tapfere Partisanen von Machno alle beide. Ach, wie gerne ich doch an den Machno denke, mein Mädelchen ...«

Ich hob den Fuß vom Pedal und sah nach, ob bei Filppa noch ein mattes Verstandeslämpchen blinkte. Ihr Geschwätz ging nicht mal im Geratter der Nähmaschine unter. Ich verfluchte mich selbst, daß ich in Amerika geblieben war, versuchte die Glotze lauter zu drehen, aber der Knopf war schon am Anschlag. »... der Onkel Machno kämpfte an jenem Montag gegen die Bolschewiken, am Mittwoch gegen die Kulaken, am Donnerstag gegen Trotzki und am Freitag gegen Petljura. Bald setzte er die vom Bezirks- und Proletarierkomitee gebauten Häuser in Brand, bald fackelte er Essensspeicher, Mühlen und Brücken ab. Immer noch friert mich, wenn ich an das harte Schicksal von

Machno denke. Da drückt mir die Trauer aufs Gemüt. Wie reizend höre ich den Machno rufen: ›Mach Platz, mein Mädelchen!‹ Ach, mit welchen Engelszungen er uns umhegte. Das Leben, das ging einfach weiter im Neuen Marhotski, auch wenn der Onkel Machno nicht mehr da war. Tüchtige Mädchen wurden geboren. Januar dürfte es gewesen sein, als ich beobachtete, wie am samtschwarzen Himmel des Neuen Marhotski ein einsamer Stern strahlte. Aber der Stern war heller als das Himmelslicht selbst. Das konnte nur Gäste verheißen. Ich fing auf der Stelle an, sauberzumachen und zu backen, und wies nicht anders sein konnte, bald erreichten die Frauen von Krupskaja das Dorf. Jene hellgesichtigen Frauen kontrollierten die Häuser und erklärten, daß die marxistisch-leninistische Moral in Marhotski in Ordnung war.« Perry Como sang lauthals ein frömmelndes Lied, dessen Wörter direkt aus einem Psalm kamen. Ich konnte nicht so recht Geschmack daran finden. Auch der Glaubenskram von den Amerikanern war ganz anders, so ein Gewippe und Gewieher, ein bißchen wie die Raserei von den Walddörflern im nördlichen Finnland. Filppa wiegte den Kopf und machte viele Kreuzzeichen, mit ernstem Gesicht und völlig in anderen Welten. Perry kam mit seinem Vers zum Schluß und gab dann einem Plastikjesus, der an einem Kreuz hing, Küßchen. Filppa war zu Tränen gerührt, und ich schämte mich direkt für sie. Da hatte ichs nun wirklich mit einem einfachen Menschen zu tun. Zwar durfte auch ich manchmal himmlische Engel sehen, die weißspeckig über den Fabrikschloten schwebten, aber ich redete doch nie so irr daher wie Filppa. Nicht daß ich glaubte, dieser Perry wäre nicht so tiefgläubig wie die Signe Säppi oder die Taimi Lohi. Aber ich fand, der war zu schmeichlerisch, um glaubwürdig zu sein.

Ich mußte lachen. Ganz plötzlich. Weil mir mein Aufbruch nach Moskau in den Kopf schoß. Da guckte auf dem Hof vom Reeder die halbe Stadt zu. Die Leute riefen Unverschämtheiten, beschimpften mich als Rote und wünschten mir alles Schlechte. Ich war damals ein so stolzer Mensch, daß ich tat, als hörte ich das dumme Volk gar nicht. Ich packte mein Zeug auf den Schlitten, schirrte die Pferde an und fuhr mit wehendem Haar davon. Damals, da war ich ein glücklicher Mensch, frei wie eine Seebrasse.

Filppa strich das Karamelpapier, das sie unter der Nervenanspannung zerknittert hatte, fein säuberlich auf dem Couchtisch glatt und atmete mit schauerlichem Gerassel aus. Auf dem Bildschirm hüpfte ein mittelmäßiger Komiker herum, am unteren Bildrand kokettierte ein Akrobat, und rechts und links piepste je eine lockige Tänzer-Sängerin. Der Hauptstar war zum Glück noch nicht auf die Bühne gekommen.

»Und wie der Tag des Herrn anbrach, brachte die Tekla im Handumdrehn Drillingsmädchen auf die Welt. Ich war die Hebamme, und schon nach dem zweiten fragte ich mich, wieviel werden das denn noch. Drei kamen, und klein warn sie wie Kartoffeln. Ich legte sie in einen Korb, wo ich warme Wasserflaschen hineingelegt hatte. Die Mädelchen schliefen noch tief, als schon Stalins Handlanger über die Anhöhe ins Dorf geeilt kamen und mit schroffem Ton erklärten, daß jetzt Schluß ist mit dem sündigen Lebenswandel der Frauenzimmer von Marhotski. Wie konnten sie es wagen, uns zu verspotten, uns unbescholtene Jungfrauen!«

Filppa brach in rotziges Geschluchze aus, die Tränen strömten nur so über ihre vertrockneten alten Hände.

Ach, alte Filppa, sagte ich, wein doch nicht, das Vergangene muß man auch mal auf sich beruhen lassen können.

Mit Tränen in der Stimme fuhr Filppa fort: »Jene niederträchtigen Handsicheln Stalins hatten mehrere

Russen dabei. Uns Jungfrauen aus dem Dorf trieben sie auf der Dorfstraße zusammen, und dann wurde jeder ein nach Schnaps, Zwiebeln und hartnäckigem Dreck riechender Kerl zugeteilt.«

Der Dollar ist knapp

impi agafiina: Ich nähte zweihundertvierundsechzig Toilettenbeutel im Monat. Die fertigen Produkte brachte ich am letzten Werktag jeden Monats mit dem M-Zug in eine Lagerhalle außerhalb der Stadt.

Immer wenn ich mit den schweren Kisten ankam, stand vor der kleinen Tür zur Halle eine lange Schlange von Frauen. Jede von ihnen hatte die Arme voller ähnlicher Beutel. Stundenlang standen wir an. Jane Lomanosowa war immer blau, Dina Kretskowa roch nach einer tödlichen Krankheit, Di Alexandrowna und Betty saßen auf der Treppe, weil sie es nicht wagten, zu stehen wie wir andern, Barbara war dick, ihr schneeweißgemaltes Haar klebte am Kopf, und sie war erschöpft, an Joans Rockzipfel quietschten vier verschissene Bälger, Cecile hatte die Krätze und Frau Tintoretto nur neun Finger. In dieser Gesellschaft fühlte ich mich so richtig gesund und frisch.

Oft standen wir bis zum Abend, bevor uns dieser texanische Kerl drannahm. Er prüfte und zählte die Beutel und warf die Kohle auf die Theke. Die Konkurrenz war hart, weil es der Texaner einfach bleiben lassen konnte, Arbeit zu vergeben. Jeder konnte mal ohne Bestellung heimgehn. Das war hart, denn dann war man gezwungen, einen Monat lang nur von verschimmeltem Mais zu leben.

Einmal, als ich auf dem Weg nach Haus war, ging ich in Joseph Hornes Kaufhaus, weil das auf allen

Kanälen so gelobt wurde. Ich erwartete viel, bekam aber wenig. Eine Sache nach der andern sah auf dem Bildschirm besser aus als in natura. Betrübt ging ich in den Eckladen und kaufte eine Tüte Jell-O Instant Pudding für Filppa, weil sie so ein Süßmaul war. Filppa schlug den Pudding steif und brachte mir einen Teller voll an die Nähmaschine. In Gesellschaft von Walter Cronkite zackerte ich weiter. Filppa hatte die Sofaecke gegen einen Liegestuhl eingetauscht, den sie auf der Straße gefunden hatte. Mit einem Auge guckte sie auf den Fernseher und mit dem anderen durch den Vorhangspalt. Hätte sie den Stuhl halb rumgedreht, hätte sie einen Streifen Himmel sehen können, auf dem die Baumwollwolken dahinjagten, aber so sah sie bloß die Tür vom Haus gegenüber und ein Stück von einem verfallenen Teerpappendach.

»Ach, mein Mädelchen, mir tut der Kopf so weh. Ich find keinen Moment Erleichterung von meinem Schmerz, denn so grausam war er, mein Hausrusse damals. Schlug, trat und spuckte. Und er stank derart, daß ich kein Auge zubekam. Nachts fragte ich mich, warum muß ich in so einer Hölle stecken. Ich wollte mich in Tränen auflösen, so jammervoll war mein Leben. In der Stunde der großen Not aber flehte ich Gott um Rettung an, und von seiner göttlichen Höhe aus zeigte mir Gott das düster wallende Meer, aus dem gewaltige Berge mit goldenen Spitzen aufragten. Diese Berge reckten sich dem Himmelsblau entgegen. Am Morgen stürzte ich zu Tekla, die einen Russen hatte, der keinen Wodka vertrug, aber trotzdem trank, und erzählte ihr alles, Wort für Wort, und sie hörte zu. Hatte die Tekla doch schon immer die Träume der Menschen verstanden. Tekla-Schatz dachte zwei Tage und zwei Nächte über den Sinn des Traums nach, schlief nicht, die arme Frau, aß nicht viel mehr als Salzspeck, kam schließlich erschöpft zu mir und sagte, alle Frauenzimmer müssen aus Marhotski fortgehn, und zwar sofort. Ich fragte, aber warum denn, und Tekla darauf, Gottvater im Himmel hat die Absicht, einen dichten Heuschreckenschwarm auf unsere Felder zu schicken und uns alle per Hungertod zu Bewohnern des Himmels zu machen. Wir hielten eine geheime Versammlung in Teklas Schafstall ab, und dort heckten wir einen Plan aus. Im Beschlußprotokoll hielten wir fest, jede Jungfrau soll, wenn der Abend kommt, ihrem Russen ein Gläschen Todeswodka einflößen. Als schlaue Frauen sagten wir uns, so werden wir die nichtsnutzigen Lulatsche los, die es wagen, den kleineren im Nacken zu sitzen. Wir packten die Samoware, die Waschzuber und die Schlittschuhe ein, schirrten die Pferde an, steckten die Mädelchen in ihre Kleider, begossen die Ecken der Häuser mit Brennöl und setzten sie in Flammen. Oh, wie waren wir glücklich!«

Filppa klimperte eine Zeitlang mit dem leeren Teller und leckte ihn sauber. Auf dem Bildschirm erschien der Abspann: »Bald werden wir Mallory und Irvin für alle Zeiten aus den Augen verlieren.«

Juho Gabriel repariert das Dach

juho gabriel: Draußen fängts vor Sonnenaufgang an zu regnen. Auf dem Kammerboden wächst eine große Pfütze. Ich trag die Leiter raus. Ich kletter aufs Dach, wechsel über zehn Schindeln aus und laß mich wieder runter. Ich wisch den Kammerboden und mach Feuer im Herd. Dann koch ich Kohlsuppe. Der Herd zieht richtig gierig. Ich weiß nicht, ob der überhaupt jemals verstopft sein kann. Bestimmt nicht.

So ist diese Welt aufgebaut

impi agafiina: Ich wachte mitten in der Nacht mit einem schwülen Gefühl auf. Ich glaubte schon, ich hätte irgendwas verpaßt, und drehte als erstes den Fernseher von einem Sender zum andern, ob es was Wichtiges gab. Schien nichts Besonderes zu sein. Ich ging an Filppas Bett und dachte, ich guck mal nach, ob sie noch am Leben ist. War sie.

Ich setzte mich in meinen geliebten Sessel, als es mich wie ein Blitz aus heiterem Himmel traf: das Brot! In Amerika wird ja nie über Brot gesprochen, aber in Moskau war es immer auf den Lippen der Menschen. Dort lebten ja alle bloß von Brot und Tee. Fast sofort nach dem Krieg gab es in jedem Eckladen einen Brotberg. Die Leute durften sich so viel nehmen, wie sie wollten. Es war so viel da, daß Schuhsohlen und Knöpfe daraus gemacht wurden, Deckbetten und Kissen wurden damit gefüllt, die Kühe damit in der Milch gehalten und die Schweine damit gemästet. Ein moralischer Mensch, wie ich es damals war, konnte in keinem Land leben, wo man nicht weiß, was das Brot wert ist, und deshalb floh ich in die wilde Steppe. Man kann sich denken, was dann kam. Zuerst ging das Brotgetreide aus und dann das Brot, es kam die Hungersnot, Stalin beschuldigte die Bauern und machte sich an die Zwangskollektivierung, Neuland wurde aufgetan, und auch bei dieser Geschichte konnte der Russe nicht über seinen eigenen Schnabel hinausgucken.

Mitten in meinen schönen Gedanken an früher stand Filppa auf und setzte sich auf den Eimer. Mit schläfriger Stimme zirpte sie: »Von Reif und Dampf überzogen, galoppierten die Gäule durch das blitzdurchzuckte Fichtengehölz den eisig glänzenden Hängen entgegen. Wir überquerten die Grenze zwischen Polen und der Ukraine, die Kerosinkocher unterm Arm artig klappernd, jene geschickten Kocher, die bei

Bedarf eine kleine blaue Flamme hervorschoben, den Menschen den Imbiß zu wärmen. Ein Teil von uns blieb in polnischem Grenzgebiet, ein Teil setzte den Weg bis auf die tschechische Seite fort, der Rest kam unter der Führung von Tekla in der unbewohnten Steppe von Setumas zusammen. Dort gründeten sie im hintersten Winkel Estlands ein drittes Marhotski. Und wie ich später hörte, haben sie dort, verborgen im unschuldigen Urwald, in Ruhe leben und eine neue Zukunft aufbauen dürfen, fern vom Auge des Bösen, sicher vor allem Schlechten. Immer noch überkommt mich der Schmerz, wenn ich in Gedanken über die Dorfstraße von Marhotski gehe. Dort sangen die Vögel mit so zarter Stimme.«

Filppa pinkelte geräuschvoll, war einen Moment still und schluckte.

»Aber so ist diese Welt nun einmal gebaut, Liebe wird mit Haß begegnet, Tugend mit Schlechtigkeit.«

Dann stand sie vom Eimer auf und legte sich wieder schlafen.

»Was bekümmert dich?« – »Die eigene Vergangenheit.« – »Welcher Teil davon?« – »Der, in dem …«

impi agafiina: Im Sommer 1957 kaufte Filppa eine Badewanne, plazierte sie mitten im Zimmer und versank in dickem, hellrotem Schaum. Zwei Monate lang benutzte sie die Wanne zum Baden, bekam es dann aber satt, Wasser zu schleppen. Bald füllte sich die Wanne mit Stoffetzen, halbfertigen Toilettenbeuteln und Filppas gesammelten Karamelpapieren.

Tagelang strich Filppa die Papierchen glatt und lobte ihre Schönheit. Ich sah Kirk Alyn zu, wie er mit seinem Flittchen in eine kleine Tankstelle einbiegt. Liz

Taylor steigt aus dem Wagen und streckt sich, müde wie sie ist. Der Benzinverkäufer unterhält sich hinter einem Tank mit einem Kuhbub. Sie gucken sich an, dann läßt der Benzinverkäufer die Limonadenflasche los und richtet den Blick auf Kirk. Es klirrt. Filppa hat die Milchflasche auf den Küchenboden geworfen. Ich dachte, *dies optimus, clarus et serenus,* und rief Filppa zu, sie soll kommen und das Korsett von Liz bestaunen. Natürlich fing umgehend das Gegacker an: »Dort in der Ferne am Rande der Welt sagte ich Tekla und den Mädelchen Lebwohl und brach auf, mein Glück jenseits des Regenbogens zu suchen, hinter dem Ozean. Ach, in meinem kleinen Kopf keimten die Gedanken nur so, bestimmt waren es mehr, als Salomon Ehefrauen hatte. Wie frei ich doch war! Das Pferd und den Heuschlitten hatte ich eigenhändig von einem fetten Pfarrer gestohlen, von dem mit den Fettflecken in der Saunajacke. Dürfte ich erzählt haben. Den Gaul also spannte ich an und lenkte ihn auf den weichen, schmierigen, glitschigen Lehmweg. Den Kopf hoch erhoben, karrte ich der fernen Insel Amerika entgegen. Je weiter ich fuhr, desto gerader lief der Weg unter mir. Mein Roß, dieser treue Gefährte, zog tüchtig die duftende Heuladung, auf der ich vor dem, ach, so hübsch mit weißen Wolken verzierten blauen Himmel die schwarze Peitsche schwang. Beim Anfang des neuen Lebens half mir Tante Sasa sehr. Ich ließ mich auf Coney Island nieder, bei Tante Sasa nämlich. Ach, wie sehnte ich mich nach der Ukraine! Ach, wie traurig meine Tage waren in dem fremden Land! Mit sechs Erwachsenen und siebzehn Kinderchen hausten wir in zwei kleinen Zimmern. Eines Tages war ich auf dem Weg zum Laden des Georgiers Jygyrgi, um Tee zu kaufen, als ich beschloß, einen Augenblick innezuhalten. Ich tat nichts anderes als den Himmel betrachten – und, ach, wie loderten am Rand des Himmelszelts die Feuerbrände! Erst ein Weilchen später verstand ich, daß die gewaltigen Feuerbälle aus den gewaltigen Rachen der Stahlfabriken von Pittsburgh hervorquollen. Vielleicht beschloß ich schon damals, daß einmal der Tag anbricht, an dem ich dem Elend von Coney Island das Lebwohl zurufen und in eine Stadt voller Fabriken ziehen darf. Dort, wo die Flammen leckten, wollte ich zuerst eine Kate errichten und dann zwei Hütten. Ach, wie albern träumte ich damals! Ich schloß mich ein paar Polen an und kam hierher, bekam Arbeit in einem Trödelladen und zwei Dollar am Tag. Auch an Tritten bekam ich meinen Teil ab. Und an Spott. Harte Schläge ins Gesicht und den Klopfer auf den Rücken, auf den Kopf, auf die Hände, auf die Beine.« Filppa kippte gegen die Rücklehne des Sofas, hob den Rocksaum hoch und präsentierte ihre von Krampfadern gemusterten Schenkel. »Das dürfte meine erste Lehrstunde darüber gewesen sein, wie ein unterdrückter Leib unterwürfig und gehorsam zu sein hat. Zu Hungerunruhen konnte es jederzeit überall kommen. Die Bürger, diese Lumpenproletarier ohne Geld, Macht und Kraft, sammelten sich auf den Straßen, wo das Leben der Menschen durch die Geschichte hindurch schon immer am heftigsten aufblühte und wo auch die Revolution der Großen Mutter Rußland ihren Anfang nahm. Kaum einen Hungermarsch gab es, bei dem ich nicht die Fahne der Gewerkschaft schwenkte. Aber mit Mellons privaten Polizeitruppen hatte das alles ein Ende. Diese Bluthunde erschienen mit ihren Schilden auf den Straßen, und da versiegte das Klagen der Lumpenproletarier, die Gedanken an ein besseres Morgen verschwanden im Reich des Vergessens.«

»Was bekümmert dich?«

»Die eigene Vergangenheit.«

»Welcher Teil davon?«

»Der, in dem ...« Mit dem linken Auge verfolgte ich sehr genau jede Geste und Gemütsregung von Wild

Billy, und ich versuchte im voraus zu erraten, wie die nächste Replik lautete. Oft riet ich richtig. Das war leicht, weil in diesen Serien die Handlung in der Regel immer dieselbe war.

Ich fing an, über Ristiina und Ransu nachzudenken. Die warn ja wie Neger im tiefsten Afrika, wußten von nix und warn deshalb mit ihrem Leben zufrieden. Mir wurde direkt warm ums Herz, wenn ich mir vorstellte, wie sie die Netze ins Wasser lassen und nichts dabei reden.

Filppa holte einen eisernen Waschkübel aus der Küche und machte sich daran, am Fenster ihre hühneräugigen Füße einzuweichen. »Alles ertrug ich, und endlich wies mir der allmächtige Finger Gottes den Weg in die nächste Stahlfabrik. Ich schaufelte rot brennenden Koks auf einem Hügel, der zum Fluß abfiel und heulte vor Freude. Und wie wundersam war Gottes Gnade! Fand ich in dem Kokstrog doch einen Mann. Adek war nicht dunkel und nicht blond, war eher kurzsichtig, nicht geschwätzig und nicht mucksmäuschenstill, und ein Pole von Geburt. Ich dachte bei mir, Gott Vater prüft nur und verstößt einen nicht. Auf dem Kokshügel, den Schaufelstiel fest in der Hand, brachte ich zwei Buben auf die Welt. An der Lungenkrankheit oder an der Magenkrankheit gingen sie dahin. Eines Tages fand ich im Hinterhof die Jungfrau Maria. Das heißt, ein löchriges Bild von ihr. Das nagelte ich an die Küchenwand und bat Gott, die Erinnerung an die unschuldigen Leibesfrüchte zu segnen.«

Filppa stand auf und schüttete das Fußwaschwasser durchs Fenster geradewegs auf die Straße. Dort fluchte jemand auf Rätoromanisch. Ich betrachtete den Bomber am Himmel und dachte, eine funktionierende Gesellschaft kommt ohne Krieg nicht aus. Im Krieg werden immer die neuesten Einfälle der Technik getestet. Außerdem sind die Kriegsflugzeuge von ihrer Form her so hübsch. Schneller als der Schall kommen sie voran, genau wie es die Maschinen auf dem Holzplatz von Tulppio hätten machen sollen, jedenfalls nach dem, was Mikri Vuoma einmal erzählt hat. Ich mußte lachen. Mikri meinte damals, die aberwitzige Idee von einem maschinisierten Waldarbeitsplatz hätte sich der alte Waldherr Hiiko Rihti in den Kopf gesetzt und dafür aus Amerika Maschinen nach dem letzten Schrei bestellt, um die Stämme von der unbewohnten Wildnis zum Zwischenlager an den Fluß zu schaffen. Die Maschinen waren mit dem Schiff nach Norden gekommen, aber dann waren es nochmal dreihundert Kilometer bis zum Holzplatz. Die Maschinen waren so schwer, daß die Landstraßen ihr Gewicht nicht aushielten, und die Pferde sie nicht ziehen konnten. Da wurden neue Straßen gebaut. Hat nichts genützt. Also mußten die Maschinen in Einzelteilen ans Ziel gebracht werden. Schrecklich wars, sie zu zerlegen, weil sie unter freiem Himmel gleich rosteten. Nachdem die Maschinenteilchen endlich nach Tulppio gelangt waren, konnte sie dort niemand zusammensetzen. Also mußte aus Amerika ein Mann angefordert werden, der das konnte. Für das ganze Hin und Her waren viele Jahre und eine Menge Geld draufgegangen. Als die Maschinen schließlich in Gang gebracht worden waren, merkte man, daß die Lokomotiven mit Steinkohle befeuert werden mußten, die gab es aber in Lappland nicht. Also mußte auf Holzfeuerung umgebaut werden, aber die hat dann so viel Holz gebraucht, daß die ganze Fracht für die Fahrt draufging. Natürlich haben die Lokomotiven auch unheimlich viel Wasser geschluckt. Deswegen hat man entlang der Strecke zig Brunnen bohren müssen, was im Norden alles andere als eine leichte Angelegenheit ist. Ersatzteile gab es natürlich nicht, die mußten aus Amerika bestellt werden, und sie zu kriegen war absolut unmöglich. Wegen irgendeinem winzigen Teilchen standen die Lokomotiven monatelang rum. Es gab noch tausend andere Widerstände, und schließlich verließen die Arbeiter einfach den Waldarbeitsplatz und zogen in der Hoffnung auf besseres Brot zum Bau der Murmansker Eisenbahn.

Ich seufzte über die Verrücktheit des Menschen und mußte mich erstmal setzen. Filppa stand in der Küchentür und schmatzte: »Ach, warum war der Adek auch so unscheinbar. Es war wohl der fünfte Oktober, da geriet er unter den Koksbagger und wurde ins himmlische Reich erhoben. Wie es üblich war, beerdigte ich Adek auf dem St.-John-Friedhof, gleich neben der Autobahn. Sprach der Nichtsnutz doch immer über Autos, obwohl er davon wahrscheinlich überhaupt nichts verstand. Wie schnüren mir Trauer und Schmerz die Seele ein, wenn ich an die Ehe zurückdenke. Es war nicht gut für mich, verheiratet zu sein. Nach Freiheit verlangte mich. Und so beschloß ich, gleich nachdem Adek in den Himmel aufgefahren war, mir niemals wieder einen Mann als Bürde zu nehmen, und an den Beschluß habe ich mich strikt gehalten, der Jungfrau Maria sei Dank.«

Das Eis geht zurück

juho gabriel: Die Sonne scheint so stark, daß ich Schweiß im Gesicht hab. Ich lauf zum Seeufer, denk, ich guck mal, obs Wasser vielleicht schon gestiegen ist. Stellenweise ist noch reichlich Schnee, aber die Felder sind fast sauber. Ich seh, daß am Ufer schon freies Wasser ist, und da schwimmen ein paar Bekassinen herum. Ich nehm einen Stecken und stocher in der Erde. Unter dem Frost flatscht eine Wasserspur auf. Sie plätschert so hübsch weiter die Furche entlang, die ich ziehe, daß ich richtig lachen muß. Ich zieh mit dem Stecken eine neue Furche, und das Wasser rieselt hinterher. Ist schon lustig, die Natur, denk ich und reib mir das Wasser aus den Augen.

Weiter komm ich gar nicht, weil ich merk, daß der kleine Fingerling, den ich gezogen hab, zu einem springenden Bach gewachsen ist, und bevor ich noch die Augen von der Sonne zum Feld gedreht hab, ist der Bach schon zu einem Strom geworden, der mit furchtbarer Geschwindigkeit dahinrollt. Sand, Erde und Steine reißt er mit. Schon rauscht der Strom am Grenzgraben zwischen dem Ropa und mir entlang dem Fluß zu. Obwohl ich weiß, daß ich noch allen Verstand im Kopf hab, trau ich meinen Augen nicht. Ich denk, ich träum. Aber da denk ich falsch. Der Strom wächst und schafft sich immer mehr Platz. Er nimmt ganze Schnee- und Sandhaufen mit. Mit furchtbarer Geschwindigkeit und Kraft fließt das Wasser weiter und schwillt immer weiter an. Meine Füße werden naß, und in meiner Not steig ich auf den Stein vom Graf Feeti, weil das der höchste im Weltganzen ist. Da steh ich und guck zu, wie sich eine immer größere Wassermasse in den Grenzgraben zwängt und ein Feld nach dem andern hinter sich hersaugt. Ich will schon zu Gott beten, daß er mitten am schönsten Frühjahrstag die Wasserschwellung anhält, aber in meiner Not fällt mir plötzlich nicht mehr ein, wie das Vaterunser geht. Ich seh, wie die Sträucher und die Birken umfallen und mitsamt ihren Wurzeln fortgerissen werden. Ich werf einen Blick zum Hof, da ist vollkommener Frieden. Ich bin erleichtert und fang schon an vor mich hin zu singen, daß der Wald dröhnt wie ein Wasserfall. Mitten in der ersten Strophe hör ich ein schweres Donnern, und da setzen sich die Eisschollen auf dem See in Bewegung. Wie große Walzen stauen sie sich an einem Loch, fliegen krachend in Stücke, ein Teil scheppert aufs Land, und ein Teil wird vom Wasser mitgerissen, und dann nix wie die Stromschnelle runter. Da knallen sie aneineinander und zerstampfen

Birkenstämme zu Splittern. Der ganze See zappelt und schäumt, als hätt ihn der Sturm gepackt, obwohl ich nicht das kleinste Lüftchen spür. Das Wasser stürzt über die Ufer, die Erde zittert, und später hör ich, daß der frischgemauerte Stubenofen vom Lantto Isso zusammengekracht ist. Die Wälder und die Heiden sind voller Klagen und Rufen. Ich bewunder bloß die Kraft von oben und von dem Wasser und ruf, werdet nur frei, See und Fluß! Über meinem Kopf rufts *paa lukku! paa lukku!*, und ich stampf mit dem Fuß auf, weil ich krieg bald Lust zum Tanzen. Schon platzt der grüne Weiher neben dem Sandrücken unter der Wasserfülle, dann der Sandrücken am Moorufer und schließlich meine Weidemoore, um die ich mich gekümmert hab, weil die so frostschwach sind. Ich denk, vielleicht hat das Wasser bald genug von seinem Getöse, aber nix da. Die Flut schwillt wie Zopfteig und reißt sich eine Bahn durch die besten Felder vom Kurtti. Das ist recht. Das schwere Dröhnen und Donnern hört man bis zum Hof vom Raimari und vom Kaaprili. Im Dorf glauben die Deppen, die Russen haben Krieg angefangen. Dieses Getöse und Donnern dauert ein paar Stunden, und ich bin wie im Feuer. Auch in meinem Kopf geht so ein Gesumse, und ich weiß nicht, wie ich mich wieder in Ordnung krieg.

Bestimmt bin ich müd, weil ich mitten in dem Getose einschlaf und erst im Kalten aufwach, wie sich die Sonne schon davongemacht hat.

Die Welt ist ganz still, und die Wasser sind dort, wo sie hingehörn. Der See und der Fluß fließen frei und blau. Die Flutwasser sind im Rachen der Erde verschwunden, und die Felder dampfen so erdig und schmuck. Ich rutsch vom Stein und geh mit leichtem Sinn das Vieh füttern. Ich denk, jetzt steht bald wieder ein gottgesegneter Sommer voller Arbeit vor der Tür.

4. Oktober 1957

impi agafiina: Gut drei Jahre lang wohnte ich in Filppas Fernsehsessel. Das kam mir wie drei Stunden vor, weil alles so schnell ging, so wie sichs in Amerika gehört, und ich mein, ich wär in dem Sessel morsch geworden, wenn nicht gleichzeitig die zwei schlimmsten Sachen der Welt passiert wärn.

Ende September gab es Filppas Tabletten nur noch auf Rezept, was in unserm Fall bedeutete, daß sie ausgingen und neue nicht zu kriegen warn. Wir hatten kein Geld, uns beim Doktor ein Rezept zu kaufen.

Der vierte Oktober schlug den letzten Stift in meinen amerikanischen Sarg. Danach war ich nicht mehr wie vorher.

Es war nach einem außergewöhnlich heißen Sommer, von der Prärie her hatte so heftig ein nach der Scheiße aus Viehkoppeln und Schlachtereiabfällen riechender Wind geblasen, daß er Löcher in unsere Vorhänge brannte. Alles war dermaßen trocken, daß sogar der Fernseher hustete. Ein schrecklicher Sommer war das, und dann auch noch dieses Rezeptgesetz. Mir gings schlecht, ich konnte nicht mal atmen, und die arme Filppa hatte solche Stiche, daß sie richtig weinen mußte. Ich hatte mich so an die Pillen gewöhnt, die Fernsehbilder sahen ohne sie wie grauer Brei aus. Eine derart schreckliche Zeit war das, daß wir zusammen den christlichen, den katholischen und den mohammedanischen Gott anflehten, uns von hier fortzuholen. Hat er aber nicht gemacht. Ließ uns im Feuer der Hölle schmachten.

Der vierte Oktober war ein bißchen besser. Filppa trank ein Glas Milch, und ich versuchte, Nüsse zu nagen, weil in denen Fett ist. Filppa trottete im Zimmer herum und wischte sich den Schweiß von der Stirn. Ich mampfte Eisentabletten und sagte im Geist ein Gedicht auf, das mir Sarmo beigebracht hatte: Du lieber, fester Stahl, mach mich stark und kräftig, gib mir klaren Gedankenfluß, sei Zeichen für das Kommen einer neuen Zeit. Ich mußte lachen, aber ich brachte es trotzdem noch fertig, von einem Sender zum nächsten umzuschalten. Dort gabs nämlich die Original Amateur Hour. Auf der Bühne kokettierte ein schiefäugiger Kazoo-Virtuose. Gerade als er anfing, einen Brahms ohne Noten aus seinem Gedächtnis zu ziehen, brach das Programm ab, und auf den Bildschirm schoß ein Reporter in Atemnot, der sagte, jetzt kommt eine Sondernachrichtensendung. Ich dachte erst, John Wayne hat einen Herzanfall gekriegt oder Bettes Spaniel Junge. Mit geölten Haaren und Brille auf der Nase stieg ein Nachrichtenmann auf den Schirm. Der machte ein furchtbares Gesicht. Da dachte ich, jetzt ist ein Atomknall passiert. Aus den Augen des Mannes tropfte das Wasser. Er schluckte und stotterte mit gebrochener Stimme, daß die Russen den künstlichen Mond Sputnik ins All geschossen hätten und daß dieser Mond in einer Höhe von 560 Meilen über der Erdoberfläche die Erde umkreiste. Ich brach in endloses Geheul aus. Von ganz weit weg hörte ich Wörter wie interplanetares Lotgerät, Akademiker Sergei Pawlowitsch Korolew, Nutzung der Atomenergie, Kosmodrom, Baikonur, Bahnbrecher des Raketenbaus, TASS, Industriespionage. Ich streckte mich nach der Placidyl-Dose auf dem Tisch und warf mir in der ersten Not drei Handvoll in den Mund. Ganz erstarrt wegen meiner Panik, saß Filppa auf ihrem Platz und schlürfte nervös an ihrem kalten Kaffee. Sie verstand nichts, und ich konnte nichts erklären. Ich bemühte mich, tief und ruhig zu atmen – die Russen hatten es getan, Oazis 2 war also kein leeres Geschwätz -, schon am Abend konnte ich wieder ein paar Gedanken fassen.

Wenn Schnelligkeit und Licht mich nach Amerika gelockt hatten, wie war es dann möglich, daß die langsame Sowjetunion in der Lage war, eine Weltraumrakete zu entwickeln, die schneller als der Schall flog? Und zwar früher als Amerika. Darauf wußte nicht mal Bob Hope eine Antwort. Die Sowjetunion war doch das Land, wo die Felder bestenfalls mit einem einzinkigen Holzpflug und der Mistgabel umgegraben wurden und schlechtestenfalls mit den bloßen Händen, und jetzt dieser sagenhafte Start ins All! Ich hatte eine richtige Matschbirne. In einer Direktübertragung verlangte der Präsident von General Motors von den amerikanischen Eltern, ihre Bälger in Intensivrechenkurse zu stecken, und auf allen Kanälen riefen Ingenieure die Deutschen um Hilfe.

Ich muß ehrlich sagen, daß da mein Amerika umkippte.

Nach jenem Tag sah alles ganz anders aus. Der Hudson aus der Autoreklame, der noch zwei Tage zuvor wie eine echte Schönheit wirkte, war nur noch eine hohle Schüssel. Seine Lichter und sein verchromtes Vordergatter sahen lächerlich protzig aus, und in den weichen Sitzen sank der Fahrer so tief ein, daß er ein Periskop brauchte.

Ich wechselte von Kanal zu Kanal. Da war wieder der Hamburger-Kiosk, der mir immer so gut gefallen hatte. Jetzt sah auch der aus wie eine stinkende Scheune. Ich schmeckte direkt, wie das Steak, das mir früher so prächtig und fett vorkam, voller Sehnen und Knochensplitter war und der früher so schmackhafte und nahrhafte Ketchup von Heinz bloß Konservierungsmittel und Zucker. Ich schaltete weiter. Ein Jell-O-Paket und daneben ein planschendes Kleingör. Ich konnte nicht verstehen, wie ich einmal vor Begeisterung aufjuchzen konnte, wenn diese naseweise Mamsell auf die Bildfläche gestürmt kam. Obwohl ich genau wußte, daß Jell-O nichts anderes war als mit Insektengift gelierter Mist, hatte ich es gekauft. Auf dem nächsten Kanal hieß es, Joe Di Maggio hätte die Absicht, Marilyn zu verlassen. Was für ein dreckiges Gerede! Ich hatte das Gefühl, in Amerika nichts mehr verloren zu haben. Filppa tröstete mich, jetzt schlafen wir erstmal, vielleicht sieht morgen schon alles wieder besser aus.

Das hoffte ich tatsächlich, obwohl ich nicht an die schöne Lüge glaubte.

Meine letzten Pittsburgher Tage waren voller Qual und Schmerz. In der Lux Show interviewte Rosemary Clooney die Joan Collins, und die arme Joan erzählte, sie will sich von ihrem Mann scheiden lassen, der grausam und krumm geworden ist. Ich schnappte nach Luft. Reichte Marilyns Scheidung diesem Volk denn nicht! Dave Garroway, der mir immer so gefallen hatte, beklagte den Showstreß in der Gale Storm Show. Ich konnte nicht verstehn, was dieser Showstreß war und was so ein negativer Begriff mit Amerika zu tun hatte. Caesar's Hour rettete mich für einen Moment. Die herrliche Anfangsmelodie, und dann stand da Sid Caesar, glücklich und strahlend. Ich spürte, wie sich mein Herz beruhigte und wie der Kloß im Hals nach unten rutschte. Sid sagte kein Wort, zog bloß eine Pistole aus der Tasche und schoß sich das Gehirn in die Kulissen. Im Studio entstand ein Tumult, den der Kameramann ganz Amerika zeigte. Ich verfolgte die Ereignisse total gefühllos und befahl Filppa, mir eine Fahrkarte zurück in den Norden zu kaufen. Filppa rief mir zu, sie hat kein Geld. Marilyn wippte auf den Bildschirm, und auch sie sah aus wie ein schlaffes Pummelchen, das einen endlosen Kampf gegen Speck, Alkohol und alle möglichen Tabletten führt. Liberace, der für mich immer so ein hübsch klingendes Rokokospielzeug gewesen war, verwandelte sich über Nacht in eine ekelhafte, piepsende Schwuchtel. Cary Grant, den ich für den schönsten Mann der Welt hielt, stöckelte daheim in Frauenunterwäsche rum und mochte junge Burschen. Das amerikanische Leben fing an, gespenstisch auszusehn. Sämtliche große Fernsehstars versuchten einmal die Woche sich umzubringen, und außerdem waren viele von ihnen in Wirklichkeit viel kleiner, als es auf dem Bildschirm aussah. Elvis zum Beispiel. Benutzte Schuhe mit Einlagen, die ihn größer machten. Der eine erschoß sich mit einer Flinte, Kaliber achtunddreißig, der andere seine Frau, einer fuhr besoffen Auto, ein anderer nagelte seine Tochter. Und als Gipfel von allem: Bob Hope, der eine Vaterfigur für mich gewesen war, dem ich meine ganzen amerikanischen Jahre über vertraut hatte, war ein leichenblasser alter Schluckspecht, der in den Läden allen möglichen Kleinkram klaute.

Wo war das Plastikparadies, über das mir Raissa Smith in Moskau Vorträge gehalten hatte?

Schließlich und endlich verstand ich, daß in Amerika nur eins aus Plastik gemacht wurde: die ranzig riechenden Schüsseln von Tupperware.

Ich machte den Fernseher aus und drehte mich zu Filppa um.

Sie hatte einen Strickstrumpf gefunden und hantierte mit ihm herum. Ich schlug vor, daß sie den Fernseher verkauft und ich von dem Geld die Fahrkarte nach Norden bezahle. Filppa war einverstanden, ich kratzte gerade noch so viel Kraft zusammen, um in meinem Seesack zu graben und all die Aufzeichnungen zu verbrennen, die ich in der Sowjetunion gemacht hatte.

Ich beschloß, Fortschritt und Bildung, Wissenschaft und Television zu vergessen.

Ich packte meine Tasche und ging zurück in den Norden.

8. buch

Impi Agafiina kommt am 3.11.1957 wieder im Norden an, am selben Tag, an dem sich der Hund Laika auf der Fahrt im Sputnik II über den Weltenlauf wundert, und läßt sich im Schutz des Waldes häuslich nieder. – Nur immer weiter, so wie es der Mensch soll. – Man trifft sich unterwegs. – Elvis. – Finis.

Dem Menschen ist eine Gestalt gegeben, die aufrecht ist

impi agafiina: Im Hafen von Turku trat ich an Land und merkte im selben Moment, daß ich trächtig war. Das war ein Schock, wo ich glaubte, immer noch unberührt zu sein, und außerdem hatte ich mich nie zu Bälgern oder zum Familienleben hingezogen gefühlt.

Aber wenn der Bauch raussteht, hilft kein Lamentieren. Eine knappe Woche war ich in Turku, brachte alle Angelegenheiten in Ordnung und fuhr mit dem Zug in Richtung Norden. Ich schlief im Ochsenwaggon und war morgens am Ziel. Vom Bahnhof nahm ich eine Droschke und fuhr zum Gut vom Reeder.

Alles war genau wie früher. Ich stand auf dem Hof, blickte zum Fluß und empfand genausowenig Trauer wie Freude. Ich dachte, so ist es hier, in Moskau und Pittsburgh ist es eben anders. Die Signe Säppie humpelte mir entgegen, die Schnute richtig schön verzogen, und sagte, der Herr und die Frau wollten mich nicht empfangen. Ich wunderte mich, wieso denn das nicht. Weil ich ihnen keine Briefe geschrieben hatte?

Signe Säppi winkte mich zur Seite, machte ein Gesicht wie ein Regenwurm und sagte, gleich nachdem ich nach Moskau aufgebrochen war, hätte sie gemerkt, daß vom Eßbesteck im Festsaal ein halbes Dutzend silberne Teelöffel fehlte. Als sie die Sache der Frau und dem gesamten Personal mitgeteilt hatte, war ein unwahrscheinliches Durcheinander passiert. Eine Versammlung wurde einberufen, um den Schuldigen zu finden. Der wurde dann auch gefunden, und das war ich. Ich hatte die Löffel übrigens tatsächlich gestohlen, sie nach Schweden verkauft und das Geld mit zu den Russen genommen.

Ich mußte so lachen, daß mir das Wasser in die Augen stieg. Ich spazierte rein, obwohl die Signe versuchte, sich mir in den Weg zu werfen.

Drinnen empfing mich ein seltsamer Anblick. Die Frau saß ganz grau in einem Korbsessel, und als sie mich sah, fing sie an zu heulen, als hätte sie den Verstand verloren. Das hatte sie auch. Ihr war alles aus dem Kopf gefallen, sie erinnerte sich an gar nichts und erkannte keinen. Der Herr saß dick und fett im Großvaterstuhl. Er sah mich lange an, wollte schon ein warmes Gesicht aufsetzen, entschied sich aber im letzten Moment doch anders. Er räusperte seine Beklemmung fort und sagte, in diesem Haus hätten sich noch nie Rote blicken lassen, dort wäre die Tür, und es wär recht, sie von außen zuzumachen. Ich konnte ihm nicht böse sein. Ich konnte einfach nichts dafür, daß ich irgendein großes und baumwollweiches Gefühl für diesen alten Baumstumpf hatte. Ich ging raus und lächelte vor mich hin.

Ich lief zum Droschkenstand und fuhr mit einem Wolga zum Hof vom Raimari. Der Hausherr stand auf dem Gelände und tat, als hätte er von der Droschke nichts bemerkt. Ich zahlte das Auto und schickte es fort. Raimari war in guter Verfassung, obwohl er bestimmt über hundert war. Wir gaben uns die Hand und fragten, wies geht. Ich merkte, daß sich der Raimari vor mir fürchtete. Er war ziemlich kurz angebunden, und ich kriegte nichts aus ihm raus.

Außer daß der Ransu zuerst gestorben war und dann die Ristiina, in dieser Reihenfolge.

Auf dem Hof vom Kaaprili war niemand, und wie ich in die Stube trat, spuckte mich der Hausherr an. Mir blieb nichts anderes übrig, als zu akzeptieren, daß ich nicht willkommen war. Immer wenn ich auf irgendein Haus zuspazierte, gingen die Lichter aus und die Riegel zu. Ich hob den Kopf, denn mich berührte der Haß der Dorfbewohner kein bißchen, ich stand über allem, weil ich wußte, ich würde ihre Hilfe nicht brauchen. Durch die Wildnis wanderte ich zur Hütte von Ristiina und Ransu. Ich dachte, ich laß mich im Schutz des Waldes häuslich nieder und fang ein einfaches Leben an, weit weg von der Welt und den Menschen.

Noch vor dem Morgengrauen kam ich ans Ziel.

Dort empfing mich der klarste See der Welt und der Kadaver von einer Hütte, so zerfallen, daß sie schon wieder Teil der Natur war.

Da überlegte ich erstmal, wo ich mit den Bauarbeiten anfangen sollte.

Nach dem, was ich in der Moskauer Werft gelernt hatte, baute ich mir dort am Seeufer ein stolzes Boot. Ich machte es wintertauglich, weil ich dachte, da bring ich das Kind zur Welt, und im nächsten Frühjahr fang ich an, eine richtige Hütte zu bauen. Das Boot hatte auch den Vorteil, daß ich, wo ich doch trächtig war, im Notfall schnell über den See zur Hebamme konnte.

Gut lebte ich dort im Auge der Wildnis, holte mir Wild aus dem Wald, angelte Fische aus dem See und sammelte Beeren im Sumpf. Die Welt vermißte ich nicht und auch nicht das Gerenne der Menschen. Ich zähmte zwei Krähen und einen Fuchs, und mit denen unterhielt ich mich, wie ich wollte.

Ich wurde fett wie eine Sau, die Beine waren wie zwei Daunenkissen, und ich war so hypochondrisch, daß ich Angst vor der Sintflut hatte. Dann kam die Zeit der Geburt. Die Schmerzen waren furchtbar. Ich merkte, daß der Balg falschrum lag und dachte, da hilft nix, ich muß ins Dorf.

Wenn eine Frau gebiert, dann hat sie Schmerzen

impi agafiina: Es war so ein dunkler Spätsommerabend, wie ich mich auf den Weg machte. Ich steckte eine Pechfackel in den Bug vom Boot, damit ich sah, wohin ich fahr, sah aber trotzdem nichts. Ein Sturm kam auf und trieb mich prompt in die falsche Hälfte vom See. Da saß ich fest. Der Balg schob sich immer weiter raus, aber ich biß die Zähne zusammen. Da half nix, als um den See rumzulaufen. Das Boot ließ ich zurück, nahm nur das Messer und die Axt und stürzte mich in die finstere und regnerische Nacht. Mich fror, obwohl mir der Schweiß auf der Stirn stand. Während ich mich durchs Gestrüpp schlug, preßte ich so gut es ging die Beine zusammen, damit der Balg nicht weiter rauskam. Ich weiß nicht, wie lang ich mich vorwärtskämpfte, aber ich erinner mich noch an den Moment, in dem ich aufs Ufergeröll fiel und im Schwindel einen Himmel mit Millionen Sternen sah.

juho gabriel: Im Kessel von der Viehküche sprudelt das Wasser, und ich tu immer nur Hölzer dazu. Ich wasch die Milchkanne im glühend heißen Wasser, und die ganze Viehküche ist eine einzige Dampfwolke.

Durchs beschlagene Fenster sickert die rote Morgensonne, und das blendet mich richtig in den Augen. Die Welt ist schon ein schöner Platz zum Leben, denk ich, tret die Viehküchentür auf, stell die saubere Kanne auf die Milchbank und hör, wie die Kerttu brünstig im Gehölz ruft. Ich schleich mich hin, um zu gucken, ob sie soweit ist. Sie blinkt schon. Ich hol den Zaum, zieh ihn ihr über den Kopf und führ sie zum Gemeindestier. Wir spaziern zusammen, die Kerttu und ich, und wir schnuppern den Sommergeruch. Die Kerttu schwenkt auf dem ganzen Weg den Arsch. Gleich nach dem Morgenmelken kommen wir zum Hof vom Raimari. Ich bind die Kerttu an der Scheunenwand fest und geh in den Kuhstall. Der Knecht vom Raimari macht den Stier von den Ketten los, und der andere Knecht hält den Hilfsstrick fest. Wir lassen die Kuh bespringen, und ich geh in die Stube. Der Raimari sitzt am Kopfende vom Tisch und trinkt Kaffee. Die Magd gibt auch mir welchen. Wir trinken. Der Raimari erzählt, daß aufs Land von Ristiina und Ransu ein verrücktes Weib gekommen ist und da wohnt. Dasjenige, das bei den Herrschaften als angenommenes Kind war. Ich guck Kille den Hund an, weil sein Blick so hübsch glänzt. Da fällt mir der Peni ein. Die Magd sagt, dem wächst der Star im Auge. Ich stell die Tasse falschrum auf die Untertasse und geh mit der Kerttu wieder heim. Die Kerttu geht so erschöpft neben mir her, und ich denk, das ist schon eine gute Erfindung, so eine Stiergenossenschaft.

impi agafiina: Als ich aufwachte, hatte ich kein Bewußtsein davon, wie lang ich bewußtlos gewesen bin. Mikri Vuoma fand mich am frühen Morgen dort im Ufergeröll und brachte mich zu sich nach Haus. Er verfrachtete mich in seine Saunakammer und wachte dann am Bettrand.

mikri vuoma: Ich würd mal so sagen, wie die Impi Agafiina da ins Dorf zurückkam, da war sie vom unmäßigen Leben ganz schön abgenutzt.

Sie hatte ein steifes Rückgrat, gräuliches, dünnes,

dreckiges Haar und eine Stimme wie ein Frosch. Stechend und stolz guckte sie vor sich. So viele verschiedene Gesichtsausdrücke hatte sie, daß einer glauben konnte, sie war unruhig, war sie aber nicht. Schwere Esserin war sie. Auch bei der ganzen Geburtsangelegenheit stopfte sie sich Essen in den Mund wie die Schriftgelehrten. Ich trug ihr Schinken, Salzmaräne, Huhn, Sprit, schwaches und starkes Selbstgebrautes und Met hin, und sie schlang alles runter. Zwischen dem warmen Essen biß sie in eine rohe Rübe. Zum Abschluß von der Schlemmerei schaukelte sie stundenlang wie besoffen da im Kindbett hin und her.

impi agafiina: Zuerst mußte ich kotzen, dann versuchte ich hochzukommen, konnte mich ohne Unterstützung aber nicht rühren. Ich hatte hohes Fieber, die Lunge rasselte, und Husten kam auch noch dazu. Zu allem Überfluß brannte mir das Kind dermaßen im Bauch, daß ich alles rot sah. Der Mikri Vuoma saß da, grau wie Sand, aber seine Augen leuchteten wie bei einem Buben. Er tat so, als würde er im Großen Buch lesen, dabei warf er ständig einen Blick auf mich. Zwischendurch verzogen irgendwelche Alterskrämpfe sein Gesicht zu scheußlichen Grimassen. Ich dachte, seine Anwesenheit wirkt sich schlecht auf das Kind aus, das hier auf die Welt kommt. Im Lungenfieberwahn und zwischen den brutalen Wehen kamen mir Visionen von Amerika. Ich schwitzte die ganze Zeit, und in diesem Bett in der Saunakammer gab es nicht mal ein Laken. Mikri Vuoma kaute auf Pechklümpchen herum, während er in der Bibel vor- und zurückblätterte. Das war so eine schwere und große bebilderte Ausgabe. Ich sagte dem Mikri, guter Mann, geh und hol mir die Kinderholerin zur Hilfe, das Kind ist in der Steißlage. Er spitzte nicht mal die Ohrn und holte mir kein Glas Wasser, obwohl ich ihn anflehte wie nur was. Bestimmt war er taub oder sonst irgendwie teuflisch. Mir brannte es vorne und hinten, und ich fing schon an, über Stalins Rußland nachzudenken, und wie der Sozialismus statt der Schnelligkeit Langsamkeit produzierte, statt Freiheit Gefangenschaft, statt Effektivität Nutzlosigkeit. Amerika hatte mir Freiheit versprochen, Vernunft und den Siegesmarsch der Technik. Aber was hatte ich gekriegt? Eine Glotze, die mir riet, mir den Kühlschrank voll Schokoladenpudding zu kaufen, um einen eventuellen Naschanfall zu überleben, und die Erkenntnis, daß Bud Andersson aus der Serie »Vater weiß es« nicht lesen und nicht schreiben konnte, weil er seine ganze Kindheit auf der Bühne verbracht hatte. Das Fieber war es, das mich dazu brachte, wieder an all das zu denken, was ich hinter mir gelassen hatte und woran ich nie mehr zurückdenken wollte. Ich seufzte direkt auf vor Erleichterung, als ich den Schluß zog, daß sich alle diese Gedanken jetzt zum allerletzten Mal vorgedrängelt hatten. Daß im einfachen Leben meine Zukunft liegt.

Ich warf einen Blick auf Mikri Vuoma, der mit dem Großen Buch in der Hand eingeschlafen war. Mit meinen letzten Kräften versetzte ich ihm einen Tritt, und er kippte zuerst auf mich drauf und rollte dann ans Fußende. Dort blieb er liegen und fing an zu schnarchen. Da spürte ich, daß sich das Kind in die Seitenlage dreht, und das war ja noch viel schlechter. Mit allerletzter Kraft räumte ich den schnarchenden verhutzelten Alten aus dem Weg, stützte mich am Stuhl ab und stand auf. Ich schleppte mich in die Sauna, im Kessel war passend lauwarmes Wasser, und da setzte ich mich rein. Ich dachte, das Wasser verhindert erstmal, daß das Kind rauskommt, dreht es vielleicht sogar richtigrum. Der Bauch war wie im Fegefeuer und der Kopf wie ein Kohlenbecken. Ich brüllte so lange, bis mir das Fieber die Besinnung nahm, und ich wachte erst am Abend auf, als das Wasser schon eisig war. Die Sauna war voller gackernder Weiber aus dem Dorf. Da warn die Hebamme und die Mägde vom Raimari, die Frau vom Kaaprili und die Melkerinnen. Sie hatten Stricke um mich gebunden und wollten mich damit aus dem Kessel rausziehn. Ich hätte die Stricke am liebsten abgeworfen und wär aufgestanden, aber ich war fix und fertig, und meine Haut war runzlig wie ein alter Rucksack. Ich dachte, bestimmt ist der Balg größer als eine Teigschüssel, und wie ich an den Stricken in der Luft hing, da drehte sich der Balg. Ich sagte zur Hebamme, die in jede Richtung gleichzeitig fuchtelte, holt mir den Schaukelstuhl aus dem Haus, da setzt ich mich rein und gebär. Die Melkerin vom Kaaprili holte ihn. Ich ließ mich reinfallen und fing an zu schieben wie ein Traktor auf dem Feld. Die Weiber hielten mich an den Händen fest, keuchten mir in die Ohren und gaben schon mal Kinderpflege-Anweisungen zum besten. Eine sagte, man muß es gleich ins Fell von einem Mutterschaf wickeln, eine andere meinte, daß man es überhaupt nicht zudecken darf, eine dritte, daß man dem Kind viele Kleider anziehn soll, wenns heiß ist, und bei Frost überhaupt keine. Ich befahl ihnen, sich zum Teufel zu schern, und sie gingen. Das Kind rührte sich nicht vom Fleck, als obs im Bauch festgeleimt gewesen wär. Kam wieder ein neuer Tag, und das Kind machte Anstalten ein Blindgänger zu werden. Die Hebamme ging, den Quacksalber Vuonorowa holen, ich war wieder mit dem Mikri Vuoma allein. Auch die Wehen hörten auf, aber das Fieber stieg immer weiter. Mikri Vuoma brachte mir einen Fliegenpilz, und den steckte ich mir mit der Unterseite zuerst rein, obwohl ich ihn hätte essen sollen. Schon machte er sich bemerkbar. Zuerst ging das Fieber weg, dann kehrten die Wehen zurück, und ich bekam wieder Arbeit. Steif und klamm saß ich da auf dem Saunaboden und ließ den Kopf auf der ersten Pritsche hängen. Über zehn Stunden gingen so nochmal dahin, aber dann kams raus, und auch noch mit dem Kopf zuerst.

In meinen blutigen Händen hielt ich so ein rötliches Fitzelchen, kaum größer als eine Maus, das nicht einmal schreien konnte.

Es sah schlecht abgewogen und entsetzlich aus. Mit dem Messer schnitt ich die Nabelschnur durch, wusch das Kind in der Sauna mit kaltem Wasser, weil kein anderes da war, und stapfte mit dem Jungen unterm Arm zum andern Ufer, dorthin, wo ich das Boot gelassen hatte.

Die Herbstsonne schien so kalt und schön, von den Birken fielen gelbe Blätter, und die Kühe vom Raimari riefen mit geschwollenen Eutern auf der Weide. Ich weiß nicht, ob ich glücklich oder unglücklich war, ich ging nur immer weiter, so wie es der Mensch soll.

Wenn der Tag länger wird,
kommt der Frühling

impi agafiina: Ich stiefelte zum Boot und dachte, auch wenn ich die Flanken von einer Stute hab, einen zweiten Balg mach ich nicht mehr. Ich schöpfte eine Kelle Wasser aus dem See und schüttete sie über den Jungen. Ich gab ihm den Namen Elvis, weil das die einzige Erinnerung war, die ich von Amerika behalten wollte, legte ihn zum Schlafen in den Bug und ruderte dorthin zurück, wo ich hingehörte.

Zwei Monate gingen dahin, und es kam der Winter. Im Frühwinterfrost baute ich ein gutes Fundament für die Hütte. Ein bißchen verlangsamte der Kinderkram die Angelegenheit, weil ich immer zwischen Boot und Baustelle hin- und herrennen mußte. Im Boot wohnten wir sehr gut und hattens nicht kalt. Mikri Vuoma brachte uns Moltebeeren, Pilze, Kartoffeln und Rentierfleisch. An was hätte es uns da fehlen sollen? Man konnte zugucken, wie der Junge wuchs, weil ich die Titten voll sahniger Milch hatte. Außer dem Mikri hatten wir keinen Besuch, und ich vermißte auch nichts. Ich bestaunte nur den Frieden der Wildnis und die Kraft der Natur. An Weihnachten breitete ich Stroh im Boot aus, steckte den Kerzenstummel an, den ich in der Ruine von Ristiinas und Ransus Hütte gefunden hatte, und aß Reisbrei. Mikri Vuoma brachte uns als Weihnachtsgeschenk ein großes Mutterschaf und versprach, in der Brunftzeit den Bock zum Bespringen herzuführn. Das war mir ein willkommenes Geschenk. Das Mutterschaf kümmerte sich nämlich um Elvis wie um sein eigenes Lamm.

Die Tage wurden länger, und der Frühling kam. Mikri Vuoma brachte den Bock, und das Schaf machte drei Lämmer.

Elvis saugte mit den Lämmern die Schafsmilch direkt aus den Zitzen. Und er wuchs unwahrscheinlich. Mit einem halben Jahr lief er komplett rum, und der Mikri Vuoma brachte ihm bei, Pfahlspitzen zu schnitzen. Ich sagte zum Mikri, was würde ohne dich bloß aus mir werden. Er lachte, und meinte, nichts, und schon war der Sommer da, und ich machte mit dem Bau weiter. Ich dachte, ich bau die Hütte fertig, bevor der Winter kommt. Johanni rückte näher, und ich wollte zum Kaufen und Verkaufen in den Dorfladen gehen. Viel brauchte ich ja nicht, aber Salz mußte ich kriegen und Kernseife. Ich legte ein paar Fuchshäute in den Spankorb, die ich dem Kaufmann verkaufen wollte, setzte Elvis obendrauf und stapfte los, durch den Wald in Richtung Dorf. Ich hatte Lust zu laufen und die sommerlichen, vom Fortschritt unverdorbenen Gerüche meines Geburtswaldes zu schnuppern. War das ein herrlicher Weg! Ich genoß so richtig das

Gepiepse der Vögel und das Rascheln der Beerenreiser an den Beinen, und ich dachte, hier spaziert der glücklichste Mensch der Welt.

Ich kam auf die Landstraße. Die Sonne schien so warm, daß sie mir den Schweiß auf die Stirn trieb und ins Kreuz. Ich hatte an die zwei Kilometer hinter mich gebracht, da sah ich eine große Wolke von der Buttermilchstraße her auf mich zukommen. Zuerst dachte ich, das kann nur eine Atombombe sein, aber wie es immer näher kam, hielt ich es für einen Sandsturm. In Amerika hatte ich im Fernsehn täglich sowas gesehen, und in der Mitte war immer ein Pferd und ein Kuhheld aufgetaucht.

Ich blieb wie angewurzelt stehn, weil ich dachte, bin gespannt, was in Finnland aus so einem Staub zum Vorschein kommt. Erst aus nächster Nähe sah ich, daß es tatsächlich ein Pferd war und ein Heuwagen, auf dem ein Mann stand mit den Zügeln in der Hand.

Zuerst sauste er vorbei, aber bevor ich mich noch rühren konnte, hörte ich, wie er dem Pferd zurief: brrr! brrr! Der Gaul stoppte auf der Stelle und guckte nur. Der Mann drehte sich zu mir um, langte an den Mützenschirm und fragte mich, ob ich mit will. Drauf ich, warum nicht? Ich stieg auf den Karren und dachte mir nichts Besonderes dabei.

Wir fuhren zum Laden, und ich kaufte und verkaufte als erste. Dann war der Mann mit dem Pferd an der Reihe. Ich verfolgte seine Bewegungen von der Seite, und mit der Zeit bekam ich das Gefühl, das könnte ein einfacher und klarer Mann für mich sein. Er hatte so ein unschuldiges Gesicht und große blaßgraue Augen. Daran sah ich gleich, daß er von Weibern nichts verstand. Wir waren wie geschaffen füreinander. Wir standen vor dem Laden, und er guckte mich aus den Augenwinkeln an. Ich sagte, ich hätte schon ein Kind fix und fertig, ans Bespringen bräuchte er also schon mal nicht mehr zu denken. Er befahl mir aufzusteigen und fuhr mich und Elvis auf seinen Hof, zum Haus vom ehemaligen Onkel. Auch als Kind war ich da nie gewesen, hatte aber vom Hörensagen dunkle Bilder davon im Kopf.

Bevor wir reingingen guckten wir uns auf der Treppe an wie zwei, die sich seit der Geburt kennen.

Die Stube war sauber und hell. Er kochte eine Kanne Kaffee und sagte, wir sind jetzt Mann und Frau. Ich nickte und fügte hinzu, vor dem Abend müssen wir meine Schafe und das Boot holen. Machen wir natürlich, sagte er und trank noch eine Tasse. Dann ging er raus zum Arbeiten, und ich legte den Jungen trocken.

Ein bißchen wunderte ich mich schon, weil ich dachte, das wars also dann mit meinen Bauarbeiten. Aber gleichzeitig war mir so ruhig zumute, weil ich mir sicher war, der Juho Gabriel und ich, wir werden nie über irgendwas streiten müssen. Wir waren wie zwei Schwäne tief im Schutz des Waldes, sicher vor der schlechten Welt.

That's all right

mikri vuoma: Gut einen Monat nachdem ich von Juho Gabriels Beweibung gehört hatte, ging ich los, um dem neuen Paar die Kindergaben zu bringen. Ich war zufrieden, daß es so gekommen ist. Hatte ich doch auch meinen Anteil dran, aber ich habs nicht nötig, mich in den Vordergrund zu stellen. Der Juho Gabriel war für mich wie ein eigener Sohn, und die Impi Agafiina war ein Mensch für sich.

Ich ritt auf dem Gaul zum Hof vom Onkel, und der Juho Gabriel nahm mich artig in Empfang. Wir gingen rein, und bevor ich die Stubentür aufhatte, rief ich, bietet man in diesem Haus einem Gast denn gar keinen Kaffee an. Und drinnen war auch niemand außer dem Kleinen. Der hatte sich hinterm Ofen versteckt und ein Lamm vom selben Frühjahr bei sich. Ich fragte, wo ist denn die Frau des Hauses. Die ist den Kartoffelacker rechen, sagte der Juho Gabriel und setzte Wasser auf. Ich huschte auf die Ofenbank und schüttete von dort aus dem Kerlchen einen Schluck Wasser ins Genick. Er fing an zu brüllen wie ein Raubtier und rannte dem Juho Gabriel an die Beine. Und Herrjessas, erst da merkte ich, zu was für einem Pyrrhus der Bub sich ausgewachsen hatte. Stattlich war er, groß, gutgenährt, sanftmütig und robust. Hat nicht rumgejammert, und obwohl er stotterte, brachen alle, die ihn hörten in Tränen aus, weil seine Stimme ganz genauso klang, als würde der Erzengel Gabriel singen. Man hätte meinen können, er hätte pechschwarzes Blut in den Adern, weil er so ein Leuchten in den Augen hatte. Der Juho Gabriel sagte, wenn der Bub groß ist, wird aus dem das As auf dem Holzplatz, aber ich sagte, aus dem wird ein König. Wir lachten alle zwei. Wir tranken Kaffee und erzählten. Ich fragte den Juho Gabriel, wann die Impi Agafiina heimkommt. Er sagte, er weiß es nicht. Ich nahm meine Mütze von der Bank und ging zum Pinkeln ans Rübenfeld.

Dort lag die Impi Agafiina im Schatten von einem große Stein und guckte sich die Sonne an. Ich stellte mich neben sie und sagte, sieht aus, als würds Regen geben.

Finis

impi agafiina: Im Haus vom Onkel war ich gleich wie daheim. Da warn der See und der Wald und die Felder, und der Mond und die Sonne standen gleichzeitig am Himmel. Ich fing als Kleinbauernweib an und war mit meinem Leben so zufrieden, daß ich den Herrn Wallenius direkt dafür segnete, daß er mir in seinem Haus keinen Platz gegeben hatte.

Ich mochte richtige Arbeit und war fast immer draußen. Ich stellte Zäune auf, spitzte Pfähle an, schippte Mist und kümmerte mich ums Vieh, wenn der Juho Gabriel im Holz war. Ich dachte wenig an das Gut vom Reeder, an Moskau oder Amerika, aber wenn mir was davon in den Sinn kam, mußte ich lachen. Über mich selbst. Darüber, was ich als Gör für großartige Sachen gedacht hab, vor allem damals, als ich nach Moskau aufbrach, über das Schaffen von Groß-Finnland, über das Zivilisieren vom hintersten Wald und über den Aufstieg in den Kreis der Weltmächte. Ich lachte wie eine Zwerggans. Wie verrückt solche Gedanken von hier aus aussahen. So blöd, daß ich sogar ein paar Tropfen vergießen mußte. Ich hatte so viel vom Leben bekommen, mir ging es gut. Nie mehr habe ich zu einem Buch gegriffen oder Zeitung gelesen, war nicht im Dorf und nicht im Laden. Besuch bekamen wir keinen, außer Mikri Vuoma, den ich sehr gern hatte. Der Juho Gabriel machte keine Mühe, der war still und sanft. Elvis wuchs von selbst und wurde ein Bengel und brauchte mich nicht mehr als Stützholz.

Wir lebten wie drei Himmelskörper. Tag für Tag kreisten wir umeinander, aber störten einander nicht.

Anmerkungen

S. 16: *Darre* : Gebäude bzw. Vorrichtung zum Trocknen von Getreide, Obst, Torf etc.

S. 23: *freireligiöse Sünder* : Gemeint sind Lestadianer, Angehörige einer Mitte des 19. Jahrhundert von Lars Levi Laestadius im schwedischen Teil Lapplands gegründeten Erweckungsbewegung, die sich rasch bis nach Nordfinnland ausbreitete.

S. 38: *rote Sau oder weißer Jäger* : Anspielung auf den Bürgerkrieg von 1918, in dem die sozialistischen »Roten« den bürgerlichen »Weißen« unterlagen. Zu den weißen Truppen gehörte ein legendäres finnisches Jägerbataillon, das in Deutschland ausgebildet worden war.

S. 48: *Dickmilchlägel* : Ein Lägel ist ein kleineres, faßähnliches Gefäß aus Holz und mit ovalem Boden, das sich zum Transport von Lebensmitteln (z.B. von Dickmilch) eignet.

S. 50: *ein neuer Laestadius* : Lars Levi Laestadius (1800–61), Pfarrer im schwedischen Lappland, gründete die Erweckungsbewegung der Lestadianer. Trat ab 1845 als energischer Prediger auf und bediente sich dabei einer scharfen, mit dem Leben der Menschen in Lappland eng verbundenen Bildsprache. Sparte dabei nicht mit furchterregenden Schilderungen der Höllenqualen. Seine Predigten ließ er auch in finnischer Sprache drucken, so daß sie in ganz Lappland Verbreitung fanden.

S. 79: *inständig erwarteter Krieg* : Impi Agafiina meint den sogenannten finnisch-sowjetischen Winterkrieg von 1939/40, der ausbrach, nachdem Finnland sowjetische Gebietsforderungen abgelehnt hatte. Die offizielle Geschichtsschreibung bezeichnet den Angriff der Sowjetunion auf Finnland am 30.11.1939 zumeist als unerwartet.

S. 80: *die Krone* : das schwedische Königreich auf der anderen Seite des Grenzflusses.

S. 81: *der Dichter Runeberg* : Johan Ludvig Runeberg (1804–1877), schwedischsprachiger Nationaldichter Finnlands, bekannt durch sein Versepos »Die Erzählungen des Fähnrich Stål« über den schwedisch-russischen Krieg von 1809, das auch den Text der heute noch gültigen Nationalhymne Finnlands enthält. Juho Gabriel hat hier jedoch wohl ein anderes Epos Runebergs mit dem Titel »Die Elchjäger« im Sinn, das in idealistisch-realistischer Manier und überdies noch in Hexametern das Leben der Landbewohner in Finnland schildert.

S. 91: *Kleinlotta; Lotta* : Angehörige der nicht unumstrittenen, weil höchst nationalistisch ausgerichteten finnischen Frauenhilfsorganisation (1919–1944), deren Aufgabe darin bestand, die militärischen Aktionen der Männer zu unterstützen. In den Kriegsjahren trugen Zigtausende von Frauen das graue Lotta-Kleid. Die Kleinlottas bildeten den Nachwuchs.

S. 106: *Päijänne* : großer See in Mittelfinnland.

S. 107: *Aurajoki* : Fluß, der im südwestfinnischen Turku ins Meer mündet.

S. 110: *Karelien war von uns gegangen* : Genauer gesagt verlor Finnland im Winterkrieg (30.11.1939–12.3.1940) karelische Gebiete an die Sowjetunion, darunter Viipuri, die seinerzeit zweitgrößte Stadt Finnlands.

S. 125: *der Rachekrieg* : Impi Agafiina meint den sogenannten Fortsetzungskrieg (1941–44), in dem Finnland an der Seite Deutschlands erneut gegen die Sowjetunion kämpfte, um sich die verlorenen karelischen Gebiete zurückzuholen.

S. 125: *die mit uns verwandten Völker* : die in Sibirien lebenden ugrischen Völker, deren Sprachen (wie das Finnische) zu den finnisch-ugrischen Sprachen gehören, also nicht indoeuropäischer Abstammung sind.

S. 125: *Lotta-Schwert*: Das Schwert war zentraler Bestandteil des Abzeichens der Lotta-Organisation.

S. 140: *Pulka* : Rentierschlitten.

S. 161: »*Erzählungen des Fähnrich Stål"*«: Versepos von Johan Ludvig Runeberg. Vgl. Anmerkung zu S. 73.

S. 163: *Friedensverhandlungen* : Verhandlungen Finnlands mit der Sowjetunion über einen gesonderten, von Deutschland unabhängigen Friedensschluß.

S. 168: *Krieg gegen die deutschen Zug- und Gruppenführer* : der sogenannte Lappische Krieg von 1944, eine Folge der Friedensverhandlungen mit der Sowjetunion. Diese verlangte vom unterlegenen Finnland nicht nur Reparationsleistungen, sondern forderte die Finnen darüber hinaus auf, die deutschen Truppen von finnischem Gebiet zu verjagen. Das gelang, allerdings hinterließen die Deutschen bei ihrem Rückzug in Lappland nur verbrannte Erde.

S. 173: *Petsamo* : russ. Pecenga; an der Eismeerküste, auf russischem Staatsgebiet unweit der norwegischen Grenze gelegenes Gebiet mit Nickel- und Uranvorkommen. Bis zur vertraglichen Festlegung der Grenzen (1751 und 1826) gemeinsames schwedisch-finnisch-russisches Hoheitsgebiet. Danach verlor Finnland seinen einzigen Zugang zum Eismeer. Ab Mitte des 19. Jh. von Russen und Finnen besiedelt, mit einem Kloster als geistlichem Zentrum. Zweimal (1918 und 1920) versuchten finnische Truppen vergeblich, Petsamo zu besetzen. Schließlich wurde es Finnland nach zähem Ringen auf dem Verhandlungswege zugesprochen. Als sowjetische Truppen Petsamo im Oktober 1944 erreichten, war Finnland das Gebiet wieder los.

S. 177: *Teno* : Finnlands nördlicher Grenzfluß zu Norwegen, bekannt durch seinen Lachsreichtum.

S. 190: *Savo* : Provinz in Ostfinnland.

S. 191: *Ostbottnien* : Provinz in Westfinnland.

S. 195: *ingermanländisch* : Das historische Gebiet Ingermanland liegt in Rußland zwischen Ladogasee, Narwa und Finnischem Meerbusen. Heimat des Stammes der Ingern, die zum ostseefinnischen Zweig der finnisch-ugrischen Völker gehören.

S. 220: *Nagaika* : aus Lederriemen geflochtene Kosakenpeitsche.

S. 256: *die Päpstlichen und die Patriarchischen* : die Katholischen und die Orthodoxen.

S. 272: *die Raserei von den Walddörflern* : Impi denkt an die Lestadianer, mit denen sie ja schon als kleines Kind ihre Erfahrung gemacht hat (vgl. Anm. zu S. 23 und S. 50).